À ma punkette, mon muffin préféré

Chapitre 1

« Mon beau sapin
Roi des forêts
Que j'aime ta verdure[1] »

— Je déclare la saison du pain d'épices, des marrons grillés et des chocolats chauds officiellement ouverte.

Aucun compère euphorique ne me répond. Personne ne me répond tout court, d'ailleurs. Mes pieds armés de leurs chaussons à tête de renne s'écrasent sur la table basse, avec un ravissement non dissimulé. Mon regard est aussitôt attiré par le sapin que je viens de parer, et je ne peux m'empêcher de lâcher un juron. Trop petit à mon goût. Le freluquet risque de s'effondrer à chaque instant sous le poids des décorations. Ma colocataire a mis son veto pour le modèle trapu dont la pointe caresse le plafond. L'abondance de lumières clignotantes, de boules multicolores et d'anges joufflus devrait cependant m'aider à oublier sa taille ridicule. Mes mains enserrent une tasse de cacao fumant sur laquelle je souffle avant de la porter cérémonieusement à mes lèvres. Je ferme les yeux et savoure la première gorgée. J'ai des choses bien plus graves qu'un arbre minuscule à chasser de mon esprit, ce soir. La première et non des moindres : mes parents seront absents pour les fêtes de fin d'année. Ils embarqueront pour une croisière aux Bahamas au lieu de tenir compagnie à leur fille unique. Je devrais y être habituée, depuis le temps, mais

1. « Mon beau sapin », chant traditionnel d'origine allemande.

ce n'est pas le cas. Bien sûr, si je pouvais me glisser entre les bras d'un homme aimant et accro à Noël, je vivrais beaucoup mieux l'abandon parental. Rageusement, je trempe un sablé à la vanille et le croque avant de laisser la bouchée fondre sur ma langue. Si seulement le sucre pouvait anesthésier mon chagrin ! Mais c'est nettement moins efficace qu'une bouteille de rhum. Mon copain – et accessoirement mon collègue – vient de décider – unilatéralement – une pause, prétextant une incompatibilité de caractères. « Ma chère Zoé, nous sommes trop pareils pour rester ensemble. » Trop différents ou trop semblables, j'avoue n'avoir pas compris ses réelles motivations. « Donnons-nous le temps de la réflexion. » Moi, je n'ai pas besoin de réfléchir, c'est lui que je veux. Simple, net, précis. Même si, après une soirée avec mes amis, mes convictions ont été ébranlées sous l'effet conjugué d'une vodka frelatée que ma colocataire fait envoyer par sa *babouchka* depuis Nijni Novgorod et la lecture de magazines féminins piqués dans une salle d'attente. Pour avoir débriefé en long, en large et en travers avec ceux qui me connaissent le mieux, deux théories ont émergé. La première, M. Grippe-Sou a voulu faire l'économie d'un cadeau. La seconde, le fait que nous visions le même poste, celui de responsable du service marketing, n'a pas joué en ma faveur. Mon idée qu'il a peur de l'engagement, mais qu'il est fou d'amour pour moi a été rejetée à l'unanimité, moins une voix. Je suis persuadée que j'ai raison. Enfin, je crois que j'ai raison. J'espère qu'il se rendra vite compte que je suis la femme de sa vie et qu'il a envie de me faire plein de bébés.

On ne se méfie pas assez des Paul, on se dit qu'ils sont sans danger, qu'ils ont la saveur d'une pastille à la menthe douce, qu'ils sentent bon le réconfort et la sécurité. On croit qu'ils ne nous briseront pas le cœur. Non, pas lui, pas ce cher Polo, avec son prénom de premier de la classe et ses chemises bien repassées, pas celui qui rend visite à sa grand-mère une fois par mois et qui marche dans les pas de son père. Et pourtant, c'est bien un Paul qui m'a jetée comme une vieille chaussette trouée, juste avant le pot de départ de notre collègue Marie-Louise. Et dire que je vais le croiser tous les jours… J'engloutis le reste du biscuit. Ce Noël s'annonce des plus calamiteux.

La porte d'entrée s'ouvre, claque, les semelles de ses baskets crissent sur le parquet. Non, ce n'est ni un cambrioleur ni un amant secret, c'est Malya, la sportive Malya qui passe une tête dans l'entrebâillement, écouteurs vissés dans les oreilles. D'un geste rapide, elle les arrache, la voix nasillarde et survoltée d'une diva américaine résonne. Alors qu'elle s'avance dans la pièce, les yeux de ma colocataire s'agrandissent démesurément. Bien sûr, elle ne peut qu'être impressionnée par le relooking extrême que j'ai fait subir à notre intérieur. Hier, nous étions le 30 novembre, le salon ressemblait à un… salon. Rien de bien folichon. Un canapé d'angle gris perle, quelques coussins colorés, une bibliothèque massive en pin, une immense télé. Mais, aujourd'hui, nous sommes le 1er décembre. Tout est différent. Ce matin, j'ai ouvert la case de mon calendrier de l'avent, dévoré le minuscule chocolat en forme de botte et j'ai lancé les hostilités. Je refuse que quiconque me gâche le meilleur mois de l'année. De la cave, j'ai remonté les cartons et déballé avec soin les merveilles accumulées au fil des ans. Grâce à mon sens inné du bon goût et ma patience lorsqu'il s'agit de démêler les guirlandes électriques, notre pièce de vie est devenue un cocon chaleureux, une parenthèse enchanteresse dans un quotidien gris et terne. Je ne suis pas mécontente de l'effet produit ; il ne m'arrive pas tous les jours de surprendre l'imperturbable Russe aux yeux d'acier, et je lui adresse un sourire ravi.

Prête à recevoir une avalanche de compliments, je me redresse fièrement sur le canapé.

— C'est quoi ça ?

Sa question est suivie d'une bordée de jurons. Péniblement, je déglutis. Elle n'a pas l'air contente, pas contente du tout, même. J'incurve davantage le coin de mes lèvres. Si mon amie détruit mon havre de bonheur, je ne donne pas cher de ma peau. Pas de parents, pas de mec, et si en plus, ma colocataire s'y met. Aura-t-elle réellement le cœur à me refuser le seul petit plaisir qu'il me reste ? Si c'est le cas, de calamiteux le mois de décembre passera officiellement au stade de désastreux. Sans ajouter un mot,

Malya fronce ses sourcils. Que désigne exactement son doigt manucuré ? Ma collection de boules à neige, les chaussettes que j'ai fait broder à nos prénoms et suspendues à la bibliothèque, à défaut de cheminée, ou les bougies à la cannelle qui embaument le salon ?

— La magie de Noël..., hasardé-je.

— J'ai donné mon accord pour un arbre et deux ou trois décorations, et me voilà dans la maison en pain d'épices, grogne Malya.

Son regard courroucé inspecte chaque centimètre carré de la pièce. Lentement, elle se déplace, ponctue ses découvertes d'un toussotement ou d'un claquement de langue désapprobateur. Par réflexe, elle soulève une boule à neige, la secoue. Ma préférée. En un instant, tout devient scintillant. Une pluie de paillettes dorées et de flocons immaculés virevolte au-dessus d'un minuscule chalet en bois. On imagine aisément la vie parfaite que ses occupants doivent mener. Le couple d'amoureux au coin du feu, les enfants jouant sur une épaisse peau de mouton. Ce ballet réchauffe instantanément mon cœur. Malya n'y jette même pas un coup d'œil et la repose au bord de l'étagère. Je retiens mon souffle, de peur qu'elle n'aille s'écraser sur le sol. Ne dit-on pas que celui qui casse une boule à neige est voué à sept hivers sans Noël ? D'un geste nerveux, mon amie attrape un bougeoir, le passe sous son nez, grimace, dégoûtée, et éternue. Si elle me répond qu'elle est allergique à la plus belle fête de l'année, je me verrai dans l'obligation de changer de colocataire.

— Tu as conscience que ça ne va pas être possible, et que tu vas devoir me ranger tout ton bazar...

— Hors de question, répliqué-je le plus naturellement du monde.

Elle se plante devant moi, les mains sur les hanches, et me toise du haut de son mètre quatre-vingts. Malya est le stéréotype de la belle blonde russe, sauf qu'elle jure comme un charretier et s'amuse à colorer ses cheveux à tout bout de champ. En ce moment, ils sont roses. Mon orgueil m'oblige à me lever, même si elle fait toujours deux têtes de plus que moi. C'est rageant, et pourtant j'en ai bu des litres de soupe quand j'étais enfant !

Pour donner plus de poids à ma décision, je croise les bras sur ma poitrine.

— Si tu crois que tu me fais peur avec ta panoplie de pseudo-sportive et les gouttes de sueur qui dégoulinent de ton front – au passage c'est complètement dégueu –, tu te mets le doigt dans l'œil ! lancé-je vivement.

— Et toi, espèce de fée Clochette, avec ta robe à paillettes !

— De la part d'une fille aux cheveux de la couleur des fesses du cochon, laissez-moi rire !

— Tu ne connais rien à la mode, tu ressembles à ma grand-mère qui vit au fin fond de la Russie !

— Ta *babouchka* fait un petit 36, porte du Chanel et regarde les Kardashian à la télé, donc en fait tu me complimentes, non ?

Elle souffle comme un taureau avant de charger, toutes cornes dehors.

— Et avec ta paire de chaussons ridicules, tu te crois maligne ? Avoue que tu les as volés au fils de la voisine !

— Qu'est-ce qu'elles ont mes pantoufles ? marmonné-je. Elles sont trop belles... Et puis, quand je bouge les orteils, les grelots...

— Super, ironise-t-elle.

Sous son regard consterné, je lui en fais la démonstration. Le nez rouge de Rodolphe tinte délicieusement. Insensible, elle lève les yeux au ciel.

— Tu es désespérante. Quand vas-tu grandir, miss Peter Pan ?

— Quand tu te détendras, ma chère Cruella d'Enfer.

Ses iris bleus étincellent, et son rire éclate. Rauque, profond, intense.

— Je la trouve particulièrement sexy, cette diablesse.

Du plat de la main, elle me repousse et je tombe lourdement sur le canapé, gagnée par un fou rire qui ne fait que s'accentuer quand Malya se trémousse et arpente comme un mannequin les quelques mètres carrés de notre salon.

— Il me manque juste de longs gants rouges, un manteau en fourrure de dalmatien et, tu sais, ce qu'elle tient entre les doigts...

— Un porte-cigarette…

— Oh oui, c'est ça.

Une main sur le côté et l'autre portant à sa bouche une cigarette imaginaire dont elle crache la fumée, ma colocataire est irrésistible. J'éclate de rire, sentant les larmes me monter aux yeux. Ma Malya roule des hanches comme personne, fait une dernière volte-face, attrape mon regard de ses prunelles électriques et claque des doigts.

— Cruella exige que tout ça disparaisse comme par enchantement et…

D'un geste majestueux, elle englobe la pièce, sapin, bougies et boules à neige compris. Puis, oubliant toute distinction, elle lève le bras et renifle son aisselle.

— Il me faut une douche de toute urgence, je schlingue. Bordel de merde !

Et elle se sauve dans le couloir, après une volée de ses jurons préférés.

— Tu veux que je pleure ? Pour de vrai ? lui crié-je.

Sa porte qui claque fait office de réponse. Je ne compte pas lever le petit doigt. Si elle espère toucher ne serait-ce qu'à une guirlande, elle verra de quel bois je me chauffe. Sur mes jambes, je jette mon plaid spécial cocooning en fausse fourrure et m'empare de la télécommande. Après avoir zappé pendant quelques minutes, mon choix se porte sur un téléfilm de circonstance : *Mon souhait de Noël.* C'est tout ce qu'il me faut : de la neige, des villes illuminées et des baisers sous le gui. Le happy end est garanti, tout comme mon anesthésie générale. Même si cette dernière risque d'être temporaire.

— C'est quoi ça ? s'exclame Malya.

Bruyamment, je soupire. Si ma colocataire pouvait être un poil plus explicite, j'apprécierais. Par-dessus mon épaule, je lui adresse un coup d'œil interrogateur. La métamorphose est saisissante, elle a troqué le jogging contre une petite robe moulante. C'est dommage qu'elle n'ait pas l'esprit de Noël, on dirait une fée. Élancée, gracieuse, unique. Avec ses mèches roses, et son sourire ravageur.

— Tu sors ?

— Je ne sais pas, minaude-t-elle, ce qui te fait penser que…

— Le pot de peinture dans lequel tu as plongé ton visage sans doute, la coupé-je.

— Je ne t'en veux pas d'être jalouse. Ce ne doit pas être tous les jours facile d'avoir une amie aussi attirante que moi.

Je roule des yeux alors qu'elle sort de son mini-sac à main un miroir, pince ses lèvres en une moue qu'elle imagine aguicheuse et un sourire satisfait éclaire son visage.

— Parfaite, assure-t-elle.

— Et modeste, en plus.

— Tu l'es assez pour nous deux, non ?

Sans prévenir, Malya se jette à côté de moi, enroule une de mes longues mèches rousses autour de son index.

— Allez, on sort ! déclare-t-elle.

Je secoue la tête.

— Non, comment ça non ? Tu as mieux à faire ? Tu vas rester à te morfondre sur ton abruti de Polo ?

— Ce n'est pas mon intention.

— Menteuse.

Elle décide de s'attaquer à mes côtes, c'est qu'elle me ferait mal avec ses ongles, la sorcière. Elle m'arrache des petits cris hystériques alors que je me tortille pour m'éloigner de ses assauts sournois. Il m'en faudrait bien plus cependant pour me décoller de mon canapé adoré et me donner le désir de la suivre. De mon plein gré.

— Paul est un abruti fini, tu en vaux mille des comme lui.

— Ce n'est pas ce que tu disais la semaine dernière, grommelé-je.

— Mais c'est ce que tu diras la semaine prochaine, ma chérie.

Elle attrape mes joues, les pince et les secoue avant d'étirer le coin de mes lèvres en un sourire aussi grotesque que forcé.

— Je ne l'oublierai pas, articulé-je difficilement.

Malya accentue la pression de ses doigts sur mon visage.

— Foutaises ! Tu verras quand le poste tant convoité lui passera sous le nez, il reviendra te lécher les bottes et là, tu n'auras plus qu'à lui écraser sa gueule de rat…

Malgré moi, un éclat de rire m'échappe.

— Voilà ce que je veux entendre.

Elle abandonne mes joues pour emprunter ma tasse, y trempe le bout des lèvres et la repose sur la table basse.

— Tu risques la crise de foie avec une seule gorgée de ce machin-là. Allez, ne bois plus ce truc et lève-toi ! Tu as quoi de mieux à faire que de m'accompagner ?

Cela semble évident pourtant.

— Plein de choses.

— Mouais, lâche-t-elle, dubitative. Je ne considère pas le fait de se gaver de sucreries et mater des films débiles comme une occupation normale pour un jeudi soir. Ni même pour un autre jour, d'ailleurs.

— Je fais ce que je veux.

J'assume. Téléfilms, confiseries, plaid moelleux.

— Ce que tu veux est naze, et déprimant. Tu as vingt-six ans, et on dirait une mémé de quatre-vingt-dix balais.

J'assume tout à fait. Enfin, j'essaie.

— Ce n'est pas gentil, grommelé-je, en serrant contre moi ma couverture.

— Tu as raison, ce n'est pas gentil... pour les grands-mères.

Je tente de lui jeter un coussin, qu'elle esquive, bien sûr. Il achève sa course dans la crèche, renversant tous mes jolis santons de Provence.

— Sérieux, Zoé-chou, viens avec moi... Ce n'est pas en restant enfermée dans ta boule à neige que tu vas fourrer ta langue dans une autre bouche.

— Tu crois que j'ai envie de...

Rien que l'idée de mélanger ma salive avec un pauvre type qui, avec ma chance légendaire, aura dévoré des oignons me soulève le cœur. Je n'ai aucunement l'intention de tromper Paul. Même si pour ma meilleure amie, « être en pause » me donne le droit d'aller butiner ailleurs. Je vais passer mon tour.

— Non, j'ai des projets, de bien meilleurs projets, des projets qui n'impliquent pas la présence d'une colocataire rabat-joie.

— Moi, rabat-joie ? Franchement ? Laisse-moi rire ! Enfin, je me demande quelle valeur accorder aux paroles d'un bonhomme de neige.

Confuse, je remonte mon plaid jusqu'à mon nez. C'est plus facile d'assumer quand son amie a fichu le camp et ne se moque pas de ta robe scintillante, de tes chaussons à tête de renne et de ton plaid décoré de pères Noël.

— Tu croyais que je ne m'apercevrais pas que mamie Zoé avait sorti sa panoplie de lutin !

Elle éclate de rire, et j'ai subitement envie de lui enfoncer un sucre d'orge en travers de la gorge. Sans me demander mon avis, elle relance mon programme télévisé, et je la fusille du regard. Comme si je ne la voyais pas venir avec ses grands sabots. Elle s'appuie contre le dossier et croise ostensiblement les bras, prête à en découdre.

— Tout est toc là-dedans, non mais regarde la meuf, elle se balade en talons aiguilles dans une espèce de poudreuse sans se casser la figure, et elle n'a même pas de manteau !

— Et alors ?

Malya lâche un soupir exaspéré.

— Tu vois ce grand soleil ? Ils veulent te faire croire que c'est l'hiver, mais on voit bien qu'ils l'ont tourné durant l'été ! Du n'importe quoi ! C'est tellement, tellement risible… Un décor de carton-pâte !

J'inspire profondément, puis expire. Elle pourra s'estimer chanceuse si ce n'est que dans sa bouche que j'enfourne le sucre d'orge. En moins d'une minute, elle bat tous les records, et me gâche mon seul petit plaisir de la journée. Qu'elle aille plutôt visiter toutes les cavités buccales de la capitale et s'enivrer de cocktails au nom imprononçable, pourvu qu'elle me fiche la paix ! Ce soir, j'ai besoin de mon petit cocon parfait, de jouer à croire qu'il existe des familles où les parents arborent des pulls de saison et réveillent leur progéniture avec des petits déjeuners à tomber, où les amoureux s'embrassent sous le gui et où il neige toujours au matin du 25 décembre. Quel mal y a-t-il à préférer la fiction à la réalité ? La vraie vie a quoi à m'offrir de sympa ? Ma seule perspective réjouissante est d'avoir encore près de quatorze heures devant moi avant de me retrouver face à M. Nous-n'avons-pas-les-mêmes-valeurs. Au moins, ces personnages ne me décevront pas, ils sont exactement ce qu'ils paraissent être. Le héros bougon tombera sous le charme de la jolie arriviste. Et sans aucun scrupule, cette dernière abandonnera tout, parents, amis, collègues, pour vivre sa passion, quitte à déménager à l'autre bout du pays, et ce seulement après un baiser. C'est un fait avéré, les téléfilms de l'après-midi sont presque aussi chastes que les bonnes sœurs du couvent. Un bisou du bout des lèvres, et hop l'affaire est conclue : bague au doigt et passage devant le maire ou le prêtre déguisé en Elvis. Et ils vécurent heureux encore, et encore. Pour eux, ce fut chaque jour comme s'ils déballaient le plus beau des cadeaux. Les veinards.

— Et ce mec, ne va pas me dire qu'il ressemble à quelque chose ! On dirait un Ken en chair et en os, avec son fond de teint orange et sa silhouette de play-boy des bacs à sable. Si on passe une main dans ses cheveux gominés, je parie que les doigts restent collés. Sincèrement, il a la virilité et le charisme d'une huître.

— Dégage !

Pour l'inciter à bouger plus rapidement, je tire la couverture sur laquelle elle a osé poser son fessier.

— Eh ! proteste-t-elle, en se redressant. Moi, je dis ça pour toi. Il faut bien que quelqu'un t'ouvre les yeux.

— Mais moi je ne te demande rien, marmonné-je.

— La vraie vie, Zoé, la vraie vie ! Danser, boire, baiser. Tu vois une meilleure façon d'oublier ton ex et de fêter la venue du gros bonhomme rouge ?

— Ce n'est pas mon ex, bougonné-je entre mes dents. Nous ne sommes qu'en pause, il reviendra vers moi.

Bien sûr, je vois des tas de façons, mais argumenter avec Malya, c'est finir par penser qu'elle n'est pas russe, mais parisienne. Cependant, je suis aussi têtue qu'elle. Je me compare peu flatteusement à la moule accrochée à son rocher, le cachalot à son canapé. D'une main, j'attrape un coussin et le serre contre ma poitrine. J'y suis, j'y reste.

— Pathétique.

Le regard critique de mon amie glisse de la télévision à moi. Elle étouffe un bâillement.

— Au moins, si la petite nana se l'envoyait, le vieux ventru rubicond, ce serait un peu plus délirant, mais là c'est juste de l'ennui en barre.

— Dégage, répété-je.

— Si l'existence était aussi lisse que ces deux-là, qu'est-ce qu'on se ferait chier ! insiste-t-elle.

En signe de protestation vigoureuse, je lui tire la langue.

— J'abdique, déclare-t-elle, en levant les mains. Je t'abandonne au pays des Bisounours, les bisous en moins. J'ai besoin d'une boisson dans laquelle ne *trempouillent* pas des petits trucs gélatineux et rosâtres, et d'une conversation avec des adultes. Je ne sais pas si je rentrerai ce soir !

Elle m'adresse un clin d'œil avant de s'échapper dans un tourbillon de froufrous et de parfum. Alors que je m'attends à entendre la porte claquer, sa tête repasse dans l'entrebâillement de la porte.

— Ma Zoé chérie, la vraie vie est ailleurs ! Bonne nuit mémé !

Malya sourit, et du bout des doigts, m'envoie des baisers. Elle a raison, totalement raison ! La vraie vie est ailleurs ! Un large sourire étire mes lèvres. Je presse le bouton et relance mon programme.

Chapitre 2

« Au petit trot s'en va le cheval
avec ses grelots
Et le traîneau, joyeusement,
dévale à travers les coteaux[1] »

Après le premier épisode, je me suis dit que c'était un peu juste pour annihiler toute pensée cohérente, j'ai donc enchaîné avec *Un Noël inattendu*. On prend les mêmes et on recommence. Samantha a tout pour être heureuse : un fiancé avec une tête de crapule, Nick, et deux mannequins comme amies, Brenda et Lindsey. Malheureusement son grand-père décède. Bon, la fille, elle pleure genre deux minutes le défunt avant de s'estimer chanceuse d'avoir hérité d'un si beau ranch. Tu m'étonnes, ma cocotte ! Une cinquantaine de pur-sang caracolent près d'un manoir de style victorien à l'abandon. À l'abandon, c'est vite dit. Un volet à la peinture écaillée range aussitôt le domicile dans la catégorie « insalubre » des téléfilms. Là, il faut qu'on m'explique, si sa baraque tombe en décrépitude, je veux bien qu'on fasse l'échange. Sans aucun regret, je troquerai ma chambre de neuf mètres carrés contre sa « ruine ». Mon bras s'armera de courage pour manier le pinceau.

J'engouffre deux sablés au rhum quand la pauvre Sam se fait larguer par son amoureux. Absentéiste, carriériste, sans cœur, cela vous rappelle quelqu'un ? Il faudrait toujours se méfier d'un

1. « Promenade en traîneau », Leroy Anderson, 1948.

mec s'appelant Nick. On se dit que Nick, c'est *the boy next door*[1] avec ses pectoraux taillés à la serpe et sa peau caramel, celui qui est tellement sympa qu'on se verrait passer toute sa vie dans ses bras. Mais réveille-toi, ma pauvre fille, un Nick ne vaut pas mieux qu'un Paul. Son sourire fait autant de ravages.

Je soupire. Arrête, Zoé, il ne mérite pas les larmes que tu verses pour lui. Et puis il va peut-être revenir. Rageusement, je m'essuie les yeux de la manche et hésite cependant à m'y moucher. Ma robe ne mérite pas un tel traitement. En tendant le bras, je m'empare de la boîte de mouchoirs qui traîne sur la table basse. Je suis lamentable. Je pleure sur mon propre sort parce qu'une fille superbe vient de se faire jeter, fille qui, au demeurant, s'en remet très bien car il ne lui faut pas plus d'un bal et de sept publicités – parfums hors de prix, jouets en plastique, forfait téléphonique, promotion sur la dinde farcie – pour finir dans les bras du beau palefrenier. L'homme qui murmure à l'oreille des chevaux ne peut être que le cow-boy qui va la remettre en selle. Au sens propre comme au sens figuré.

Lorsque le générique défile sous mes yeux, j'ai le choix entre plonger ma tête dans le congélateur ou téléphoner à Paul pour quémander une seconde chance. Oui, je sais, mais pathétique pour pathétique, je me dis que notre histoire n'était pas si mal quand on y réfléchit bien. Moi, je n'ai pas de plan B, aucun brave type ne se languit secrètement d'amour pour moi. Je n'ai pas de meilleur ami d'enfance et mon voisin du 3D est un vieux croûton. Il frappe contre le plafond avec son balai quand il estime qu'on fait trop de bruit – c'est-à-dire dès qu'on marche dans l'appartement. Si par malheur, on éclate de rire, il commence à appeler la police. La vie avec un Paul n'était pas si mal. Je devrais peut-être me retirer de la compétition. Ne verrait-il pas cela comme un geste vers lui ? Qu'est-ce qu'un poste pour lequel on se bat depuis cinq longues années en comparaison de l'amour ?

À deux doigts de composer son numéro, je me ressaisis juste à temps et croque un morceau de sucre d'orge. Qu'est-ce qu'un

1. *The boy next door*, littéralement « le mec de la porte d'à côté ». C'est le voisin qu'on n'a jamais remarqué mais qui est pourtant l'amoureux idéal.

Paul, en réalité, en comparaison d'un poste à responsabilités dans une boîte qu'on adore ? Je croque à nouveau. Tant pis pour mon indice glycémique. Le diabète est le cadet de mes soucis, ce soir. Après quelques hésitations légitimes, je sélectionne un nouveau film : *Quiproquo et chocolat chaud*. Le film s'ouvre sur New York. Madison Square Garden, Central Park, pont de Brooklyn. Je n'y ai jamais mis les pieds, mais les noms me font déjà voyager. Dans son bureau au sommet d'un gratte-ciel, la jolie Amy ne lève pas les yeux de ses dossiers. Pas le temps de s'extasier devant les jolis flocons qui tournoient lentement devant les immenses baies vitrées. Le boulot avant tout. Si cela ne tenait qu'à elle, Noël serait rayé du calendrier. Aujourd'hui, Peter, le directeur de la publication, va confier à son meilleur reporter le sujet principal du prochain numéro, avec en prime un voyage aux Caraïbes offert. Tranquille la vie. Ses boucles blondes s'agitent, elle coince un crayon dans son chignon et relève le nez quand la secrétaire de Peter, la quarantaine, ventripotente et souriante, pénètre dans son bureau.

— Il faut que tu y ailles, Amy. Dépêche-toi ! La réunion a déjà commencé.

— Une minute...

— Tu bosses trop.

— Une journée est faite de vingt-quatre heures qu'il faut savoir mettre à profit.

— Oui, pour sortir avec des amis, faire du shopping, se trouver un amoureux et fonder une famille...

— Ah non, pour ça je n'ai pas le temps ! s'exclame Amy.

Elle y met tant de conviction que je pense, un instant, qu'elle va plaquer sa main sur son cœur et s'évanouir. Ou chanter l'hymne américain. Ils font toujours ça, chanter des trucs au moment le plus étrange.

— Prends-le. Ce n'est pas ton boulot qui te tiendra chaud quand tu auras quatre-vingt-dix ans.

La bourreau de travail se penche à nouveau sur ses papiers.

— Maintenant ! la gronde Doris, en attrapant un dossier et en y rassemblant les feuilles éparpillées.

Dans un même élan, les deux femmes s'éloignent dans le couloir. Un doute assaille la jolie Amy.

— Je suis comment ?

Doris se recule d'un pas et la regarde attentivement, les sourcils froncés. Elle mordille la branche de ses lunettes qu'elle a, en toute logique, retirées pour mieux l'observer. Je croyais qu'elles étaient en retard. Visiblement, il est plus important de faire un plan complet sur Amy pour que les téléspectateurs se rendent compte à quel point elle est canon. Si j'avais cette silhouette, c'est une carrière à la Claudia Schiffer que je mènerais. Franchement, quelle idée de se cacher dans un bureau quand on peut faire la une des tabloïds. Des jambes longilignes serrées dans un pantalon fuseau noir, une blouse blanche. Doris reboutonne correctement la veste sombre et retire le crayon des cheveux de la journaliste. Et vas-y que Amy passe une main parfaitement manucurée dans sa chevelure de princesse.

— Parfaite, applaudit Doris. Si le poste n'est pas pour toi, je ne comprends pas. Tu le mérites tellement !

Mes neurones tentent vainement de comprendre la logique de cette remarque, mais puisqu'il n'y en a aucune, ils décident qu'il leur faut une compensation calorique. Sans regret, je plonge ma main dans le paquet de guimauves.

— Tu es un amour !

Elles se prennent dans les bras l'une de l'autre avant de se faufiler dans la salle de réunion pleine à craquer. Finalement, elles ne sont pas aussi en retard qu'on aurait pu le croire, puisque ni elles ni moi n'échappons au discours dégoulinant de valeurs patriotiques, familiales et traditionalistes du patron. Genre, comme par hasard, il les a attendues pour commencer. Par chance, il en vient rapidement au sujet qui m'intéresse. Ce poste, elle va le décrocher, oui ou non ?

— Et c'est au collaborateur qui nous a épatés cette année avec des sujets d'actualité percutants que je confie le reportage tant convoité des fêtes de fin d'année.

Amy se redresse, distribue des sourires, se prépare mentalement à remercier ses fans en délire.

— Reportage qui aura lieu sur l'île paradisiaque des Bahamas... Pas la peine de le soudoyer pour qu'il vous fasse une petite place dans sa valise...

Des rires font écho aux propos du patron. Amy, au bord de la syncope, sourit tellement qu'on dirait une Miss France recevant la célèbre couronne. Elle est sur le point d'exploser, genre cocotte-minute en fin de cuisson.

— John, bravo à toi ! Ton article sur la collecte de jouets pour les orphelins haïtiens était d'une grande sensibilité.

Des cris enthousiastes fusent à droite et à gauche. Peter applaudit, tous les figurants aussi.

— Mais les jouets, les enfants... Cet article, c'est toi qui l'as écrit, proteste Doris scandalisée.

Sur le point de fondre en larmes, Amy serre les dents et les poings. Le veinard lève son pouce dans sa direction. Quel hypocrite !

Pour l'instant, je n'ai pas déterminé si Amy en pince pour John ou non. Mais il y a fort à parier qu'il y a eu une histoire entre ces deux-là. Avant de jeter Noël aux oubliettes, commence par te débarrasser de ce petit arriviste. La pelle, c'est plutôt efficace. On devrait toujours se méfier d'un John, on le voit comme un bon Samaritain, le brave type sur l'épaule duquel on peut s'appuyer. Et en fait, pas du tout, il est du genre à passer plus de temps que toi dans la salle de bains et te trompera avec la fille du patron dès que l'occasion se présentera. La jeune femme s'appuie contre le mur pour reprendre ses esprits. Je compatis. Sincèrement. M. Arrogant serre des mains, récolte les lauriers. John a même le toupet de venir la saluer. Mais qu'est-ce que tu attends, Amy, pour lui coller deux bonnes claques ?

— Ce sera pour la prochaine fois... ou pas.

Les grands yeux ourlés de cils incroyablement longs se lèvent vers lui. Et elle ne répond rien.

C'est décidé, c'est d'abord notre héroïne larmoyante que je vais gifler.

— Elle va tout balancer au patron, déclare Doris fermement, les deux mains flanquées sur les hanches.

— Je serais curieux d'entendre ce que vous avez à me dire, intervient Peter.

Quand on parle du loup, il pointe le bout de sa truffe. D'un regard, il congédie Doris et John, et reporte son attention sur Amy.

— Je vous écoute.

Vas-y ! Je l'encourage depuis mon canapé en avalant guimauve sur guimauve. Tu ne dois rien à ce John, écrase-le ! Tu mérites d'aller te dorer la pilule sous les cocotiers : bikini, sable chaud, et crustacés.

— C'est rien, c'est...

Les mots incriminant refusent de franchir le seuil de ses lèvres. Quelle intégrité ! Elle est trop parfaite, cette Amy, elle m'énerve.

— Mademoiselle Mayor, vous êtes talentueuse, mais cela ne suffit pas à faire de vous une grande journaliste.

Ses épaules s'affaissent.

— Je sais cependant reconnaître votre travail, et le soin que vous apportez à vos textes plein de...

Le big boss cherche ses mots, ce n'est pas bon signe.

— Vous devez trouver votre propre style, exprimer votre personnalité. Vous ne manquez nullement de talent. Regardez John, suivez son exemple. En proposant ce papier, il est sorti de sa zone de confort.

Mais parle bon sang, qu'est-ce que tu attends ? Si seulement je pouvais la secouer cette Amy !

— Pour être honnête, je m'attendais même à ce que ce soit vous qui me soumettiez un tel article. Mais ne croyez pas que je vous ai oubliée, j'ai un reportage pour vous.

Il lui glisse un papier entre les mains. Amy écarquille les yeux, de façon que le spectateur comprenne que cette mission est loin de l'enchanter.

— Fairbank ?

— En Alaska.

Oubliés les maillots de bain et les punch coco les pieds dans l'eau ! Ce sera après-ski, cagoule et froid polaire. Amy frémit, rougit violemment, cherche l'air comme un poisson hors de l'eau. C'est bon, ma vieille, j'ai compris que tu n'avais aucune envie d'aller te geler les fesses à l'autre bout du pays.

— Mais c'est...

— Vous n'aviez rien de prévu pour les fêtes, si ?

— Bah, c'est que, justement...

— C'est parfait, la coupe-t-il. Le concours de sculptures sur glace de Fairbank est un véritable enchantement, et c'est ce que désirent les lecteurs de notre magazine en cette période. Ils veulent de la magie, tourner les pages du magazine avec des étoiles qui brillent dans les yeux.

Non, mais qu'a fumé leur scénariste ? Il fait fort avec les étoiles qui brillent, je me demande ce qu'il nous réserve quand Amy rencontrera l'homme de sa vie. Peut-être qu'il invoquera les constellations ou le big bang.

— Si vous prenez la route ce soir, vous y serez avant l'ouverture des championnats.

— Je n'aime pas trop conduire la...

— Splendide ! Tout est réglé. Je savais que je pouvais compter sur vous.

D'une tape amicale sur l'épaule, Peter la salue et la congédie.

— Ne me décevez pas.

Les hommes sont vraiment tous des machos arrogants. Paul, John, Peter. Viens, ma chère Amy, il y a de la place sous mon plaid.

Chapitre 3

« Let it Snow, Let it Snow, Let it Snow[1] »

En moins de quatre publicités, Amy a rempli le coffre de son SUV flambant neuf. Je me demande comment, avec son salaire de pigiste, elle peut s'offrir un tel véhicule. Selon toute probabilité, cela ferait moins rêver la midinette plantée devant sa télé si elle conduisait une petite Clio III de seconde main. Une carte routière sur le fauteuil passager, un tube hivernal diffusé par les haut-parleurs, la journaliste maudit la météo, John, Peter, le karma, l'univers. Heureusement que c'est un téléfilm parce que cette brave Amy serait un vrai danger public sur la route, vu qu'elle ne la regarde pas plus de dix secondes d'affilée. Il faut dire que son téléphone portable retient toute son attention. C'est le moment idéal pour moi d'aller refaire le plein dans la cuisine. Emmitouflée dans mon plaid, je m'éloigne en marche arrière, de peur qu'un événement crucial ne se produise malgré tout durant les trente secondes où je plongerai le nez dans les placards.

— Depuis quand il y a des rennes au beau milieu de la route ? m'exclamé-je, amusée. Des rennes, quoi ! On aura vraiment tout...

Mon pied dérape sur un coussin, je glisse, manque de faire tomber le sapin, mais c'est contre la bibliothèque que je reprends

1. « Let It Snow », en français : « Qu'il neige ! », Sammy Cahn, Jule Styne, 1945.

appui. Elle vacille sous mon poids. Encombrée par des épaisseurs de tissu, je peine à retrouver mon équilibre.

— Ouf ! Plus de peur que de mal !

Inquiète, je regarde ma décoration. Quelques lutins et livres à remettre en place, les poussières dorées s'agitent dans les boules, mais Noël est sauvé !

— Oh mon Dieu ! hurle Amy.

Je me retourne vivement vers l'écran. Une boule à neige vacille sur son socle et avant que j'aie eu le temps de dire « Kris Kringle[1] », elle s'écrase sur ma tête. Le verre vole en éclats, le chalet se brise, les paillettes tourbillonnent et se mêlent au sang qui s'échappe de ma blessure. Qu'est-ce que ça fait mal ! Je presse ma main sur la plaie alors qu'une vive douleur envahit ma boîte crânienne. Les flocons humides continuent de s'écraser sur mon visage, et je les essuie vivement. Une sensation de froid picote le bout de mes doigts. Je frémis. Traumatisme, points de suture, coma. Mon cerveau élabore différents scénarios plus ou moins dramatiques. Je dois trouver mon portable, et appeler les pompiers. C'est quoi le numéro déjà ? Difficilement, j'ouvre les paupières, peine à faire le point, aveuglée par une lumière éblouissante. Si c'est celle au bout du chemin, mon cas est plus désespéré que je ne le crois. Il devient urgent, que dis-je, vital, de passer ce fichu coup de fil. Je frotte mon visage. Des flocons de neige dansent devant mes yeux, formant un épais rideau au travers duquel je ne discerne rien. Mes doigts se referment sur un volant, et je me crispe imperceptiblement. Oh là là ! Je suis encore plus mal au point que je ne le craignais, je suis victime d'hallucinations. Soudain déboule devant moi un animal au pelage brun et beige, avec des bois majestueux. Au milieu de la route. Là, devant moi. Un renne. Instinctivement, mon pied écrase le frein. La voiture lancée à pleine vitesse devient incontrôlable. Mon rythme cardiaque s'accélère, mon sang bat à mes tempes. Certains voient leur vie défiler juste avant de mourir. La mienne doit être si peu intéressante qu'elle ne se

1. Kris Kringle est parfois l'un des noms donnés à Santa Claus, le père Noël américain.

donne même pas la peine de venir me hanter. Tout ce que je vois, c'est un renne.

Un renne du père Noël.

Mon véhicule achève sa course dans un sapin, et je perds connaissance.

***

Si je suis morte, ça craint. Ça craint sérieusement. Tout mon corps n'est que douleurs, sans parler du marteau-piqueur qui sévit dans mon cerveau. Je ne suis pas morte, je suis dans le coma et mon inconscient m'a projetée contre un conifère. Super. La poisse me colle à la peau, même à l'agonie. Je m'extirpe péniblement de l'habitacle, et m'enfonce dans la neige jusqu'aux genoux. Super. Ma robe rouge irisée de paillettes, et une paire de chaussons en peluche sont de loin la tenue la plus inadaptée pour affronter les frimas de l'hiver.

— On se gèle les miches ici !

Tel un ours, je grogne. Enfin, si j'étais un ours, ma fourrure me protégerait des morsures polaires.

— Et il n'y a pas une voiture sur cette route de sucre d'orge ! Oh, purée de lutin de chocolat !

Les gros mots qui sortent de ma bouche se transforment en méli-mélo de Noël édulcoré. À la liste de mes symptômes on peut donc ajouter un syndrome de Tourette inversé. Désormais, il m'est impossible de jurer en paix. Super. Comme je n'ai jamais été d'un naturel très patient et que je refuse de me transformer en glaçon, je commence à avancer, ou plutôt à glisser. La jambe cassée sera la prochaine étape, comptez sur moi.

— C'est quoi le plan, là ? hurlé-je en direction du ciel. Je me transforme en Mr. Freeze, et après ? Je reste statufiée jusqu'au printemps et les enfants viennent faire des rondes autour de moi.

Un chocolat chaud, au coin du feu. Juste un chocolat chaud, allez je ne vais pas être trop exigeante. Qui se contente de peu a toutes les qualités requises. Un chocolat chaud avec supplément de chantilly et de mini-guimauves. Les gargouillis peu élégants de mon estomac font écho à mes pensées gourmandes. Soudain, j'aperçois une fumée s'élever. Si ce n'est pas un mirage, comme pour un assoiffé au milieu du désert, ce panache s'échappe de la cheminée d'un chalet. Et avec un peu de chance, son propriétaire sera un séduisant jeune homme. Puisqu'il s'agit d'un rêve, tous les espoirs sont permis.

— Bradley Cooper ou Brad Pitt ! Je ne suis pas difficile. Ou Leonardo DiCaprio. À toi de voir celui qui sera disponible. Je te fais confiance.

Au bout de quelques mètres, les forces viennent à me manquer. Mon visage est figé dans une expression grotesque. Paralysée, pétrifiée. Quelles sont mes chances de m'en sortir vivante ? Une sur mille ? Une sur un million ? Et peut-on mourir de froid lorsqu'on est dans le coma ? Je déglutis péniblement, tant la réponse me semble évidente. Ce serait une façon stupide de passer l'arme à gauche, avec des chaussons à tête de renne. Je tâte mon visage, vérifie que mon nez est toujours à sa place. C'est déjà ça, il n'est pas encore tombé. Même si je parie qu'il est plus rouge que celui de Rodolphe. J'essaie de me frayer un chemin. Cependant, je ressemble à un pantin désarticulé, et chaque pas me demande un effort surhumain. Ma bonne résolution pour la nouvelle année sera d'accompagner Malya au sport. Si je survis. À mesure que je m'enfonce dans le manteau neigeux, des pensées plus sombres les unes que les autres m'assaillent. D'abord, je pense à ma super colocataire, que j'aurais mieux fait d'accompagner, puis à mes parents qui vont bientôt partir en croisière, puis à Paul qui va obtenir sans effort le poste que je convoite. Le purgatoire.

— Qu'est-ce que Tu attends de moi ?

Impuissante, je lève les bras au ciel, attendant désespérément un signe. Une larme roule sur ma joue.

— Que je chante ? J'ai l'air d'être la Reine des neiges, peut-être ?

Face au silence obstiné de mon interlocuteur divin, je lâche un profond soupir, avant de tenter le tout pour le tout.

— Libérée, délivrée... Je ne mentirai plus jamais. Libérée, délivréééééééééééée. C'est décidé je m'en vais.

Merci Katarina. Sur ce coup-là, je dois une fière chandelle à la nièce de Malya, car mes connaissances en matière de dessin animé sont plus que limitées. Pendant un week-end, elle nous l'a fait regarder en boucle. J'avoue avoir failli me crever les tympans pour échapper à la voix de la reine des cônes glacés. J'esquisse quelques pas de danse, bien plus gracieux lorsque c'est l'héroïne de Walt Disney qui s'en charge.

— J'ai laissé mon enfance en été, perdue dans l'hiver. Le froid est pour moi le prix de la liberté.

Ça pour avoir froid, j'ai froid, il n'y a pas de souci. Chaque centimètre de ma peau bleutée reçoit de plein fouet cette information. Pour chasser mes peurs, et me réchauffer un tant soit peu, je tourne sur moi-même, les yeux fermés, faisant s'envoler ma robe rouge.

— Libérééééééééééée, délivréééééééééééééee, je vais me transformer...

— Tout va bien ? m'interpelle une voix masculine dans mon dos.

La panique me submerge. Un hurlement strident franchit le seuil de mes lèvres gelées. Mes pieds s'emmêlent, et je trébuche. Cependant, avant de tomber lourdement sur le sol, je m'écrase contre un torse. Au moins, ce n'est pas un yéti. Un type m'aide à me redresser, les deux mains posées sur mes épaules. Oh, nom d'un père Noël ! Ma bouche s'assèche et je lâche un borborygme inélégant. Brad Pitt peut aller se rhabiller, j'ai face à moi le type le plus sexy qu'il m'ait été donné de voir, un homme immense aux cheveux bruns ébouriffés et à la barbe mal rasée. Je le devine musclé sous ses vêtements d'hiver bien coupés. Son regard scrutateur me déstabilise immédiatement. Je déglutis. Je suis bien en train de rêver puisque l'incarnation de mon fantasme se dresse devant moi. Avant de planter ses prunelles claires dans les miennes, il me jauge de la tête aux pieds ; s'il s'étonne de ma robe festive, ce n'est rien en comparaison du sourcil interrogateur qu'il arque lorsqu'il découvre ma paire de pantoufles. Je ressens immédiatement le besoin de me justifier, même si cela devient vite compliqué, les mots s'embrouillent et mon explication de confuse devient incompréhensible. Nouveau symptôme post-traumatique : trouble du langage. Mon incapacité à énoncer une phrase correcte est dramatique. Ses sourcils se froncent davantage et un voile d'inquiétude passe devant ses prunelles noisette. Objectivement, je dois avoir l'air d'une folle. La question à un million est de savoir si je ressemble à une gentille folle, la tatie un peu frappadingue qu'on se coltine un week-end sur deux, ou à la dangereuse, la psychopathe pour laquelle la camisole et l'hôpital psychiatrique sont conseillés.

— Qui peut vendre de telles horreurs ?

Sa voix me fait frissonner. Irréelle, envoûtante, imposante. Cependant après avoir lâché cette information des plus capitales, il se tait. Pas un « comment vous appelez-vous ? », histoire de faire connaissance ou un « en quoi puis-je vous aider ? ». On fait plus avenant comme sauveur. Il glisse une main dans ses cheveux, le moindre geste de ce type est d'une sensualité à vous couper le souffle. Je ne peux détacher mon regard de ses doigts dans sa chevelure, et des idées peu avouables traversent mon esprit. On mettra ma libido débridée sur le compte du choc. Et puis, de toute façon, ce qu'on vit dans le coma reste dans le coma. C'est absolument sans conséquences, n'est-ce pas ?

— Je peux vous toucher ?

— Pardon ?

Hésitant, il recule d'un pas.

— Je suis inconsciente, entre la vie et la mort. Mon corps ensanglanté est étendu sur le tapis de notre salon.

Les yeux de l'homme des bois s'écarquillent d'incompréhension. Je reconnais sans peine que mon entrée en matière peut être pour le moins déroutante.

— Depuis deux ans, je partage un appartement avec Malya. Il faut dire que les tarifs à Paris sont plus que prohibitifs. On parle de régulation des loyers ; moi, ce que je constate, c'est juste une augmentation de deux pour cent tous les ans. Certains vous diront que ce n'est pas beaucoup, mais c'est plus que ce que me rapporte mon livret A ces derniers temps. Bref, pour en revenir au sujet, je me suis pris les pieds dans ma couverture et je suis tombée. Et là, une énorme boule...

— Vous avez bu ? me coupe-t-il.

— Au moins trois chocolats chauds, j'avoue.

Ses sourcils se froncent encore, et il me scrute attentivement. Je ne peux que remarquer son mouvement de recul. Je crois que je lui ai fait un peu peur avec mon histoire de sang qui goutte sur le tapis.

— Je fais peut-être une crise hyper calorique, plaisanté-je.

Soudain, il se tape le front et éclate de rire.

— C'est une blague ? C'est ça ! C'est Joshua qui me fait marcher ? C'est bon, mon grand, sors de ta cachette, lance-t-il dans le vide. On a bien rigolé, mais cette pauvre fille crève de froid.

— Je ne suis pas une pauvre fille, protesté-je, vexée.

D'aucuns pourraient argumenter que ce devrait être le cadet de mes soucis en pareilles circonstances, mais mon orgueil refuse qu'on se moque de lui, même à l'article de la mort. S'il est prévu que je passe l'éternité au côté de M. Tout-en-muscles, je préfère partir sur de bonnes bases. Il va devoir surveiller son langage, surtout s'il tient à préserver ses parties intimes.

— Très bien, cette meuf...

— Hum, hum.

Il soupire profondément.

— Cette nana...

Toujours pas. Toute une éducation à revoir. Je toussote. Gagné par l'agacement, il reprend :

— Une jeune femme...

Il marque une pause, me jette un regard en biais, attend que je valide sa proposition. Ce que je fais. Voilà, quand il veut, il peut, ce n'est pourtant pas bien compliqué.

— Une jeune femme, donc, ne devrait pas avoir à se geler, et ce même si cette dernière est particulièrement tatillonne en ce qui concerne le vocabulaire employé à son sujet. Mais qu'est-ce que ça change au juste, vous êtes bien...

— Je vous conseille expressément de ne pas achever cette phrase si vous voulez éviter de me voir en colère, déclaré-je, faisant les gros yeux.

— OK, OK, je ne dis plus rien, abdique le rustre.

Il tourne alors sur lui-même, regarde un peu partout.

— Joshua, sors de ta planque ! Ou c'est un coup de Walter, ce serait bien son genre.

— Je vous dis que je vous ai créé, je l'interromps.

— Maman ?

— Très malin, soupiré-je en levant les yeux au ciel. Vous êtes mon fantasme.

Je détache chaque syllabe afin de m'assurer qu'il percute bien. Sexy en diable le bougre, mais pas très malin.

— Votre fantasme ? répète-t-il.

Un sourire goguenard se glisse sur ses lèvres, et je rougis jusqu'à la racine des cheveux. Même plongée dans le néant, il n'est pas aisé d'avoir l'air de la fille à l'aise, quand on ne l'est pas. Chassez le naturel, il revient au triple galop.

— Enfin, je veux dire, vous êtes le fruit de mon imagination, et comme je viens de me faire larguer par mon imbécile de petit copain, c'est sans surprise que j'ai inventé un beau gosse pour le remplacer. Même si, en toute honnêteté, je pensais que mon cerveau opterait pour un modèle un peu plus distingué, mieux rasé. Je n'ai pourtant jamais été attirée par le côté ours des bois, mais bon, les voies de l'inconscient sont impénétrables...

Il réprime un rire, ses yeux pétillent et je me décompose.

— Si je peux vous rassurer, je suis réel. Je vous autorise même à vérifier par vous-même.

— Non, ça va aller finalement.

— Vous êtes sûre ? s'amuse-t-il, en se rapprochant.

— Certaine.

Sa main chasse les flocons qui se sont posés sur mes cheveux.

— Vous allez mourir de froid. Vous n'avez pas un manteau, une paire de bottes fourrées ? Vous êtes complètement inconsciente.

— Exactement ! C'est ce que je me tue à vous dire !

Blasé, il secoue la tête et lève les yeux au ciel.

— Et vous êtes blessée, constate-t-il.

Sa main glisse sur ma chevelure et apparaît couverte de sang. De MON sang. Les couleurs désertent mon visage, la force mes jambes et si ses bras ne me retenaient pas, je m'écroulerais.

— Oh, ça, c'est une boule à...

J'hésite à reprendre mon explication depuis le début, mais, comme il ne semble pas disposé à me croire, je m'abstiens.

— Un accident, un stupide accident. J'ai cru voir un renne. Ma voiture a rencontré un sapin d'un peu trop près.

Son regard intense plonge de nouveau dans le mien, l'analyse, le transperce. Soudain, il retire sa veste et en couvre mes épaules. Je proteste pour la forme, mais m'y blottis. Elle contient encore la chaleur de son corps et son parfum.

— Par contre, pour ça, je ne peux rien faire...

Son menton désigne, amusé, les rennes au bout de mes pieds. Ne sait-il pas que les plaisanteries les plus courtes sont les meilleures ?

— Je vais m'en sortir, assuré-je.

— Oui, c'est ce que je peux constater, réplique-t-il sceptique.

Piquée au vif, je vais peut-être le laisser en plan et suivre ma première idée. Son petit côté suffisant, et son air railleur, un brin méprisant, commencent à me taper sur les nerfs.

— Sincèrement. Je vais marcher jusqu'à cette maison là-bas, et demander l'hospitalité à son propriétaire.

— Et tout ça en pantoufles.

— Oui, monsieur.

— Eh bien, bon courage.

D'un air aussi distingué que possible, et plus déterminée que jamais, je reprends ma périlleuse traversée de la toundra sibérienne en direction du chalet hospitalier.

— Si j'étais vous, je ne ferai pas ça.

— Ah oui, pourquoi ?

— C'est un vieil ours qui habite là-bas.

— Je prends le risque. Mon sourire charmeur devrait l'amadouer.

Il me laisse faire quelques pas avant de me héler à nouveau.

— En plus, il n'est pas là.

Mes épaules s'affaissent. Tout ça pour rien. Je suis maudite. Ce n'est pas le paradis blanc, mais l'enfer blanc.

— Pourquoi ? Ça ne te suffit pas que je me pèle les fesses ?

— Eh, eh, je n'y suis pour rien.

— Ce n'est pas à vous que je m'adresse.

— Mais alors à qui ?

— Je préfère ne pas répondre à cette question.

— Comme vous voulez.

— Je peux y aller ?

— Je vous en prie.

Il me cède le passage avec une révérence exagérée. Je me redresse fièrement. Je vais me débrouiller, je suis une femme moderne, débrouillarde, et… Je manque de glisser dans la neige, la tête la première.

— Je pense que je vais le regretter, soupire-t-il, mais laissez-moi vous aider.

— D'accord, réponds-je aussitôt avec un large sourire.

Ma réponse spontanée l'étonne. Visiblement, il s'attendait à ce que je refuse son coup de main ou que je minaude avant d'accepter de le suivre.

— Vraiment ? m'interroge-t-il.

— Bien sûr, je n'ai pas tellement d'autres options si je ne veux pas me transformer en glaçon.

L'avantage d'être dans les vapes, c'est qu'on n'a plus une minute à perdre en atermoiements. On a beau être dans un rêve, je suis en train de perdre mes orteils lentement et sûrement. S'il y a un espoir, même infime, de me réchauffer avec une tasse de chocolat, je la saisis et plutôt deux fois qu'une, quitte à faire confiance au premier type venu.

— Je vous ramène à votre voiture.

Un soupir déchirant m'échappe. Et la perspective du crépitement du bois dans l'âtre s'éloigne.

— On va mettre des heures à la retrouver. J'ai bien dû marcher cinq kilomètres après mon accident, grommelé-je.

En marmonnant toujours, je lui emboîte le pas et constate qu'il avance à grandes enjambées. Super, ne m'attends pas surtout, M. Yéti.

— Je pense que c'est celle-là, ironise-t-il.

Impossible, nous avons dû marcher deux minutes avant de rejoindre la route. Comme par magie, la voiture, ou plutôt ce qu'il en reste, fume gentiment contre le conifère où je l'ai abandonnée. Par acquit de conscience, il se penche sur le capot.

— C'est un miracle que vous ayez survécu, c'est plus fragile que du papier aluminium, ce genre de voiture...

— Ce n'est pas ma voiture.

— Ne me dites pas, vous l'avez volée et êtes poursuivie par toutes les polices de l'État, ricane-t-il.

— Je ne le dis pas alors. Avez-vous un moyen de la réparer ?

— Non, je ne suis pas doué en miracles, mais vous pouvez toujours demander au type là-haut de vous filer un coup de main.

— Il n'a pas l'air très enclin à m'écouter en ce moment, soupiré-je.

— Je suis sûr que si vous accompagnez votre requête d'une chanson de *La Reine des neiges*, vous aurez certainement plus de succès.

Je ne peux m'empêcher de rougir en pensant qu'il m'a surprise en flagrant délit de régression. Quitte à passer pour une gamine mal lunée, je lui tire la langue et il secoue la tête, dépité.

— Qu'est-ce qu'on va faire alors ?

— Moi, personnellement, j'ai du boulot, mais vous, vous pouvez faire ce que vous voulez.

Je me décompose. Il n'est pas sérieux, tout de même ? Un sourire effronté se glisse sur ses lèvres, joliment ourlées.

— Allez, quand j'aurai du réseau, j'appellerai Benny et il viendra vous dépanner. Avec un peu de chance, elle sera prête dans une semaine ou deux.

— Merci, réponds-je soulagée qu'il ne m'abandonne pas comme un vulgaire sac-poubelle au bord de la route.

— De rien...

— Zoé, je m'appelle Zoé Loisel.

— Aidan Cooper.

Oh purée de petit lutin des bois, même son prénom et son nom sont sexy. Ça a du bon de se gaver de romances américaines ! Son regard s'aimante au mien alors qu'il me tend sa main droite. Je la serre. Quelle poigne virile !

— Maintenant que les présentations sont faites, je peux vous proposer de vous emmener en ville ?

— Et comment ? questionné-je dubitative.

— J'hésite entre l'hélicoptère et la calèche, lance-t-il négligemment.

Mes yeux s'écarquillent ; s'ils osaient, ils sortiraient de leurs orbites comme dans les cartoons. Mon imagination n'a décidément aucune limite. Quelle que soit l'option choisie par mon chevalier servant, je serai ravie et dissimulerai avec peine mon enthousiasme. J'oublie momentanément que mon corps se tord probablement dans des spasmes douloureux sur le sol de notre salon parisien.

— Mon pick-up est là.

De sa main droite, il désigne un véhicule rouge à quelques mètres de nous, véhicule que je n'avais même pas remarqué. Je découvre une voiture typiquement américaine, à l'arrière de laquelle sont entreposés plusieurs sapins, et des pots de fleurs rouges.

— Ce n'est même pas drôle de vous mettre en boîte, vous êtes bien trop crédule, assure-t-il.

Il faut que je me sèvre des téléfilms bon marché de l'après-midi. Avec difficulté, je me hisse dans la cabine à l'avant. À peine installée, Aidan se penche au-dessus de moi. Je retiens mon souffle, alors que son torse me frôle légèrement.

— Qu'est-ce que vous fabriquez ?

Il plonge ses mains dans les poches de ma veste. De sa veste. Avant de m'évanouir, j'expulse l'air de mes poumons. Triomphant, il brandit un jeu de clés.

— Sans elle, nous n'aurions pas été très loin.

Chapitre 4

« Jingle bell, jingle bell, jingle bell rock jingle bells swing and jingle bells ring[1] »

— Pourriez-vous enfiler cette blouse ? insiste la secrétaire médicale, sans se départir de son sourire éclatant.

Me penchant légèrement, je lis le nom inscrit sur le badge décoré de seringues et d'un ourson en peluche.

— Marilyn, sans vouloir vous vexer, ce modèle conviendrait pour un des sept nains de Blanche-Neige. Alors, même si je suis loin d'avoir la taille mannequin, et je suis la première à le déplorer, il me faut au moins cinq tailles au-dessus. Vous devez bien avoir ça en réserve.

— C'est la plus grande que nous ayons.

— Sérieusement ?

Elle hoche la tête. Il faudrait qu'elle songe à fermer la bouche, elle risque de m'éblouir avec ses dents plus blanches que blanches. Marilyn a le charme discret de la cinquantaine bien sonnée sur qui le temps n'a pas de prise. La douceur de ses traits et ses joues rebondies me la rendent d'emblée sympathique.

— Je peux peut-être m'en passer, alors.

— Vous n'y pensez pas ! s'offusque-t-elle, les yeux écarquillés.

---

1. « Jingle Bell Rock » est une chanson de Noël, initialement enregistrée et publiée en 1957 par le chanteur américain Bobby Helms. Traduction approximative des paroles : « La cloche tinte, la cloche tinte/Le rock de la cloche tinte/Le swing de la cloche tinte et l'anneau des cloches tinte. »

Ça va, ça va. Pas besoin de faire une syncope, je vais obéir. Avec un soupir ostensible puisqu'il semble inconcevable que je ne me couvre pas de ridicule, j'enfile l'affreuse blouse décorée de dinosaures. Comme si cela ne suffisait pas à mon humiliation, elle est non seulement courte, mais aussi ouverte dans le dos. Je me tortille, essaie de dissimuler mes cuisses avec décence… c'est peine perdue. Chaque mouvement remonte un peu plus le tissu.

— Je n'ai pas besoin de tout ça, assuré-je.

— Le médecin ne va pas tarder, n'ayez pas peur, lance-t-elle.

— Je n'ai pas peur.

Après avoir noté quelques mesures, pris ma tension et ma température, elle suspend mon dossier au pied de la table à ausculter et sort, non sans m'avoir une fois de plus découvert son râtelier immaculé.

— Tout va bien se passer. Le Dr Scott est d'une extrême douceur !

Bizarre, en général, quand on me dit ça, c'est le moment où les choses tournent mal. Ses mots me font frissonner.

— Je n'ai pas peur ! répété-je en criant.

— Content de l'apprendre, me répond le médecin en poussant la porte.

Des boucles blondes dansent sur le col de sa blouse blanche agrémentée d'oursons en peluche. De grands yeux azur, des pommettes saillantes, des lèvres pleines. Ce docteur est si sexy que je me croirais dans un épisode de *Grey's Anatomy*. Dans la vraie vie, les docteurs ne donnent pas l'impression de sortir tout droit du calendrier des Dieux du stade. Je peux vous l'assurer, sinon je serais plus souvent malade. Si tous les mecs que je croise dans le coma sont aussi canons, j'avoue que je ne vais avoir aucune raison d'en émerger. Avec un sourire rassurant, il tire une lampe torche de sa poche, la pointe sur mes pupilles et m'incite à suivre la lumière. Ensuite, il prend ma tension et ausculte ma plaie au cuir chevelu.

— C'est grave, docteur ?

— Non, tout va bien se passer. Rassurez-vous, quelques points de suture et…

— Ne me mentez pas, je suis une grande fille. Je vais mourir, c'est ça ?

Interloqué, le sosie du Dr Mamour plonge ses prunelles bleues dans les miennes, les sonde.

— Non, ce n'est pas à l'ordre du jour.

Comme par miracle, ma cinquantenaire préférée entre dans la pièce, portant un plateau métallique. Je suis suffisamment calée en séries médicales pour savoir que, cachés sous ce tissu blanc, se trouvent les instruments de torture d'un chirurgien. Mon cœur fait un bond dans ma poitrine.

— Laissez-moi m'occuper de votre plaie.

Il s'empare d'une seringue et je manque m'évanouir. Je ferme les yeux, bloque mon souffle dans ma poitrine, m'attendant à sentir une vive douleur traverser ma peau. Il n'en est rien. Si ce type est aussi doué de ses dix doigts dans toutes les situations, c'est une question à approfondir. En quelques minutes, il m'a recousue et je respire à nouveau normalement. Maintenant qu'il a réglé la partie la plus visible du problème, peut-être pourrait-il me faire passer un scan, une IRM ou un autre truc du genre.

— Dans quelques jours, les fils se résorberont et la cicatrice sera quasiment invisible.

— Très bien, et pour le reste on fait quoi ?

— Pardon ?

— Vous pourriez peut-être m'envoyer consulter un neurochirurgien ?

J'ai toujours rêvé d'utiliser ce terme trop cool. Malheureusement j'ignorais qu'il me serait un jour vital d'en consulter un.

— Pour une plaie bénigne sur le front ?

— Non, pour ma commotion cérébrale. Je risque de passer l'arme à gauche à tout instant.

Il hausse un sourcil interrogateur, et m'oblige à répéter.

— Vous êtes médecin, je pensais naïvement que vous percuteriez plus vite. Je suis dans le coma, et vous êtes le fruit de...

— Très bien, je reviens, me coupe-t-il sans se départir de son expression bienveillante.

Il échange un regard inquiet avec Marilyn. Cette dernière, sans demander son reste, prend la fuite. Je me retiens de lui crier : « Il n'y a aucune raison d'avoir peur, ce n'est pas contagieux ! » À moins que… Et les battements de mon cœur s'emballent.

— Tout va bien se passer.

Ses mots qui sonnaient déjà faux la première fois où il les a prononcés semblent encore plus vides de sens désormais. Il joue très mal la comédie. À reculons, le Dr Scott sort de la pièce, après m'avoir offert une sucette. Son comportement pour le moins étrange m'inquiète. Je le regarde partir, donne un coup de langue sur le cœur acidulé et me lève en entendant des cris dans le couloir. La porte entrebâillée me permet d'espionner à l'extérieur sans risquer de me faire repérer. Aidan et Dr Sexy sont en pleine conversation. Leurs propos sont aussi agités que leurs gestes.

— Je ne suis pas responsable d'elle, je l'ai juste ramassée au bord de la route.

Merci, sympa, le coup du chien galeux. La sucette calée dans la bouche, mes mains se crispent sur le tissu de ma blouse sur laquelle je tire nerveusement.

— C'est ton problème, elle est… Je n'en sais rien.

— Mais c'est toi, le docteur, proteste Aidan en passant une main dans ses cheveux.

— Je suis pédiatre, mec, pédiatre.

Il détache chaque syllabe et je comprends les blouses trop étroites, les dinosaures, les oursons en peluche et les bonbons en guise de récompense ou de consolation. Mon cerveau doit être drôlement endommagé pour avoir mis tant de temps à percuter.

— Cette fille est bizarre, du genre vraiment bizarre ; elle a un grain, quoi, conclut le docteur que je trouve soudain nettement moins canon.

Vexée, je n'écoute pas la suite de leur conversation et retourne m'asseoir sur la table d'auscultation. Quelques instants plus tard, alors que je me demande ce que je vais devenir, Aidan pousse la porte.

— Qu'est-ce que vous faites ? grogne-t-il.

Je lui réponds en donnant rageusement un nouveau coup de langue sur la sucette et lui jette un regard noir. J'ai encore ses propos en travers de la gorge. Je suis à l'article de la mort, certes, mais avec ma dignité et mon amour-propre.

— Je veux dire, habillez-vous, on y va.

Son ton est sans appel et j'attrape à la volée ma robe qu'il me jette. Fini le mec sympa, l'ours mal léché sort de sa tanière. Je me dépêche d'enfiler mes vêtements, et soupire à la vue de mes chaussons.

— J'ai trouvé ça parmi les affaires oubliées, lance Marilyn que je n'ai pas entendue entrer dans la salle d'examen. Je pense qu'elles devraient vous aller.

Fièrement, elle me tend une paire de bottines à lacets, les plus vintage et les plus jolies qu'il m'ait été donné de voir.

— Vous voudriez me faire croire qu'il y a une nana qui est repartie pieds nus d'ici ?

Elle hausse les épaules.

— Aucune femme au monde n'oublierait de telles merveilles, je peux vous l'assurer. Ne me dites pas qu'elle est...

Le plissement de son front m'indique qu'elle n'a pas compris mon insinuation. Pourtant ce n'est pas bien compliqué de deviner où je veux en venir.

— Couic.

De mon doigt, je tire un trait sur mon cou et grimace exagérément, la langue sortie de la bouche.

— Oh non, bien sûr que non ! s'exclame-t-elle, les yeux agrandis par l'effroi. Le Dr Scott est un excellent praticien. Nous n'avons à déplorer la perte d'aucun de nos jeunes patients, Dieu nous en préserve.

Lorsque Marilyn se signe devant moi comme si j'étais le diable en personne avant de joindre ses mains devant sa bouche, je peine à réfréner un rire. Quel humain réagit de la sorte dans la vraie vie ? Et après, c'est moi qu'on traite de folle, on aura tout vu.

— Vous comptez les porter ?

— Bien sûr ! Je les adore déjà. Espérons juste qu'elles soient à ma taille.

Je les lui arrache des mains de peur qu'elle ne change d'avis. Avec précipitation, je les enfile et constate avec satisfaction qu'elles me vont parfaitement. Je suis sous le charme, merci à cette charmante inconnue qui a eu la bonne idée d'oublier ses chaussures au cabinet, qu'elle sache qu'elles ne sont pas perdues pour tout le monde.

— Vous aurez besoin de ça aussi !

Et semblant déjà avoir oublié mon insinuation des plus douteuses, elle me propose un manteau noir aux manches larges, brodé d'arabesques rouges et blanches.

— Sérieusement ? Vous voulez dire qu'une autre femme, à moins que ce ne soit la même...

Elle me coupe la parole avant que je révèle le fond de ma pensée.

— Personne n'est mort dans ce vêtement, vous pouvez le porter sans crainte.

— Enfin, notez que cela ne me dérangerait absolument pas...

Ainsi vêtue, j'ai l'air d'une princesse, d'une vraie princesse de Walt Disney – si on excepte le pansement qui me barre le front –, du genre de celles qui dansent et chantent. Ma métamorphose en Zoé nouvelle Reine des neiges est en cours. Je tourne sur moi-même, m'estimant plutôt pas mal dans mon genre, peut-être même mieux que pas mal.

— Vous ne seriez pas un peu magicienne, Marilyn ? Un manteau sublimissime, des bottines stylées, si vous m'offrez en plus un fondant au chocolat, je jure de déposer pour vous un cierge à Notre-Dame car vous serez non seulement mon héroïne, mais aussi une sainte.

— Désolée, réplique-t-elle, vous ne risquez pas de me canoniser ce soir, mais au bout de la rue, vous trouverez chez Janet les meilleurs brownies de toute la région. Mon tour de taille lui doit quelques centimètres.

— C'est bon à savoir. Et je peux vous assurer que vous êtes superbe. Si à votre âge, vu le nombre obscène de cochonneries que je peux ingurgiter quand je suis stressée, j'ai votre silhouette, je pourrais m'estimer des plus chanceuses.

Je me retiens d'embrasser ses deux bonnes joues avant de sortir de la pièce et de retrouver Aidan et Joshua dans le hall. Les regards que ces derniers me jettent sont loin d'être des plus aimables. Leurs sourcils froncés creusent même de vilaines rides au niveau de leur front. Je doute qu'ils m'accordent le compliment que ma tenue mérite, ce qui est fort regrettable, vu que je suis désormais aussi canon que la mère Noël.

— Grâce à Marilyn, je ne vais pas mourir de froid, lancé-je pour détendre l'atmosphère. Vous devriez songer à l'augmenter, cette femme m'a sauvée.

— Vous semblez déjà avoir oublié que c'est moi qui vous ai recousue.

— Oui, oui, merci beaucoup. Mais franchement, vous ne trouvez pas que ces bottines me font des jambes incroyablement fuselées ?

Malgré eux, les deux hommes coulent un regard vers mes pieds, cependant ni l'un ni l'autre ne répond à ma question, bien qu'elle soit des plus simples.

— Tu ne voudrais pas l'emmener ailleurs ? demande Joshua.

— Je ne...

Comme je suis une adulte responsable, je prends sur moi pour ne pas montrer à quel point ces propos sont vexants. Je vais me contenter de les snober, en affichant mon profond désintérêt pour leur personne. Dr Mamour vient de perdre son titre de médecin de l'année. Si c'est comme ça qu'il parle à ses patients, je comprends mieux pourquoi il les soudoie avec des sucettes.

— La fille dont vous parlez, c'est moi et même si je souffre d'une sévère commotion cérébrale... indétectable (ajouté-je devant l'expression circonspecte de Joshua), je suis loin d'être sourde. Je crois que je vais pouvoir me débrouiller toute seule.

— Super, c'est parfait, lance Aidan.

Ils ont l'air aussi pressés l'un que l'autre de se débarrasser de moi et comme je ne suis pas du genre à m'imposer, je vais aller me réconforter avec un ou deux gâteaux au chocolat.

— Merci pour tout messieurs...

Instinctivement, je porte ma main à mon front et touche le pansement, ravivant légèrement la douleur. Je grimace. Je prendrai un supplément de chantilly pour la peine.

— Bonne soirée, alors.

Avant de claquer la porte derrière moi, je leur adresse un dernier regard plein de dédain. Je ne suis pas folle, bande d'incompétents, et je vais très bien m'en sortir sans votre aide. Le froid vigoureux me saisit, et je bénis en mon for intérieur la bienveillante Marilyn pour m'avoir dégoté des bottines et un manteau doublé. Je savoure les premiers flocons qui se perdent sur mon visage et tire la langue pour les goûter. Lorsque mon chauffeur m'a conduite jusqu'à la clinique, je n'avais guère prêté attention à la route, plus intéressée par le profil d'Aidan que par le reste. Or, c'est bien regrettable, car mon sauveur, plus ours que sexy au final, ne peut rivaliser avec la rue principale qui m'offre la beauté et la magie des fêtes de fin d'année à la nuit tombée. Comme une enfant émerveillée, j'admire les décorations et les guirlandes lumineuses suspendues aux réverbères. Chaque devanture est un régal. Ici on ne fait pas les choses à moitié, l'esprit de Noël est partout, dans les sapins devant les boutiques, les paillassons rouge et vert, la musique festive diffusée par les haut-parleurs. Je plonge dans l'ambiance, et malgré moi, un sourire se glisse sur mes lèvres gercées. À chaque pas cependant, je manque de m'écraser pitoyablement sur le trottoir rendu glissant par le gel. Il ne manquerait plus d'ajouter au trauma crânien des fractures multiples. Dans mon dos, j'entends quelqu'un s'approcher de moi et ne peux m'empêcher de jeter un regard par-dessus mon épaule pour m'assurer que je ne suis pas traquée par un dangereux psychopathe.

— Aidan ? Vous me suivez ?

— Pas du tout, grogne-t-il, en enfonçant ses mains dans les poches de son jean.

— Pourtant, c'est ce qu'on dirait.

Je continue néanmoins mon exploration de la grande rue, en essayant de ne pas me soucier de celui qui préfère rester quelques mètres derrière. Comme un sale type bizarre. N'y tenant plus, je soupire et me retourne vers lui, les deux mains sur les hanches.

— Avouez que vous me surveillez.

— Mais non, souffle-t-il, laissant s'échapper une légère fumée de ses lèvres agacées.

Contre toute attente, il me frôle et me dépasse.

— Vous vous croyez le centre du monde ? Franchement ?

Vexée, je fais claquer ma langue.

— Pour tout vous dire, explique-t-il, irrité, je vais chez Janet...

— C'est aussi là que je me rends ! Marilyn m'a vanté les talents de pâtissière de la propriétaire et j'ai bien l'intention d'engouffrer toutes les pâtisseries que je trouverais pour...

Je n'achève pas ma phrase ; au lieu de cela j'accélère le pas pour me maintenir à sa hauteur. Il marche vite, le bougre, sans se soucier de ma présence ni de la fine couche de neige qui macule le trottoir.

— Pour ? me questionne-t-il.

— Faut-il des raisons seulement ?

Sinon, j'en ai mille, le coma engendre certains droits comme se gaver sans scrupule de tout ce qui est en temps normal mauvais pour la santé. Au coup d'œil qu'il me jette, je sens qu'il hésite entre l'agacement et l'amusement. Les petites rides d'expression au coin de sa bouche s'accentuent quand ses lèvres s'ourlent en un sourire. Un sourire certes timide, mais un sourire quand même. L'ours mal léché semble avoir décidé de rentrer ses griffes le temps qu'on rejoigne le café, et ce n'est pas pour me déplaire. Il avance en silence, mais ralentit le pas pour me permettre de me tenir à ses côtés sans que je m'essouffle. La pancarte vintage du *Janet's café* attire mon regard et je me réjouis d'avance de pousser la porte. Cependant, une personne qui s'apprête à faire de même retient mon attention, une jeune femme élancée aux belles boucles blondes. Une grande perche qui doit être mannequin ou un truc du genre. Une étrange impression de déjà-vu s'insinue en moi jusqu'à se transformer en certitude lorsque son regard azur croise le mien.

— Amy ! m'écrié-je.

Je ne suis pas dans le coma, mais dans un téléfilm de Noël.

L'information me percute de plein fouet.

Je suis dans un p… de téléfilm de Noël, incapable de lâcher la flopée de jurons qui m'aurait pourtant soulagée. Les voix d'Amy et d'Aidan se mêlent et semblent soudain lointaines. J'ai basculé de l'autre côté de l'écran. Oh, nom d'un père Noël !

Et je sombre dans l'inconscience.

Chapitre 5

« Il pleut, il pleut, il neige, il tombe de la cannelle[1] »

— Elle est morte ? questionne une voix apeurée que j'attribue à Amy.

— Mais non, elle a juste fait un petit malaise... Josh a assuré qu'elle n'avait rien de grave.

— Laissez-la respirer...

La voix pleine de bon sens appartient sans nul doute à une femme plus âgée et respire l'autorité. On tapote légèrement ma joue. Cependant, c'est comme si une chape de plomb pesait sur mes paupières, comprimait ma poitrine et m'empêchait de reprendre pied dans la réalité.

— Maman a raison, renchérit Aidan.

— Elle doit avoir besoin d'un petit remontant ! Je vais lui préparer un chocolat chaud...

— Tout ne se soigne pas avec du chocolat, grogne mon sauveur.

— Tu serais prêt à le jurer ? rétorque joyeusement une jeune femme. Ou mieux, à le dire à grand-mère ?

La sœur d'Aidan ? Pourtant, elle a l'air sympa. Mes paupières papillonnent, laissant s'insinuer une lumière bien trop forte. Mes pensées se remettent progressivement en ordre. Le renne au milieu de la route, mon crash dans un sapin, la neige abondante,

1. « Il pleut, il neige » : Comptine traditionnelle française.

la rencontre avec un ours, le paysage digne d'une carte postale. Je suis dans un téléfilm de Noël, un vrai de vrai, un de ceux devant lequel je bave d'envie. Vivement, je me redresse sur la banquette où j'ai été étendue. La palette d'émotions exprimée par leurs regards est d'une incroyable variété. Une femme d'âge mûr remonte ses lunettes rondes sur son nez. Le temps a marqué sa peau, mais la chirurgie et le maquillage font des miracles. Près de la table, une jeune femme pétillante, dont le prénom « Janet » est brodé sur le tablier rouge, m'offre un sourire réconfortant. Super, la sœur d'Aidan est aussi la meilleure pâtissière de la ville et respire la bonne humeur. C'est le genre de fille, dans la vraie vie, dont on a tout de suite envie de se faire une amie. Les bonnes joues rougies, le sourire généreux, la sincère jovialité. Le second rôle dont toute bonne comédie romantique a besoin. Je croise le regard d'Aidan, l'inquiétude que j'y lis me touche. S'il peut se montrer agaçant et vexant, il peut aussi faire preuve d'une grande sollicitude, l'ours devenu chaton. Et près d'eux, la blonde Amy, en chair et en os. Surtout en os. À ce que je peux voir, elle n'a pas un poil de graisse. Belle, drôle, sexy. J'hésite à tendre la main pour vérifier qu'elle est bien réelle, mais elle l'est sans aucun doute. Elle toussote, parle, rigole en rejetant sa blonde chevelure en arrière. Je comprends aussitôt pourquoi elle est l'héroïne. Son charme faussement naturel la place dans la catégorie des filles qu'on n'a pas envie de détester, même si elles sont canon, et à la place de laquelle on tuerait père et mère pour se trouver. Et je suis là, moi, Zoé Loisel, la nana normale qui n'aurait même pas été choisie comme figurante. Alors qu'ils s'apprêtent à parler tous en même temps et à me soumettre à un interrogatoire poussé, je lève un index.

— Accordez-moi une minute. Rien qu'une minute.

Je bondis sur mes pieds et m'élance à l'extérieur du café, faisant tinter le carillon de la porte. Le froid me fouette le sang, j'inspire profondément, embrasse du regard la rue illuminée. En observant ce décor digne d'un conte de fées, je sais que je ne suis pas en train de rêver, car mon cerveau serait incapable d'imaginer de telles merveilles. Au milieu du tourbillon des flocons, je tourne sur moi-même, en faisant voleter ma robe. Je suis dans un téléfilm de Noël, mon rêve est devenu réalité. Rien ne pourrait me rendre plus heureuse. Je ne retiens pas davantage le cri de joie qui jaillit de ma poitrine. Je suis en train d'exécuter une danse de la victoire, mélange de salsa et de break dance. Enfin, c'est ce que je me plais à croire, lorsque mon regard croise celui d'Aidan. Je me fige instantanément, les bras au-dessus de la tête, mon corps contorsionné dans une position incongrue.

— Mais qu'est-ce que vous fabriquez, Zoé ?

Dans sa voix perce un mélange d'incompréhension, de gêne et de désarroi. Honnêtement, je n'ai aucune explication à lui apporter, ou plutôt aucune explication que son esprit soit capable d'accepter. Même moi, je ne sais pas comment j'ai atterri ici.

— Cela ne se voit pas ?

— Cela ne semble pas évident. À vue de nez, je dirais que vous avez une maladie de peau, genre la gale, et que c'est contagieux.

— Mais non, je n'ai pas la gale, protesté-je outrée.

— Ou des puces.

La seule évocation de ces petites bestioles parasites me donne une furieuse envie de me gratter entre les omoplates. Je la réprime pour éviter de lui donner raison.

— Je vais bien, assuré-je. Très bien. Excellemment bien, même.

— On ne dirait pas, proteste-t-il. En fait, pour être honnête, Zoé...

Il baisse la voix comme pour me faire une confidence.

— Je commence à croire que vous avez bien une commotion cérébrale.

Je soupire, Aidan a un train de retard.

— Non, votre ami le Dr Scott, même s'il n'est que pédiatre – et loin de moi l'idée de critiquer ce noble métier –, a raison. Je vais bien. Je me réjouis simplement du fait d'être en vie en dansant.

— Parce que vous appelez ça « danser » ?

— Lorsqu'on se meut de façon aussi gracieuse et harmonieuse que je peux le faire, on danse.

Il ne me contredit pas ; à la place, il roule des yeux, ce qui en soi est tout à fait explicite sur ce qu'il pense.

— Ah oui, la danse de l'électricien. Quand on vous regarde, on a l'impression que vous avez les doigts coincés dans une prise de courant.

À court d'idées, je lui tire la langue.

— Vous ne parviendrez pas à briser ma positivité.

— Si vous le dites. En tout cas, votre joie est...

Il cherche ses mots, rive son regard au mien et des picotements – qui n'ont rien à voir avec une éventuelle maladie de peau – me parcourent agréablement l'échine.

— ... originale, conclut-il.

— C'est le plus joli compliment qu'on m'ait jamais fait, rétorqué-je spontanément.

Ma réponse le déroute, et il m'offre un sourire gêné, en passant une main dans ses cheveux.

— Vous aviez parlé d'un chocolat chaud ? lancé-je pour faire diversion.

— Moi, je n'ai parlé de rien, c'est Janet. Elle est persuadée qu'il n'y a aucun problème qu'une bonne dose de sucre ne puisse régler.

— Elle a raison, assuré-je.

Il lève les yeux au ciel, retient un sarcasme probablement misogyne, avant de hausser les épaules. Côte à côte, nous retournons à l'intérieur.

— Vous allez bien vous entendre, toutes les deux, déclare-t-il.

— J'en suis sûre.

Il ouvre la porte du café et mon cœur fait un bond joyeux. Une délicieuse odeur de pains d'épices et de sablés à peine sortis du four flotte dans l'air, me chatouille les narines et torture mon estomac. Les bocaux remplis de friandises et les plateaux de cupcakes couverts de chantilly qui trônent sur le comptoir en bois à côté d'un somptueux sapin attirent naturellement mon regard. Je prends trois kilos rien qu'à lorgner sur ces pâtisseries jusqu'à ce qu'une personne s'interpose entre moi et ma vision idyllique.

— Vous allez bien ?

Avec bienveillance, la femme d'âge mûre enveloppe mes épaules de son bras. Ce geste amical me réconforte.

— Vous nous avez fait peur...

— Je suis désolée, m'excusé-je. Un petit vertige de rien du tout...

— Aidan nous a raconté pour votre accident de voiture, je comprends que vous soyez choquée, ma pauvre petite. Moi, c'est Suzanne, m'explique-t-elle en me conduisant à une table, collée à la vitre.

Elle m'oblige à m'asseoir et hèle aussitôt la serveuse. Janet, la reine du fondant au chocolat, ma future meilleure amie. Aidan se laisse choir sur une des banquettes.

— Ma chérie, il y a urgence ici.

Si l'urgence est de me nourrir, je ne vais pas me risquer à la contredire. Elle me pointe de son index lorsque sa fille jette un coup d'œil dans notre direction.

— J'arrive, j'arrive, assure cette dernière.

Janet sert à deux adolescents attablés une énorme part de tarte aux pommes surmontée d'une tonne de crème fouettée avant de leur souhaiter un bon appétit. Je l'observe, alors qu'elle s'avance vers nous, une cafetière à la main. Ses rondeurs harmonieuses sont mises en valeur par une tenue près du corps et son tablier brodé à son nom. Un sourire égayant son visage jovial, elle s'appuie négligemment sur notre table. Ma première impression se confirme, il émane d'elle une aura de gentillesse et de bonté qui me touche instantanément. Arrivée à ma hauteur, elle pose une main réconfortante sur mon épaule.

— De quelle nature est l'urgence ?

— Zoé fait des malaises, regarde comme elle est pâlotte, déclare sa mère.

Janet se penche vers moi, et partage aussitôt l'avis de sa mère. Du bout de son index, elle caresse doucement ma joue.

— Blanche comme neige, la petite demoiselle.

— C'est de saison, assure l'ours grognon, le regard perdu dans les flocons qui dansent devant la baie vitrée.

— Les plats de Garry vont te remettre sur pied en un instant.

Je suis le regard de Janet en direction de la cuisine où j'aperçois un homme s'activer derrière les fourneaux. Grand, costaud, charmant. C'est la ville où il faut vivre, il y a plus de mecs canons au centimètre carré que de botox dans les seins de Kim Kardashian.

— Tu permets que je te tutoie, n'est-ce pas ?

Je hoche la tête, et lui assure que cela ne me pose aucun problème, au contraire.

— Qu'est-ce qui te tente ?

— Je ne sais pas... Tout.

— Alors j'ai ce qu'il te faut, ne bouge pas.

Elle file en direction du passe-plat où elle interpelle le cuistot. Aussitôt, ce dernier se tourne vers elle. Je n'ai pas l'occasion d'entendre ce que Janet commande parce que la voix d'Amy retentit à mes oreilles.

— Mademoiselle ?

Elle se tient devant moi, une tasse entre les mains, et une lueur intriguée au fond de ses prunelles claires.

— Juste avant de vous évanouir, vous m'avez appelée par mon prénom.

Oups, boulette.

Comment vais-je pouvoir expliquer que je sais qui elle est, ou encore que son reportage lui est passé sous le nez, remporté par ce fourbe de John ? Je me creuse les méninges, en espérant avoir une illumination.

— On s'est déjà vues quelque part ? me questionne-t-elle.

Je ne peux m'empêcher de l'observer alors qu'elle analyse les traits de mon visage et sonde sa mémoire. La voir devant moi est tellement irréel que je me frotte les yeux pour m'assurer que je ne suis pas en train de rêver. Comme cela ne me semble pas suffisant vu l'expérience que je suis en train de traverser, je me pince le bras. Il y a encore quelques heures, j'étais allongée sur mon canapé, enchaînant les programmes de Noël pour oublier. Oublier que je viens de me faire larguer, oublier que mes parents préfèrent passer les fêtes de fin d'année au soleil sans se soucier de moi. Oublier que ma vie n'a rien d'une comédie de Noël.

— Peut-être.

Premier mensonge. Trois paires d'yeux se braquent sur moi. Ce n'est plus seulement une Amy curieuse qui me fixe de son regard azur, mais également la mère et le fils.

— Vous habitez New York ?

— Je… euh… Oui.

Deuxième mensonge, et pas des moindres. Je n'ai jamais mis un pied dans la métropole américaine, tout ce que j'en sais, je l'ai appris lors de mes séances de *binge-watching* de séries telles que *Sex and the City, Friends* et *New York, unité spéciale*. J'espère que ce sera suffisant pour prétendre que j'ai déjà couru dans Central Park – je ne cours jamais – ou grimpé en haut de l'Empire State Building – j'ai le vertige.

— Ah, je me disais bien que votre visage me semblait familier, s'enthousiasme Amy. Vous habitez dans quel coin ? Ou peut-être travaillez-vous à Manhattan ?

Je toussote, tentant de me souvenir où Monica, Rachel, Chandler et Joey ont élu domicile. Je prie le ciel pour que Miss Parfaite ne soit pas aussi accro que moi à la série.

— À l'angle de Bedford Street et de Grove Street, tenté-je.

Troisième mensonge. Ça passe ou ça casse. Les sourcils d'Amy se froncent. J'aurais peut-être dû porter mon choix sur l'adresse de Carrie Bradshaw.

— Ce n'est pas dans l'Est Village, si ?

Je souffle.

— Non, en effet, West Village.

— Cela ne me dit toujours pas comment vous connaissez mon prénom, insiste-t-elle.

Mais ce n'est pas possible, on dirait un roquet à ne pas vouloir lâcher l'affaire ; c'est bien une journaliste, tiens.

— Danse orientale ? Zumba ? Rétrospective Woody Allen ?

Perplexe, Amy secoue la tête. Je suis à court d'idées, mais je sens qu'elle ne s'arrêtera pas de chercher tant qu'elle n'aura pas obtenu une réponse satisfaisante.

— Alors je pense que j'ai juste deviné, tenté-je, faute d'inspiration.

Le sourcil d'Amy se hausse exagérément. Elle n'est pas dupe, absolument pas. Ce serait bien que Janet revienne, n'importe quelle diversion serait la bienvenue. Aucune aide ne viendra du côté de Suzanne et de son fils. Aidan a l'air d'ailleurs tout aussi sceptique que la reporter. Mon stress augmente sous leurs regards scrutateurs. Respire, Zoé, respire.

— J'ai un don divinatoire qui me vient de ma grand-mère.

Quatrième mensonge. La bouche d'Amy s'arrondit démesurément. Certes, c'est une bonne actrice, mais il faudrait qu'elle songe à surveiller ses expressions faciales avant qu'elles se transforment en grimaces. Quant à Aidan, il éclate de rire et cela me donne envie de lui coller une gifle. Il pourrait faire semblant de me croire, essayer de me soutenir un peu face à Miss Détective.

— Non, mais Zoé, il faudrait inventer autre chose.

— Mais je ne mens pas, protesté-je, vexée d'avoir été découverte aussi vite.

— Bon, sérieusement ? Mets fin à cet insoutenable mystère... Où as-tu rencontré Amy ?

— Je ne sais pas... Je me... Je regardais un téléfilm de Noël.

Ce dernier mot percute mon cerveau. La voilà la solution.

— Je connais Jo...

Ce n'est peut-être pas une bonne idée que d'évoquer son ex et accessoirement celui qui lui a volé le reportage dans les pays chauds. Peter, son boss mégalo et paternaliste ? Pas sûr que ce choix soit non plus très opportun. Il ne me reste qu'un dernier nom à citer, une dernière carte à abattre.

— Doris.

— Doris ? Ma Doris ? répète Amy, laissant transparaître son étonnement.

Sa voix s'envole dans les aigus. L'excitation la gagne, elle sautille presque sur place, le contenu de sa tasse valsant dangereusement d'un bord à l'autre.

— Oui, et elle m'a beaucoup parlé de vous, elle est ravie de bosser dans votre service.

J'anticipe ses questions, en étayant de détails mon histoire.

— Et elle m'a montré des photos du pot de Noël de l'an passé, et j'ai une très bonne mémoire visuelle, et je l'ai rencontrée dans un atelier d'origami, et...

Et il est temps que je ferme ma bouche, surtout qu'Amy a l'air enfin convaincue. Citer Doris est le sésame qui a ouvert la porte de sa confiance. Prise d'une impulsion subite, la jolie blonde se jette dans mes bras et m'offre un câlin comme si nous venions de devenir amies. Les amis de mes amis sont mes amis. Tant mieux.

— Que le monde est petit ! s'exclame-t-elle, grisée par cette découverte.

— C'est vraiment incroyable, confirme Suzanne, en portant ses mains à sa bouche.

— Oui, incroyable, il y a combien d'habitants à New York ? Un truc genre huit millions... Et là, au même instant, vous vous retrouvez toutes les deux à Everwood qui doit compter plus de vaches au kilomètre carré que d'habitants. Miraculeux, devrait-on dire, ironise Aidan. Et en plus vous êtes toutes les deux amies de cette fameuse Do...

— Attention, chaud devant ! lance joyeusement Janet en déposant devant moi un énorme burger et ses frites luisantes d'huile.

— Merci beaucoup, ça a l'air délicieux.

— Si ce n'est pas le cas, je t'autorise à te venger sur le chef.

— J'ai tout entendu, crie Garry depuis la cuisine.

— Oh mince, et moi qui croyais qu'il était sourd, je devrais peut-être arrêter de critiquer ses préparations devant tous nos nouveaux clients, s'amuse Janet. Mon mari pourrait chercher à se venger en me chatouillant les orteils pendant mon sommeil.

Le regard que s'échangent ces deux-là déborde d'une franche complicité, transpire l'amour véritable. Leur joute verbale doit plaire aux clients autant que les plats copieux et les pâtisseries gourmandes. Janet attrape sur la table voisine un assortiment de sauces qu'elle installe à proximité de mon assiette. De la graisse, du gras, du sucre.

— Tu ne perds rien pour attendre, rétorque le cuisinier gaiement en lui offrant un clin d'œil avant de disparaître de notre vue.

— Et moi, je n'ai le droit à rien ? grogne Aidan.

— Quand tu auras survécu à un accident de voiture, on en reparlera, déclare sa sœur.

— Un accident, tout de suite les grands mots, son coupé a juste rencontré un sapin.

— Et tout ça à cause d'un renne, interviens-je, tout en plongeant une frite dans le ketchup avant de la porter à ma bouche.

Je retiens un soupir de satisfaction.

— Moi aussi, j'en ai vu un, déclare la journaliste, juste après avoir aperçu le panneau de la ville, et y ai vu le signe qu'il fallait que je m'arrête, au moins pour la nuit.

— Attention, Amy, faire halte à Everwood, c'est dangereux, après on n'a plus jamais envie d'en repartir, affirme Suzanne.

Je suis toute prête à la croire. Qui aurait envie de quitter le village le plus charmant, celui où la magie de Noël existe ? Et je parie qu'il pourrait également servir de décor incroyable pour une romance de Saint-Valentin ou même une comédie estivale.

— Plus jamais, confirme Janet. Avant de devenir un des chefs les plus réputés de la ville, Garry était trader à Los Angeles, il passait sa vie à aboyer des ordres dans son téléphone portable ou le nez plongé sur son ordinateur. C'était un mec insupportable, imbu de lui-même, et méprisant. Lorsque sa grand-mère est décédée, il a dû prendre quelques jours de congé, ce qu'il n'avait pas fait depuis près de sept ans et s'est arrêté en route pour reprendre des forces. Il était persuadé que si je lui servais un grand café, il serait en mesure de rouler toute la nuit et d'arriver chez ses parents au petit matin. Je ne l'ai pas totalement écouté, certes je lui ai versé plusieurs litres de café, mais je lui ai aussi apporté une part de mon fameux cheesecake. Il ne m'a même pas remerciée, alors qu'il a englouti jusqu'à la dernière miette...

Je suis suspendue à ses lèvres, j'adore les histoires d'amour, surtout quand elles ressemblent à une de ces comédies que j'adore regarder en replay le soir après le boulot. Des rencontres improbables, des rebondissements, des personnages qui changent du tout au tout. Ce n'est pas dans la vraie vie que ça arriverait, avec un Garry peut-être, mais pas avec un Paul. Non, rien ne fera évoluer un Paul. Pour lui, seule compte sa promotion. Pourquoi est-ce que j'attends encore qu'il mette fin à notre pause ?

— Comme il était des plus impolis, j'ai attrapé son si précieux téléphone et l'ai plongé dans un pichet d'eau glacée. Je ne sais pas ce qui m'a pris, je vous le jure, poursuit Janet.

Se souvenir de leur rencontre glisse sur ses lèvres un sourire nostalgique. Le destin – ou plutôt un scénariste zélé – a mis sur sa route l'homme qu'il lui fallait, l'homme capable de tout quitter pour ses beaux yeux. Sans regret, Garry a plaqué du jour au lendemain sa vie faite de soirées mondaines au bord de la piscine, d'argent facile et de coups d'un soir pour venir s'enterrer dans une petite ville à griller des steaks et préparer des sandwichs. En moins d'une semaine, il a dit adieu à son boulot, ses potes, ses ex et a posé ses bagages définitivement dans le café de Janet. Franchement, levez la main qui pense que cela peut arriver dans la vraie vie !

— Il a hurlé, a menacé de me faire un procès. Je l'ai calmé avec un roulé à la cannelle et... Il n'a plus jamais voulu partir. Enfin, si, il est parti le lendemain, a assisté à l'inhumation de sa grand-mère puis est revenu le jour d'après pour tester un autre dessert.

— Son ventre est son point faible, comme pour la majorité des hommes, assure Suzanne, malicieusement.

Le seul individu de sexe masculin autour de la table proteste vivement, avant que les gargouillis de son estomac lui fassent changer d'avis.

— Il est vrai que je n'aurais rien contre grignoter une bricole si ma sœur adorée...

— Hors de question ! Tu n'as pas promis à Grace des lasagnes pour ce soir ? rétorque Janet avant de filer en direction de la cuisine.

— D'ailleurs, elle ne devrait pas tarder à arriver, intervient la matriarche, en jetant un coup d'œil à sa montre.

Ma bouchée me reste en travers de la gorge en entendant ce prénom féminin, cette personne pour qui Aidan va se mettre aux fourneaux. Je tousse puis avale une gorgée d'eau. Ma réaction est stupide, je le sais. Bien sûr qu'Aidan a quelqu'un dans sa vie. Et je parie même que c'est une grande blonde canon, perchée sur des talons aiguilles et portant une robe de créateur. Une Grace ne peut être qu'une femme parfaite dotée de toutes les qualités aussi bien physiques que morales. En plus, une Grace est une épouse accomplie qui tricote pour les sans-abri et qui trouve le temps de chanter à l'église le dimanche matin. Personnellement, lorsque j'en croise une dans la rue, je me retiens de lui faire un croche-pied. L'appétit coupé, je repousse mon assiette.

— Merci, me lance Aidan, en y piquant des frites.

Sa mère lui donne une petite claque sur la main pour l'empêcher de se resservir.

— Tu n'auras plus faim pour le dîner, le gronde Suzanne, comme si son fils était encore un petit garçon.

Amy se lève en constatant qu'il est déjà si tard.

— Vous avez trouvé une chambre pour la nuit ? s'enquiert Suzanne.

— Oui, à la pension de famille, j'ai eu de la chance, ils ne leur en restaient qu'une.

— Forcément avec les fêtes de fin d'année et le concours de sculptures sur glace...

— Un concours de sculptures sur glace ? Je dois justement faire un reportage...

— À Fairbank, en Alaska, interviens-je à propos.

Trois paires d'yeux convergent vers moi. Leur visage exprime un vif étonnement.

— Comment le sais-tu ? demande Amy.

— Savoir quoi ?

— Que je suis en route pour l'Alaska.

Oups. J'ai encore parlé trop vite. Il faudrait songer à m'amputer de la langue pour m'éviter de débiter autant de bêtises à la seconde. Par chance, je n'ai vu que le début du téléfilm, mon stock d'informations concernant Amy et compagnie est de ce fait fort limité. J'ignore quel destin incroyable le scénariste lui a réservé à Fairbank, en Alaska, hormis une grande et belle histoire d'amour, cela va de soi.

— Doris, affirmé-je.

— Ah oui, Doris, se rassure Amy, en secouant inutilement sa chevelure.

Je ne suis pas une espionne, envoyée par le directeur de la revue. Elle peut se tranquilliser.

— M. Sparks m'a assuré que le dîner serait servi à dix-huit heures trente précises et que j'avais intérêt à être à l'heure.

— Ah oui, ce vieux grognon de Bradley ne plaisante pas avec la ponctualité, mais vous verrez, c'est un homme charmant, tout comme Mildred, son épouse.

— Et ce sont de fins cordons-bleus, ajoute Aidan.

Décidément il ne pense qu'à son estomac celui-là.

— Mais ne le répétez pas à Garry, il pense vraiment être le meilleur cuistot de la ville, peut-être même du pays. Alors qu'une fois sur deux, il fait brûler nos steaks, plaisante Aidan.

— Le mien était cuit à la perfection en tout cas, assuré-je.

— Vous avez eu de la chance !

Amy nous salue d'un geste de la main, et se dirige vers la porte. Je la suis du regard, alors que je peine encore à prendre conscience que je me trouve dans le téléfilm qu'il y a quelques heures je visionnais, vautrée sur mon canapé.

— Et vous, mon petit, où allez-vous dormir cette nuit ? me questionne soudain Suzanne.

— Bah, je n'en sais rien, je n'y ai pas songé, avec l'accident, tout ça...

La peur se répand en moi, rattrapée par la réalité. Je me vois déjà en train de me geler les fesses dans ma voiture. Une voiture en train de fumer, écrasée contre un pin, au bord d'un bois sombre. Et en plus, il neige. Un soupir désespéré m'échappe. Il y a la fiction et la vraie vie. Et dormir dehors par moins dix degrés ne fait pas partie de mes rêves, ni ce soir ni jamais.

— Je pense que vous devriez...

Suzanne n'achève pas sa phrase, une tornade métisse pas plus haute que trois pommes déboule dans le café et se jette dans ses bras en hurlant. Vêtue d'un ensemble de danse rose, collants et tutu, d'une paire de bottines fourrées, emmitouflée dans un manteau fleuri, une écharpe en laine et un bonnet, je pense qu'elle n'a pas la tenue idéale pour affronter la neige. Après avoir embrassé la vieille dame, la fillette se tourne vers Aidan et se précipite sur lui comme une bourrasque. Celui-ci ouvre grand les bras, son sourire s'étire jusqu'à ses deux oreilles quand la tête de la petite s'écrase contre son torse. Aussitôt leur ressemblance me saute aux yeux. C'est sa fille qu'Aidan serre dans ses bras avec amour. Et sans être généticienne, pour que cette puce ait cette couleur caramel, la maman doit avoir une jolie peau ébène. Instinctivement, je me penche par-dessus la table, essaie de vérifier si un anneau orne son doigt. Avec ma chance légendaire, je parie que non seulement il est marié, mais qu'en plus son épouse doit être le sosie de Halle Berry. Non pas qu'il m'intéresse, mais il est toujours important de savoir à qui on a affaire. La grand-mère couve son fils et sa petite fille d'un regard attendri avant de rejoindre Janet qui débarrasse les tables en chantant.

— Grace chérie, c'était comment la danse ? la questionne son père.

— Trop génial, Mlle Stacy a dit que je faisais des progrès énormes, et puis Queen a dit que mes cheveux étaient en fouillis donc je lui ai marché sur le pied. Je l'ai fait exprès, mais Mlle Stacy a cru que je ne l'avais pas fait exprès donc je n'ai pas été punie. Et on va danser *Le Lac des cygnes*, papa, tu crois pas que ce serait plus drôle *Le Lac des singes* ?

— Effectivement, ce serait nettement moins ennuyeux, confirmé-je.

Grace avise enfin ma présence, elle quitte les genoux de son père, tout en m'observant, ses yeux ambrés plissés pour mieux me voir. En un instant, j'ai le droit à un sourire chaleureux. Elle me juge digne d'écouter ses confidences puisqu'elle repart de plus belle et nous raconte avec force détails la moindre seconde de son cours. Je viens officiellement de trouver une personne plus bavarde que ma colocataire.

— Et toi, tu as déjà dansé ? m'interroge-t-elle.

— Oh oui, mais je n'étais pas très douée...

— C'est ce que j'ai pu constater, se moque Aidan.

Je lui jette un regard noir, il a perdu une occasion de se taire.

— J'aimerais bien voir ce dont M. Cooper est capable, lui qui se permet de critiquer. Je tiens néanmoins à préciser qu'il s'agissait d'une improvisation et que je n'étais pas même échauffée.

Il s'esclaffe en se levant.

— Je reviens dans deux minutes, j'ai une mission à accomplir, lance-t-il joyeusement.

Si c'est ainsi qu'il s'exprime lorsqu'il doit se rendre aux toilettes, le politiquement correct a encore de beaux jours devant lui. Déjà que les gros mots sont censurés, alors si on ne peut même plus prononcer le mot « pipi » sans s'attirer d'ennui, où va-t-on ?

— Laquelle ? questionne Grace.

Il se penche légèrement vers sa fille, regarde à droite et à gauche comme si des oreilles indiscrètes risquaient de surprendre leur conversation. N'est-ce pas un peu exagéré ? Certes, Grace est jeune, mais ce n'est pas un bébé non plus. Je ne suis pas très douée pour estimer les âges, mais comme nous sommes dans un téléfilm de Noël, je dirais neuf ou dix ans. Avant, les enfants sont rarement assez bons acteurs pour interpréter leur rôle à la perfection, à quelques exceptions près.

— Je vais aller piquer quelques trucs dans la cuisine de Garry. Mais chut, motus et bouche cousue !

Devant ses lèvres, la petite fille fait signe de tirer une fermeture Éclair. Les yeux de la complice pétillent. Visiblement ce n'est pas la première fois que son père accomplit un tel méfait.

— Qu'est-ce qui vous manque ? l'interrogé-je.

— Des tomates, des oignons, de la viande hachée, des feuilles de lasagne, du parmesan, énumère-t-il.

— Ne serait-il pas plus simple de lui voler directement le plat ? me moqué-je.

— Hors de question, rétorque Aidan.

— Hors de question, répète Grace, en secouant la tête. Papa ne baisse jamais les bras face à l'adversité.

— Bien dit, ma chérie.

Aidan dépose un baiser sur les cheveux de sa fille avant de se faufiler, tel un espion – enfin un espion ressemblant plus à Mr Bean qu'à James Bond. Grace suit son père des yeux, et la complicité qui lie ces deux êtres me touche. Je ne peux m'empêcher de penser à la relation que j'entretiens avec mes parents. « Relation » est sans doute un terme trop fort pour qualifier ce que nous partageons. Nous n'avons jamais été proches. Évidemment, je n'ai manqué de rien. On m'a payé des cours de danse, de musique et d'équitation ; on m'a nourrie, habillée avec des vêtements de marque ; on m'a inscrite dans les meilleures écoles. En revanche, je n'ai aucun souvenir de câlins dans le lit parental le dimanche matin, de jeux de société ou d'après-midi shopping. Alors qu'Aidan disparaît dans la cuisine, Grace rive son regard au mien.

— Qu'est-ce que tu fais ici ?

— Ici ? À part manger un burger et discuter avec toi, tu veux dire ?

— Ici, à Everwood.

Face à ses yeux scrutateurs, je me sens soudain mal à l'aise, cette fillette est maligne.

— J'ai eu un accident de voiture et ton père est arrivé par hasard sur la même route que moi...

— Walter dit qu'il n'y a aucun hasard, me coupe-t-elle.

Bien trop maligne pour son âge.

— Qui est ce Walter ?

— Ne change pas de sujet, Zoé. Tu es peut-être un promoteur immobilier ou un huissier.

Je m'esclaffe face à cette supposition surréaliste.

— Je suis infographiste pour une agence de communication digitale.

Ses yeux s'agrandissent d'incompréhension, et je devance la question qu'elle s'apprête à poser.

— Je crée des sites Internet, des affiches promotionnelles...

— Tu sais dessiner ?

— Euh, oui, pourquoi ?

— Parce que tu vas pouvoir m'aider à terminer le devoir que ma maîtresse m'a donné.

Décidément, elle ne perd pas le nord, cette petite. S'il y a deux secondes elle était à deux doigts de m'accuser d'être l'étrangère venue détruire sa ville et saisir sa maison, désormais, je suis la sauveuse providentielle à qui elle fait les yeux doux. Sa « mignonitude » m'amuse plus qu'elle ne m'agace. Elle est vive, drôle, pétillante. Elle doit ressembler à sa mère. Soudain une pensée me percute de plein fouet. Grace est la petite orpheline de l'histoire. C'est bien simple, les scénaristes américains sont friands des familles monoparentales : la mère courage qui cumule deux jobs pour offrir des cadeaux à ses enfants, le père dépressif parce qu'il a perdu la femme de sa vie. Aidan et Grace sont unis comme les deux doigts de la main parce qu'il n'y a plus de personnage féminin pour achever le trio.

Sa mère est morte. Forcément.

Chapitre 6

« Je voudrais un bonhomme de neige Oh viens jouer avec moi[1] »

Face à moi, le visage de la petite fille se décompose et ses yeux se gonflent de larmes.

— Oui, elle est morte, il y a deux ans, me confirme Grace d'une voix tremblante. Elle me manque beaucoup.

Oups, j'ai parlé à voix haute, je n'en rate vraiment pas une. Nom d'un petit bonhomme de neige !

Même les jurons que je me contente de penser sont désormais censurés.

— Je suis désolée, murmuré-je, je n'aurais jamais dû dire ça.

Son chagrin déborde, et je me sens incapable de la réconforter alors que les larmes dévalent ses joues et s'écrasent sur le set de table en papier. J'attrape une serviette et la lui tends. Elle se mouche bruyamment. La douleur déforme ses traits, et je m'en veux d'avoir réveillé sa peine. J'imagine que sa mère était une belle personne, et surtout une bonne mère, et à quel point son absence crée un vide que son père essaie de combler. Sa souffrance presque palpable me bouleverse et mes yeux se mouillent à leur tour.

— Je n'aurais pas dû te parler d'elle, je suis vraiment désolée.

---

1. « Je voudrais un bonhomme de neige » (« Do You Wanna Build a Snowman ? »), in *La Reine des neiges*, Kristen Anderson-Lopez, Robert Lopez, Walt Disney, 2013.

J'ignore si elle sent à quel point je regrette que mes mots aient franchi le seuil de mes lèvres. Elle continue de sangloter. Je jette un coup d'œil autour de nous. Par chance, Janet et Suzanne sont trop occupées à dresser des tables pour avoir remarqué que Grace avait fondu en larmes. Je n'ose imaginer la façon dont elles réagiraient si elles apprenaient que je fais pleurer la petite. Et je ne parle même pas de celle d'Aidan, l'ours me ficherait dehors *manu militari*. La porte battante de la cuisine s'ouvre soudain sur celui qui aurait pu attendre un peu avant de pointer le bout de son nez : son père, les bras chargés d'un énorme sac brun qui déborde de victuailles.

— Je t'aiderai à faire ton dessin. Si je suis une piètre danseuse, avec un crayon entre les mains, je me débrouille plutôt pas mal.

Elle lève les yeux vers moi, refoule ses sanglots et essuie ses yeux avec son bras.

— C'est vrai ?

— C'est vrai. Je suis douée, assuré-je.

Alors que je suis en train de vanter mes qualités artistiques, Aidan nous rejoint. Ses yeux dépassent à peine du sac qui semble affreusement lourd.

— C'est bon, j'ai tout ce qu'il nous faut, tonton Garry a été généreux.

— De son plein gré ? le questionné-je.

— Tant que je ne saccage pas sa cuisine, il est prêt à me fournir tout ce dont j'ai besoin, rétorque-t-il.

Grace saute sur ses pieds et enfile son manteau, un sourire aux lèvres. Aidan conseille à sa fille de bien nouer son écharpe, et je suis soulagée qu'il ne se rende pas compte qu'elle vient de pleurer à chaudes larmes.

— On y va, ma puce ? Bonne s...

— Zoé, viens avec nous. Elle va m'aider à faire un dessin pour l'école.

— Quel dessin ? Je suis là, moi...

— Papa, Zoé est infographiste, tu ne peux pas rivaliser.

Son ton condescendant assorti d'une petite tape sur l'épaule de son père m'arrache un rictus amusé. Cette gamine est vraiment très futée. Face à son argument imparable, Aidan commence à céder. Elle poursuit brillamment en affirmant que je n'ai aucun endroit où dormir et que ce serait fort peu charitable de ne pas m'accueillir. Au fond des yeux bleus d'Aidan, je lis son hésitation. Après tout, il ne me connaît pas. Me voit-il autrement que comme une inconnue un peu bizarre ? Je parie que par moments, il regrette même de m'avoir aidée. Je voudrais protester que je vais me débrouiller toute seule comme une grande, mais très honnêtement, je n'ai aucune envie de faire du porte-à-porte et quémander l'hospitalité aux habitants d'Everwood. Je me contente donc d'attendre bien sagement la fin des négociations.

Aidan me jette des regards en biais. Et c'est à cet instant-là que la petite fille lui assène le coup de grâce, celui qui est imparable.

— Que ferait maman si elle était là ?

Un voile de tristesse s'abat sur son regard, et il déglutit difficilement avant de lâcher un soupir résigné. Grace un point, Aidan zéro. Une pointe de culpabilité me transperce.

— Très bien, concède l'ours grognon, en caressant le visage de sa fille. Mais puisque c'est ton invitée, c'est toi qui lui prêtes ton lit.

De son index, il donne une pichenette sur le bout du nez retroussé. Grace s'apprête à protester, mais se ravise. Soit elle a perçu que son père plaisantait, soit parce qu'elle craint qu'il ne change d'avis. Elle se contente de marmonner un : « On verra, on verra. » Adolescente, elle va donner du fil à retordre à son père. Il lui faudra une sacrée dose de patience et des boules Quies.

D'un geste de la main, nous saluons Janet, Suzanne et même Garry qui apparaît derrière le comptoir, un torchon sur l'épaule. Les quelques clients restants nous souhaitent également une bonne soirée. Le froid s'engouffre dans nos vêtements, et je remercie une nouvelle fois, en mon for intérieur, la générosité de Marilyn. Nous nous serrons tous les trois à l'avant du pick-up et Grace qui ne tient pas en place s'amuse à tourner le bouton de la radio jusqu'à ce que son père, agacé, lui ordonne d'arrêter ses bêtises avant qu'il la jette dans le coffre.

— Tu n'oserais pas, c'est puni par la loi, rétorque la petite maligne.

— Seulement si la police nous arrête.

Aidan risque un coup d'œil par-dessus la tête brune et intercepte mon regard.

— Et vous, Zoé, comptez-vous me dénoncer si je me débarrasse de Mlle Casse-Pieds ?

Je fais semblant d'hésiter, avant de sentir une main fluette se glisser dans la mienne.

— Désolé, Aidan, sur ce coup-là, c'est solidarité féminine.

Grace exulte, et sautille comme s'il y avait des clous sur le siège. Elle se met alors à chanter à tue-tête et m'encourage à me joindre à elle.

— Je suis sûre que tu n'as pas envie qu'il pleuve...

— Cela ne me dérange pas quand il pleut, j'ai des bottes pour sauter dans les flaques.

— Hé, proteste Aidan, qui fait la lessive ?

Grace réfléchit un instant.

— Mamie.

J'éclate de rire alors que son père menace de la déshériter.

— La vérité sort de la bouche des enfants.

— Dois-je te rappeler qui t'offre le gîte ? me questionne-t-il, amusé.

— Grace, non ?

Le chauffeur feint d'être fâché et je m'empresse de changer ma réponse.

— Mademoiselle, il est interdit de sauter dans les flaques d'eau, c'est mal, très mal, asséné-je, en faisant les gros yeux.

Puis je me penche vers elle.

— Sauf quand ton père ne te voit pas, lui murmuré-je.

Dépité, Aidan secoue la tête avant de garer la voiture. Je me tourne vers la vitre, et aperçois le coupé, toujours encastré dans son sapin. Mon coupé, devrais-je dire. Cette voiture que clairement je n'aurais jamais les moyens de me payer tant que je continuerais de bosser chez Art-en-images. Ou plutôt tant que je n'aurais pas gagné au loto, et comme je ne joue jamais...

— Benny était surchargé de boulot, il passera la chercher demain.

— D'accord, et donc on s'arrête pour quelle raison ?

— Pour que vous puissiez récupérer vos affaires, m'explique-t-il.

— Mes affaires ?

— Votre valise, vos petits produits de beauté, vos trucs de fille, quoi.

Son ton condescendant me fait lever les yeux au ciel.

— Vous aurez du mal à enfiler les robes de Grace, ajoute-t-il.

— Oui, c'est pas faux, suis-je obligée de reconnaître.

Je me glisse hors du pick-up. Est-ce le moment d'annoncer à mon sauveur que je voyage plutôt léger à travers la télévision et que je suis sur le point d'envisager sérieusement d'emprunter les vêtements de sa fille ? Alors que je me dirige vers ma luxueuse voiture, je liste mentalement tout ce dont je vais avoir besoin dans ma nouvelle vie, même si celle-ci est éphémère, à commencer par une brosse à dents et des sous-vêtements propres. Je récupère la clé toujours sur le contact, jette un œil derrière mon épaule, constate que le papa ours et l'ourson m'observent attentivement. Je leur fais un petit geste de la main.

Ils vont me prendre pour une SDF qui a dépensé tout son fric pour se payer un véhicule hors de prix.

Par acquit de conscience, j'ouvre le coffre et découvre avec stupeur deux énormes valises Chanel à roulettes, excusez du peu, ainsi qu'un vanity-case et un sac à main. Waouh, je peux rester un mois ici, je ne manquerai de rien. Je me retourne vers le pick-up, fais signe à Aidan de me rejoindre.

— Alors, la princesse a du mal à porter ses bagages ? me questionne-t-il en s'approchant de moi.

Ses yeux s'écarquillent, en découvrant le contenu du coffre.

— Non, mais sérieusement, deux valises ?

— C'est le minimum.

— Vous êtes tombée sur la tête, ma parole ! Je comprends mieux votre accident, votre voiture était surchargée.

— Mais non, il y avait vraiment un renne, je peux le jurer sur la tête de Grace, protesté-je vivement en retournant m'asseoir.

— Ma pauvre petite fille ne mérite pas ça. Vous avez probablement eu une hallucination, assure M. Je-remets-ta-parole-en-doute en se glissant derrière le volant.

— Je sais reconnaître un cervidé quand j'en vois un, j'ai assez regardé de documentaires animaliers.

— C'était un chien, réplique Aidan.

— D'un mètre quatre-vingts ?

— Un très gros chien alors.

À bout d'arguments, je renonce à le convaincre. S'il ne veut pas me croire, c'est son droit. Mais je sais très bien ce que j'ai vu durant les trente secondes qui ont précédé ma rencontre avec le sapin.

Quelques minutes plus tard, Aidan s'engage dans une allée de gravillons avant de s'arrêter devant un chalet.

— Mais c'est la maison vers laquelle je comptais me diriger tout à l'heure et vous m'aviez assuré qu'il ne fallait pas que je m'en approche car un vieil ours y habitait... Oh, je comprends, mais vous n'êtes pas si vieux, conclus-je en lui adressant un clin d'œil.

La main de Grace se glisse dans la mienne et m'entraîne à sa suite. Maladroite, je risque de me rompre le cou sur le fin duvet de neige gelée qui craque sous mes pas. La poudreuse et moi ne sommes pas spécialement copines.

— Pas si vite, pas si vite...

— Viens, je vais te montrer ma maison, elle est super !

— Je te crois sur parole, mais ne pourrait-on pas ralentir un peu ? Je n'ai pas dix ans, moi.

— Cinq ans et demi, me corrige Grace en accélérant le pas.

Je n'ai vraiment pas le compas dans l'œil ; en même temps, pour mon excuse, elle parle avec la sagesse d'une adulte, comme toujours dans ce genre de film. Elle tape ses bottes sur le seuil pour retirer la neige avant d'ouvrir la porte. Bien sûr, celle-ci n'est pas fermée à clé puisque dans les téléfilms de Noël, il n'y a nul voleur caché derrière un arbre. Tout le monde est beau, tout le monde est gentil. Et j'avoue que ça fait du bien, une parenthèse enchantée dans ce monde de brutes. Un énorme chien bondit sur moi avant que j'aie eu le temps de pénétrer dans l'entrée.

— Au secours, un loup m'attaque !

— Ce n'est pas un loup, c'est un husky et il s'appelle Snow Flake[1], m'explique Grace, en saisissant le monstre poilu par le collier et en l'obligeant à retirer ses pattes de ma poitrine.

La petite fille incite l'animal à se calmer, mais je sens qu'il se prépare à se ruer sur moi à la première occasion et je dois me tenir prête à encaisser l'impact. Grace envoie promener ses bottes, et tout son attirail hivernal sans se soucier de l'endroit improbable où ses affaires atterrissent. Je n'ose même pas imaginer l'état de sa chambre. Apparaissant dans sa tenue de ballerine classique, avec son gilet rose avec des étoiles, Grace est tout simplement radieuse. Comment ne pas craquer ?

— Dépêche-toi, je veux te faire visiter.

Comme elle ne me laisse pas le choix, je délace mes bottines et accroche mon manteau au portant avant de suivre Grace et son monstre poilu dans la pièce de vie.

— Eh bah dis donc.

Un salon plus grand que mon appartement ouvre sur une salle à manger, du bois partout, une immense cheminée où crépite un feu – ce qui est absolument illogique vu que ça fait des heures qu'Aidan a quitté son domicile, mais je choisis de ne pas m'arrêter à ce détail –, des canapés d'angle gris sur lesquels sont jetés des plaids colorés, un tapis aux couleurs vives, une baie vitrée donnant, je présume, sur un immense jardin. Comme la nuit est tombée, je ne parviens pas à voir l'extérieur, mais l'intérieur suffit à m'émerveiller.

— C'est papa qui l'a construite, déclare Grace avec fierté.

Pourquoi ne suis-je pas surprise ? Dans les téléfilms, les gars de la campagne sont tellement manuels qu'on les imagine en train de fendre les bûches à mains nues. Non, mais, qui y croit ? Genre Aidan a bâti lui-même un chalet de trois cents mètres carrés, ce n'est plus un homme, mais un superhéros. Alors que le chien se roule en boule sur le tapis et semble s'endormir,

1. « Flocon de neige » en français.

Grace fait des sauts de cabri, à croire qu'elle est encore en forme malgré sa journée d'école et son cours de danse. J'ignore où elle puise toute cette énergie. Quand je m'avance vers le centre de la pièce, je manque trébucher sur des petites voitures et me rattrape *in extremis*. Ce n'est pas seulement une collection de véhicules qu'on peut découvrir sur le sol, on trouve aussi des livres, des poupées, une dînette, une espèce de dinosaure. Il y a des jouets partout, autant que si on avançait dans les allées d'un magasin. Attirée comme un papillon par la chaleur réconfortante de l'âtre, je contourne le husky qui s'agite légèrement à mon passage, m'approche du foyer pour me réchauffer.

— Grace Eva Cooper, dépêche-toi de venir me ranger ton manteau et tes bottes !

La petite danseuse exécute des pirouettes et ne répond nullement à l'ordre paternel.

— Si tu n'es pas là dans trois secondes, je mets tout à la poubelle ! Un...

Grace lève les bras au-dessus de sa tête et tourne sur elle-même.

— Deux...

Et un entrechat qui bouscule une pile précaire de magazines, de livres d'art et de contes pour enfants.

— Deux et demi.

Et une jambe qui se tend avec élégance vers l'arrière. Je plaque ma main sur ma bouche pour réprimer un rire.

— Deux trois quart. Trop tard !

— C'est bon, j'arrive, s'exclame la petite princesse dans une dernière arabesque. Ne t'énerve pas mon petit papa adoré...

Elle rejoint son père dans le couloir et j'explose. Les enfants sont des êtres formidables, capables de vous faire tourner en bourrique. Je suppose qu'elle l'amadoue sans aucune difficulté avec un câlin et des battements de cils. Un instant plus tard, elle est de retour avec un cartable décoré de licornes et de paillettes, suivie d'Aidan.

— Je vais m'occuper du dîner, pendant ce temps tu as intérêt à finir tes devoirs.

Il ne plaisante plus, et Grace acquiesce. La petite fille sage est de retour.

— Viens, Zoé, on a du boulot, déclare l'enfant en s'agenouillant devant la table basse qu'elle désencombre à la vitesse de l'éclair.

Dans l'instant, Snow Flake vient aussitôt s'installer auprès d'elle.

De son sac, elle extirpe une grande feuille roulée, des boîtes de pastels, des crayons de couleur et de la peinture, toute la panoplie de l'artiste en herbe. Sur le papier blanc, je découvre l'ébauche d'un sapin. Son travail n'est pas spécialement avancé, j'espère qu'elle a encore du temps pour l'achever.

— C'est pour quand ?

— Demain, répond Grace, avec un sourire étincelant, comme si cela allait de soi.

Eh bien, ce n'est pas gagné.

Chapitre 7

« Le père Noël attrape les étoiles
Une à une
Il en fait un voile
Pour la lune[1] »

— Et quel est le thème que tu dois traiter ?

— Ma maîtresse, Mme Maddy, veut que nous dessinions ce que Noël représente pour nous.

— Oh là là, vaste sujet… Je dirais des dizaines de jouets que ton père…

Son nez se retrousse, ses yeux se plissent. Et je me rends compte qu'une fois de plus, j'allais commettre une boulette.

— Que le père Noël a déposé pour toi dans tes souliers, des petits sablés à la cannelle et…

Je me suis bien rattrapée, enfin, j'ai l'impression jusqu'à ce que le visage de Grace se ferme. Voilà, Zoé, tu viens de détruire le mythe du père Noël et de gâcher un super téléfilm.

— Avant, c'était magique, quand maman était là, mais maintenant, ce n'est plus pareil…

Les yeux de Grace se remplissent de larmes, et je refuse qu'elles inondent de nouveau ses joues de petite fille, pas si je peux les éviter. Je saisis un bloc-notes, un crayon à papier et attache mes cheveux à l'aide de l'élastique qui enserre toujours mon poignet.

1. « Nuit de Noël », poème de Noël traditionnel, auteur inconnu.

— Avant de nous lancer, nous allons noter tes idées. Ne t'inquiète pas, super Zoé est là !

Pour donner plus de poids à mes propos, je retrousse mes manches et commence à noter quelques mots.

— Tu as écrit quoi ?

Je lui tends le carnet pour qu'elle les lise.

— Maman, Grace, papa, sapin, énumère-t-elle. On peut ajouter mamie, tatie Janet, tonton Garry ?

— Bien sûr.

Je m'empresse d'inscrire ses nouvelles idées.

— Père Noël, renne, euh, chaussons de danse.

— Chaussons de danse ?

Avec conviction, elle hoche la tête et m'explique que sa maman était professeure de danse et que c'était elle qui montait le spectacle des fêtes de fin d'année.

— Papa filmait toujours les galas organisés par maman, on pourra les voir ensemble si tu veux ?

— Cela me ferait extrêmement plaisir, assuré-je.

À chaque nouveau mot, Grace raconte une anecdote, un souvenir tantôt joyeux tantôt mélancolique lié à cette période de l'année et au bout de quelques minutes, la feuille est entièrement noircie. Nous voilà donc prêtes à nous mettre au boulot.

— Voilà ce que je te propose, on va terminer ton sapin et chaque mot fera l'objet d'une décoration de Noël que nous placerons sur ton arbre. Qu'en penses-tu ?

Mon idée semble l'emballer puisqu'elle bat des mains et ses yeux brillent d'excitation. J'achève rapidement le tracé de l'arbre à l'aide d'un feutre vert, avant de l'encourager à dessiner un chausson de danse semblable à celui qu'elle doit porter lors de son cours avec Mlle Stacy.

— Attends, je vais nous rapporter des modèles, décrète Grace en bondissant sur ses pieds.

Elle se précipite à droite et à gauche, rassemble un amas d'objets qu'elle dépose devant nous avant de revenir s'asseoir près de moi. Elle observe attentivement sa ballerine de cuir rose et attrape un crayon de couleur. Pendant de longues minutes, nous ne levons pas le nez de la feuille. La voix d'Aidan nous surprend.

— Il est temps que les artistes viennent se restaurer. Le repas est prêt.

Grace ne se fait pas prier, abandonne tout et s'élance vers la table qu'Aidan a joliment dressée. Une odeur d'herbes et de tomate vient me chatouiller les narines, et même si j'ai avalé un burger il n'y a pas si longtemps, mon estomac se réveille.

— Ça sent très bon.

— J'espère que ça n'en aura pas seulement l'odeur, j'avoue que je n'ai ni le talent de Garry ni celui de Janet, mais ce que je concocte est généralement mangeable.

— Au moins, papa réussit toujours les lasagnes, c'est sans danger, explique Grace, en m'invitant à prendre place sur la chaise à côté de la sienne. Mais s'il te propose son pain de viande, fuis en courant...

— Qu'est-ce qu'il a mon pain de viande ? Il est très bon...

Grace écarquille les yeux, affiche une moue dubitative puis plante sans hésiter sa fourchette dans la part généreuse que son père lui a servie. Dire que je me régale est un euphémisme, chaque bouchée est une merveille qui fond dans la bouche et m'arrache un soupir de satisfaction gustative. C'est donc sincèrement que je félicite le cuisinier.

La discussion met du temps à démarrer et je sens que ma présence à leur table met Aidan mal à l'aise. Heureusement, Grace est là, et dès qu'elle se met à parler, elle monopolise la conversation. Sans aucun filtre, elle nous raconte les bêtises – des autres – et ses bonnes notes – les siennes, évidemment –, jusqu'à ce qu'elle décide que je suis, moi aussi, un sujet digne d'intérêt et s'interroge sur ma vie. À la seconde où elle pose sa première question, je me prépare au pire.

— Tu as un mec ?

Pardon ? Ai-je bien entendu ?

Les yeux de son père s'écarquillent exagérément.

— Grace, surveille ton langage !

J'attends qu'il poursuive sa remontrance, mais au lieu d'expliquer à sa fille qu'il y a trois sujets sur lesquels il est interdit de questionner une femme – son poids, son âge et sa situation amoureuse –, Aidan rive son regard au mien. S'il voulait savoir, il n'avait qu'à me poser la question directement. C'est moche de se servir de sa fille.

— J'ai... j'ai bien mangé, assuré-je.

Grace secoue la tête, signe qu'elle n'est pas dupe de ma tentative de diversion.

— Zoé, as-tu un chéri ? Un fiancé peut-être ? J'ai constaté que tu n'avais pas d'alliance. Tatie Janet m'a toujours dit qu'il fallait vérifier qu'un homme ne portait pas de bague, car si c'était le cas, il ne fallait pas que je m'en approche et que je devienne une briseuse de ménage comme cette vipère de Corey Harvey.

— Il va falloir que j'aie une conversation avec ta tante, énonce Aidan, en lâchant un profond soupir.

— Sérieusement, Zoé, es-tu une briseuse de ménage ?

— Non, bien sûr que non ! m'exclamé-je, outrée qu'elle puisse penser une seconde que je serais capable de détruire un couple, ou pire, une famille.

— Pour en revenir au sujet qui nous intéresse...

— Mais d'où tires-tu toutes ces formulations ? demandé-je sans hésiter à couper la parole à la petite. Tu n'as que cinq ans !

— Et demi, précise-t-elle.

— Sur ce coup-là, les scénaristes n'ont vraiment pas peur de manquer de crédibilité avec une petite fille parlant comme une adulte.

Le père et la fille échangent un regard étonné, ne comprenant pas un traître mot de ce que je raconte.

— Le coup sur la tête, ma puce, ne t'inquiète pas, tente de la rassurer Aidan. C'est pour cette raison que Zoé dit parfois des trucs bizarres.

Je souffle un grand coup et me concentre sur ma réponse.

— Mon copain et moi sommes en pause.

— Ah bon ? Pourquoi ? Tu avais peur de l'engagement ?

— Grace, cela suffit !

— Non, c'est lui, répliqué-je sans me formaliser.

Si les producteurs ont voulu faire de Grace le petit génie du film de Noël, qui suis-je pour m'en offusquer ? Même si cela ne m'arrange pas qu'elle soit si curieuse. Je ne peux m'empêcher de replonger dans la dernière conversation avec Paul, ou plutôt notre ultime engueulade, celle de trop, celle où il m'a balancé que je le ralentissais dans sa carrière et que de toute façon, il obtiendrait le poste que j'avais la présomption de convoiter, et que je ne devais pas viser trop haut. Mon genou n'a pas visé trop haut, lui, quand il a osé s'approcher. Je fais vraiment de mon mieux pour accepter la situation. Bien sûr, j'ai pleuré des soirées entières, suis arrivée au bureau avec les yeux rouges et le cœur gros. Bien sûr, j'ai pensé à le supplier, puis l'ai maudit, puis ai voulu appeler, l'ai maudit encore, etc. Paul est peut-être un homme plus ambitieux qu'amoureux mais je vis dans la réalité, les sentiments ne s'envolent pas d'un coup de baguette magique.

— C'est lui qui m'a quittée. Enfin, il appelle cela « une pause », il souhaitait faire passer sa carrière avant notre relation alors que je pensais qu'il allait me demander en mariage le soir de Noël.

Ma voix se brise. Je hausse les épaules et essaie d'esquisser un sourire, mais celui-ci doit être aussi triste que le ton de ma voix.

— Et voilà, je ne sais pas trop où nous en sommes à présent… Enfin, ce n'est pas grave. Un de perdu, dix de retrouvé, tenté-je sans conviction.

— Chez nous, on dit plutôt *plenty more fish in the sea*, lance Aidan.

Je lève les yeux et croise son regard. J'y lis un mélange de compassion et d'optimisme.

— Oui, c'est vrai, il y a plein de poissons dans l'océan.

Alors pourquoi est-ce si dur d'en pêcher un ? Un seul ? Un type bien, pas forcément aussi parfait que ceux de mes comédies de Noël préférées. Je n'ai pas la naïveté de croire qu'ils existent dans la vraie vie. Je saurais me contenter d'un modèle ordinaire tant qu'il me traite bien et n'a pas l'intention de me larguer à l'approche des fêtes de fin d'année.

— Moi, j'aime bien le poisson pané, même si je préfère les nuggets de poulet, intervient Grace. Mais tu voudrais épouser un poisson ?

— Tant que ce n'est pas un thon, ça pourrait faire l'affaire, plaisanté-je.

Face à leurs mines interloquées, je leur explique cette expression typiquement française.

— Tu veux des bébés ? poursuit Grace.

Non mais après avoir voulu savoir si j'avais un compagnon, la petite chipie poursuit son interrogatoire. Si elle ose une réflexion sur la date de péremption de mes ovaires, je jure sur ma box Internet que je ne visionnerais plus aucun film de Noël, pas même *Love Actually* ou *Maman, j'ai raté l'avion.*

— J'adore les enfants, lui avoué-je, même si ce sont des petites fouines bien trop curieuses.

Satisfaite par ma réponse, elle pique une feuille de salade. Je sais qu'elle réfléchit à une nouvelle question et que je ne dois pas baisser ma garde trop vite. Sa curiosité semble sans limites, tout comme ma gêne. Ne serait-il pas l'heure d'aller dormir ?

— Et tu habites à côté de la tour Eiffel ?

— Non, pas les moyens, mais j'aimerais beaucoup, même si je crois que ma préférence irait pour un appartement du côté de la cathédrale Notre-Dame avec une vue sur la Seine.

— Tu as un jardin ?

Je ne peux m'empêcher de m'esclaffer, je n'ai déjà pas eu les moyens de choisir un immeuble avec un ascenseur alors un jardin est de l'ordre de l'impossible.

— Non, pas de jardin non plus. Je partage un appartement de trois pièces avec une colocataire, un cinquante mètres carrés. Je pense que notre logement tiendrait tout entier dans votre pièce de vie.

— Donc, il te faut un tout petit poisson. J'ajouterai un vœu pour toi sur ma liste au père Noël. Et puis, si ça ne marche pas, je casserai ma tirelire pour t'offrir un vrai poisson rouge, ce sera toujours ça de pris.

— Tu es un amour, assuré-je.

Malgré moi, les larmes me montent aux yeux face à la gentillesse spontanée de cette petite fille et je les balaie d'un revers de manche. Je plonge le nez dans mon verre de vin rouge et le descends d'un trait pour me donner contenance. Par chance, Grace enchaîne avec des questions plus anodines sur ma vie en France, du petit déjeuner aux traditions de Noël.

Une fois les assiettes vidées, nul ne réclame de dessert.

— Ma puce, il est temps que tu ailles te coucher...

— Papaaaaa, proteste Grace en étirant la voyelle finale, s'il te plaît.

Malgré ses grands yeux de biche et ses mimiques suppliantes, son père reste inflexible. Le petit ange devient capricieux, la lèvre inférieure avancée en une moue boudeuse. Grace tape du pied et croise les bras sur sa poitrine. Si elle obéit aussi vite que lorsque son père lui a demandé de ranger ses affaires dans l'entrée, elle n'est pas près de rejoindre Morphée. Le duel père-fille se poursuit par un affrontement de regards. L'œillade noire d'Aidan remporte le combat. Les épaules de Grace s'affaissent, et c'est le pas lourd et traînant qu'elle se dirige vers l'escalier.

— Bonne nuit, me lance-t-elle, la mort dans l'âme, avant de reprendre son ascension.

— N'oublie pas de te laver les dents, ourson grognon !

Alors que les petits pieds frappent chaque marche, j'aide Aidan à débarrasser la table et découvre une vaste cuisine moderne. Moderne, et en bazar. Des piles de vaisselle sale, un sac de courses non encore vidé, un plan de travail souillé de farine, de pelures d'oignon et encombré d'ustensiles. Voici l'envers du décor, songé-je. Ce que le programme télévisuel ne montrerait jamais au grand public.

— Mon aide n'est pas du luxe, plaisanté-je en faisant couler l'eau chaude sur les assiettes.

— Vous croyez sincèrement que je vous avais invitée seulement pour faire plaisir à ma fille ?

— Plaisir ? Elle avait besoin de mon savoir-faire artistique, rectifié-je. Tel père telle fille.

Ladite fille l'interpelle depuis l'étage.

— Le devoir m'appelle.

— Tout ça pour ne pas finir de ranger.

— Que voulez-vous ? Toutes les excuses sont bonnes pour me défiler.

Après avoir redonné un semblant d'ordre à la cuisine, j'estime avoir rempli ma mission et me dirige vers le salon jusqu'à ce qu'Aidan me hèle depuis l'étage.

— Zoé, auriez-vous la gentillesse de monter une minute ?

Curieuse, je grimpe les marches et manque de heurter Aidan en haut de l'escalier. Il me rattrape avant que je bascule en arrière, ce simple contact suffit à m'électriser.

— Combien de fois vais-je devoir vous sauver ?

— Autant que nécessaire, j'espère, répliqué-je.

Aidan rétablit une distance entre nos deux corps.

— Grace réclame un bisou sinon elle refuse de fermer les yeux, annonce-t-il. Mais avant que vous la rejoigniez, je vais en profiter pour vous montrer la chambre.

Il pousse une porte, allume le plafonnier et je découvre une pièce spacieuse avec un immense lit recouvert d'une multitude de coussins. Un bureau en chêne, une coiffeuse ancienne et une penderie complètent le mobilier. Soudain, j'ai l'impression de me retrouver à l'hôtel. Impression qui se confirme lorsque mon hôte m'indique que la pièce dispose de sa salle de bains privative et que les serviettes sont sous le lavabo.

— J'espère que vous avez mis mon petit chocolat sous l'oreiller ? le questionné-je. Sinon, votre note sur Tripadvisor va en souffrir.

— Je me disais bien que j'avais oublié quelque chose, plaisante-t-il. Vous êtes sûre que cela va vous convenir ? On n'a pas l'habitude de recevoir du monde.

— C'est parfait, je vous assure.

— Très bien, alors je vais monter vos bagages. Et j'ose croire que mademoiselle pensera au pourboire.

— Tout dépendra de la qualité du service, répliqué-je du tac au tac.

Il lève les yeux au ciel, mais n'ajoute rien. Alors qu'il descend les escaliers, je pousse la porte entrouverte de la chambre de Grace plongée dans une semi-obscurité.

— Tu dors ? interrogé-je doucement.

— Non, je t'attendais.

Sa petite voix s'élève de sous la couette avant que sa frimousse apparaisse. Je m'assois au bord du lit sur une pluie d'étoiles.

— Tu seras là demain matin ?

— Normalement oui, sauf si ton père décide de me flanquer dehors. Ce qui n'est pas totalement à exclure, mais peu probable maintenant qu'il a porté mes deux cents kilos de valise jusqu'à la chambre d'amis.

Un sourire rassuré étire ses lèvres. Je caresse doucement la joue rebondie avant d'y déposer un tendre baiser.

— Maintenant, il faut que tu dormes.

— Je ne suis pas fatiguée, bougonne-t-elle avant de laisser un bâillement tonitruant sortir de sa bouche.

— Non, pas du tout, prétends-je alors que ses yeux papillonnent. Allez dors, petite princesse.

Malgré ses supplications, je me lève, lui adresse un dernier salut de la main et referme doucement la porte. Je ne lui donne pas trente secondes avant de dormir à poings fermés. En prenant garde de ne pas faire grincer les marches, je retourne dans le salon où Aidan a ravivé le feu. Sur la table basse, le dessin de Grace n'est pas achevé et ma conscience perfectionniste me titille. Je ne peux m'empêcher de m'emparer des pastels et des crayons de couleur abandonnés. Mes gestes sont de plus en plus précis, et je renoue avec le plaisir de mes jeunes années. J'avoue que depuis quelque temps j'ai relégué cette passion pour le dessin au second plan et finalement, je me rends compte que ça me manque. Soudain, devant mes yeux un mug apparaît.

— Un café, ça vous tente ?

Dans la mesure où il a la gentillesse de m'en proposer une tasse, je ne me vois pas refuser. Je saisis le mug brûlant qu'il me tend et le remercie pour sa délicate attention. Il jette un coup d'œil par-dessus mon épaule.

— Très douée, vraiment très douée.

— Merci.

— Je parlais de Grace. Vous, vous ne vous en sortez pas trop mal.

Je quitte mon inconfortable position en tailleur sur le sol et me hisse sur le canapé, le temps de boire mon café. Avec ma malchance légendaire, il serait regrettable qu'un mauvais geste n'anéantisse plusieurs heures de travail.

— Grace vous a fait faire tout le boulot, soupire Aidan en s'emparant de la feuille et en l'étudiant avec attention.

— Euh...

— Elle tient de sa mère, la chipie, elle arrive toujours à ses fins.

Il repose délicatement notre œuvre d'art.

— Grace m'a parlé d'elle, de sa carrière de danseuse. D'ailleurs, elle voudrait que nous regardions ensemble les spectacles que vous avez...

Me rendant compte de ma maladresse, je ne termine pas ma phrase. Qu'est-ce qui me prend de parler de sa femme ? Je suis la parfaite étrangère qui débarque et met les pieds dans le plat.

Surveille ta langue, Zoé !

Hésitante, je me tourne vers Aidan. Mes yeux émeraude captent les siens d'un bleu plus clair qu'un lac gelé. J'essaie d'en percer le mystère, mais en vain. Je ne parviens pas à déchiffrer ce qu'il ressent en cet instant, mais je crains que cela n'ait pas été très judicieux d'évoquer son épouse décédée. Impuissante, j'assiste au retour de l'ours taciturne. Ses pensées semblent l'emmener loin de moi alors qu'il fixe les flammes rougeoyantes dans l'âtre. Gênée, je détourne la tête. Mes mains enserrant mon mug, je souffle sur ma boisson pour en chasser la fumée avant d'y tremper les lèvres.

— Merci.

— De rien.

À nouveau le silence s'installe, seulement rompu par les crépitements du feu, et je me sens de plus en plus mal à l'aise.

— Grace est absolument charmante, reprends-je.

Adresser un compliment sur la fille de mon hôte me semble un terrain bien moins glissant. Je m'efforce de lancer un sujet sur lequel il pourra rebondir.

— C'est le premier mot qui vous soit venu à l'esprit quand vous l'avez rencontrée ?

— Le deuxième peut-être, j'ai d'abord pensé que vous ne deviez pas vous ennuyer tous les jours avec cette pipelette.

— C'est vrai, reconnaît-il.

Ce qui est vrai également, c'est qu'Aidan se tait à nouveau, ne fait aucun effort pour alimenter la conversation au contraire de la cheminée dans laquelle il place une énorme bûche. Je l'observe alors qu'il me tourne le dos, et mon regard descend malgré moi vers son fessier joliment moulé dans son jean. Dommage qu'il ne soit pas plus avenant car il est particulièrement agréable à regarder. Le réalisateur a eu le nez creux en l'engageant pour le premier rôle.

— Entre le père et la fille, ça fait un équilibre, ne puis-je m'empêcher de commenter à voix haute.

Il se tourne si soudainement que j'écarquille les yeux. Mes joues virent violemment au rouge même si j'ignore s'il m'a surprise en train de mater son joli cul. Je ne sais plus où me mettre et plonge le nez dans ma tasse.

— Je suis désolé, s'excuse Aidan en passant une main dans ses cheveux. Je n'ai plus l'habitude de recevoir... Je... Mais merci d'avoir aidé ma fille.

— C'est normal, assuré-je.

Son regard s'empare du mien, et la gêne s'installe entre nous la seconde suivante. J'y mets un terme de la plus courageuse des façons, je m'enfuis presque en courant jusqu'à ma chambre.

Chapitre 8

« C'est la terre qui met son blanc manteau[1] »

Je me tourne et me retourne avant d'entrouvrir les yeux, gênée par la luminosité matinale. Une fois de plus, j'ai dû oublier de fermer mes volets. En bâillant, je me frotte le visage avant de m'étirer tel un chat. L'avantage d'avoir un lit double sans avoir à le partager, c'est qu'on peut prendre ses aises. Quel rêve étrange ! Il faut vraiment que j'arrête les comédies de Noël, mon imagination est en train de partir en vrille et de dégouliner de guimauve sentimentale. Si Malya n'a pas découché, elle aura le droit au récit de mes aventures nocturnes avant que je les oublie. C'est fou, ça, on se rappelle toujours des cauchemars, mais jamais des rêves, aussi sympas soient-ils. Pour un peu, j'aurais envie de dormir encore un peu et de savourer quelques heures de plus en compagnie de la pétillante Grace, quitte à devoir me farcir son lunatique de père. Je doute cependant que mon patron apprécie mon retard. Aujourd'hui, j'ai un brief créatif avec Karine, puis je dois retravailler les propositions pour une coopérative agricole et préparer les invitations promotionnelles d'une grande chaîne de magasins. Et éviter Paul, ainsi que son regard plein de condescendance. Si c'est possible. Je balance mes pieds hors des draps avant que la volonté me fasse défaut et lorsqu'ils entrent en contact non pas avec le parquet mais un tapis moelleux, je sais qu'il y a un truc qui cloche. Je ne suis pas dans ma chambre.

1. « Matins de neige », Damien Saez, in *Le Manifeste vol. 2 Lulu*, 2017.

Je regarde autour de moi, et redécouvre le décor dans lequel je me suis endormie encore tout habillée la veille.

— OK, Zoé, respire calmement, m'exhorté-je à voix basse en tentant de calmer les battements anarchiques de mon cœur. On ne panique pas, on ne panique surtout pas.

Concrètement, je panique, même si mon cri reste coincé en travers de ma gorge, de peur sans doute de réveiller ma voisine de chambre et son père. Mes jambes refusent de me porter et je prends appui contre le rebord du matelas pour ne pas m'effondrer. Si hier j'étais euphorique, aujourd'hui, je fais moins la maligne. J'ai du travail, des responsabilités, des amis, une vie. *Ma* vie. Loin d'ici. Dans le vrai monde. Pas dans un téléfilm de l'après-midi.

— Tout va s'arranger.

C'est cela, oui, ironise une petite voix dans ma tête. *Tu attends l'intervention du gros bonhomme rouge dans la nuit du 24 décembre ? Ou tu comptes sur une intervention divine peut-être ? Rappelle-toi que ton karma est pourri.*

— Qu'est-ce qui doit s'arranger ? me questionne une petite voix dans mon dos.

Je sursaute violemment tout en poussant un glapissement effrayé auquel répond l'aboiement de Snow Flake qui se précipite vers moi et vient me lécher le visage.

— Ce n'est que nous, ricane Grace.

— Un instant, j'ai oublié où je me trouvais, expliqué-je.

— Tu te trouves à Everwood, dans la propriété des Cooper. Tu veux l'adresse exacte ?

Tel un joyeux lutin monté sur ressorts, Grace se jette sur moi et commence à me sauter dessus. J'espère que le sommier est résistant, je ne voudrais pas qu'Aidan pense que je l'ai abîmé.

— Non, ça va aller, mais descends de là, tu risques de tomber.

Sans m'en rendre compte, je plonge mes doigts dans la fourrure de Snow et le caresse tout en tentant d'inciter le petit pois sauteur à se calmer. Voilà un réveil des plus dynamiques !

— Oh là là, tu es aussi grognon que papa quand il n'a pas pris son café, réplique-t-elle en rebondissant de plus belle dans sa grenouillère ornée de pingouins.

Avant que j'aie eu le temps de la rappeler une nouvelle fois à l'ordre, Aidan passe la tête dans l'entrebâillement de la porte. Personne ne frappe donc jamais ? J'aurais pu être toute nue. C'est quoi cette habitude ?

— Vous n'êtes pas prêtes ? On part dans vingt minutes, Grace, va t'habiller...

Il coule sur moi un regard étonné. J'ignore si ce qui le surprend le plus c'est mon fouillis roux indomptable ou le fait que je porte encore la tenue de la veille. Sa bouche s'ouvre comme s'il voulait dire quelque chose avant de se raviser. Peut-être veut-il éviter de se montrer désobligeant à une heure aussi matinale ?

— Dépêchez-vous. Voulez-vous que je vous montre comment on se sert de la douche ?

Non, raté, l'ours grognon est bien sorti de sa tanière. J'aurais apprécié qu'il prenne sa dose de caféine avant de venir me parler.

— Je vais me débrouiller, merci, répliqué-je froidement. En France aussi, on a des douches.

— Je n'ai pas voulu...

Constatant qu'il s'aventure sur un terrain glissant, Aidan n'achève pas sa phrase, attrape sa fille malgré ses protestations et la jette sur son épaule.

— Allez, jeune fille, laissons Zoé tranquille.

Dès leur départ, je donne un tour de clé dans la serrure. On n'est jamais trop prudent. Je fais coulisser un large panneau en bois pour accéder à la salle d'eau, aussi belle que si elle sortait tout droit d'un magazine de déco. Je vois très bien ce que la journaliste pourrait noter au sujet de cette pièce. La nature marie la pierre et le pin massif, le charme de l'ancien et l'élégance de la modernité. La blondeur du bois réchauffe la minéralité brute.

Mue par la curiosité, j'inspecte le meuble sous la vasque et découvre non seulement une multitude de serviettes blanches de toutes les tailles mais aussi une panière remplie de produits de beauté et de toilette. Mieux qu'à l'hôtel. Comme le temps est compté, je m'empare d'une poignée de flacons et me glisse dans la cabine de douche, qui est juste tellement spacieuse qu'on pourrait s'y trouver à deux sans se gêner. Alors que l'eau chaude jaillit sur moi, un soupir d'aise s'échappe de mes lèvres et je sens les tensions accumulées dans mon dos se dénouer.

Enveloppée dans le peignoir moelleux qui était accroché derrière la porte, je retourne dans ma chambre, et pose avec difficulté les deux valises sur le lit tant elles sont lourdes. Comme je ne suis pas un mannequin, j'espère néanmoins qu'il y aura un vêtement pouvant m'aller sans que je ressemble à un épouvantail.

— Zoé, êtes-vous prête ? lance Aidan.

— J'arrive.

Quand il faut, il le faut. Le rappel à l'ordre de mon hôte m'oblige à ne plus me poser davantage de questions et j'ouvre le premier bagage. Non, mais pincez-moi, je rêve ! Des tailleurs soigneusement pliés côtoient des jupes, des jeans et des pulls. Je n'ai que l'embarras du choix. Je croise les doigts afin de trouver un vêtement qui m'aille. À la lecture de l'étiquette, je pousse un petit cri de joie. Tout est à ma taille. Rapidement, je tire sur la fermeture Éclair de la seconde valise, et découvre des chaussures sur lesquelles je n'ai malheureusement pas le temps de m'attarder. Je constate juste que c'est ma pointure.

Merci Dieu, les costumiers ou qui que ce soit, je sais désormais que les miracles existent !

Dans le vanity-case débordant de cosmétiques, je trouve une brosse à dents – neuve, je tiens à le préciser – et un tube de dentifrice. Après un rapide tour à la salle de bains où j'ai discipliné ma chevelure en une queue-de-cheval, la voix rauque d'Aidan où transparaît l'agacement résonne à nouveau. Ce n'est pas possible que le temps passe si vite.

— Je suis là ! hurlé-je.

J'attrape le premier jean venu, et l'enfile. Je complète ma tenue d'une chemise blanche. C'est en passant un pull bleu marine que je dévale les escaliers. Ma tenue des plus classiques fera l'affaire. Je me débats avec les manches et ne triomphe de celles-ci qu'en atteignant le rez-de-chaussée. Comme si je venais de recevoir un coup en pleine poitrine, je m'arrête. À travers la baie vitrée se dresse une forêt de pins recouverts d'un épais manteau de neige. Des montagnes aux pics escarpés complètent ce décor qui paraît irréel, tant il est majestueux. Comme mue par une volonté autre que la mienne, je me dirige vers la porte et la fais coulisser. Je respire à pleins poumons l'air frais, laisse le vent glacial me saisir, enraciner cet instant dans la réalité. Lorsque je souffle, un petit nuage de vapeur blanc s'échappe de mes lèvres. Je ne peux m'empêcher d'admirer ce paysage dans sa beauté brute, non affectée par la main de l'homme.

— C'est beau, n'est-ce pas ? me questionne une voix grave dans mon dos.

Je ne me retourne pas vers Aidan dont je sens la présence à quelques pas de moi.

— Non, ce n'est pas beau.

— Hein ?

— C'est splendide, magnifique, ce n'est pas juste beau. Je crois que je pourrais ne jamais me lasser de cette vue, avoué-je.

— Je devrais vous enregistrer, vous ne direz peut-être pas la même chose quand il faudra dégager l'allée à la pelle, qu'il fera moins dix dans la voiture le matin et quand les chutes de neige auront coupé l'électricité. Vous aimez les douches froides ?

— Pas spécialement, mais vous ne me ferez pas changer d'avis. C'est digne d'un conte de fées.

— Celui de *La Reine des neiges* ?

— Tout à fait, je vois que vous connaissez vos classiques.

— N'oubliez pas que j'ai une fille. Je sais très bien quelle chanson vous massacriez quand je vous ai rencontrée.

Je me mords la lèvre pour ne pas lui répondre. Il s'amuse à me provoquer et je refuse de lui donner du grain à moudre en tombant dans le panneau. Je lève les yeux au ciel et secoue la tête. Moi, je sais que je chante très bien, et de toute façon, son avis m'importe peu. Il se glisse à côté de moi, son épaule frôlant la mienne et nous échangeons un regard complice avant de le replonger dans la contemplation de ces arbres recouverts de leur blanc manteau.

— Nous devons partir, déclare-t-il au bout de quelques secondes, rompant ainsi sans hésiter cet instant magique de grâce et de sérénité. J'ai un pare-brise à dégivrer, moi.

Et le temps se remet à galoper, Aidan à vociférer des ordres, et Grace à n'en faire qu'à sa tête.

— Hors de question que nous soyons encore en retard à l'école !

— J'ai le temps pour un café ? demandé-je innocemment. Parce que...

Je n'ai pas le temps de terminer ma phrase car un éternuement sonore m'échappe. Aussi agréable fût-elle, ma petite séance contemplative matinale me vaudra sans doute un bon rhume. Mes doigts peinent à se réchauffer même si je frotte vigoureusement mes mains l'une contre l'autre. Le regard noir que me jette Aidan avant de disparaître dans la pièce voisine est une réponse suffisamment explicite pour que je n'insiste pas. S'il me dépose en ville, il sera toujours temps de faire un saut chez Janet et de me régaler d'une de ses spécialités. En plus, l'avantage d'être dans un film, c'est qu'elles sont toujours offertes par la généreuse propriétaire. Alors que je lace mes bottines, j'observe les va-et-vient aussi dynamiques qu'incessants du père et de sa fille. Grace, une seule chaussure au pied, Aidan en train de fourrer dans une besace des liasses de papier, Grace avec une tartine de confiture à la main, Aidan s'emmitouflant dans un manteau, Grace avec sa seconde chaussure après que son père lui en a fait la remarque...

Au bout de plusieurs longues minutes, le père et la fille semblent prêts, et je constate, même si je garde poliment ma réflexion pour moi, que j'aurais eu le temps de me servir une, peut-être même deux tasses de café. Nous avons à peine posé un pied dehors qu'Aidan rappelle à sa fille qu'elle a oublié son cartable. Les jappements de Snow Flake nous accompagnent jusqu'au véhicule où il saute lestement à l'arrière. Une fois installés dans le pick-up, Aidan fait tourner le chauffage à fond pour éviter que nous ne nous gelions trop les fesses et démarre aussitôt. La chanson de Mariah Carey n'est pas encore achevée que Grace la coupe.

— Mon dessin ! hurle la petite fille. J'ai oublié mon dessin !

— Tant pis, on est déjà à la bourre, déclare Aidan, en jetant un coup d'œil à sa montre. Tu lui ex...

— Non, papa, ma maîtresse va me tuer… S'il te plaît…

Ses yeux supplient son père d'obtempérer tout comme ses mains qu'elle joint en une prière muette. Je préfère ne pas la regarder parce que je serais incapable de résister à ses grands yeux noisette et à leur éclat doré. Lorsque la voiture fait une embardée et menace de nous envoyer dans le fossé, je comprends qu'une fois de plus, elle a gagné. Pour satisfaire la petite princesse, le papa poule fait demi-tour.

— Merci mon papounet d'amour, minaude-t-elle en battant des cils.

Elle saute à bas du véhicule et se précipite vers la maison, alors que j'offre un regard navré à Aidan.

— Elle vous mène par le bout du nez. Vous êtes fichu !

— Ne dites rien, par pitié, ne dites rien.

Je dessine sur mes lèvres amusées une fermeture Éclair et tourne la clé dans une serrure invisible alors que le petit tourbillon est déjà de retour et jette sur le tableau de bord le dessin roulé.

Comme si les Cooper n'étaient pas déjà suffisamment en retard, un arbre fait obstacle en travers de la route.

— C'est pas possible, grogne Aidan, en tapant sa tête sur le volant.

— N'y a-t-il pas une autre route ?

— Bien sûr, réplique-t-il d'un ton bien trop acerbe à mon goût. Mais c'est un sacré détour et je suis… Bref, ce n'est pas votre problème.

Nerveusement, il appuie sur son Klaxon, comme si les gars chargés de dégager allaient pouvoir aller plus vite parce qu'un type s'énerve. Si ce n'est pas mon problème, ce n'est pas non plus une raison pour m'aboyer dessus et me jeter des coups d'œil assassins comme si j'avais traîné sous la douche. Sur les chapeaux de roues, il déboîte, accélère et je crains qu'il ne nous envoie valser dans le fossé.

— Vous ne pourriez pas ralentir un peu ?

— Non, rétorque-t-il. Mais si ma façon de conduire ne vous convient pas, vous pouvez toujours aller à pied jusqu'au centre-ville.

— Au moins j'arriverai en un seul morceau.

Comme lui, j'adopte un ton froid. Je refuse qu'il me traite de cette façon, je ne suis pas son punching-ball verbal. Il me jette un regard noir avant de reporter son attention sur la chaussée.

— Si vous voulez, vous n'avez qu'à sauter en route car je ne compte pas m'arrêter...

Agacée, je souffle bruyamment. Entre nous, Grace se fait étonnamment petite et tient sa langue. Notre conducteur râle, peste, bougonne, en ne cessant de regarder l'heure affichée sur le tableau de bord. Comme si ça allait changer quelque chose. À part que maintenant, moi aussi je suis de méchante humeur.

— Vous comptez jusqu'à trois et j'ouvre la portière alors ? Avec un peu de chance, je ne me casserais qu'une jambe. Dans le pire des cas, je voudrais être enterrée avec une robe de bal et ces incroyables bottines...

— Tu ne vas pas faire ça, s'angoisse sincèrement Grace, en glissant ses doigts entre les miens.

— Non, ma chérie, la rassuré-je aussitôt, désolée d'avoir pu la chagriner. C'était juste pour embêter ton père qui roule comme un fou.

— Vous ne comprenez rien..., soupire-t-il, en passant une main dans ses cheveux.

— Alors, expliquez-moi.

— J'ai un rendez-vous très important et je ne peux pas me permettre de...

Sa précipitation trahit son stress et sa fébrilité, et même si je n'ai pas tout saisi, je sens son inquiétude. Je regrette de ne pouvoir lui venir en aide d'une façon ou d'une autre. Heureusement, nous dépassons enfin le panneau d'Everwood. Avec un peu de chance, tout le monde sera à l'heure ou presque à l'endroit où il doit se rendre.

— Oh ! s'exclame Aidan, en s'arrêtant brutalement. C'est lui !

Qui ça « lui » ? Dois-je lui rappeler que je n'ai débarqué qu'hier ? Si seulement j'avais visionné plus de dix pour cent du téléfilm, je saurais peut-être qui est cet homme que doit rencontrer Aidan à une heure aussi matinale, et surtout pourquoi. Il pointe du doigt un individu en costard-cravate, l'oreille collée à son smartphone dernier cri et l'autre main accrochée à son attaché-case. L'expression peu amène du type n'indique rien de bon.

— Zoé, pourriez-vous accompagner Grace à l'école ? Elle est à deux pas d'ici. Je dois absolument rattraper M. Elton.

— Je... Oui, bien sûr. Mais je...

— Merci, me coupe-t-il en sautant du pick-up et en attrapant sa besace. Sois sage ma chérie.

J'ignore s'il entend le « au revoir » de sa fille puisqu'il manque de se faire renverser par un 4 x 4 en traversant la route. Devant nos yeux écarquillés, il lève ses deux pouces avec un sourire, l'air de dire : « Je vais bien, tout roule, les filles. » Je n'ai cependant pas le temps de m'assurer qu'il rejoint bien sain et sauf M. J'ai-un balai-coincé car il m'a confié une mission et je compte bien l'accomplir.

— Ma chérie, à quelle heure commence l'école ?

— À neuf heures.

— Et il est ?

Grace pointe de son index l'horloge installée au sommet d'une tour ancienne. Nous n'avons plus une minute à perdre.

— Huit heures cinquante-cinq, répond-elle le plus naturellement du monde.

— Il va falloir courir !

J'attrape la main de ma petite protégée, de l'autre je tiens le dessin qu'elle a encore failli oublier et nous nous élançons à toute vitesse en direction de son école primaire. En riant – enfin Grace rit, moi je crache mes poumons.

— C'est là ! s'enthousiasme Grace.

Effectivement, j'aperçois l'établissement devant lequel sont rassemblés des parents d'élèves. Toutefois, aucune tête juvénile n'apparaît. Je donne mes ultimes forces pour atteindre l'entrée alors que Grace grimpe déjà les marches.

— Encore en retard, mademoiselle Cooper. Il est neuf heures une.

Grace baisse la tête alors que je tente de reprendre mon souffle, les deux mains appuyées sur mes genoux.

— Désolée, madame Van Schlagg.

— Ne sais-tu pas lire l'heure ? l'accuse-t-elle d'un ton qui ne me plaît pas, mais alors pas du tout.

— C'est ma faute, interviens-je.

Je ne peux supporter que Grace se fasse passer un savon et humilier ainsi. Elle a cinq ans. Si la directrice veut s'en prendre à quelqu'un, qu'elle s'en prenne à moi. Quelqu'un de sa taille. Elle me toise sévèrement. C'est qu'elle fait peur, le sosie de Terminator en tailleur hors de prix.

— Vous êtes ?

— Zoé Loisel.

Je lui tends la main, qu'elle serre, un peu surprise de ma démarche. Ils font pourtant toujours ça dans les films américains, les présentations un brin formelles avec les poignes solides.

— C'est moi qui m'occupe de Grace aujourd'hui, et j'avais oublié son dessin dans la voiture, dessin sur lequel nous avons travaillé des heures. Vous n'auriez certes pas voulu que sa maîtresse la punisse.

— En effet, répond-elle d'un ton froid qui cingle l'air comme une gifle.

Pendant un laps de temps qui me semble plus que conséquent, la femme revêche m'analyse, soutient mon regard avant de se tourner ostensiblement vers la petite retardataire.

— Très bien, cela passe encore pour cette fois. Grace, rejoins ta classe.

Cette dernière s'avance déjà dans le couloir, son sac licornes dans le dos et son dessin à la main. Soudain elle s'arrête. Qu'a-t-elle oublié ? Elle fait demi-tour, et se jette dans mes bras. Sous l'effet de la surprise, je recule d'un pas. Je reçois son câlin avec joie avant de l'encourager à contrecœur à me quitter.

— Dépêche-toi.

— C'est toi qui viens me chercher ce soir ? me questionne-t-elle, d'une voix emplie d'espoir.

— Euh, je ne sais pas... D'habitude, c'est qui ?

— Papa, la baby-sitter, mamie Suzanne, tata Janet ou la maman de ma meilleure copine ou...

— Ça en fait du monde, dis donc.

— Tu seras là ? insiste Grace.

Sans que j'y prenne garde, la petite chipie me fait sa moue attendrissante à laquelle je ne pourrais résister même si je le souhaitais.

— Oui, promis, mais file maintenant.

Ravie, elle obtempère, me salue de la main et disparaît dans l'école. Avant que la directrice, passablement agacée, referme la porte derrière elle, je me permets de lui demander à quelle heure l'école se termine. Hors de question de me pointer en retard ce soir et de donner du grain à moudre à la gardienne de prison. Lorsque je me retourne, je me retrouve face à un mur, un mur de cinq jeunes femmes, armées jusqu'aux dents de leur téléphone portable, de tubes de rouge à lèvres et de sourires carnassiers.

Chapitre 9

« Le troisième jour après Noël
Mon amour m'a envoyé
Trois poules françaises
Deux tourterelles
Et une perdrix dans un poirier[1] »

Me rappeler que je me trouve dans une comédie de Noël est nécessaire pour ne pas prendre mes jambes à mon cou en appelant ma génitrice face au gang des mères de famille, les *desperate housewives* d'Everwood. Face à moi Harmony, Charmaine, Joy, Bridget et Lisa. La blonde, la brune, la fausse rousse, l'Afro-Américaine, et la minorité visible botoxée, celle tellement refaite que son mari doit avoir du mal à la reconnaître. Si vous voulez mon avis, Lisa devrait changer de chirurgien esthétique, c'est ni fait ni à refaire, un carnage inélégant sur une femme qui était probablement plutôt jolie à regarder avant de passer sous le bistouri d'un charlatan. Il m'est difficile de ne pas la dévisager tant sa peau est tirée et ses expressions figées. Elles se sont toutes présentées à tour de rôle. Je suis déçue, elles n'ont même pas effectué une petite pirouette ou une prise de karaté, genre générique des *Drôles de dames*. Le regard qu'elles coulent sur moi mêle une infinité de sentiments qu'il m'est difficile d'analyser dans l'immédiat. Elles me jaugent peut-être des pieds

1. « Les Douze jours de Noël » ou en version originale « The Twelve Days of Christmas », chant de Noël très connu dans les pays anglo-saxons.

à la tête pour savoir si elles vont ou non m'accepter dans leur club très sélect.

— Je m'appelle Zoé, Zoé Loisel.

— On sait, rétorque Bridget en jetant sa chevelure en arrière dans un mouvement d'une grande sensualité, totalement inutile.

— Vous savez ?

— On t'a entendue le dire à miss Dolorès, précise Joy, une main sur la hanche.

— Dolorès Ombrage ?

Ma plaisanterie tombe à plat, les cinq femmes m'adressent un regard interloqué.

— Harry Potter, la grande inquisitrice, la directrice de Poudlard dans le cinquième tome...

Face à leur manque de réaction, je ne peux que m'inquiéter. Franchement, j'ignore combien de temps je serais capable de vivre dans un univers d'où ma saga préférée serait absente. Quoique... je pourrais toujours l'écrire, devenir millionnaire, me faire construire un château et peut-être changer quelques petits détails du dernier tome.

— Mais vous connaissez Harry Potter au moins ?

— Quand même, lâche Joy, en roulant des yeux.

— Elle s'appelle Dolorès Van Schlagg, m'explique Bridget sur un ton qui laisse clairement penser qu'elle me prend pour une demeurée.

— Bref, reprend Charmaine d'un ton cassant.

Elle, je ne la sens pas, vraiment pas. La brune au carré parfait doit être le chef de la meute.

— C'est vous qui avez accompagné Grace Cooper, déclare-t-elle.

— Et vous n'êtes pas Sidney, la baby-sitter, lance Joy.

— On sait qui elle n'est pas, on veut savoir qui elle est, intervient Bridget, en levant les yeux au ciel.

Je me retiens de ricaner, il n'y a pas que des lumières dans leur groupe. Pourquoi les scénaristes se sentent-ils toujours obligés de faire passer les nanas pour des dindes ? Il y aurait tellement mieux à faire s'ils osaient sortir des clichés, tant de personnalités complexes à explorer, et ce même dans des divertissements bon marché de l'après-midi qu'on regarde d'un œil tout en faisant ses mots croisés ou en cuisinant des sablés. Charmaine incite ses voisines à se taire d'un geste impatient de la main.

— Je reprends. Vous avez accompagné Grace Cooper.

— C'est une question ? Une affirmation ? Parce que j'avoue que là je ne sais pas trop avec votre intonation...

Le regard perçant de Charmaine s'ancre dans le mien. Lentement, elle replace une mèche de cheveux derrière son oreille. Ses ongles sont parfaitement manucurés. Et pointus.

— Son père avait un rendez-vous et il était en retard, reprends-je. Notez que Grace aussi risquait d'être en retard, on est d'ailleurs arrivées *in extremis*. J'ignore pourquoi je vous raconte tout ça.

Je me sens mal à l'aise, comme si je me trouvais devant un jury d'examen. Un examen que je n'aurais pas suffisamment préparé. Et que je suis sûre de rater.

— Bon bah, ce n'est pas tout ça, c'était sympa les filles, mais je dois y aller, conclus-je.

Face à moi, les cinq bombes ne bougent pas d'un pouce. Je veux bien leur silhouette quand j'aurais moi aussi accouché d'une ribambelle de gamins. Enfin, si je me retrouve un mec. Ce qui n'est absolument pas le moment d'y penser, je dois déjà réfléchir à la façon dont je vais franchir le mur face à moi. Si je leur montre un point dans le ciel, je détournerai peut-être leur attention suffisamment longtemps pour prendre la poudre d'escampette.

— Eh les filles, rega...

— Tu as dormi chez Aidan ? me coupe Charmaine.

— Oui.

Je pourrais leur dire que toutes les chambres de l'auberge étaient prises, que ma voiture était encastrée dans un pin et que le thermomètre était descendu en dessous de zéro, mais je me mords la lèvre inférieure pour taire ce genre d'informations. Qu'elles se fassent des films, ce n'est pas mon problème. Leurs bouches s'arrondissent exagérément, leurs yeux s'écarquillent. J'adore.

— Finalement, on dirait que Aidan a trouvé chaussure à son pied, lance Harmony.

— Et ce n'est pas toi, ajoute Lisa.

Comme son visage est figé en une expression grotesque, j'ignore si elle est désolée pour son amie ou au contraire si elle se moque d'elle, c'est perturbant.

— Ne dites pas n'importe quoi.

Son ton agacé n'échappe à personne, surtout pas à ses acolytes qui échangent des regards entendus, et un brin amusés, je dirais.

— Alors, vous êtes ensemble ? Toi et Aidan Cooper ? m'interroge directement Charmaine. Naïvement je croyais qu'elle allait lâcher l'affaire et battre en retraite après ma réponse. Je ne sais pas moi, elle aurait dû s'imaginer que puisque j'avais passé la nuit sous le même toit, nous avions fait plus que dormir, si vous voyez ce que je veux dire. Je sens mes joues rosir sous le poids de son regard inquisiteur.

— Non, on ne peut pas dire ça, avoué-je, incapable de mentir.

— J'en étais sûre ! s'exclame Charmaine, arborant un sourire satisfait.

Si tu en étais si certaine, pourquoi me poses-tu la question ? Charmaine continue de me transpercer de son regard, je parie qu'elle cherche à jauger ma dangerosité. Si je sais qu'il ne se passera rien entre Aidan et moi, je suis intimement persuadée que la brune castratrice n'a aucune chance avec l'ours mal léché. Enfin, je ne les imagine pas ensemble, mais alors là, pas du tout. Elle n'a rien du premier rôle du téléfilm : elle, c'est la méchante, elle finira la tête dans la neige ou dans une tarte à la crème.

— Alors que fais-tu chez Aidan ? me demande Joy.

— Il n'a pas tellement l'habitude de recevoir, ajoute Harmony.

— Bon, Zoé, dis-nous, insiste Lisa, un sourire crispé plaqué sur les lèvres.

— Je ne... je ne sais pas...

Je ne sais pas quoi répondre. La vérité, c'est que j'ignore ce que je fais dans ce téléfilm et que c'est le hasard qui m'a conduite dans la tanière de l'ours. Le hasard et une petite fille qui avait un dessin à terminer.

— Je repars bientôt, affirmé-je.

Autant pour que le gang des ménagères de moins de quarante ans me fiche la paix que parce que je sais que tôt ou tard, je serai de retour dans mon appartement parisien. Loin, très loin d'Everwood. Charmaine avance d'un pas dans ma direction et je recule instinctivement. Mais contre toute attente, elle attrape mon bras pour glisser le sien dessous.

— Nous allons marcher un peu ensemble.

Elle ne me laisse pas le choix, et même si elle sourit, je la trouve encore plus effrayante. Je crois que je devrais arrêter les films d'horreur. Enfin, si elles me conduisent dans une ruelle glauque pour me refaire le portrait, je hurlerai si fort qu'elles auront besoin de se faire appareiller.

— En route les filles, lance joyeusement Harmony.

— Je mangerais bien un muffin, intervient Bridget.

— Oh oui, moi aussi.

Ses copines secouent la tête.

— N'oublie pas que nous allons au spa, nous sommes vendredi et...

— Le vendredi, nous avons rendez-vous avec les doigts magiques de Marciano, complète Lisa.

De concert, les cinq femmes exhalent un soupir de contentement. Ce Marciano doit être un magicien. Enfin, pour ma part, une pâtisserie répondrait davantage à mes besoins immédiats. Mon ventre ne cesse de gronder, et les lasagnes d'Aidan semblent bien loin. Alors que les jeunes femmes se lancent dans une discussion à bâtons rompus sur leur progéniture et la nécessité de se faire masser au moins une fois par semaine, Charmaine ralentit et nous nous retrouvons à quelques pas de la bande bavarde et indisciplinée.

— Parle-moi un peu de toi, Zoé.

— Il n'y a pas grand-chose à dire.

Ma réponse ne la satisfait nullement, et pourtant elle va devoir s'en contenter. Comme si j'allais lui déballer ma vie. Moins elle en sait, mieux ça vaut à mon humble avis. Charmaine accentue la pression sur mon bras, et pour un peu, si elle osait, elle enfoncerait ses ongles pour m'inciter à parler. À la dérobée, elle m'observe. Elle a tout de l'aigle. Ou plutôt de la fouine avec ses petits yeux vicieux. Décidément, je ne la sens vraiment pas.

— J'adore ton accent. Tu n'es pas du coin ?

— Non, il y a quelques milliers de kilomètres entre votre ville et la mienne, je viens de Paris.

— Au Texas.

J'éclate de rire face à cette proposition saugrenue.

— Non, Paris, en France, précisé-je.

— Tu es française ?

— Mais oui ! Ça s'entend, non ?

— Maintenant que tu le dis…

Son scepticisme m'étonne. Objectivement, elle ne peut pas penser que je suis américaine. Certes, j'ai un niveau d'anglais plutôt convenable, mais de là à ce qu'elle puisse s'imaginer que je suis texane, il ne faut pas exagérer. Depuis que j'ai traversé la télé, il est vrai que je parle naturellement, sans chercher le moindre mot, devenue bilingue par magie. Si je pouvais garder ces connaissances, quand je serai de retour au bureau, cela me serait fort utile.

— Et tu es en vacances dans le Vermont ?

— On peut dire ça.

— On peut dire ça, répète Charmaine. Tu as laissé un ami à Paris ?

— Plusieurs même, j'ai une vie sociale bien remplie, tu sais. Et puis je vis en colocation avec Malya, et Malya a beaucoup de connaissances. Elle adore faire des fêtes où ses amis ramènent d'autres amis et après trois ou quatre shots de vodka, tout le monde est super copain.

Sa mâchoire tombe face à mon laïus, comme si je ne l'avais pas vue venir avec ses gros sabots. Elle veut savoir si je suis célibataire. Non pas parce qu'elle me voit comme une rivale, mais parce qu'ainsi elle pourra se moquer de moi avec ses copines.

— Un petit ami ? précise-t-elle, en roulant des yeux, comme si elle parlait à une demeurée.

— Oui.

Elle arque un sourcil étonné.

— Enfin, oui et non, nous sommes en pause.

En l'air avec mes doigts, je trace des guillemets autour du mot que je déteste le plus au monde.

Après « impôts » et « ménage ».

Sur ses lèvres un rictus hargneux apparaît. Comme si elle avait envie de me mordre. Son bras lâche le mien et je me sens tout de suite mieux.

— Pour ma part, plus pour longtemps, rétorque-t-elle.

Si tu le dis. L'espoir fait vivre. Je vais lui souhaiter bon courage et bonne chance, car elle en aura besoin.

— Hé ! Charmaine, on aurait peut-être le temps pour un tout petit muffin ? demande Bridget, en pointant du doigt la devanture de Janet.

Les quatre filles s'arrêtent, et se tournent vers nous simultanément.

— Hors de question, répond Charmaine.

— Je te l'avais dit, chérie, Charmaine ne peut plus se passer de Magic Fingers, ricane Joy.

Non mais c'est quoi ce surnom qui fait star du X ? À croire que ce fameux individu de sexe masculin sait satisfaire les dames de cette ville de bien des façons...

— C'est ici que je m'arrête, affirmé-je en adressant un signe de la main à Janet que j'aperçois de l'autre côté de la baie vitrée. C'était un plaisir de vous rencontrer, mesdames, un vrai et grand plaisir.

Autant que de me faire arracher les dents de sagesse. Sans anesthésie.

— Je pense que nous serons amenées à nous recroiser d'ici mon départ, ici ou là, ou à la sortie de l'école, mais en attendant je vous souhaite une bonne journée.

Espérons que le pro des massages saura les décoincer. Elles me saluent toutes, je sens bien que Bridget regrette de ne pas m'accompagner au regard qu'elle me jette lorsque je traverse la rue. Un dernier sourire hypocrite, un ultime geste de la main et je fais tinter joyeusement le carillon de la porte d'entrée, avant de me plaquer contre le mur.

— C'est bon, elles sont parties ?

— Pas encore, elles regardent toujours en direction du café, me répond Janet.

— Et maintenant ?

— Pas encore. J'ai l'impression que Bridget est en train de négocier avec la cheftaine pour faire un saut ici, mais elle n'a aucune chance. C'est vendredi.

— Toujours là, je parie ?

— Harmony est au téléphone, Lisa et Joy ont recommencé à avancer. Le spa où elles ont leurs habitudes n'est plus très loin, un kilomètre tout au plus. Bridget baisse la tête, vaincue. Ça lui arrive de venir, elle a un faible pour mes muffins poire-chocolat. Parfois, elle vient avec ses enfants, mais pas le vendredi. Tiens, Charmaine lui saisit le bras, elle doit avoir peur qu'elle ne préfère venir ici plutôt que de les accompagner.

— Comment dire non à la fouine ?

— La fouine ?

— Tu sais, cette petite bête immonde qui fourre son nez partout.

J'imite du mieux que je peux la bestiole en question en faisant ressortir mes dents de devant comme si je grignotais un aliment. Je remonte également mes mains devant ma bouche comme des crochets.

— Je vois très bien ce qu'est une fouine, réplique-t-elle en riant. Et je trouve que ce surnom lui va à la perfection. Après une telle aventure, tu vas de nouveau avoir besoin d'un remontant.

Je hoche vigoureusement la tête.

— C'est bon, la voie est libre, les commères sont parties, précise Janet.

— Ce n'est pas trop tôt, affirmé-je.

— Allez, viens t'asseoir, me lance-t-elle, en me tirant une chaise près de la baie vitrée.

Je prends place, jette un coup d'œil autour de moi. La plupart des tables sont occupées, et je constate que deux serveuses s'activent et versent des litres de café. Après avoir donné quelques consignes, Janet ôte son tablier et s'installe face à moi.

— Sais-tu ce qui te ferait plaisir ?

— J'ai une faim de loup.

— Une spéciale Garry ?

J'ai beau ignorer ce qu'elle contient, le nom est d'emblée alléchant. Son mari me semblant un bon vivant, je me doute que ce ne sera pas une salade verte, vinaigrette à part.

— Parfait, assuré-je.

— Sid !

Janet interpelle une de se ses serveuses, une jeune femme aux cheveux multicolores qui s'empresse de nous rejoindre.

— Oui, boss ?

— Un spécial Garry, et deux tasses de café, s'il te plaît. Je prends ma pause.

— Ça marche, je vous apporte ça dans cinq minutes.

Quelques instants plus tard, Sid dépose devant moi une assiette débordant de pancakes, œufs au bacon, toasts et tomates grillées. On est d'accord que tout ce que je mange le temps du téléfilm n'aura aucune conséquence sur ma silhouette ? Parce que franchement, rien qu'à regarder mon plat, mon taux de cholestérol grimpe en flèche. Elle nous apporte également deux mugs aux motifs hivernaux et les remplit d'un liquide que je suppose être du café malgré sa couleur des plus claires.

— Bon appétit, lance-t-elle avant de s'éloigner. Si vous avez besoin de quoi que ce soit, je ne suis pas loin.

Je la remercie vivement et lui assure que quand j'aurai mangé tout ça, je ne serai pas malheureuse.

— Bon alors, raconte-moi, me demande Janet, après s'être assurée que Sid était hors de portée d'oreille et que personne ne nous prêtait attention.

— Elles m'attendaient à la sortie.

— Ça ne m'étonne pas, une nouvelle tête à Everwood ne passe pas inaperçue.

— Savais-tu que Charmaine avait des vues sur ton frère ?

— Ce n'est pas nouveau. Depuis le lycée, elle lui court après. Et maintenant que Billy a obtenu le divorce, elle est en chasse. Aidan ne se rend compte de rien, même quand elle lui agite ses gros nichons sous le nez.

Sa remarque me fait éclater de rire, et mon café ressort par mes narines. Aussitôt les larmes me montent aux yeux.

— C'est bien un mec, il ne voit rien, avancé-je, une fois que je peux à nouveau parler.

— Ce qui m'arrange, car franchement il mérite mieux que cette... cette fouine.

— Et Grace aussi.

— Et ce n'est même pas la pire du groupe, assure-t-elle.

— Ah bon ? Tu es sûre ?

Janet secoue la tête, vérifie à nouveau qu'aucune oreille indiscrète ne nous écoute mais baisse malgré tout la voix, avant de se pencher vers moi par-dessus la table.

— C'est Harmony dont il faut se méfier.

— C'est la petite blonde perchée sur dix centimètres de talons qui me fait penser à Reese Witherspoon en version bas de gamme ?

— Exactement, confirme-t-elle. Harmony, la peste. D'ailleurs cette greluche porte mal son nom, c'est Disharmonie qu'il faudrait l'appeler.

En attendant que Janet poursuive, je grignote un toast beurré.

— C'est elle la pire.

Son ton est sans appel et je vois à son regard qui se perd dans l'agitation de la rue que des souvenirs lui reviennent en mémoire. Des souvenirs qui éteignent la lueur joyeuse de ses prunelles, assombrissent ses traits, font disparaître son sourire. Des souvenirs douloureux, de ceux qu'on voudrait pouvoir oublier.

— Je la déteste déjà, assuré-je, par solidarité.

Janet se tourne à nouveau vers moi et m'étudie avec attention. Elle ne peut qu'y lire ma sincérité, ces filles, je ne les sens pas et ce depuis l'instant où elles m'ont adressé la parole. Un sourire étire tristement ses lèvres.

— Dans le cas contraire, j'aurais été obligée de te jeter dehors à coups de pied dans les fesses, déclare-t-elle le plus naturellement du monde.

Je ne mettrais pas ma main au feu qu'elle plaisante.

— Et ça aurait été dommage, il me reste ma montagne de pancakes à achever.

Elle porte sa tasse à ses lèvres, en boit lentement une gorgée en fermant les paupières. Avec attention j'observe son visage qui respire non seulement la douceur mais aussi la sympathie. Des pommettes et des lèvres joliment dessinées et des yeux en amande qui s'étirent sous ses lunettes rondes. Et au-delà, je perçois les souffrances passées, des secrets dissimulés, des rancœurs aussi. Plus qu'un second rôle de série Z, une vraie personne.

— Disharmonie, c'est une vraie plaie, déclare-t-elle. Depuis l'élémentaire, nous étions amies mais les choses ont changé à notre arrivée au lycée. Tout ça pour un garçon, et pas n'importe lequel : Matthew Donavan, un quaterback, des dents parfaites et le seul à quinze ans à ne pas souffrir d'acné. Il nous faisait craquer, nous couvrions nos cahiers de cœurs avec son initiale entrelacée à la nôtre. Bien sûr, on n'aurait jamais osé lui parler. Nous étions aussi timides l'une que l'autre, et lui le beau gosse inaccessible semblait vouer à n'être que le fantasme de nos nuits adolescentes.

Elle reprend son souffle puis une gorgée de café.

— Tu n'es pas obligée, tu sais.

— Non, ça va, et c'est loin derrière moi.

Elle soupire profondément. Elle jette un coup d'œil en direction de la cuisine, au moment où son époux dépose une assiette fumante sur le passe-plat. Garry lui envoie un baiser du bout des lèvres, elle fait mine de le saisir et le colle sur sa joue.

— J'ai de la chance, j'ai trouvé ma moitié. Les années noires sont bien finies et je n'ai plus peur de Disharmonie maintenant.

— Enfin, son maquillage ne te fait pas un peu peur quand même ? On dirait qu'elle a percuté un pot de peinture.

— C'est vrai, elle n'a pas besoin de faire beaucoup d'efforts le soir d'Halloween.

Elle sourit distraitement, avant que son visage se referme et qu'elle reprenne un ton plus grave.

— Un jour, Matthew est venu m'inviter pour le bal de printemps, je ne savais même pas qu'il connaissait mon prénom et voilà qu'il m'invitait, moi. Bien sûr, je me suis empressée de le dire à ma meilleure amie, en pensant naïvement qu'elle serait heureuse pour moi.

— Mais elle ne l'était pas.

— Enfin, elle a fait semblant de l'être. Elle m'a même aidée à choisir la robe et les accessoires. Harmony se moquait bien de Matthew, elle irait avec Bryan. Elle aussi avait un cavalier, et plutôt pas mal de surcroît. Nous sommes partis à quatre dans la vieille voiture de Bryan, celle qu'il s'était payée en travaillant dans une sandwicherie. Mais si j'avais su que...

— Janet, Janet ! l'interpelle la seconde serveuse.

La femme d'âge mûre au visage aussi rond que jovial répond au nom de Betty comme l'indique le badge qu'elle arbore fièrement sur son tablier rayé. Si en règle générale, ce n'est pas bien de se fier aux apparences, je crois cependant qu'il n'y a aucun risque à ranger cette serveuse dans la catégorie des gentilles. Janet lève aussitôt le nez de sa tasse.

— Walter voudrait passer une commande de gâteaux pour Noël.

— Bien sûr, j'arrive. Une bûche aux marrons glacés comme d'habitude ? Excuse-moi, Zoé, je reviens dès que possible.

Rapidement, Janet rejoint le vieux monsieur barbu qui attend près de la caisse enregistreuse. En même temps que son tablier, elle affiche un air enjoué, chassant les mauvais souvenirs qui noyaient son regard l'instant d'avant. Elle tapote gentiment l'épaule masculine de celui qui ressemble au père Noël avant de se glisser derrière le comptoir. Elle sourit, échange quelques paroles aimables, sort un carnet de commandes.

Ne pouvant plus avaler une bouchée, je repousse mon assiette. Comme si elle devinait que ma tasse est vide, Sidney vient aussitôt m'offrir du café.

— Vous lisez dans mes pensées ?

— J'aimerais bien, mais j'avoue que j'ai juste vu que vous étiez à sec et que vous alliez avoir besoin de liquide pour faire passer le spécial Garry, affirme-t-elle.

Je ne peux qu'acquiescer, j'ai l'impression que mon ventre va exploser.

— C'est vous qui avez eu un accident de voiture ? reprend-elle.

— Je vois que les nouvelles vont vite.

— Ici, toujours. L'avantage ou l'inconvénient des petites villes, au choix. Benny vient de remorquer votre coupé rouge jusqu'au garage.

— Je vais y passer après.

— Faites attention à lui, Benny n'est pas méchant mais se la joue séducteur, un peu rentre-dedans, si vous voyez ce que je veux dire.

Oui, c'est un gros lourd du genre à plonger le regard dans le décolleté de son interlocutrice.

— N'hésitez pas à le remettre à sa place s'il dépasse les limites...

— Je n'y manquerai pas, merci pour le conseil, Sidney.

— Appelez-moi Sid, tout le monde le fait.

Avec un clin d'œil complice, elle s'éloigne vers une autre table où elle salue par leur nom les clients avant de leur servir du café. Pendant ce temps, Janet s'est occupée de son client et revient vers moi avec deux énormes roulés à la cannelle.

— Tu vas me faire le plaisir de goûter ça, c'est ma spécialité.

— Marilyn m'a assuré que c'était les brownies, rétorqué-je amusée

— Elle a également raison, mais pourquoi se limiter à un seul dessert préféré ? J'espère que tu vas rester longtemps, j'ai été aussi élue reine de la tarte trois années de suite.

— C'est mieux que la reine des tartes, lui assuré-je.

Blasée, elle soupire avant de se laisser choir face à moi.

— L'humour français, commente-t-elle en croquant une énorme bouchée de sa pâtisserie.

Elle interpelle alors sa serveuse à l'autre bout de la salle.

— Betty, ton glaçage est une tuerie !

Les joues rebondies de la serveuse rosissent, elle semble sincèrement touchée par ce compliment. Du coup, je me sens obligée de tester le roulé pour m'assurer de la véracité des propos de ma nouvelle amie. Un gémissement de plaisir gustatif m'échappe. Je m'étais déjà fait la réflexion que dans les comédies de Noël, les personnages passaient leur temps à manger, mais je comprends mieux pourquoi. C'est tout simplement impossible de résister.

— Alors, c'est bon ?

— C'est meilleur que bon, je ne partirai pas d'ici sans en emporter une pleine valise, assuré-je.

Enfin, si je peux repartir chez moi. Faute de réponse immédiate et satisfaisante, je range cette pensée angoissante dans un coin de mon cerveau et laisse le sucre anesthésier mes inquiétudes. Même si je meurs d'envie de savoir comment Harmony a troqué son titre de meilleure amie contre celui d'ennemie jurée, j'hésite à faire replonger Janet dans son passé, alors qu'elle est occupée à dévorer sa pâtisserie, entre deux gorgées de café.

Cependant, c'est elle qui reprend son récit, en rivant son regard au mien.

— La soirée avait bien commencé. Matthew était tel que je l'avais imaginé. Prévenant, drôle, touchant. Il semblait réellement s'intéresser à moi et je voyais déjà ce bal comme le point de départ d'une belle histoire.

— Aidan n'était pas là ? l'interromps-je.

— Non, il a deux ans de plus que moi, il avait déjà fini le lycée à l'époque. Nous nous sommes installés à une table et...

Mon souffle se bloque. Mon imagination galope.

— Je n'ai rien vu venir, j'étais assise auprès de Matthew, à côté de mon amie. La soirée n'aurait pu être meilleure. J'avais l'impression d'être sur un petit nuage. Quand Harmony me disait qu'elle était heureuse pour moi, je la croyais. Que j'étais naïve ! Quand on m'a demandé de monter sur scène, je ne me suis pas méfiée, j'aurais dû.

Des images du film *Carrie* défilent devant mes yeux, et les contours d'un drame lycéen se dessinent à travers les mots de Janet. Elle triture entre ses doigts une serviette en papier, et je sens bien que c'est son passé qu'elle voudrait pouvoir réduire aussi facilement à néant.

— Tu sais, Zoé, il n'y avait aucune raison qu'on m'appelle... Je n'étais pas une reine de promo ou un truc du genre, pas une fille spécialement populaire. Des rires ont fusé, des doigts se sont pointés dans ma direction. Et là entre toutes les voix, celle d'Harmony, celle de ma meilleure amie, a éclaté et résonné : « La tache ! » Tout le monde riait. Le pire, c'est que je ne comprenais pas. Les doigts pointaient mes fesses, et en jetant un regard, j'ai vu que j'avais le postérieur maculé de rouge. Harmony avait versé du sang de porc sur ma chaise, et je m'étais installée sans y prendre garde. Couverte de honte, je suis partie de la soirée, Matthew ne m'a même pas raccompagnée. Pendant des semaines, j'ai entendu le mot « tache » sur mon passage. « Attention, tu as une tache. » « Regardez, c'est la tache qui débarque. » « Oh non, je saigne, je vais mourir. » Et les gars ne trouvaient rien de plus malin que de se laisser tomber sur mon passage.

Des larmes s'accrochent à ses cils. Elle paraît si vulnérable qu'en cet instant, je revois la jeune fille moquée, humiliée par sa plus proche amie, et lâchement abandonnée par son copain. La colère monte en moi alors que je saisis ses mains avec vivacité.

— Ce soir-là, j'ai perdu ma meilleure amie et mon petit copain. Tu ne seras pas surprise d'apprendre qu'au bal de fin d'année, c'est à son bras qu'elle s'y est rendue, et que je n'y ai pas mis les pieds. Je sais que je ne devrais plus me mettre dans cet état des années après...

— Je comprends, lui assuré-je. C'est une sal...

Le mot me reste en travers de la gorge, et je manque m'étouffer avec ma salive.

— C'est une vraie sal...

Je me mets à tousser violemment.

— J'ai compris ce que tu voulais dire. C'est une saleté de gnome répugnant.

Pour m'adoucir la gorge, je bois une gorgée de café.

— Je suis tellement désolée pour toi, ça a dû être une période des plus éprouvantes...

— C'est le moins qu'on puisse dire. Je n'avais déjà pas beaucoup d'amis, mais du jour au lendemain, je me suis retrouvée toute seule, alors qu'Harmony est devenue une fille cool, s'est rapprochée de Charmaine et de toute sa clique. Comme mon humiliation publique ne leur a pas suffi, elles ont passé le reste de notre scolarité à me pourrir la vie. Elles cachaient mes affaires de sport, taguaient mon casier, me collaient des chewing-gums dans les cheveux. Heureusement, un jour, le lycée, ça s'arrête.

— Et tu n'as rien dit à tes parents ? À Aidan ?

— Papa était déjà gravement malade, je ne voulais pas leur causer du souci. Et Aidan faisait ses études, il voulait devenir astrophysicien.

— Aidan ? demandé-je.

Ma voix trahit ma surprise. Le bûcheron qui a les pieds sur terre rêvait des étoiles, cela ferait un bon titre de roman, tiens.

— Tu croyais qu'il avait toujours voulu reprendre l'exploitation familiale ?

Je hoche la tête.

— Pas du tout. C'est à la mort de papa qu'Aidan est revenu, maman était en pleine dépression, et moi, je ne m'en sortais pas. Il est revenu pour nous, il a renoncé à ses projets pour nous, insiste-t-elle.

Ce que j'apprends me bouleverse. Janet, la jeune fille harcelée, ne pouvant se confier à personne ; Suzanne ayant perdu l'homme de sa vie et toute envie de vivre, et Aidan, abandonnant l'université pour prendre la suite.

— On tourne la page, on croit que ça va aller mieux, mais...

Franchement si Harmony ou qui que ce soit lui cherche des ennuis, elle aura affaire à moi. Je suis prête à me retrousser les manches et à affûter mes ongles pour lui refaire le portrait à cette pintade. Janet s'empare d'une nouvelle serviette en papier et en arrache des petits morceaux.

— Elle ne me fait pas peur ! Viens, on va lui régler son compte !

— Non, pour une fois, Disharmony n'y est pour rien. À moins qu'elle n'ait une poupée vaudoue à mon effigie, et n'ait planté des aiguilles dans mon bas-ventre.

— Je ne comprends pas...

— On essaie de faire un bébé avec Garry, et ça ne marche pas... C'est comme ça, soupire-t-elle, avec un haussement des épaules.

La voix de Janet qui se brise me touche en plein cœur. Si se souvenir de ses années lycée réveillait son chagrin, ce n'est rien en comparaison de la douleur qu'elle ressent en pensant à cet enfant qui n'arrive pas. Je cherche mes mots, je voudrais lui dire que tout ira bien, qu'il y a des tas de solutions. Mais en même temps, je n'en sais rien. Qu'ont prévu les scénaristes pour ce cas de figure ? Un prochain téléfilm sur l'adoption ou les mères porteuses ?

— Ça fait longtemps que vous essayez ?

— Plus ou moins six mois.

La serviette entre ses doigts n'est plus qu'un amoncellement de petits morceaux.

— Oh, ça va venir, la rassuré-je. Si tu savais, la sœur de ma colocataire, Malya, a mis près d'un an à tomber enceinte. Je pense même que c'est la moyenne, tu sais, après l'arrêt de la pilule...

Un peu rassérénée par mes propos, elle lève ses yeux baignés de larmes vers moi.

— Tu crois ?

Je hoche vigoureusement la tête.

— Je peux faire des recherches si tu veux, mais tu as pris pendant des années un moyen de contraception, il faut du temps pour que ton corps se réhabitue et en attendant, je n'ai qu'un conseil à te prodiguer.

— Lequel ?

C'est à mon tour de vérifier qu'aucune oreille curieuse ne traîne.

— Il faut que tu t'envoies en l'air le plus souvent possible.

Bizarrement ma phrase n'est pas censurée par le politiquement correct télévisuel. À croire que seuls les gros mots sont prohibés. Elle porte la main à ses lèvres pour cacher son ricanement gêné.

— Je suis contente de t'avoir rencontrée, Zoé.

— Moi aussi. Mais si jamais l'envie t'en prend, on peut aussi aller trouver Harmony la harpie et verser des détritus sur sa voiture. Ou mieux les lui jeter à la figure.

— Je retiens ta proposition, me lance-t-elle avec un clin d'œil complice. Tu gardes ça pour toi, n'est-ce pas ?

— Bien sûr ! Croix de bois, croix de fer, si je mens je vais en enfer, assuré-je en dessinant ladite croix sur ma poitrine.

— Je ne connais pas cette expression, s'amuse-t-elle.

— Ça veut juste dire que je ne dirai rien, même sous la torture, tu peux me faire confiance. On me surnomme « Zoé la tombe ».

Elle se lève, contourne la table et me prend dans ses bras.

— Il faut que j'y retourne, déclare-t-elle.

D'un revers de manche, elle essuie ses joues et reprend un masque souriant.

— C'est bon ? Pas de maquillage de panda ?

— Non, nickel, lui assuré-je, les deux pouces levés.

Elle s'éloigne, virevolte entre les tables telle une ballerine, gratifiant chaque client d'un mot gentil et les enfants d'une caresse. Le second rôle du téléfilm gagne à être connu.

Chapitre 10

« Le traîneau, tique, tique, tique du père Noël
Très bientôt, tique, tique, tique, viendra du ciel[1] »

— Ouh ouh ? Il y a quelqu'un ?

Hésitante, je me glisse malgré tout sous la grille à moitié baissée du garage. C'est toujours ce qu'ils font dans les films. Ne voyant personne, je me demande cependant si c'est une bonne idée. Ne vais-je pas être accusée de tentative de cambriolage et me faire tirer dessus par un garagiste armé comme un commando des forces armées ? Une musique country ringarde s'échappe d'un transistor qui a dû connaître la guerre du Vietnam et se répercute sur les murs de béton. Au lieu de faire demi-tour, j'avance de quelques pas au milieu d'un bric-à-brac de pneus, de pièces de moteur et d'un tas d'outils sur lesquels je serais incapable de mettre un nom. Sur le point de renoncer, j'aperçois deux pieds dépasser de sous une voiture de collection qui a elle aussi dû connaître la guerre. Les décorateurs se sont surpassés pour rendre cet atelier aussi vieillot et glauque que possible avec cette odeur d'huile rance et d'essence qui empuantit l'air. On ne serait pas dans une comédie de Noël, je penserais avoir été téléportée dans un vieux polar ou pire dans un film des frères Cohen, dans leur période *Fargo*. Je déglutis avant de signaler ma présence.

Ressaisis-toi, ma vieille.

1. « Le Traîneau du père Noël », comptine traditionnelle.

Les chaussures s'agitent, au moins le type n'est pas mort. Et je parie en plus qu'il sera canon, comme le sont tous les gars des environs. Une image se glisse sous mes paupières, le souvenir d'une publicité super sexy où un mécano des plus virils se désaltérait avec un soda et les gouttes de sueur glissaient entre ses tablettes de chocolat.

Sur le chariot roulant, il jaillit soudain et se relève avec difficulté. Oubliez tout de suite le fantasme de l'ouvrier sexy. Certes, il est à moitié nu et en sueur mais la ressemblance s'arrête là. La transpiration perle sur son torse velu et dévale sur son ventre rebondi. Une bonne bedaine à bière comme on dit chez moi, celle qui bloblote et qui peut servir de support à une pinte. Son odeur corporelle un peu forte me prend au nez. Je retiens une grimace dégoûtée quand il essuie une main graisseuse sur son pantalon crasseux avant de me la tendre. Pour ne pas paraître impolie, je la serre, tout en me promettant de ne rien toucher tant que je n'aurais pas trouvé de l'eau et du savon.

— Benny Banks, que puis-je faire pour vous ? me questionne-t-il, en me dévisageant.

Mettre du déodorant ?

— M. Cooper a dû vous passer un coup de fil pour...

— Ah oui, Aidan m'a téléphoné, me coupe-t-il. C'est vous la petite dame qui a encastré sa Chevy dans un pin ?

Il me détaille des pieds à la tête, et ce qu'il voit ne doit pas lui déplaire car un sourire goguenard apparaît sur ses grosses lèvres et une lueur lubrique illumine sa prunelle. Je me décale légèrement, au cas où lui prendrait l'envie de tenter un quelconque rapprochement physique.

— Ma « quoi » ? l'interrogé-je.

Plutôt que de se concentrer sur ma plastique de rêve, je préfère qu'il se souvienne de la raison pour laquelle je suis venue dans son garage sordide. Alors là, je suis sûre que cette scène sera coupée au montage, et que le nom de Benny ne figurera même pas au générique de fin. Pendant les fêtes, nous avons besoin de rire, de rêver, d'oublier nos écarts alimentaires et non de faire des cauchemars après avoir vu le garagiste ventripotent à moitié nu. Certaines images ne peuvent jamais disparaître de notre cerveau.

— Ça conduit une Chevrolet Camaro et ça ne sait même pas quel petit bijou elle a entre les mains, c'est n'importe quoi, déclare-t-il.

Blasé, il secoue la tête et roule des yeux. À l'aide d'un torchon suspendu à sa ceinture, il s'essuie le front, y déposant des traces noirâtres de cambouis.

— Par ici.

Je le suis alors qu'il se faufile vers le fond de l'atelier, soulève une bâche sous laquelle je découvre mon véhicule, enfin la voiture que des scénaristes zélés ont attribué à mon personnage. Une fille qui conduit un vieux tacot ne fait pas rêver dans les chaumières, en revanche une voiture aérodynamique fait bien plus classe. Enfin sauf quand elle fait un bisou à un arbre.

— Elle est dans un sale état, commente-t-il en caressant la carrosserie bleue.

— Mieux vaut elle que moi, répliqué-je.

Au regard qu'il me jette, je comprends que Benny ne partage pas mon avis.

— Vous en avez pour longtemps ? lui demandé-je, sur un ton nettement plus sec.

— Je sais pas, une ou deux...

— Très bien.

— Une ou deux semaines, précise-t-il en s'approchant de moi.

Ah oui, je me disais aussi.

— Je suis désolé, c'est une petite ville ici. Il faut le temps que je fasse venir les pièces nécessaires pour les réparations, que je fasse les travaux... Vous avez sans doute des projets pour les fêtes ?

Euh ? Mater des films de Noël et me goinfrer de foie gras et de pains d'épices sans quitter mon pyjama ?

— Je vous promets de tout mettre en œuvre pour la réparer au plus vite, assure-t-il.

Il se permet et ce, sans aucun motif valable, de poser sa main sur mon épaule. Sa main répugnante. Comme si j'avais besoin d'être réconfortée. Et même si c'était le cas, je ne crois pas que je le choisirais lui, pas si je pouvais l'éviter. Je me dégage aussitôt.

— Faites au mieux.

Mon ton froid devrait calmer ses ardeurs, surtout en lui décochant en prime mon regard aussi perçant qu'une flèche, celui que je réserve à ceux qui se collent un peu trop à moi dans le métro.

Un soupir de frustration m'échappe lorsque je prends conscience que je ne suis pas près de la conduire cette fameuse « Chevy ». Une fraction de seconde, j'ai eu la bagnole la plus classe au monde, celle que je ne pourrais jamais me payer, et je parie que j'aurais rejoint le monde réel avant d'en toucher le volant. Le pire dans l'histoire, c'est que je vais donc continuer de dépendre du bon vouloir et de la disponibilité d'Aidan pour me trimballer à droite et à gauche. Encore faudrait-il que ce dernier ne décide pas de me jeter dehors au bout d'un moment. Un problème à la fois, Zoé. Pour l'instant, tu dois gérer Benny le mécano aux mains crades et baladeuses. N'appréciant pas que je le repousse, ce dernier me toise avec condescendance et mépris. Oh là là, le garagiste se la joue princesse outragée.

— En plus, cela va vous coûter cher...

Ah bah oui, j'aurais dû m'en douter. Le prix à la tête du client, bien sûr. Hein, pervers, si j'avais accepté tes avances, ça aurait été gratuit pour moi, c'est ça ?

— Vous avez de quoi payer ?

— Sérieusement, monsieur Banks, j'ai eu de quoi m'offrir cette Chevrolet.

Oh la menteuse. Je lui offre mon sourire le plus commercial qui sur mon visage angélique ne peut que me faire passer pour une personne digne de confiance.

— Alors vous vous doutez qu'il y a suffisamment de zéros sur mon compte en banque pour l'entretenir comme il se doit.

En tout cas, je l'espère. Sinon il sera toujours temps de monnayer mes charmes. Alors que je m'éloigne à reculons vers la sortie pour éviter qu'il ne mate mes fesses, je heurte un corps et pousse un cri strident avant de me retourner vivement. C'est Amy que je découvre face à moi, les yeux écarquillés par l'étonnement.

— Je ne pensais pas faire aussi peur, me lance-t-elle joyeusement.

— C'est que je… C'est ma faute, je ne voulais pas que Benny…

Je m'interromps. Il n'est peut-être pas judicieux que j'accuse ouvertement celui qui s'apprête à mettre les mains dans le moteur de ma voiture de voyeurisme et d'attouchement.

— Qu'est-ce que tu fais là ? la questionné-je. Tu as aussi croisé un sapin ?

— Non, moins glamour. Je devais reprendre la route ce matin pour Fairbank, et mon SUV, ce traître, a refusé de démarrer. J'ai eu beau le supplier, le prévenir que j'allais le réduire en miettes s'il ne remplissait pas son rôle dans les dix prochaines secondes, il n'a rien voulu savoir. Je suis donc venue chercher de l'aide…

— Benny est là pour vous, ma petite dame, intervient le garagiste en bombant le torse. Je suis l'homme qu'il vous faut.

La bouche d'Amy s'arrondit d'étonnement en découvrant la dégaine de son sauveur. J'avoue que j'ai dû faire la même tête quand il m'est apparu dans toute sa sensualité. Je me retiens de pouffer dans ma main, tant la scène me paraît plus cocasse quand j'en suis seulement spectatrice. Gênée, elle balbutie quelques mots inintelligibles qu'on pourrait traduire ainsi je suppose : « Vos propos, mon cher Benny, sont quelque peu inappropriés. Nous n'avons pas gardé les cochons ensemble. »

— Vous avez un problème avec votre boîte de vitesses automatique ?

— Euh… euh…, bégaie-t-elle, en me suppliant du regard d'intervenir.

— Vous le saurez en allant vérifier.

Évidemment, un esprit mal placé tel que celui de Benny y voit aussitôt une allusion grivoise qui fait apparaître sur ses lèvres un rictus vicieux.

— En allant vérifier sa voiture qui est en panne, précisé-je en soutenant son regard pour éviter qu'il ne descende plus bas.

— Je vais voir ce que je peux faire, affirme-t-il en reportant son attention sur Amy. Je disais à l'instant à mademoiselle que c'était une petite ville et qu'il allait falloir vous montrer patiente afin de récupérer votre bagnole.

— Patiente à quel point ?

L'inquiétude perce dans la voix d'Amy.

— Je risque ma carrière si je n'effectue pas le reportage que le directeur m'a attribué, précise-t-elle, et le concours que je dois suivre aura lieu dans une semaine.

— C'est court, c'est court...

Les lèvres de Benny se pincent comme s'il réfléchissait intensément avant de s'éloigner en direction du placard qui lui sert de bureau. Bien qu'il ne nous y ait pas invitées, nous le suivons. L'office est à l'image de son atelier, un bazar innommable. Sur une table minuscule s'amoncellent des factures, des restes odorants de fast-food et des pièces automobiles. Il attrape une chemise sur le dos d'une chaise et la passe. Lentement, il entreprend de la boutonner.

— Faut que je regarde mon agenda...

Genre M. Bordélique veut nous faire croire qu'il tient un quelconque planning, et si c'est le cas qu'il s'y retrouve. Amy s'agrippe à mon bras.

— Zoé, si je ne rends pas ce papier, je suis morte...

— Tu exagères, protesté-je.

Je détourne le regard pour éviter de croiser les bourrelets de Benny qui dépassent du tissu à carreaux et plonge dans celui d'Amy.

— Tu ne connais pas Peter, sinon tu saurais qu'il ne plaisante jamais quand il s'agit de son journal.

Elle pense sincèrement ce qu'elle dit, son chef lui fiche une peur bleue. Sa vie est ici dans ce téléfilm, et elle doit prouver à cet imbécile de John qui s'est servi d'elle et à Peter, cet affreux bourreau de travail qu'elle assure en toutes circonstances. Aucun des deux hommes ne se rend compte de son potentiel. C'est triste, et ce qui l'est encore davantage, c'est que sa vie télévisée ressemble à s'y méprendre à la mienne. Moi, je ne suis que de passage, une figurante au mieux dans ce programme, alors si je peux lui filer un coup de main, pourquoi m'en priver ? De toute façon, conduire une Chevrolet Camaro, ça ne doit pas être si génial que ça, c'est comme conduire ma vieille Clio II qui a du mal dans les côtes.

— Occupez-vous de sa voiture en priorité, lâché-je, elle en a plus besoin que moi.

— Tu es sûre ? s'empresse-t-elle de me demander.

— Oui, ne t'inquiète pas, assuré-je en opinant du chef. Je me débrouillerai.

J'espère que Aidan aura la bonté de me conduire en ville quand j'en aurai besoin. Un problème à la fois, ma Zoé. Il est plus important de venir en aide au premier rôle qui a besoin d'un coup de pouce, hors de question qu'elle perde la face. Je n'oublie pas qu'elle doit faire ses preuves à Fairbank et damer le pion à John.

— Monsieur Benny, ça sera bon pour vous ? lui demandé-je.

Comme s'il était devenu un homme important, il hausse les épaules, hésite à lui apporter une réponse franche et immédiate. Il fait durer le suspense et Amy est même obligée de le supplier pour que M. Benny se la joue grand seigneur et lui promette de faire au plus vite. C'est quelque peu soulagée que la jeune femme accepte de laisser son automobile entre ses mains.

— Tout ira bien, affirmé-je.

Je me tourne alors vers le garagiste aux bourrelets bloblotants qui a attaqué un sandwich débordant de mayonnaise. Un morceau de tomate menace de tomber sur sa chemise. Malgré moi, je me focalise sur la rondelle et entends à peine les mots qui sortent de sa bouche.

— Merci, merci, lance Amy, la voix emplie de gratitude.

Comme elle est à deux doigts de le serrer dans ses bras, je la retiens de justesse. Il y a des limites à la reconnaissance, surtout que le morceau de fruit a chu en laissant une trace répugnante sur le tissu.

— On va vous laisser travailler, monsieur Benny, déclaré-je, accentuant la pression sur le bras d'Amy avant qu'elle fasse quelque chose qu'elle regrettera. Nous sommes attendues...

Alors que ma nouvelle amie s'apprête à ouvrir bêtement la bouche, je répète en la fixant dans les yeux que nous devons y aller immédiatement. Je détache chaque syllabe pour qu'elle percute... Ce qui échoue lamentablement. Sa bouche s'arrondit, ses sourcils se soulèvent. Je renonce. Après tout, c'est une grande fille. Je la lâche et elle se précipite contre le garagiste. La Belle et la Bête se font un câlin sous mes yeux offusqués.

— Vous me sauvez la vie, insiste Amy des trémolos dans la voix.

Benny se gratte la tête, les joues cramoisies. Visiblement, elle a produit son petit effet et je parie que le garagiste va faire des heures sup rien que pour satisfaire sa nouvelle fiancée. Si je compte sur mon charme, ma voiture sera prête en janvier. Au mieux. Après encore un bon quart d'heure de bavardages, nous quittons enfin la garçonnière de Benny et je suis soulagée quand l'air frais emplit mes poumons.

— Qui nous attend ? me demande aussitôt Amy.

Je me tourne vers elle, cherchant une lueur amusée dans son regard, mais non, rien. Elle est très sérieuse, au contraire.

— Personne, rétorqué-je, c'était juste pour te permettre d'échapper aux mains de Benny.

— Je le trouve plutôt adorable, moi. En plus, il a promis de m'aider.

Je ne cherche pas à comprendre. Si les scénaristes ont voulu faire d'Amy une sainte, altruiste et bienveillante, c'est leur choix. Le mien, c'est de refuser d'entrer en contact avec Benny.

— On m'a parlé du marché de Noël d'Everwood, tu veux m'y accompagner ? me propose-t-elle.

— Avec plaisir.

Ce programme me semble en totale adéquation avec ma motivation. Flâner au milieu des odeurs de cannelle et de sapin, admirer les décorations et m'arrêter à chaque stand.

— J'y trouverai peut-être un sujet à proposer à Peter.

— Évidemment que tu vas trouver, l'encouragé-je. Tout ira bien pour toi.

Alors que nous repartons en direction du cœur de la ville, les flocons soulevés par le vent tournoient autour de nous et nous plongent dans un univers de conte de fées. À côté d'une grange et d'une église ancienne, des dizaines de sapins blancs revêtus d'une parure floconneuse nous accueillent alors que des chants traditionnels résonnent à nos oreilles. Je n'en crois pas mes yeux, c'est de toute beauté. Tout y est. La neige, la musique, les odeurs envoûtantes d'épices et de chocolat et les stands qui brillent de mille feux. Comme deux gamines, nous courons de stand en stand, craquons pour d'épaisses écharpes en laine – j'ai miraculeusement trouvé un billet de vingt dollars au fond de ma poche – que nous enroulons aussitôt autour de nos cous.

— Au moins, nous ne nous mourrons pas de froid cet hiver, affirmé-je, ravie de mon achat.

J'enfouis mon nez dans mon tour de cou, les mains dans les poches pour lutter contre la température polaire qui m'agresse.

— Oh, il ne fait pas si froid que ça, proteste Amy. En tout cas, moins que de là où je viens...

— De New York ?

— Non, pas du tout, je suis originaire du Minnesota.

Mes connaissances en géographie américaine sont telles que je n'ai aucune idée d'où se trouve cet État. Bien sûr, je sais situer avec plus ou moins de précision les grandes villes, mais de là à placer les cinquante et un États, c'est trop me demander. Devant mon air perplexe, elle entreprend de m'expliquer le chemin qui mène jusqu'à Minneapolis.

— Tout comme le Vermont, le Minnesota est un État situé à la frontière canadienne, entre les Dakota du Nord et du Sud, l'Iowa et le Wisconsin, récite Amy. Il borde également le lac Supérieur, le plus vaste des lacs du Nord. En 2019, la population s'élevait à près de 5 639 632 habitants. La capitale est Saint Paul qui forme avec Minneapolis, les « Twin cities »...

— Tu es calée, dis donc, la coupé-je avant qu'elle remonte à la création de l'État.

Les connaissances d'Amy dignes de Wikipédia me laissent bouche bée. J'ai beau être parisienne, je ne saurais dire combien d'habitants compte la capitale sans recourir à mon ami Google. Amy lève les yeux au ciel, comme si mon compliment la dérangeait.

— En tout cas, si j'ai bien compris, chez toi l'air est aussi glacial qu'ici.

Pour me réchauffer, je frotte mes mains l'une contre l'autre, prévoyant déjà mon prochain achat.

— Plus ! D'où je viens, on dit même qu'il y fait plus froid qu'à Anchorage en Alaska !

Un sourire amusé étire ses lèvres alors que des souvenirs joyeux lui reviennent en mémoire.

— J'adore l'hiver là-bas, tout est blanc et pourtant le ciel reste bleu, d'un bleu incroyable, aussi limpide que l'eau d'un lac en été. Alors certes, tu as la sensation d'avoir les amygdales congelées et parfois du givre se forme sur tes cils, mais le soleil brille si fort que tu as besoin de sortir tes lunettes teintées... Je crois que c'est le plus bel endroit des États-Unis, mais je ne suis pas objective. Il n'y a pas de meilleur endroit au monde que celui qu'on peut appeler « maison », déclare-t-elle, en attrapant un sujet en bois sculpté qu'elle observe avec tendresse.

— Mais tu es partie pour New York...

— Le rêve, le prix Pulitzer, des choses à oublier aussi.

Elle hausse les épaules, son regard se voilant soudain de mélancolie.

— Tes parents sont morts ? lui demandé-je doucement.

— Quoi ?! Mes parents sont morts ? s'écrie-t-elle, me faisant sursauter ainsi que le vendeur et les badauds autour de nous.

Je m'empresse de la rassurer, assurant que je ne posais qu'une simple question. Bon, j'avoue que ma culture télévisuelle fausse quelque peu mon interprétation des situations. Dans tous les films, il ne fait pas bon être parent. On risque plus sa peau que dans un combat de MMA ou de krav-maga. La mère meurt en couches, le père dans un accident de voiture ou en tant que héros s'il est pompier ou soldat. Ce n'est pas moi qui écris les scénarios. Sinon, il y aurait plus de chansons et de danses sous les flocons et la petite Grace aurait encore sa maman à ses côtés.

— Non, non, mes parents vont très bien. Il ne faut pas dire des trucs pareils, m'accuse-t-elle en portant la main à son cœur, comme si elle venait de frôler une attaque par ma faute.

Pour ma défense, je rappelle que je posais une simple question. Peut-être qu'Amy pourrait éviter de surréagir.

— Quand tu as dit que tu avais souhaité t'éloigner de certaines choses, j'ai cru que c'était un drame qui t'avait poussée à faire tes valises, je suis désolée.

— Non, une rupture difficile à digérer. Plus classique. Il est tombé amoureux d'une autre, il aurait juste pu s'en rendre compte avant d'avoir demandé ma main. Cela m'aurait évité de commander une robe hors de prix chez Love Wedding. Deux mille dollars, ça fait mal quand même, j'aurais pu m'offrir une liposuccion à la place.

— Tu n'en as absolument pas besoin. Si le chirurgien t'aspire, il va te retirer les os.

Elle s'esclaffe.

— Contrairement à ce que tu penses, je n'ai pas toujours eu cette silhouette. Ça, tu vois, m'explique-t-elle en tapotant son postérieur, c'est le fruit d'heures de musculation à suer sang et eau sur un vélo d'appartement ainsi que de dizaines de régime.

Je vais de surprise en surprise à mesure que je discute avec Amy et qu'elle se livre.

— Tu vois souvent tes parents ? reprends-je pour aborder un sujet moins douloureux.

— Pas autant que je le souhaiterais, tu sais ce que c'est, le boulot, soupire-t-elle.

Elle tend un billet au vendeur et emporte la figurine en bois qu'elle glisse dans sa poche.

— Mais je les adore, tu sais, ils comprennent très bien mes ambitions. Mon père et ma mère sont ce qu'on appelle aux États-Unis des self-made men, ils sont partis de rien, ont hypothéqué tout ce qu'ils pouvaient pour ouvrir leur boutique de postiches avant de développer leur marque.

Comme je crois avoir mal compris ce qu'elle vient de me dire, je la force à répéter. Ses parents ont un business de perruques, de moumoutes et de fausses moustaches.

— Et ils fournissent même des acteurs et des hommes politiques.

— Comme qui ? demandé-je.

— Tout le monde, je ne sais pas moi.

— Johnny Depp ? Leonardo DiCaprio ?

Elle hoche la tête.

— Donald Trump ?

— Évidemment.

— Oui, évidemment. Bradley Cooper ? Non, ne me dis pas Brad.

— Brad a tous ses cheveux.

Je suis soulagée d'apprendre que celui qui incarne pour moi le sex-symbol par excellence ne porte pas de perruque ou autres artifices capillaires, cela aurait quelque peu détruit mon fantasme.

— Je peux même te le jurer, j'ai déjà eu l'occasion de le rencontrer à plusieurs reprises. C'est un grand ami de mon beau-frère.

J'apprends ainsi que la sœur d'Amy, Joline, travaille avec leurs parents et compte bien reprendre l'affaire familiale. Au fur et à mesure de notre conversation, le personnage d'Amy prend de l'épaisseur, chaque détail de sa vie étoffe et complexifie sa personnalité... J'ai de moins en moins l'impression d'être dans un téléfilm, ce qui, paradoxalement, commence à m'effrayer.

— Je n'en reviens pas, tu connais Bradley Cooper...

— Je meurs de faim, me coupe-t-elle soudain en attrapant mon bras.

Sans hésiter, elle nous entraîne vers un vendeur de pop-corn et nous en achète deux énormes cornets.

— Ce n'est pas bon pour ma ligne, lancé-je tout en engouffrant une pleine poignée.

— Au contraire, ce n'est que de l'air, réplique-t-elle dans un éclat de rire. Ce n'est pas tout ça, mais il serait peut-être temps que je me mette au travail.

Le pochon en papier journal coincé sous le bras, Amy extrait de sa poche un carnet à la couverture de cuir rouge et un stylo. Nous nous apprêtons à pénétrer à l'intérieur du hangar tout aussi joliment décoré que le reste, quand un doute m'assaille et que je jette un œil à mon poignet, avant de me souvenir que ma montre est restée sur ma table de chevet à Paris.

— Quelle heure est-il ?

Ma question posée d'une façon aussi vive la surprend et elle s'arrête pour regarder sa montre.

— Quinze heure vingt-sept, me répond-elle. Pourquoi ?

Mon sang ne fait qu'un tour. Je vais être en retard, et cette fois la directrice risque de m'affubler d'un bonnet d'âne et de me clouer au pilori. En deux phrases, j'explique la situation à Amy et l'abandonne au milieu des stands.

— Bonne chance, s'écrie Amy.

D'un geste de la main, elle m'encourage à me dépêcher. Sans perdre une seconde, je m'élance en direction de l'école en slalomant entre les passants et en tentant d'éviter les plaques de verglas. À chacune de mes foulées, le maïs grillé jaillit du sachet comme autant de confettis. Je n'ai rien, absolument rien d'une athlète de haut niveau. De toutes les têtes de linotte, je suis sans doute la pire. Aujourd'hui, je n'avais qu'une chose à laquelle penser, un seul rendez-vous à honorer et me voilà sur le point de donner aux commères d'Everwood un bon sujet de raillerie en arrivant après tout le monde. Alors que je suis encore loin, la cloche de l'église retentit. Je suis officiellement en retard. J'accélère la foulée autant que possible, en regrettant déjà de ne pas être une sportive digne de ce nom. Une plaque de verglas, et ce sera le drame. Le pop-corn s'envole.

Dans un ultime dérapage digne d'un bêtisier du jour de l'An, je glisse et m'étale aux pieds de Dolorès Van Schlagg. La seule pensée qui me réconforte alors que je frotte mon fessier douloureux, c'est que le gang des *desesperate housewives* doit déjà avoir fichu le camp.

— Quelle incroyable cascade ! se moque ouvertement Charmaine.

— Et mer…

Chapitre 11

« Jingle bells, jingle bells, Jingle all the way[1] »

La fin de mon gros mot est couverte par le bruit d'un Klaxon. Sous l'œil noir de la directrice et celui dédaigneux de la séductrice en chasse, je mets un point d'honneur à me relever par mes propres moyens, avant que Charmaine ait l'idée d'immortaliser la scène avec son smartphone dernier cri. Si ma chute doit devenir un sujet de raillerie publique, au moins il n'y aura aucune preuve compromettante. Les deux femmes échangent un regard entendu, et leur mépris transparaît dans le petit rictus qui ourle leurs lèvres maquillées. Charmaine se penche alors vers la petite fille dont elle tient fermement la main. Leur ressemblance me saute aux yeux. Ce n'est pas tant leur chevelure brune, en un dégradé faussement négligé pour la mère et un carré bien sage pour l'enfant, que cette expression hautaine qui déforme les traits de leur visage.

— Ma chérie, surtout n'oublie pas de ne jamais te donner en spectacle, lui explique-t-elle.

Mais quelle s... Un Klaxon en provenance d'une camionnette blanche retentit à nouveau pour interrompre le fil de ma pensée.

— Oh, madame Van Schlagg, il faut que je me sauve, je suis vraiment très mal garée.

1. « Jingle Bells », chant de Noël traditionnel écrit et composé par James Lord Pierpont, 1857. Traduction approximative des paroles : « Tintez clochettes, tintez clochettes/Tout au long du chemin. »

Charmaine indique la voiture, une Mercedes évidemment, qui bloque sans aucun scrupule l'utilitaire. Le chauffeur, au volant, commence à s'énerver. Mère et fille saluent la directrice avec un large sourire, m'octroient un regard condescendant avant de s'éloigner, comme si elles écrasaient le monde sous leurs talons.

— Quinze heures trente, je pensais vous l'avoir dit, affirme Mme Van Schlagg en reportant son attention sur la tête en l'air essoufflée, dont le coccyx lui fait un mal de chien.

— Je sais, je sais, je suis désolée, balbutié-je, les mains appuyées sur mes cuisses.

Je me suis peut-être cassé un truc ; c'est possible de se casser les fesses ?

Elle lève un sourcil interrogateur et coule sur moi un regard noir qui me fait frémir. Elle devrait songer à jouer dans des films d'horreur, elle serait parfaite.

— Promis, madame Van Schlagg, je ne le ferai plus.

Rien que le nom me terrifie. On entend le coup de fouet qui part. Instinctivement, je retrouve un réflexe d'enfant, je penche la tête et pas seulement parce que la course folle à travers les rues d'Everwood m'a achevée.

— Très bien, affirme-t-elle en faisant claquer sa langue contre son palais.

— Où est Grace ?

— Vous ne figurez pas sur la liste des personnes autorisées à la récupérer à la sortie de l'école, réplique-t-elle.

Sans ajouter un mot, la directrice tourne les talons et grimpe les marches. De stupeur, ma bouche s'arrondit et je me retrouve incapable de prononcer un mot. Elle va réellement me planter là, sans me confier l'enfant. Impossible.

— Vous n'allez pas séquestrer Grace tout de même ! protesté-je vivement.

— Bien sûr que non, me raille-t-elle. Nous ne sommes pas des tortionnaires. Elle est partie.

— Partie ? Vous voulez dire que vous avez laissé une fillette de cinq ans partir seule ?

Ses lèvres se pincent en un trait étroit et ses sourcils se froncent. Son irritation transpire par tous les pores de sa peau.

— Non.

Elle ne peut pas se contenter d'une réponse aussi lapidaire qui me donne envie de la secouer comme un prunier. Si la Van Schlagg est agacée, je le suis tout autant et ne compte pas me laisser faire par une dictatrice en talons hauts. Pour me mettre à son niveau, je monte l'escalier jusqu'à elle.

— Où est Grace ?

Je répète ma question, en appuyant sur chaque syllabe pour accentuer ma détermination. Une seule chose est certaine, je ne quitterai pas les lieux sans elle.

— J'ignore si je dois vous le dire dans la mesure où vous me semblez quelque peu dérangée...

Si elle continue à me chauffer, la vieille, elle va voir de quoi la folle est capable.

— Où est Grace ? la coupé-je.

— Zoé !

Je me retourne et aperçois Grace qui se précipite dans ma direction en hurlant joyeusement mon prénom. Sa grand-mère lui enjoint de se calmer, mais la petite fille s'en moque. Elle me percute violemment et je l'accueille dans mes bras, comme si cela faisait des jours que je ne l'avais vue.

— Suzanne est là ?

— Oui, Grace est avec sa grand-mère. Si seulement vous me l'aviez permis, je vous l'aurais appris.

Je me retiens de lui cracher à la figure le fond de ma pensée, en enfouissant mon nez dans les frisottis de Grace qui sentent bon le shampooing à la pomme et à la vanille.

— Soyez à l'heure lundi matin, lâche-t-elle, dédaigneuse.

Avant que s'échappe de ma bouche un juron, j'attrape la main de ma protégée et nous descendons les marches. Je mériterais une médaille pour avoir su garder mon sang-froid.

— Zoé, j'ai tellement de choses à te raconter, commence Grace. Il y a Millicent qui a...

En pestant, Suzanne nous rejoint et j'ignore si je saurai un jour ce que cette Millicent a fait ou non.

— Tu es un vrai diablotin, tu ne peux donc jamais te tenir tranquille, la gronde-t-elle gentiment. La jeune effrontée lui tire la langue, et je me dis que la grand-mère fait preuve de bien de patience. À cinq ans, Grace est une vraie terreur ; l'adolescence promet. Je ne voudrais pas être à la place de son père qui devra supporter les cris, les portes claquées et autres joyeusetés. Dans les téléfilms, ce genre de gamine hyper mignonne et hyper intelligente devient en règle générale une adolescente rebelle qui fugue ou vole dans les magasins avant de revenir dans le droit chemin après une heure vingt de bêtises en tout genre. Parce qu'elle a bon cœur. Parce que le générique de fin commence.

— Mais mamie, proteste Grace avec un sourire angélique, Zoé ne nous avait pas vues. Elle allait s'inquiéter.

En levant les bras au ciel, Suzanne abdique et me salue enfin, me demandant si j'ai passé une agréable journée.

— Benny s'est-il occupé de votre voiture ?

— Comment savez-vous que...

Je me tape le front. Que je suis bête, radio potins Everwood, bonjour. Je parie que grâce à Janet, elle sait même ce que j'ai pris pour le petit déjeuner.

— Non, il avait l'air débordé. En plus, je l'ai encouragé à réparer en priorité celle de Amy...

— Vous êtes une bonne personne, déclare Suzanne.

Son compliment me gêne, elle me connaît depuis cinq minutes et elle est sûre que je suis quelqu'un de bien.

— Ce n'est rien, son boss est un vrai tyran et si elle ne rend pas son papier, elle a vraiment peur de se faire virer, ce qui gâcherait quelque peu son Noël.

— Vous êtes une bonne personne, répète la grand-mère en ancrant ses yeux noisette dans les miens.

Sa conviction me touche. Je la laisse dire. C'est toujours mieux quand les gens pensent du positif de vous plutôt que l'inverse, même si je suis persuadée qu'avec son naturel bienveillant et son caractère doux, Suzanne Cooper voit le bien en chaque personne qui croise sa route. Tiens, je serais curieuse de savoir ce qu'elle pense d'Harmony et compagnie.

— Je rentre avec Zoé, déclare Grace.

— Comment ça ? rétorque sa grand-mère.

— Oui, mamie, tu vas avoir le temps d'acheter de nouvelles pelotes de laine.

— Mais ce n'est pas ce qui était prévu, tu dois…

— Mamie.

Grace pose ses deux petites mains gantées sur les épaules de sa grand-mère qui s'est baissée à sa hauteur pour lui parler et visse son regard au sien.

— Soyons honnêtes deux secondes. Toi, je te vois tous les jours ou presque, et tu sais que je t'aime à la folie, alors que Zoé, dès que sa voiture sera réparée, elle reprendra la route et je ne la reverrai peut-être jamais, argumente Grace avec une maîtrise du langage digne d'Ally McBeal, la célèbre avocate télévisuelle. Alors je suis persuadée que tu comprendras et respecteras ma décision.

Je ne peux me retenir de pouffer et de secouer la tête, cette fillette est décidément incroyable.

— Bien sûr, ma puce, je comprends et respecte ton point de vue, s'amuse Suzanne en reprenant les mots de l'enfant. Cependant dans ton plan parfait, tu oublies un détail de taille.

— Lequel ?

— Ta nouvelle meilleure amie n'a pas de moyen de locomotion et, à moins que vous ne comptiez marcher près de quinze kilomètres le long d'une route enneigée, tu seras peut-être soulagée que ta vieille grand-mère que tu vois tout le temps vous conduise, non ?

Grace réfléchit une seconde avant d'opiner du chef. Elle enveloppe de ses bras le cou de sa grand-mère et s'accroche à elle, risquant dans la précipitation de la faire basculer en arrière.

— Merci, mamie, je t'aime grand comme l'univers.

— Je sais bien, chipie. Allez, laisse-moi me relever si tu veux avoir le temps de profiter de Zoé avant le retour de ton père.

Avec quelques difficultés, Suzanne se redresse et nous entraîne vers sa voiture. Si vous vous posiez la question, une berline familiale, avec un sapin odorant accroché au rétroviseur et un paquet de bonbons acidulés entamé dans la boîte à gants. Durant tout le trajet de retour, Grace monopolise la parole. Elle ne marque une pause que le temps de reprendre son souffle avant de repartir de plus belle. Chaque arbre dans le paysage est source d'émerveillement, chaque anecdote de sa journée une aventure incroyable aux multiples rebondissements. Suzanne a à peine le temps de se garer au plus près de la maison que Grace ouvre sa portière à la volée, bondit hors du véhicule et s'élance vers la porte d'entrée en criant que la dernière arrivée est une poule mouillée.

— Ma linotte, ton cartable ! la rappelle sa grand-mère, en brandissant le sac à bout de bras.

— On est vendredi, proteste la petite fille, en faisant demi-tour.

— Et tu n'as pas de devoirs à faire peut-être ?

— Dimanche soir, réplique-t-elle.

— Non, maintenant !

— Je ne t'entends pas, je ne t'entends pas, lance Grace.

— Grace Eva Cooper, vous avez intérêt à faire vos exercices et apprendre vos leçons avant le retour de votre père.

Comme elle ne semble pas savoir marcher, la petite fille est en train de courir dans l'allée. Même en faisant les gros yeux, la grand-mère n'a pas le dernier mot. La peste a déjà foncé tête baissée à l'intérieur de la demeure dont la porte n'était toujours pas fermée à clé (n'y a-t-il vraiment aucun voleur dans cet univers parfait ?), a jeté son cartable et ses vêtements dans le couloir. Et a disparu. Aux bruits qui nous parviennent depuis la cuisine, nous savons que la tornade n'est pas très loin et sévit dans le frigo.

— Un thé ? proposé-je. Enfin, je ne sais pas si Aidan a autre chose que du café, mais avec un peu de chance, on trouvera notre bonheur dans un des placards.

— Avec plaisir. Commencez par celui en haut à droite, c'est là où il range le nécessaire pour le petit déjeuner et les friandises...

— Oui, mon papa n'est vraiment pas gentil, soupire Grace, tout en émergeant du frigo américain avec à la main un énorme bidon de lait et un berlingot de compote.

— Aidan est obligé de tout mettre en hauteur, m'explique Suzanne, à cause de...

Nul besoin d'achever sa phrase, de son index elle pointe la gourmande à ses côtés. Suzanne attrape un paquet de cookies et les dispose dans une assiette alors que je mets la bouilloire en marche. Je trouve un sachet de thé aux épices et aux amandes que je hume par précaution. Vu la poussière qui maculait la théière que j'ai dégotée quelques secondes avant, je craignais que les feuilles ne soient plus que périmées. Nous nous asseyons toutes les trois autour de l'îlot central, un mug de thé brûlant pour les adultes et un verre de lait frais pour l'enfant. J'ai à peine le temps de poser mon fessier, encore douloureux de la chute, sur mon tabouret que Grace attaque déjà son troisième biscuit qu'elle trempe joyeusement avant de le croquer.

— Je vais aller jouer, déclare-t-elle soudain.

— Tu te laves les mains d'abord, réplique sa grand-mère, et tu me ranges ton bazar dans l'entrée.

— Oui, oui.

Avec un sourire non dissimulé, j'avale une gorgée de ma boisson chaude et me réchauffe progressivement. Mon corps n'est pas habitué à de telles températures. De l'autre côté de la fenêtre, la neige a recommencé à tomber doucement. Suzanne se lève, et récupère un pot de miel dans un placard.

— Ajoutez-en une cuillère dans votre tasse, vous verrez, il sera encore meilleur.

J'hésite jusqu'à ce qu'elle précise que c'est une production locale et que je vais avoir besoin d'un surcroît d'énergie pour endurer le programme que Grace a forcément imaginé.

— Je vais en mettre deux alors, déclaré-je.

Suzanne éclate franchement de rire, et ce rire me touche. Sa gentillesse naturelle, sa bienveillance et sa tendresse me la rendent sympathique depuis notre rencontre et à mesure que je la côtoie, ma première impression se confirme. Sans entrer dans les détails qu'elle juge trop personnels, elle me raconte la vie de son fils et de Grace, depuis le décès il y a presque deux ans de Nevea. Au ton qu'elle emploie, je devine à quel point elle lui était attachée et à quel point cette perte l'affecte également. Ce n'était pas le genre de belle-mère à détester sa belle-fille au point de l'accuser d'avoir volé son fils, de la critiquer ouvertement ou pire, de se réjouir secrètement de sa disparition. Ses yeux se mouillent alors qu'elle mentionne l'amour sincère qui unissait ce trio. Ils affrontaient ensemble toutes les tempêtes de la vie. Malgré ma grande curiosité – un brin malsaine je dois le reconnaître – de savoir comment Nevea est morte, je me mords les lèvres pour ne pas interrompre Suzanne qui serre violemment son mug entre ses mains.

— La vie est parfois tellement injuste. Nevea était une de ces personnes qui rendent le monde autour d'elles plus beau ; je n'ai jamais compris pourquoi sa famille s'était détournée d'elle après le mariage, et je ne comprendrai jamais.

Je ne peux qu'acquiescer. Des larmes coulent sur les joues légèrement ridées sans que Suzanne songe à les essuyer.

— Certes cette union de leur ballerine de fille avec un simple bûcheron était loin de bénéficier de leur faveur. Avant de rencontrer mon fils, Nevea faisait partie du corps de ballet de San Francisco, enchaînait les répétitions et les spectacles mais...

Suzanne lève les yeux de sa tasse, intercepte mon regard que je sens aussi humide.

— Oh, je ne suis pas là pour vous faire pleurer !

Elle attrape un rouleau d'essuie-tout, en arrache une feuille qu'elle me tend avant d'en prendre une pour elle-même. Et nous voilà toutes deux en train de nous moucher, aussi touchées l'une que l'autre par cette histoire d'amour brisée, cette tragédie familiale qui laisse une petite fille orpheline.

— Mais vous êtes là, vous, Janet, Garry... Cela se voit que Grace est une petite fille heureuse et bien entourée, malgré tout.

— Merci, vos paroles me rassurent, affirme Suzanne, en s'emparant de mes mains.

Elle les tient longuement entre les siennes, et ce geste aussi spontané que tendre me touche autant que l'histoire d'Aidan. Des larmes recommencent à perler dans mes yeux.

— Qu'y a-t-il mon petit ? s'enquiert Suzanne.

— C'est votre gentillesse, vos compliments... Vous voyez en moi une personne que je ne suis pas.

— Bien sûr que vous êtes une bonne personne, et je suis persuadée que vos parents doivent penser la même chose que moi.

— Mes parents ?

Un petit rire sarcastique m'échappe. Face à ma réaction, Suzanne hésite sur la façon adéquate de se comporter.

— Sont-ils...

Le mot « douloureux » ne franchit pas ses lèvres. Il faut croire que je ne suis pas la seule à toujours envisager le pire.

— Non, pas à ma connaissance, à moins que leur bateau de croisière n'ait fait naufrage dans les Caraïbes. Ils n'ont jamais eu la fibre parentale, j'ai le droit à quelques appels ou cartes postales, une visite ou deux par an et un gros chèque pour mon anniversaire.

— Mais c'est horrible ! s'exclame Suzanne en portant sa main à sa bouche.

Tout son visage trahit son effroi. Au moins une personne que l'attitude égoïste de mes parents ne laisse pas indifférente.

— Mon pauvre petit, continue-t-elle.

Je lui offre un sourire timide alors qu'un silence empreint de mélancolie s'installe entre nous. Parler de mes géniteurs n'étant pas mon sujet de conversation préféré, j'aimerais autant savoir comment Nevea a rencontré Aidan, et ce qui l'a poussée à abandonner une carrière merveilleuse, même si j'ai une petite idée. L'amour fait toujours faire des folies, ce qui est juste dommage, c'est qu'on ne puisse jamais tout avoir. Cependant, je n'ose pas réveiller la douleur de Suzanne avec ma maladresse légendaire, alors même si le sujet m'intéresse, je choisis de l'interroger sur sa vie à elle. Elle me gratifie d'un sourire reconnaissant et m'apprend qu'elle siège au conseil municipal, qu'elle a été pendant près de quarante ans bibliothécaire et qu'elle voue une passion sans limites à Stephen King, son idole absolue.

— Je vous aurais imaginé accro aux comédies romantiques.

— Ces trucs gnan-gnan où la demoiselle en détresse doit attendre son prince pour être délivrée ? Très peu pour moi. J'aime quand ça saigne, quand ça hurle, quand le tueur attend sa victime derrière la porte de la chambre.

Étonnée, je la dévisage. Si je m'attendais à ça...

— Mais vous avez tout de la dangereuse psychopathe, me moqué-je gentiment, en faisant mine de m'éloigner d'elle. J'ai peur maintenant.

— Vous avez de quoi, on ne se méfie jamais assez des mémés avec de grands sacs à main.

— Me voilà prévenue.

La conversation prend alors un tour plus joyeux, chacune évoquant ses passions jusqu'à ce que Grace réapparaisse dans la cuisine. Elle se faufile près de sa grand-mère, s'empare de sa tasse dans laquelle elle plonge le nez.

— Bon, maintenant que tu as fini, tu vas pouvoir y aller, décrète-t-elle sérieusement.

Désormais complices, Suzanne et moi échangeons un regard étonné avant d'éclater de rire. Sans se laisser démonter, Grace repart en courant. Enfin, elle ne tarde pas à revenir, tenant entre ses mains le sac à main – celui dont on ne se méfie jamais assez –, le manteau et l'écharpe de Suzanne pour l'encourager à s'éclipser le plus rapidement possible.

— Mamie, c'est notre moment, à Zoé et à moi.

— Mais, regarde, il neige dehors, je vais avoir froid...

— C'est pour ça que tu dois mettre ton manteau, bien le boutonner et nouer étroitement ton écharpe. Puis tu seras vite dans ta voiture où le chauffage fonctionne très bien.

La maligne a toujours réponse à tout.

— Très bien, puisque je ne suis plus la bienvenue, je pars, déclare Suzanne, en se levant brusquement, comme si les paroles de sa petite-fille l'avaient véritablement froissée.

— Tu n'es pas fâchée, ma mamie chérie ? s'inquiète Grace.

— Mais non, je te taquine, ma puce, répond aussitôt Suzanne.

Elle se penche alors vers l'enfant et lui embrasse longuement les joues avec tendresse avant que Grace se lasse de cette démonstration d'affection. Si elle savait la chance qu'elle a, elle la savourerait sans doute un peu plus. Tous deux, nous accompagnons Suzanne dans l'entrée.

— Profitez mes chéries, nous lance-t-elle, mais Grace, n'oublie pas que Zoé n'a pas cinq ans.

— Et demi, précise cette dernière machinalement.

— Mais je ne suis pas si vieille que ça, protesté-je.

— On en reparlera demain, réplique joyeusement Suzanne avant de regagner sa voiture. Nous la saluons de la main avant que Grace claque violemment la porte.

— C'est parti, lâche-t-elle en ancrant ses yeux sombres dans les miens.

Soudain, j'ai peur.

Chapitre 12

« Dans la nuit glisse la neige
À petits flocons de Noël
Les enfants sont endormis
Dans leur lit douillet[1] »

Le crissement de pas dans la neige me réveille en sursaut. Sur mes genoux repose la tête de Grace qui s'est endormie cinq minutes après le début du dessin animé qu'elle a pourtant choisi. Tout comme moi. À croire que son programme effréné a eu raison d'elle. Suzanne avait raison, il faut de l'énergie pour suivre Grace, c'est à se demander ce qu'elle déjeune à la cafétéria le midi. Dès la porte refermée au nez de sa grand-mère, la petite excitée ne m'a pas accordé une minute de répit. Jeux de société – elle triche comme elle respire –, séance de manucure – elle ne tient pas en place, ce qui est loin d'être l'idéal quand on tente de poser un vernis sur les ongles de pied –, construction d'un fort dans le salon à l'aide de couvertures et de coussins – elle m'a promis de ranger tout le bazar demain, l'espoir fait vivre. Son estomac criant famine, nous avons opté pour du rapide et avons avalé des hot-dogs que j'ai accompagnés pour ma part de salade pour me donner bonne conscience. J'espère vraiment que les kilos pris dans un téléfilm restent dans le téléfilm. J'ai tenté ensuite de l'envoyer au lit. Cela s'est avéré hors de mes

1. « Flocons de Noël », Anny Versini, Jean-Marc Versini, in *Les Chansons de la marmotte*, 2006.

compétences. Le visage angélique a laissé place à celui de la petite démone : elle a refusé tout net, s'est mise à sauter sur son lit et à jeter ses peluches. Dans les comédies, les gamines se montrent toujours adorables avec les invitées de leur père, mais ça, c'est seulement quand la caméra tourne. Comme je ne voulais pas que Teddy l'ourson m'éborgne, j'ai négocié une trêve et un compromis. Le pyjama, les dents brossées, et un dessin animé. Après, elle a juré qu'elle irait se coucher sans opposer de résistance. J'avais beau avoir un doute sur cette deuxième partie, j'ai préféré capituler et c'est naturellement que nous nous sommes installées sur le canapé devant *La Reine des neiges*, un énorme saladier de pop-corn entre nous. L'une comme l'autre, nous n'avons pas tenu le choc, visiblement.

Mon cœur manque un battement quand il me semble apercevoir une silhouette menaçante derrière la fenêtre, tenant à la main une lampe torche. Je tente de me rassurer, en cherchant à me convaincre que c'est le fruit de mon imagination. Pendant ce temps Elsa et Anna ne manquent pas de pousser la chansonnette. Un doute m'assaille : ai-je bien fermé à clé après le départ de Suzanne ? Je ne saurais dire, la main de Grace s'est glissée dans la mienne et m'a entraînée sans ménagement dans le salon où elle avait installé le plateau du Monopoly. J'en viens à regretter l'absence de Snow Flake, cet énorme toutou affectueux ferait fuir n'importe quel rôdeur en lui sautant dessus pour réclamer des caresses. Mon cœur se met à tambouriner bruyamment dans ma poitrine, et je prends sur moi de déplacer le plus doucement possible la petite fille endormie. Si elle gigote un peu, elle reprend rapidement une position fœtale et retrouve une respiration régulière. Le vent qui fait claquer les volets fait aussi claquer mes dents. Une nuit parfaite pour qu'un psychopathe vienne s'en prendre à une femme et une enfant dans une maison isolée à côté d'une forêt de sapins. Personne ne nous entendra crier. Qui sait ? Le téléfilm est peut-être devenu un film d'horreur depuis mon intrusion ? L'effet papillon. En traversant l'écran, j'ai peut-être influé sur nos destinées et dans quelques jours, les gros titres seront : « Une Française retrouvée morte, découpée en morceaux ». J'en frémis d'avance. Si je ne suis pas spécialement d'un tempérament peureux, je ne suis pas non plus du genre à me précipiter dans les situations dangereuses. J'aime à croire que je fais preuve de discernement et de jugement en toutes circonstances au lieu de foncer tête baissée. Cependant, en regardant Grace dormir si paisiblement, je prends conscience que la priorité, c'est qu'elle soit en sécurité. N'écoutant que mon courage, je me lève en tremblant et pars à la recherche d'un téléphone. Peut-être aurais-je encore le temps de prévenir les secours avant que le criminel nous attaque. Alors que je m'avance dans le couloir, je vois la poignée de la porte s'agiter frénétiquement.

C'est trop tard ! Purée de petit bonhomme de neige !

Le cœur au bord des lèvres, mes jambes refusent de me soutenir et je reste tétanisée. De l'autre côté de la porte, le type s'énerve.

Oh mon Dieu, il parle avec un complice au téléphone ! Je suis perdue.

Avant de céder complètement à la panique et de courir me planquer sous la couette, je me file une gifle qui a le mérite de me remettre les idées en place. J'ai vu assez de films d'horreur pour savoir que se mettre à hurler ne sert strictement à rien, il faut envisager toutes les options et en choisir une. J'inspire profondément. À défaut de savoir où Aidan a planqué son téléphone, je sais très bien où sont les couteaux. Au moins, si je dois mourir, ce ne sera pas sans me battre. Oui, je sais, j'ai piqué cette réplique à Stallone, mais c'est la seule qui me vient à l'esprit. Je me précipite dans la cuisine, ouvre un tiroir, m'empare d'un long couteau alors que la porte d'entrée grince. Mon cœur tambourine si fort que je suis incapable de réfléchir davantage. Je prends mon courage à deux mains, affermis ma prise sur mon arme improvisée et... suis percutée de plein fouet par un monstre poilu. Face à cet assaut aussi sournois qu'inattendu, je tombe lourdement à la renverse et pousse une espèce de grognement tandis qu'une langue râpeuse s'attaque sauvagement à mon visage.

— Snow Flake, au pied ! ordonne fermement Aidan.

En jappant joyeusement, le chien rejoint son maître. Ce dernier est en train d'aboyer au téléphone lorsqu'il passe près de moi, sans même me tendre une main secourable. Les sourcils froncés et les lèvres pincées, Aidan respire la contrariété. En pestant, je me relève donc par mes propres moyens et frotte mon fessier à nouveau douloureux.

— Merci, je vais bien, ironisé-je. C'est gentil de poser la question.

Aidan me jette un regard intrigué avant de se détourner et de se diriger vers le salon.

Sympa. Vraiment sympa. C'est pas comme si j'avais géré sa fille toute la soirée.

— Vous avez des engagements... Je fais comment moi ? s'énerve-t-il.

En jetant un coup d'œil à la télévision, je me rends compte que ce n'est plus la Reine des neiges et sa sœur, mais une autre héroïne Disney qui s'égosille à pleins poumons alors que plus personne ne l'écoute. Je lui coupe le sifflet sans aucun scrupule. Nous avons dû dormir un sacré bout de temps sur ce canapé pour que le film suivant se soit lancé. J'étais persuadée de n'avoir fermé les yeux que deux minutes. La petite princesse métisse ronfle doucement dans une position des plus incongrues. J'envie cette capacité des enfants à s'endormir n'importe où, n'importe quand et même n'importe comment. Tout est tellement plus simple à leur âge. En l'observant avec attention, j'ai même l'impression que sur ses lèvres se dessine un sourire. Par chance, l'arrivée fracassante de son père ne l'incommode nullement.

— Mais je m'en moque, moi, que votre grand-mère soit à l'hôpital ! hurle-t-il. Je fais comment ? Vous y avez pensé ?

Contrariée, je lui fais signe de baisser d'un ton et mime l'enfant endormie avant de pointer de l'index le sofa. D'un geste de la main, il me montre qu'il a compris et j'espère qu'il va se calmer.

— Enfin, ce n'est pas ce que je veux dire, se reprend Aidan plus doucement. Bien sûr, je comprends...

La lassitude s'installe sur son visage, et il passe nerveusement la main dans ses cheveux en bataille avant de se laisser tomber sur un fauteuil.

— La famille est une priorité… Oui, à bientôt, Sid. Tenez-moi au courant.

Et il raccroche.

— C'est quoi le problème ? le questionné-je, sans pouvoir dissimuler ma curiosité.

Il relève la tête, et me regarde comme s'il se souvenait de ma présence. Lorsqu'il aperçoit sa fille recroquevillée sur le canapé sur laquelle je viens de tirer un plaid, un sourire fatigué affleure à ses lèvres.

— Ma mère n'est pas là ? me demande-t-il.

— Grace voulait qu'on passe un moment toutes les deux, elle a donc chassé sa grand-mère sans aucun état d'âme.

— Pourquoi cela ne m'étonne-t-il même pas ?

— Il n'y a pas à dire, elle sait ce qu'elle veut dans la vie, et c'est impossible de lui refuser quoi que ce soit, lâché-je.

Il opine du chef alors que je lui montre mes ongles vernis aux couleurs de l'arc-en-ciel, une couleur différente par doigt. Je dois reconnaître que ça pique un peu les yeux au premier abord. Au second aussi.

— Vous vous êtes bien amusées sans moi, on dirait.

— On vous attendait plus tôt…

Malgré moi, mon ton se fait accusateur. Peut-être parce qu'il m'a fichu une sacrée frousse, peut-être parce qu'il aurait dû endormir sa fille. Peut-être parce que je me demande où il était tout ce temps. Il est plus de vingt-deux heures trente, ce n'est pas une heure décente pour rentrer. Est-ce qu'il était avec Charmaine toute la soirée ? J'ai beau me dire qu'il est libre de faire ce qu'il veut, je suis néanmoins en droit de me poser la question.

— Je suis désolé, je… je vais aller coucher Grace.

Il ne s'est pas assis plus de trente secondes qu'il est déjà debout et soulève la petite fille dans ses bras. Le regard qu'il coule sur elle est empli de tendresse et d'un amour infini. Si l'instant d'avant, il semblait épuisé après une longue journée, auprès d'elle, les traits de son visage se détendent, et ses épaules se relâchent. L'enfant se blottit contre sa poitrine, et instinctivement il resserre son étreinte. Ce geste est si empreint de douceur que mon cœur chavire, et que je me mets à rêver qu'un homme me porte dans ses bras, en me regardant comme si j'étais une des Sept Merveilles du monde. Un soupir m'échappe. C'est beau de rêver.

Encore faudrait-il que ton mec soit sacrément baraqué pour te porter contre son torse musclé plutôt que comme un sac à patates.

Je le suis du regard alors qu'il la transporte dans les escaliers. Pour me remettre les idées en place, je décide de me bouger les fesses et me dirige vers la cuisine, Snow Flake sur les talons, à croire qu'il m'a officiellement adoptée. Je le surveille néanmoins du coin de l'œil, au cas où il lui prendrait l'envie de me bondir à nouveau dessus. Mes deux chutes de la journée ont laissé des marques cuisantes sur mon postérieur, ce n'est pas la peine d'en rajouter. Quitte à faire exploser mon taux de cholestérol, j'opte pour un chocolat chaud. Pendant que le lait chauffe, j'entreprends de ranger les reliefs de notre repas, mais je m'arrête dans mon élan, saisie par une idée de génie et change mes plans. En sifflotant, je prépare un sandwich à Aidan. De deux choses l'une, soit il n'a pas dîné et appréciera mon geste, soit il a mangé et je pourrai toujours lui demander en toute innocence avec qui. Si c'est avec cette pintade de Charmaine, je pense que ma mâchoire se décrochera. Nul besoin de connaître Aidan et sa fille depuis une décennie pour savoir qu'ils valent mieux qu'une cruche superficielle, égoïste, manipulatrice, hautaine. En plus, sa fille a l'air aussi peste qu'elle, il n'y a qu'à voir la façon dont l'une comme l'autre m'auraient écrasée sous la semelle de leurs chaussures de marque. Et puis, c'est quoi ces nanas qui ont l'air de sortir de chez la maquilleuse et de la coiffeuse, alors qu'elles sont censées avoir passé une journée à affronter les frimas de l'hiver. Mince, ce n'est pas juste, pour les autres qui comme moi ont le nez qui coule et les joues rougies. À moi, aucune retouche n'a été proposée avant mes scènes, je suis prête à parier qu'ils ne garderont que ma chute au montage. La demeurée de service, ce sera Zoé Loisel, pour mettre en valeur le personnage féminin, Charmaine. Oh, purée de patates douces ! Un doute m'assaille violemment, peut-être que les scénaristes auront l'idée aussi tordue que diabolique de favoriser une histoire d'amour entre Charmaine et Aidan. Et si le rapprochement avait déjà commencé ?

Une seconde chance à Noël. Aidan, un jeune veuf, vit seul avec sa fille, Grace, jusqu'au jour où le destin remet sur sa route celle qui était folle amoureuse de lui lorsqu'ils étaient au lycée, et qui se rend compte qu'elle l'aime toujours.

Le lait bouillonnant me ramène à l'instant présent et chasse mes velléités créatrices.

— Mer...

Mon gros mot est emporté par le débordement de lait sur la plaque de cuisson et je manque de me brûler en retirant la casserole du feu. Il ne manquerait plus que ça. En outre, je parie que l'hôpital est à des kilomètres d'ici. Après avoir nettoyé mes bêtises, je me verse une bonne tasse de chocolat chaud que je parsème de guimauves trouvées dans le placard. Je n'hésite pas à mettre en application le « fais comme chez toi » que j'ai cru entendre.

— Tout va bien ? lance une voix rauque derrière mon dos.

Je sursaute, et évidemment, renverse une partie de ma boisson, sinon ce ne serait pas amusant.

— Oui, oui. Juste mon chocolat qui fait des siennes. Et Grace ?

— Imperturbable. Je l'ai glissée dans son lit sans qu'elle se réveille. J'ai l'impression d'avoir accompli un exploit.

— En guise de récompense, je vous ai préparé un sandwich. Je me suis dit que vous aviez peut-être faim...

— En effet, merci Zoé. Non seulement vous vous êtes occupée de ma fille et en plus vous me faites à dîner, je ne vais plus vouloir vous laisser partir...

Son compliment me fait monter aussitôt le rouge aux joues et je me détourne. Il me semble soudain urgent de faire le reste de vaisselle.

— C'est juste un sandwich, pas de quoi casser trois pattes à un canard. Encore, si j'avais fait le veau Orloff en suivant la recette de feu ma grand-mère, je ne dis pas, mais là, c'est rien.

— Il est délicieux, commente Aidan entre deux bouchées. Par contre, je vais devoir vous laisser, j'ai quelques coups de fil à passer...

— À cette heure-là ?

Mais pourquoi suis-je incapable de tenir ma langue ? Il fait ce qu'il veut, je ne suis pas sa mère. Il va croire que je me mêle de ce qui ne me regarde pas. Ce qui serait totalement exact. Mais en même temps, s'il savait les efforts que je déploie pour ne pas lui demander avec qui il avait rendez-vous ce matin ou s'il a des vues sur Mme Je-me-prends-pour-la-reine-d'Angleterre, il me pardonnerait sans doute ma question spontanée. Quitte à faire ma mégère, je suis désolée, vingt-trois heures, ce n'est pas le moment de téléphoner. À moins que ce ne soit pour souhaiter bonne nuit à sa dulcinée.

— Pas le choix... Enfin, je ne vais pas vous embêter avec mes problèmes.

— C'est quoi le souci ? l'interrogé-je en lui faisant face.

— La baby-sitter m'a appelé pour me dire qu'elle ne pouvait pas s'occuper de Grace demain.

— Ah, parce que sa grand-mère est malade.

Je me garde bien de préciser qu'il s'est montré particulièrement odieux avec elle alors même que la pauvre devait être effondrée par cette mauvaise nouvelle.

— J'ai eu une grosse journée...

À l'instant, je me rends compte que je ne sais même pas quel métier exactement il fait dans la vie et ne peux m'empêcher de lui poser la question.

— Je cultive des sapins.

Ah bah oui, que je suis bête ! Nous sommes dans un téléfilm de Noël. Le mec, c'est logique, il a un métier de saison. Vendeur de pains d'épices, de guirlandes ou de jouets. S'il était huissier ou éboueur, cela ferait clairement moins rêver la ménagère de cinquante ans.

— Pardon ?

Aidan me fixe étrangement, un sourcil levé. Oups, une fois de plus, j'ai dû penser à voix haute. Mais là, il faut bien reconnaître que plus cliché que ça, tu meurs. Le gars au physique de bûcheron a une plantation, les scénaristes n'ont pas cherché l'originalité.

— C'est un métier de circonstances, en tout cas, commenté-je. Et vous avez votre propre exploitation ?

Je me raccroche aux branches comme je peux et tente de faire diversion.

— Un téléfilm, vous dites ?

En vain. Aidan, le regard rivé sur moi, attend patiemment que j'explicite mes propos, son portable toujours serré dans une main.

— Vous savez dans les comédies romantiques qui passent à la télé dès le 1er novembre, le héros de l'histoire, s'il n'est pas un acharné du travail, genre banquier ou publiciste...

— Comme vous, vous voulez dire ?

— De un, je suis infographiste, et de deux, je ne suis pas un homme. Donc, je disais, le personnage principal masculin, puisqu'il faut le préciser, est en règle générale un brave type qui a un boulot de rêve comme cultiver des sapins.

— Vous voulez savoir en quoi consiste actuellement mon job de rêve ? Je bosse douze heures par jour, je vois à peine ma gamine, je tente d'obtenir un nouveau prêt pour que ce ne soit pas mon dernier Noël à la ferme et pas plus tard que la semaine dernière, j'ai dû licencier un de mes ouvriers. Il vous tente toujours mon job ? Parce que franchement, je vous le laisserais bien volontiers !

Son petit laïus a le mérite de me faire redescendre sur terre. Zoé la reine des boulettes a encore frappé.

— Je parie que votre héros est aussi un type parfait, s'agace-t-il. Drôle, gentil, toujours de bonne humeur, pas un mot plus haut que l'autre. Un gentleman auprès de la gent féminine, un père en or, présent pour ses gosses. Je suis loin de correspondre au rôle.

Non, en effet, maintenant qu'il le dit. Le seul rôle qu'il mériterait qu'on lui attribue est celui de l'ours mal léché, celui qui grogne plus qu'il ne parle.

— Et je parie que votre gars, là, il ne serait pas à presque vingt-trois heures en train de se demander qui va pouvoir s'occuper de sa fille alors qu'il doit partir à six heures...

— Je peux la garder, moi, le coupé-je.

Un problème, une solution. Il aurait pu me poser la question simplement plutôt que de m'agresser, cela se fait chez les gens civilisés. Que cette idée ne lui soit pas spontanément venue à l'esprit, je peux le comprendre. Après tout, je pourrais avoir de super projets, comme marcher quinze kilomètres dans la neige pour rejoindre le cœur d'Everwood. On mettra cela sur le compte de la fatigue. Aidan ne s'empresse pas de me remercier, ce qui est limite vexant. Je lui retire une aiguille du pied, un « merci » est un minimum. Face à son silence, j'attrape ma tasse de chocolat, et en avale une gorgée.

— Je ne vous connais pas.

Je déglutis péniblement.

— Très bien, faites comme vous voulez. Je vais aller me coucher.

— Je ne voudrais pas paraître un père irresponsable, tente-t-il de s'expliquer. Après...

Sympa. Ce serait insensé de me la confier. Si ses propos visaient à amoindrir son refus, ils sont en réalité encore plus vexants. Et je préfère quitter la pièce avant qu'il aggrave son cas et me fasse passer pour une personne dangereuse, ou pire encore.

— Ce matin, j'étais assez bien pour la conduire jusqu'à l'école et cela ne vous a posé aucun problème éthique de me laisser affronter la tyrannique Van Schlagg, je le coupe. Bonne nuit Aidan.

Alors que je le frôle pour quitter la cuisine, il attrape mon bras, et m'oblige à m'arrêter. Son regard se rive au mien. Nous ne sommes qu'à quelques centimètres l'un de l'autre, et ce simple contact me déstabilise. Dans un autre contexte, ce serait le moment où le héros se jette sur les lèvres de la jeune femme, la soulève à bras-le-corps, balaie l'îlot central pour lui faire sauvagement l'amour. Pour l'instant, j'ai davantage l'impression qu'il va me flanquer une gifle. Ce qui est une perspective nettement moins sexy.

— Je suis désolé, Zoé. Je me comporte parfois comme un gros con... Je suis stressé, ce n'est en rien votre faute.

Je ne sais pas si ce qui m'étonne le plus est le fait qu'il reconnaisse ses torts ou qu'il soit autorisé à prononcer des gros mots.

Ma bouche s'arrondit d'étonnement mais aucun son ne sort, ce qui est aussi bien car ça lui laisse le temps d'achever sa phrase.

— Vous êtes adorable avec Grace et rien ne vous obligeait de l'aider à faire son dessin ou de la déposer à l'école... Je suis désolé, Zoé.

Les mots peinent à sortir de sa bouche et je les savoure d'autant plus que je sens bien qu'il les formule rarement. Son regard sonde le mien.

— Si vous pouvez me la garder demain, je vous en serais reconnaissant.

Chapitre 13

« Vent frais, vent du matin Vent qui souffle au sommet des grands pins[1] »

Nul besoin de réveil quand il y a sous son toit un enfant de moins de dix ans. Et un chien. Mon lit est envahi avant même d'avoir eu le temps d'ouvrir les yeux. Sans se soucier que trente secondes auparavant j'étais en train de dormir profondément, Grace me saute dessus, écrase ma poitrine et me hurle dans les oreilles au risque de me percer les tympans. Quant à Snow Flake, il risque de m'assommer avec les battements de sa queue.

— Tu sais quelle heure il est ? je grogne, en essayant de les repousser.

— Non, pourquoi ?

— Parce qu'il est forcément trop tôt...

Je me tourne sur le côté, enfouis ma tête dans mon oreiller.

— Je ne suis pas de cet avis, réplique-t-elle.

— Reviens me voir quand le soleil sera levé...

Elle tente bien de protester, mais face à mon manque de réactivité matinale, elle renonce.

— Je peux aller voir les dessins animés ?

Même si je ne vois pas son visage, je sens l'espoir percer dans sa voix. Aidan ne m'ayant laissé aucune consigne, c'est

1. « Vent frais, vent du matin », comptine traditionnelle, 1965.

moi l'adulte responsable et je décide qu'une heure de télé ne pourra pas lui faire de mal.

— Tout ce que tu veux tant que tu me laisses dormir encore un peu.

Je bâille à m'en décrocher la mâchoire. La petite fille sort en trombe de la chambre et cavale joyeusement dans les escaliers. Quelques instants de répit ne se refusent pas.

Un bruit de verre brisé me tire violemment de mon assoupissement et je me jette hors du lit.

— Grace ? Grace, ça va ?

Aucune réponse. Au risque de me rompre le cou, je dévale les escaliers. La télé allumée diffuse ses publicités sans aucun spectateur. C'est l'aboiement de Snow Flake qui m'indique où chercher. Lorsque je pousse la porte de la cuisine, je m'attends au pire. Et du coup, je ne suis pas déçue en découvrant Grace au milieu de céréales, de lait, de miel et de morceaux de verre, les yeux embués de larmes.

— Je ne l'ai pas fait exprès, Zoé, j'ai fait...

— Tu t'es fait mal ? la coupé-je.

La tempête me secoue la tête. Près de moi, le chien jappe et aurait bien envie de rejoindre sa jeune maîtresse. Instinctivement je le retiens par le collier et le fais sortir dans le couloir. Il ne manquerait plus qu'il se blesse aux pattes.

— Ne t'inquiète pas, je vais nettoyer tout ça, la rassuré-je.

— Je voulais juste prendre mon petit déjeuner, bégaie-t-elle entre deux reniflements disgracieux, sans te déranger.

Voilà que je culpabilise. J'attrape la fillette, la soulève dans mes bras et la pose sur un tabouret devant l'îlot central. Comme les céréales sont mortes dans la bataille, je lui fais griller deux tartines que je lui prépare avec du beurre de cacahuète et de la confiture de fraises. Dans les films que je regarde, le petit déjeuner annonce la couleur. La mère parfaite, déjà tirée à quatre épingles, sert du jus d'orange frais dans des verres de cristal et a cuisiné une pile de pancakes qu'elle noie sous un litre de sirop d'érable. Même si l'enfant se contentera bien souvent d'une pomme rouge qu'elle lui tendra, en même temps que le sac marron contenant son déjeuner, parce qu'il est forcément en retard et que son bus jaune va passer d'un instant à l'autre. Tout est histoire de couleurs. Franchement là, je fais baisser l'histoire d'un niveau en proposant à Grace un sandwich de pain de mie qui n'a pas l'air très appétissant, même si l'enfant croque joyeusement dedans. Pendant qu'elle mange, en listant tout ce qu'elle a prévu que nous fassions aujourd'hui – je sais déjà que vingt-quatre heures ne suffiront pas –, j'entreprends de nettoyer le carnage fort coloré d'ailleurs. Et poisseux. Il me faut bien un quart d'heure pour venir à bout des céréales et des éclats de verre qui ont volé un peu partout. Et je me demande encore ce que venait faire le miel dans ce mélange. Satisfaite, je me redresse lorsque mon regard croise celui confus et penaud de Grace.

— Ce n'est pas grave, la rassuré-je, c'est derrière nous.

— Euh... euh.

Cela ne m'indique rien qui vaille.

— Qu'est-ce qu'il y a ?

— J'ai fait tomber mon pain, avoue-t-elle, en baissant la tête.

Évidemment, du côté de la confiture sinon ce ne serait pas amusant. Un soupir las m'échappe. Et dire que je n'ai pas encore avalé ma première gorgée de café. Je prends sur moi, me force à sourire et lui assure une fois de plus que cela n'a aucune importance.

— Je pourrais avoir un roulé feuilleté ?

Face au potentiel de destruction de Grace, ma réponse négative fuse instinctivement. Miettes, sucre, doigts qui collent.

— Sinon une pomme, c'est bien, répliqué-je. Oui, une pomme.

Ma main plonge dans le saladier et je lui tends un fruit. Bien rouge, trop rouge. Limite suspect. Du genre qui proviendrait de *Blanche-Neige*. Lorsque la petite fille croque dedans, je crains qu'elle ne s'endorme, empoisonnée par sa belle-mère. Et puis au bout de dix secondes où elle mâche son morceau de pomme, je me dis que ce ne serait pas si mal si elle s'assoupissait. Peut-être pas aussi longtemps que dans le conte des frères Grimm, mais une heure ou deux.

Heureusement le reste de la journée se déroule sans catastrophe notable, si on excepte le détecteur de fumée qui s'est déclenché quand la première fournée de cookies a pris feu. Après une bonne aération et une bougie parfumée, je doute qu'Aidan se rende compte de quoi que ce soit quand il rentrera, d'autant que les plaques suivantes ont embaumé la pièce de leur parfum de vanille et de chocolat. Nous avons profité de cette journée annonciatrice des fêtes de fin d'année : bonhomme de neige, confection de biscuits, chocolat chaud, dessin animé. Ce programme était bien chargé, même pour l'adorable boule d'énergie aux yeux pétillants et aux cheveux qui frisottent. Elle est allée se coucher sans demander son reste après le dîner et j'ai bifurqué vers le salon. Lorsque je m'assois enfin, j'écrase un dinosaure en plastique. En poussant un cri de douleur, je jette un regard autour de moi et ne peux que constater l'ampleur des dégâts. La tornade Grace est passée par là. Seules les ruines d'un salon restent après elle. Pour éviter qu'Aidan ne pique une crise à son retour, je décide d'utiliser mes ultimes forces pour remettre un peu d'ordre. Après avoir jeté dans un panier une multitude de jouets, je rassemble les crayons de couleur de Grace. Cependant, avant de m'en rendre compte, j'attrape une feuille de papier et me mets à griffonner. Des arbres enneigés, des montagnes escarpées, un bonhomme qui louche avec une tête bien trop grosse pour le corps, des pommes rouges, et bientôt un visage, des joues rebondies, d'adorables fossettes, des yeux et des cheveux bruns, une jolie peau métissée. Dessiner son sourire me donne le plus de fil à retordre, je peine à retranscrire son expression canaille et son espièglerie. Insatisfaite, j'efface à plusieurs reprises. Je ne retiens pas un grognement de frustration, agacée par ma médiocrité. Je suis à deux doigts de renoncer et de froisser le dessin quand la voix rauque d'Aidan me fait sursauter. Snow Flake endormi à mes pieds fait un piètre chien de garde, car lui comme moi ne l'avons pas entendu entrer.

— Je ne savais pas que j'hébergeais un ours, plaisante-t-il.

Alors qu'il s'approche de moi, je cache mes gribouillis comme lorsque, élève, je refusais que mon voisin ne lorgne sur ma copie.

Mais il ne se soucie pas de ce que je fais, il se laisse tomber sur le canapé et ferme les yeux, la tête appuyée sur un coussin.

— Je suis mort, soupire-t-il, et dire que demain on remet ça...

— Les gens viennent déjà acheter leur sapin ?

— En partie, mais ce sera davantage dans une dizaine de jours. Là, avec Harper, on prépare surtout la grosse commande que j'irai livrer dans la semaine.

— Donc du boulot, même le dimanche ?

— C'est ça...

Alors qu'il a les yeux clos, j'observe sans gêne son visage, ses traits marqués par la fatigue, sa mâchoire carrée, sa barbe de trois jours. Tout en lui respire la virilité. Mon regard descend sur son torse, un sourire se dessine sur mes lèvres. Évidemment le mec a tout du bûcheron, les traditionnels carreaux rouges et blancs. Sauf que la chemise met parfaitement ses muscles en valeur et lui donne un charme fou. Plus cliché tu meurs, plus sexy aussi.

— Vous comptez me dessiner ? me questionne Aidan.

— Pardon ?

— Vous croyez que je ne sais pas que vous me matez, me raille-t-il.

Il ouvre les yeux, et croise mon regard avant que j'aie le temps de le détourner. Prise en flagrant délit, je pique un fard et choisis l'ironie pour me tirer de ce mauvais pas.

— Je me demandais juste si vous n'aviez pas volé la chemise de votre grand-père.

— Qu'est-ce qu'elle a ? Elle est très bien, je trouve, proteste Aidan. Mme la Parisienne se croit mieux avec son ensemble de première de la classe coincée, sans aucune fantaisie ?

— Eh, j'ai pris le premier truc qui venait. Un jean et un chemisier blanc, c'est élégant en toutes circonstances.

— Oui, pour un entretien d'embauche.

Je pouffe derrière ma main. Et même si je dois reconnaître qu'il a raison, je ne l'avouerai jamais. Quand j'ai pris le temps de vider ma valise ce matin, j'ai été surprise de ne trouver que des vêtements fonctionnels et basiques. De l'uni, du pastel, du passe-partout. Mon personnage a la panoplie de la bigote. Il ne me manque que le serre-tête et le collier de perles. Où est l'esprit de Noël ? Comment les costumiers ont pu négliger à ce point cet aspect qu'on apprécie tant dans la garde-robe des téléfilms de l'hiver ? Les pulls ridicules, les jupes rouges, et si serre-tête il doit y avoir, c'est uniquement avec des bois de renne.

— Puisque cela me semble préférable de cesser de parler chiffons, j'aimerais savoir ce que vous me cachez...

Et avant que j'aie eu le temps de l'en empêcher, Aidan s'empare de mon dessin.

— C'est à moi, protesté-je.

— Cela semble évident, sinon je serais bien moins curieux de le découvrir, se moque-t-il.

Je bondis sur mes pieds et tente de lui arracher des mains. En vain. Si sa taille joue en sa faveur, je pense qu'il a dû suivre un entraînement de ninja pour parvenir à esquiver toutes mes attaques avec une facilité déconcertante.

— C'est juste un gribouillis... S'il vous plaît, Aidan.

Son regard croise le mien, et je pense avoir tiré sur la bonne corde avec ma supplication jusqu'à ce qu'une lueur pétille dans ses prunelles claires, une lueur diabolique et terriblement agaçante.

— J'ai encore plus envie de le voir, déclare-t-il.

Il ne manque pas d'air le bûcheron. Le respect de la vie privée, ça lui parle ? Est-ce que je vais fouiller ses tiroirs en son absence ? Tiens, c'est une idée. Si je n'ai pas envie qu'il regarde, c'est mon droit. Je ne suis pas certaine de gérer ses railleries ou ses critiques avec le sourire, en faisant comme si ça ne me blessait pas. J'ai laissé ma confiance en moi entre le cinquième et le sixième étage des bureaux de l'entreprise où je bosse.

Attentivement, il observe le dessin, et moi, c'est lui que je ne quitte pas des yeux, suspendant mon souffle à son verdict.

— Zoé, vous...

Il s'interrompt, cherche ses mots. Ce n'est pas bon signe. S'il doit se creuser les méninges pour savoir quoi me dire, c'est qu'il cherche le meilleur moyen de ne pas me vexer.

— Vous avez un don, Zoé. J'espère que vous le savez.

Ses mots me percutent de plein fouet. Je crois que j'aurais encore préféré qu'il se moque de moi, plutôt que de l'entendre aussi élogieux. Je sais, ça peut paraître étrange, mais les compliments me déroutent, me mettent terriblement mal à l'aise, comme si je ne les méritais pas. Aidan est touché, non pas par la qualité de mon dessin, mais parce que c'est sa fille qui est représentée. Il lève la tête et accroche mon regard. Nulle trace de moquerie, au contraire une franchise et un sérieux désarmants.

— Ils ont de la chance dans votre boulot d'avoir quelqu'un comme vous ! Vous avez l'occasion de mettre en avant votre talent au moins ?

— Pas spécialement. Paul affirme que le dessin, c'est une perte de temps et que je ferais mieux de me perfectionner dans le traitement informatique des images.

— Une perte de temps ? Non, impossible, Zoé. Regardez !

Il tend à bout de bras le dessin et le colle juste devant mon nez.

— Oui, je vois. C'est Grace. Mais les proportions ne sont clairement pas respectées, et le sourire ne ressemble à rien.

— Mais vous êtes aveugle, ma parole, grogne-t-il.

Il jette la feuille sur le canapé, et me saisit vivement par les épaules. Je crains qu'il n'ait l'intention de me secouer comme un prunier pour me faire entendre raison. Heureusement, il se retient, se contente de plonger son regard dans le mien. Lorsque je prends conscience de notre grande proximité, mon instinct me crie de reculer, mais j'en suis incapable, et j'avoue que je ne sais pas trop si j'en ai envie. Mon corps, ce fourbe, se contracte et se tend dans sa direction, avec l'espoir inavouable que ses bras se resserrent sur moi. Mon cœur qui se sentait un peu en reste se met à battre de façon anarchique en présence de cet homme, de cet homme bien trop sexy pour être vrai, de cet homme qui n'est qu'un personnage de fiction. Je prends une profonde inspiration, tente de me souvenir du nom de mon petit ami. Cependant, c'est un autre visage qui n'est qu'à quelques centimètres du mien, et il m'est impossible de penser à un Paul lorsque c'est un Aidan qui se trouve auprès de moi et son souffle chaud qui effleure mes lèvres. Mes yeux se ferment pour cueillir l'instant. Je déglutis difficilement comme si je redoutais ce qui va suivre, et en même temps l'espérais.

Et qui bien évidemment ne se produit pas.

— Vous êtes douée, vraiment, même si vous êtes un peu bizarre, lâche-t-il.

Comme si rien ne venait de se passer, Aidan rétablit une distance socialement raisonnable avant de se rasseoir sur le sofa. Je maudis ma trop grande imagination. Comme si mon hôte allait m'embrasser sur un coup de tête. Là, dans son salon, dans ce cadre idyllique avec le feu de cheminée en arrière-plan, après m'avoir adressé le plus doux des compliments. Non, il ne faut pas rêver. Même dans un téléfilm ce n'est pas envisageable. Même dans une purée de marrons glacés de téléfilm ! Je souffle. Il aurait quand même pu faire un effort. Si on était dans mon fantasme, le mec aurait été bien plus coopératif et m'aurait offert un baiser digne de ce nom plutôt que de me laisser sur ma faim. Nom d'un bonhomme en pain d'épices ! Plutôt que de m'installer près de lui, je juge préférable de prendre la poudre d'escampette.

— Je vais aller me coucher, je tombe de fatigue…

— Moi aussi.

Comme je crains qu'il ne se lève et ne me frôle, je déguerpis au pas de course. Aidan, les fesses toujours vissées dans le canapé, ne me retient pas, et j'avoue que cela me convient parfaitement. J'ai besoin de mettre mon cerveau sur pause. Et mes hormones défaillantes aussi.

— Bonne nuit, Zoé, me lance-t-il alors que j'ai déjà commencé à monter l'escalier.

Que sa voix grave est sensuelle et la façon dont il prononce mon prénom… Ah ! Mieux qu'une nuit de sommeil, c'est une bonne paire de gifles qu'il me faut.

Chapitre 14

« Fleurs de papier
Rubans dorés
Sur mon sapin de Noël[1] »

Dès son réveil, Grace a exigé des pancakes. J'ai eu beau lui promettre une orgie de dessins animés si elle renonçait à me faire cuisiner, la tigresse n'en a pas démordu. Le dimanche, c'est sacré dans la famille Cooper et manger des crêpes fait partie des rituels auxquels on ne déroge pas, même si le père est déjà parti bosser. À ce sujet, il a d'ailleurs laissé une note des plus expéditives :

Bonne journée les filles, je ne rentre pas tard. Papa.

Pour le côté affectueux, on repassera. Au moins, aucune chance que je me fasse des idées et que j'interprète mal ses propos. C'est clair, net et précis. Pas la moindre trace de tendresse que mon esprit tortueux aurait pu passer des heures à analyser. Il a écrit « bisou », mais qu'entend-il par là exactement ? Un baiser sur la joue, sage et pudique, ou un bon roulage de pelles ? Non, là, je l'ai lu plusieurs fois, ai cherché entre les lignes, mais j'ai dû me rendre à l'évidence. Aucun contenu grivois ou implicite ne se cachait derrière les phrases de l'ours. Me voilà donc en train de ruminer tout en fouettant énergiquement la farine et le lait. En bonne Française, j'ai davantage l'habitude des crêpes, à

1. « Sur mon sapin », comptine traditionnelle.

la rigueur des galettes, et j'avoue que c'est la première fois que je me risque à la variante anglo-saxonne. Lorsque j'ai suggéré à la petite fille de l'initier à cette spécialité bretonne, lui proposant même de la faire sauter dans la poêle, elle a levé les yeux au ciel, consternée, a couru dans le salon et est revenue avec un livre de recettes annoté, taché, aux pages parfois collées. Avec des mesures parfois hasardeuses pour moi – la « cup », la « teaspoon » ou une « pound » ne sont pas spécialement usitées de par chez nous –, j'ai failli plus d'une fois m'arracher les cheveux. Si je n'avais eu une spectatrice aussi redoutable qu'impatiente, j'aurais jeté l'éponge et me serais contentée de céréales. Sauf que le paquet est vide. Je crois cependant ne pas m'en sortir trop mal. En tout cas, ce que je sers à Grace, juchée sur un tabouret et armée d'une fourchette et d'un couteau, ressemble à des pancakes. Cérémonieusement, elle verse du sirop d'érable au sommet de sa pile, avant de s'en découper un large morceau.

— Alors ?

La chipie prend son temps pour répondre. Dans la mesure où elle ne crache pas sa bouchée, je peux déjà estimer que ce n'est pas infect. Sans se presser, elle goûte une deuxième fois avant de lever la tête vers moi.

— Pas aussi bons que ceux de maman.

Évidemment.

— Pas aussi bons que ceux de tonton.

Il est cuisinier, normal.

— Ni ceux de mamie, ni ceux de tata, ni ceux de la maman de ma copine…

OK, j'ai compris.

Je ne suis pas du genre susceptible, mais bon, elle n'est peut-être pas obligée de me lister toutes les personnes de son entourage qui cuisinent mieux que moi. À la base, je voulais faire des crêpes.

— Ni ceux de papa.

— Je croyais que ton père était le pire cuisinier au monde ! m'insurgé-je.

— Mais il réussit les lasagnes et les pancakes.

Très bien, puisque c'est comme ça, et même si je ne suis pas du tout vexée, c'est la dernière fois que je fais un effort pour cette ingrate, elle n'aura qu'à se contenter de céréales bourrées de sucre et de E je ne sais pas combien, quand son paternel aura le temps de faire les courses, ou de pain de mie insipide et sec.

— Ne t'inquiète pas, me rassure-t-elle, ils sont bien meilleurs que ceux de Cassie.

— Ah, et qui est Cassie ?

— C'est ma meilleure copine, déclare-t-elle en enfournant le reste de son pancake.

Super, je cuisine mieux qu'une enfant de cinq ans, ça me rassure.

— Et après le petit déjeuner, les Cooper ont d'autres rituels du dimanche matin que je devrais connaître ?

— Quand il neige dehors...

— Comme en ce moment tu veux dire ? l'interromps-je.

De gros flocons tombent et forment un rideau si épais que je ne distingue pas les arbres derrière. Ce n'est pas un temps à mettre le nez dehors. Grace jette un œil par la fenêtre, avant de hocher vigoureusement la tête.

— On traîne toute la journée en pyjama, on joue à des jeux de société, on mange des guimauves grillées dans la cheminée...

— Ah parce qu'il va falloir que je fasse un feu ? la questionné-je.

Elle ne se donne pas la peine de me répondre, préférant enrichir sa liste d'activités dominicales. Vu leur nombre, je me demande si elle ne profite pas de mon ignorance pour en ajouter quelques-unes. Avec ses grands yeux noirs et ce sourire qui lui dévorent le visage, il est incapable de lui résister, surtout quand elle ajoute de sa toute petite voix :

— Zoé, ça me ferait tellement plaisir.

L'actrice en herbe appuie bien sur l'adverbe pour me faire fléchir. Si elle savait que j'étais d'accord avec son programme, elle aurait su que son numéro de charme était inutile, et qu'elle n'avait pas besoin de papillonner des cils ni d'afficher une moue de chien battu pour me convaincre, cependant, c'est si drôle de la voir se comporter ainsi que je la laisse faire. Je regrette juste de ne pas avoir un appareil photo pour immortaliser son expression.

— Viens, petit clown, je suis d'accord…

Elle saute du tabouret pour se précipiter dans mes bras.

— Zoé, tu es presque aussi gentille que la maman de Cassie.

Cette Cassie et sa famille commencent à me courir sur le haricot. Mais, encore une fois, je ne me vexe absolument pas. Pas plus quand Grace critique ma façon de faire un feu de cheminée. « Papa, lui, il y arrive du premier coup. » C'est normal, il n'a aucun mérite, il cultive des sapins et porte des chemises de bûcheron. Ni quand la petite se moque de ma malchance au jeu. « Tu es vraiment trop nulle. » Ni quand elle décide de critiquer mon grand âge en me traitant de vieille. On aura tout entendu, les jeunes n'ont vraiment plus aucun respect pour leurs aînés. Je prends sur moi. Du coup, j'en viens à me demander si un jour je voudrai des gosses. Bien sûr, il faudrait encore que la question se pose et que nous nous réconciliions avec Paul, ce qui n'est pas gagné. Mais si toutes les conditions étaient réunies, aurai-je seulement le désir d'avoir un bébé ?

Lorsque cette boule d'amour se colle à moi pour me câliner, mon cœur d'artichaut fond et je me serre davantage contre elle pour profiter de la chaleur de son corps minuscule. Elle babille joyeusement, commente chaque passage du dessin animé, chante à tue-tête en même temps que l'héroïne. Ici, je me sens bien. Dans cette ville, dans cette famille, dans cette maison… Mes yeux quittent l'écran, j'observe les murs couverts de photos de paysages en noir et blanc, jette un œil par la baie vitrée derrière laquelle les flocons continuent de tomber et de recouvrir le monde d'un manteau immaculé. Ce salon a tout ce qu'il faut pour être un havre de paix. Le feu de cheminée – oui, j'y suis arrivée, après une demi-heure d'effort, un tuto YouTube n'aurait pas été du luxe –, le chien qui ronfle roulé sur le tapis moelleux. Et pourtant, il manque un truc, un je-ne-sais-quoi pour que le décor soit parfait et nous plonge dans une ambiance magique.

— Ça y est, je sais ! m'écrié-je, en me redressant.

Grace sursaute et son petit regard étonné se fiche dans le mien.

— Tu ne vois pas le problème ? Regarde.

La petite fille obtempère avant de revenir vers moi, le sourcil arqué d'incompréhension.

— Où est l'esprit de Noël ? Pas une guirlande, ni une boule, ni une montagne de cadeaux ? À Everwood, chaque centimètre carré scintille. Ici, rien. Pas même un sapin. Et ça, vois-tu, c'est un très gros problème.

— Mais...

— Cela ne va pas du tout, déclaré-je le plus sérieusement du monde. Nous allons y remédier.

Je saute sur mes pieds, prête à transformer la maison témoin en caverne du père Noël. Je sais que ce n'est pas l'expression adéquate, mais Ali Baba n'est pas de saison. Contrairement à ce que j'attendais, Grace ne semble pas partager mon enthousiasme, pire on dirait qu'un poids vient de s'abattre sur ses frêles épaules. Peut-être n'a-t-elle pas compris que je parlais de décorer toute la maison, non de la nettoyer et de la ranger. Elle devrait sauter de joie au lieu de tirer une gueule de six pieds de long.

— Grace, je parle de guirlandes lumineuses, de crèche, de petit train électrique qui tourne au pied du sapin...

Elle me regarde étrangement, sans ouvrir la bouche, ce qui est loin d'être dans ses habitudes. Non, ce n'est pas possible. Les scénaristes ne vont pas pousser le vice à nous faire croire que cette gamine ne connaît pas Noël, genre avec un père qui cultive des sapins et une ville qui est plus chargée en décorations que le visage des Kardashian en maquillage. C'est un téléfilm d'accord, mais il y a des limites à ce que le spectateur peut gober.

— C'est bientôt Noël au cas où tu ne l'aurais pas remarqué, insisté-je, et ton père sera ravi...

Elle secoue tristement la tête.

— Je ne pense pas...

— C'est juste que ton papa n'a pas le temps de s'en occuper, mais je suis sûre que lorsqu'il rentrera, il sera heureux comme tout.

Elle se tord les mains, hésite à confier ce qui lui cause de l'inquiétude. Un instant, je crois qu'elle va parler mais le pli soucieux qui barrait son front s'atténue soudain et une lueur d'espoir s'allume dans sa prunelle.

— Tu crois ?

— J'en suis certaine !

Balayant ses doutes, Grace bondit et se précipite dans l'escalier.

— Tout est rangé là-haut, viens, je vais te montrer.

Elle me fait tirer sur une corde, et une trappe s'ouvre. J'avoue que je n'ai pas spécialement envie d'aller dans le grenier chercher les cartons. La poussière, les toiles d'araignée, les bestioles grouillantes en tout genre. Des frissons courent sur ma peau à l'idée de ce lieu sombre et terrifiant.

— Tu es plus menue que moi, tu devrais te faufiler et...

— Tu as les chocottes ?

— Pas du tout, m'exclamé-je. Moi, je n'ai peur de rien.

— Ah oui ?

— Mlle Je-sais-tout devrait faire attention au ton qu'elle emploie.

Je pointe un index menaçant dans sa direction. Mais au lieu de faire profil bas, elle éclate de rire.

C'est décidé, je ne veux pas de gosse.

— Seulement si Mme Je-suis-une-vraie-trouillarde le reconnaît.

— Ce n'est vraiment pas crédible qu'une gosse de cinq ans parle de cette façon.

— Et demi.

— Je sais.

— Je n'ai pas peur, mais cette échelle me semble un peu fragile pour...

— C'est bon, j'y vais...

Après une dernière moquerie, elle grimpe et disparaît dans l'obscurité. Un cri strident retentit aussitôt et mon cœur explose dans ma poitrine.

— Tout va bien ?

Ma voix s'envole dans les aigus alors qu'aucune réponse ne me parvient. Gagnée par la panique, je monte à toute vitesse.

— Grace, réponds-moi. Tu es blessée, tu...

— Bouh !

Je pousse un hurlement face à son visage hilare.

— Ça ne va pas la tête ! J'ai eu la trouille de ma vie.

Je lui donne une tape sur le bras alors que ses rires redoublent d'intensité devant mon expression consternée. Tout en râlant, je jette un œil autour de moi et me rends compte que mes inquiétudes étaient tout sauf fondées. Pas un gramme de poussière, pas une araignée en vue. Cette pièce est plus propre que ma chambre. Bref, Grace n'avait vraiment aucune raison de s'inquiéter à l'idée de venir y chercher les cartons. Ces derniers sont d'ailleurs soigneusement étiquetés et empilés dans un coin. Même pas besoin de les chercher. Après plusieurs allers-retours entre le salon et l'étage supérieur, nous sommes prêtes à nous mettre au travail, sur une chanson entêtante de Mariah Carey que je n'accepte d'écouter qu'en cette période de l'année. Tout sourire, la fillette m'indique comment enrouler les guirlandes autour de la rampe d'escalier, où placer les anges aux ailes dorées sur le manteau de la cheminée. Comme je m'y attendais, je découvre un train vintage et des rails que nous nous empressons de tester. Il ne manque plus qu'un sapin, un sapin digne de ce nom j'entends, pour achever notre œuvre. Il faudrait un arbre odorant, bien touffu – vu le nombre de décorations qui remplissent les cartons – et qui atteigne le plafond, cela va de soi. On dit souvent que le cordonnier est le plus mal chaussé, j'espère que l'adage ne se vérifiera pas ici et qu'Aidan fera ce qu'il faut.

— C'est pas mal, non ?

Grace opine du chef, les yeux emplis d'étoiles, et m'adresse un large sourire. C'est décidé, je veux des gosses.

— Oh, ce que c'est beau ! Tu as raison, papa va adorer. Tu sais, depuis la mort de maman, il ne voulait plus qu'on décore la maison

— Quoi ?

— Il dit que le chagrin déborde de son cœur en cette période de l'année et qu'il y pense encore plus. Elle adorait Noël.

— Qu…

Ma gorge s'assèche alors que je retiens un gémissement. Ce n'était peut-être pas la meilleure idée que j'ai eue. Plus la petite se réjouit, plus le malaise grandit en moi. Zoé, la reine des gaffes, le retour. Le pauvre, il a perdu sa femme, déteste Noël et moi, je mets des lumières et des paillettes partout sans lui demander son avis.

— Il manque quelque chose ! s'exclame Grace. Il y a un ange dans la chambre de papa qui devrait aller là.

Suivant le fil de ses pensées la petite détale dans les escaliers, moi sur ses talons.

— Grace, arrête !

Si j'avais une quelconque autorité, ça se saurait. Elle n'en fait qu'à sa tête. Je hausse le ton, lui ordonne de sortir immédiatement, et Grace continue de faire comme si elle ne m'entendait pas. Timidement, je pousse la porte, en priant pour qu'Aidan ne débarque pas. Pour qui me prendrait-il ? Le lit est défait, des vêtements traînent un peu partout, un panier de linge attend que son propriétaire vienne le vider. Dans la penderie, la petite fille à quatre pattes est en train de fouiller.

— Je croyais que tu voulais un ange ; ce ne serait pas celui-ci ?

Je lui désigne une pièce en porcelaine qui trône sur la commode au milieu de cadres. Mue par une curiosité plutôt mal placée, je m'en approche.

— Oui, prends-le, mais je cherche autre chose...

— Et je peux savoir quoi ? Tu sais, je ne crois pas que ton père va très bien le prendre que tu mettes du bazar dans son dressing.

— C'est déjà le bazar ! rétorque-t-elle.

— Peut-être, mais ce n'est pas une raison. C'est sa chambre, et...

— Mon père vient bien dans *ma* chambre, je ne vois pas pourquoi je n'irai pas dans la sienne.

Blasée, je secoue la tête. Cette gamine a réponse à tout, elle est décidément bien trop maligne.

Pendant que j'attrape délicatement la statuette, mon regard est irrésistiblement attiré par les photos. C'est ainsi que je découvre le visage de Nevea, sa peau d'ébène, son expression douce et rêveuse, ses traits fins et réguliers au côté d'un Aidan plus jeune, qui semble à la fois insouciant et détendu, très loin de l'image de l'ours des cavernes qu'il renvoie désormais. Sur une autre photo, en tutu, elle vole littéralement les jambes tendues en grand écart, le visage illuminé d'un sourire rayonnant. Mon admiration est sincère. Un cliché en particulier retient mon attention. Aidan et Nevea tendrement enlacés couvent du regard Grace, lovée dans les bras de sa mère. Et cette jeune femme pleine de vie, de rêves et de projets est morte. Elle n'a pas vu les photos suivantes, celle où Grace pose au milieu de ses camarades devant son établissement, celle où Grace perchée sur un vélo rose s'élance vaillamment, celle où Aidan et Grace partagent un hot-dog dans le café de Janet.

— Elle était belle, hein ?

— Superbe, reconnais-je.

Doucement, du bout des doigts, elle caresse l'arrondi du visage de sa mère, lui murmure quelques secrets. Je n'imagine même pas à quel point elle doit lui manquer.

— Je trouve que tu lui ressembles.

Les yeux de la petite fille me remercient. Je ne veux pas des gosses, je veux une Grace.

— Les mêmes traits, la même nuance de brun dans le regard, et le sourire surtout. Par contre, je crois que tu as hérité du caractère de ton...

À peine ai-je le temps d'achever ma phrase que la porte d'entrée claque sur un tonitruant : « Je suis rentré ! » Quand on parle du loup, ou plutôt de l'ours...

Chapitre 15

« Les guirlandes se balancent
Autour du sapin elles dansent[1] »

Toutes deux, nous nous précipitons hors de la chambre, mais pas tout à fait pour les mêmes raisons. Grace est heureuse de retrouver son père, et moi honteuse à l'idée qu'il ne me découvre en train de fouiller dans ses affaires. Certes, j'étais juste en train de regarder, je n'ai rien touché, le terme « fouiller » serait inadéquat, mais je doute que mon argument suffise s'il découvre ce que nous avons fait.

— Papa ! hurle Grace. Surprise !

Comme un boulet de canon, elle se précipite vers lui, manquant de le faire tomber. Il resserre ses bras autour d'elle. Je descends les dernières marches de l'escalier avec une lenteur exagérée. C'est quitte ou double. Soit il est heureux, ses yeux débordent de joie et de reconnaissance. Après tout ce n'est pas impossible, dans les comédies hivernales, les miracles sont nombreux. Soit il se laisse emporter par la colère et me flanque dehors. Même si les températures descendent en dessous de zéro, cette hypothèse n'est pas complètement à exclure.

— Alors, tu aimes ? Dis, tu aimes ? C'est Zoé et moi qui avons tout décoré, Zoé dit qu'il ne manque plus qu'un sapin, et pas un sapin de pacotille. Il doit être grand comme ça.

Grace lève la main le plus haut qu'elle peut.

1. « Les Guirlandes de Noël », comptine traditionnelle.

— C'est Zoé qui..., déclare Aidan.

Et il n'achève pas sa phrase, cependant à sa façon dont il a prononcé mon prénom, la sentence est tombée : coupable. Il se retourne vers moi. Ses yeux clairs sont devenus glacials, la pièce perd dix degrés. Mon moral descend dans mes chaussettes. Je devrais dire que je suis désolée, que je ne pensais pas à mal, que je voulais lui faire plaisir, que je ne savais pas, mais je suis incapable de prononcer un mot, pas quand il me regarde de cette façon. Ses poings se serrent le long de son corps, et s'il pouvait éviter de les écraser sur ma figure, j'apprécierais.

— Nous parlerons avec Zoé, tout à l'heure. Allons dîner, j'ai rapporté des ailes de poulet et de la salade de maïs.

— Oh, j'adore ! s'écrie la petite fille, oubliant instantanément que son père ne s'est pas réjoui de la décoration intérieure.

Son regard descend vers mes mains qui tremblent, mes mains qui emprisonnent une statuette que j'ai prise sur sa commode dans sa chambre. Grace n'est pas là pour me porter secours, prendre ma défense. Et quand bien même serait-elle présente dans la pièce que je ne lui ferais pas porter le poids de mes erreurs. C'est moi, l'adulte ici, je suis assez grande pour savoir que j'ai franchi une limite impardonnable en pénétrant dans son intimité. Si je ne peux pas parler, j'ai l'impression que je ne peux plus respirer non plus.

— Donnez-la-moi.

Son ordre est direct, et j'obéis comme un automate. À proximité de lui, je me rends compte combien il peine à contenir son émotion. Par ma faute.

— Je suis...

— Pas maintenant, me coupe-t-il. Grace nous attend pour manger.

À table, je ne lève pas le nez de mon assiette, mange du bout de la fourchette. Sur ce coup-là, j'ai vraiment merdé. En me faisant passer de l'autre côté de l'écran, on aurait pu me fournir un manuel et me décrire avec précision les gens que j'allais rencontrer. Il aurait été utile que je sache que Nevea était morte.

Tu le savais, rétorque ma conscience, me faisant me sentir encore plus mal.

La seule qui ne semble pas avoir perçu le malaise qui s'est installé, c'est Grace qui grignote ses ailes de poulet. Elle raconte ce que nous avons fait de notre journée, ma tentative de pancakes, les jeux de société, le temps des devoirs. J'espère que ces différents éléments pèseront en ma faveur lorsque nous aurons notre fameuse discussion. Nerveusement, je m'arrache les petites peaux au coin des ongles, je retrouve ce vieux tic d'adolescente complexée par ses cheveux roux et ses petits seins. J'en venais à me griffer jusqu'au sang quand l'angoisse devenait ingérable, et j'avoue qu'en cet instant, je ne suis pas loin de frôler la crise d'apoplexie.

— Ma puce, il est temps d'aller te coucher. Demain, tu as école.

— Mais je voulais...

— Tu montes.

Son ton sec arrête les velléités contestataires de la petite qui sent qu'elle ferait mieux d'obéir. Elle sort de la salle, nous laissant seuls. Je lève les yeux vers lui, prête à me confondre en excuses, mais je n'en ai pas l'occasion, Grace appelle déjà son père pour qu'il vienne la border. En son absence, je débarrasse la table, prépare deux tasses de café avant de me rendre au salon. Les lumières clignotantes, les boules, les guirlandes. Tout y est et pourtant je ne ressens plus la magie de Noël. Lorsque le train passe près de moi, en lâchant un vibrant « tchou-tchou », je me penche pour l'éteindre. Je veux que rien n'interfère entre mes excuses et le pardon d'Aidan, et surtout pas une musique aussi joviale qu'inappropriée. Pour ne pas perdre totalement mes moyens, je répète les mots avec lesquels je compte me défendre, espérant qu'il me donne le temps d'en placer un. En entendant Aidan descendre les escaliers, je déglutis péniblement et mon cœur manque un battement. Sans m'accorder un regard, il s'avance vers la cheminée, glisse deux bûches dans l'âtre avant de se redresser lentement, très lentement. Assise sur le bord du canapé, je serre fort ma tasse entre mes mains pour en atténuer les tremblements. La gamine craintive refait surface, parce que je sais que j'ai fait une grosse bêtise, et pire, que je l'ai blessé. Il se retourne vers moi, accroche mon regard de chien battu. Estimant que c'est le bon moment, je débite à une vitesse insensée les excuses laborieusement préparées. Aidan ne réagit pas. OK, là je suis mal, du genre très mal. Et comme toujours dans ces cas-là, ce n'est plus la raison qui guide ma conduite mais la panique. Comment ne pas sentir ma nervosité grimper en flèche à l'idée qu'il puisse me jeter dehors ? Il va falloir que j'aille faire mes bagages, que j'affronte le froid, que j'appelle un taxi. Mais pour aller où ? Le plus simple serait que je me jette à ses pieds pour implorer son pardon. Oui, c'est ça, il faudrait que je lui attrape les chevilles, il serait bien obligé de m'offrir une seconde chance. Je ne supporte pas son silence, je suis à deux doigts de faire une crise de nerfs et monsieur ne dit toujours rien. Aidan me met encore plus mal à l'aise que je ne le suis déjà.

— Je suis désolée, bafouillé-je, si j'avais su que... Mais je ne pouvais pas... Ce n'est pas une excuse, je sais, mais... Si vous voulez que je parte, je vais monter... Je suis navrée... Mais dites quelque chose, n'importe quoi... Je suis vraiment désolée.

— Arrêtez de vous excuser.

Son ton glacial me fait l'effet d'une gifle.

— Je suis quand même désolée.

Il soupire, et c'est la lassitude qui affaisse ses épaules et voile son regard. C'est un homme brisé, et je me sens encore plus coupable du mal que j'ai pu lui faire. Je n'échappe à la grosse engueulade que parce qu'Aidan est vaincu par ses émotions. Super, je suis le monstre qui vient de gâcher la comédie romantique. Grâce à moi, c'est devenu un mélodrame dont le happy end est loin d'être garanti.

— Ma femme adorait Noël. Chaque année, elle décorait la maison de fond en comble. Elle poussait le vice jusqu'à acheter du papier toilette avec des rennes et des lutins dessinés dessus. On ne pouvait pas faire un pas sans manquer de trébucher sur une décoration.

Il attrape une tasse, la porte à ses lèvres, son regard se perd dans des souvenirs où la joie se mêle au chagrin.

— Je lui disais que quelqu'un finirait par se casser la jambe, mais elle me répondait que mieux valait tomber dans les sucres d'orge que dans les pommes.

Alors qu'il se confie, je retiens mon souffle de peur d'interrompre ses révélations. C'est la première fois que l'ours sort de sa tanière suffisamment longtemps pour se confier à moi. Moi cette inconnue qu'il a ramassée dans un restaurant et qui met le bazar dans sa vie. La peine assombrit ses prunelles, contracte ses traits. Les émotions prennent le pas. À sa fille, il n'offre qu'un visage aimant, souriant. Je devine qu'il lui tait sa douleur, et ses doutes. En cet instant, son armure se fend, et je me retiens d'aller le prendre dans mes bras pour le consoler. La peur qu'il me rejette violemment m'empêche de me lever.

— Elle voulait le sapin le plus haut, le plus trapu pour notre salon.

Comme moi, songé-je.

— Mais elle ne s'en contentait pas d'un seul, elle en voulait un aussi dans notre chambre, ainsi que dans celle de Grace, un autre devant la maison pour accueillir les invités… Heureusement que j'en cultive sinon ça m'aurait coûté une fortune.

Il lâche un petit rire triste avant de frotter son visage d'une main.

— Maintenant, je ne veux plus de tout ça.

D'un geste du bras, il englobe les guirlandes, les anges et le train électrique. Saisie, je revois Malya qui me tenait le même discours et j'ai l'impression que je vais me réveiller. Que d'un instant à l'autre, je me retrouverai sur mon canapé, sous mon plaid, devant un téléfilm. Je ferme les yeux, partagée entre le désir de rentrer chez moi et celui de rester auprès d'Aidan et de sa fille encore un peu. Comme rien ne se passe, je suis bien obligée d'ouvrir les paupières avant qu'il trouve mon attitude encore plus bizarre que d'habitude. Il me fixe étrangement.

— Elle est morte il y a deux ans.

Avant que j'ose poser la question, Aidan reprend :

— Cancer de l'utérus. Elle a souffert affreusement. Elle s'est battue jusqu'au bout, elle était si courageuse, jamais elle ne se plaignait. Elle disait qu'elle ne voulait pas mourir.

Sa voix se brise, mon cœur aussi. Une boule se forme dans ma gorge alors que je sens les larmes me monter aux yeux.

— Elle voulait rencontrer le premier petit ami de Grace pour lui filer la frousse s'il s'avisait de mal se comporter avec notre fille, elle rêvait d'apprendre à jouer du violoncelle et de danser à nouveau dans un corps de ballet. Elle riait tout le temps, c'est d'ailleurs ce qui m'avait séduit chez elle...

Silencieusement, je pleure et me mets à renifler inélégamment avant de partir à la recherche d'un mouchoir. Aidan ne me raconte pas les détails de leur rencontre, la naissance de leur amour. Il garde son jardin secret. Il évoque les souhaits de sa femme, souhaits qu'elle n'a jamais pu réaliser.

— Elle aurait voulu finir sa lecture de la saga *Outlander*.

— Je la comprends, assuré-je.

Je tente de sourire pour ravaler mes sanglots.

— Elle n'a pas eu le temps, elle n'a même pas eu celui d'assister au quatrième anniversaire de sa fille.

J'ouvre la bouche mais à part des banalités de circonstances je ne vois rien de pertinent à dire et pour une fois, j'ai le bon sens de me taire. La seule formule qui me venait à l'esprit était « une de perdue, dix de retrouvées », et j'avoue que ce serait totalement inapproprié.

— Savez-vous pourquoi nous l'avons appelée Grace ?

— Pour rendre hommage à Grace Kelly, je suggère, peu convaincue moi-même par ma réponse.

— Ça aurait pu, même si vous le reconnaîtrez, il y a peu de chances qu'elle devienne une belle blonde aux yeux bleus.

Effectivement. Avec ses deux billes et ses cheveux noirs, elle tient plus de Zendaya que de l'épouse du prince de Monaco. Aidan avale une gorgée, et grimace.

— Une tasse de chocolat chaud, ça vous dit ? Sans vous vexer, votre café est infect, bien trop fort.

— Et le vôtre est bien trop léger, répliqué-je, on dirait un vieux jus de chaussettes écœurant. C'est sûr qu'un vrai café quand on est habitué à la lavasse, ça fait bizarre.

— Encore un sujet sur lequel l'Amérique et la France ne parviendront pas à un accord.

— Non, c'est juste que nous avons du café et que vous avez de l'eau aromatisée.

En roulant des yeux, il attrape nos mugs et nous nous dirigeons vers la cuisine, Snow Flake y voyant l'opportunité de chaparder quelque chose nous accompagne. Je me hisse sur un tabouret, alors que Aidan attrape une casserole et le lait.

— Savez-vous qu'en français, le nom Grace se prononce de la même façon que graisse ? Et si on choisit de le dire avec un « a », ce n'est pas mieux, cela donne « grasse ».

Tout en cassant de gros morceaux de chocolat, il lève la tête, surpris, perplexe avant que le bord de ses lèvres s'incurve et qu'il éclate de rire.

— Il vaut mieux que ma chérie reste aux États-Unis dans ce cas.

— Mais je ne sais toujours pas pourquoi vous l'avez appelée Grace du coup.

Je lui souris, l'encourage à poursuivre son histoire.

— C'est vrai.

Il prend le temps de faire chauffer notre boisson, en faisant tourner une cuillère en bois dans la casserole. Des arômes délicieux montent jusqu'à mes narines.

— Nous nous fréquentions depuis peu de temps quand Nevea est tombée enceinte, et lorsqu'elle me l'a annoncé, son visage rayonnait. J'étais à deux doigts de faire une crise de panique, lorsqu'elle a posé sa main sur la mienne. « Ce n'est pas un accident, c'est une grâce que la vie nous offre. »

Il verse le chocolat dans deux tasses et en pose une devant moi. Pressée de le déguster, je la porte à mes lèvres, mais il m'interrompt.

— Attendez, j'ai failli oublier l'ingrédient essentiel !

J'obéis. Il saupoudre légèrement de cannelle avant de m'encourager à goûter. Un soupir d'aise m'échappe dès la première gorgée, la magie de Noël est revenue, s'est glissée dans cette cuisine plongée dans une semi-pénombre.

— Hein, c'est bon ?

Je ne boude pas mon plaisir, me moque de la moustache de lait qui s'est dessinée au-dessus de ma lèvre, tellement semblable à celle d'Aidan. Il me fait un geste de la main pour m'indiquer la trace, et j'en fais tout autant, ce qui nous vaut un nouvel éclat de rire. Ce soir, l'ambiance est tellement étrange, nous oscillons d'un sentiment à l'autre en un battement de cils. Nous rions, nous pleurons, et parfois nous pleurons de rire.

— Du jour au lendemain, elle a fait ses bagages et m'a suivi à Everwood.

— Elle n'a jamais regretté d'avoir abandonné sa carrière ?

— Honnêtement, c'est ce que je craignais. Qu'allait devenir cette grande danseuse au milieu de mes bois ? Son désir de devenir une étoile ne reviendrait-il pas la hanter ?

Sans prononcer un mot, je tends mon mug dans sa direction et il comprend mon désir d'une seconde tournée. Il me sert généreusement, visiblement enchanté que sa boisson me plaise autant. Il n'oublie pas d'ajouter sa touche finale, celle qui fait toute la différence.

— Jamais.

Je hausse un sourcil étonné. Comment a-t-elle pu préférer une vie à Everwood plutôt que sous les lumières des projecteurs ? Je prends une autre gorgée, réfléchissant aux choix de Nevea. Je me demande si je serais capable de renoncer à tout par amour. Dans mon cas, le sujet famille serait vite clos, mais les autres aspects de ma vie : mon boulot, mon appartement, mes amis. Serais-je prête à tout quitter du jour au lendemain ?

— Le grand amour, ça ne s'explique pas.

Convaincue, je hoche la tête. Et Paul ? Serais-je prête à tout quitter du jour au lendemain pour lui ? Est-il mon âme sœur ? Comme Nevea l'était pour Aidan ? Par-dessus ma tasse, je l'observe. La tristesse qui embue son regard, ses traits qui se froissent. Ses mains se serrent autour du mug, menacent de le briser.

— Et là un cancer. Fulgurant. Elle a eu une hystérectomie mais trop tard, les métastases s'étaient déjà installées.

Comme je n'ai pas les mots qu'il faut, je me tais.

— Et si nous étions dans une de vos comédies romantiques, ne croyez-vous pas que Grace mériterait d'embrasser chaque soir sa maman pour lui souhaiter une bonne nuit ? Que Nevea et moi aurions eu le droit à notre happy end ?

Chapitre 16

« Deux belles oreilles qui bougent
Et deux grands bois sur la tête
C'est moi le renne de Noël[1] »

Je me suis retournée dans mon lit une grande partie de la nuit, hantée par le chagrin d'Aidan. Heureusement, peu avant l'aube, la solution m'a frappée de plein fouet. Si je suis là, c'est qu'il y a une bonne raison. Dans un téléfilm de Noël, il n'y a rien de gratuit. Après tout, il ne dure qu'une heure trente. Il est plus que temps que la magie opère. Depuis mon arrivée, j'étais aveugle, mais les confidences d'Aidan m'ont dessillé les yeux. J'avoue que j'ai un peu loupé le départ, mais je n'ai pas dit mon dernier mot.

Le plan le meilleur étant le plus simple, je vais favoriser un rapprochement entre Aidan et Amy. Je sais qu'ils sont faits l'un pour l'autre, j'ai vu assez de comédies romantiques pour me déclarer experte en la matière. Elle oubliera cet abruti de Peter, et lui fera le deuil de Nevea. Ils ont juste besoin d'un coup de pouce du destin, et c'est moi, la bonne fée du film. La fille qui débarque de nulle part mais qui va tout mettre en œuvre pour que la fin soit la plus belle possible. Et en prime, Grace, la plus adorable gamine du monde, gagnera une mère dans l'histoire. La fin parfaite, non ?

C'est forte de mes résolutions que je me suis levée et que j'ai ouvert les fenêtres de ma chambre. Le manque de sommeil

1. « Renne de Noël », comptine traditionnelle.

agit sur mes nerfs comme un stimulant, bien avant ma dose de caféine. Si je n'avais pas peur de faire fuir les oiseaux, je pousserais bien la chansonnette. La neige a cessé de tomber, l'aube projette ses lueurs dorées sur les sapins qui s'étendent à perte de vue. Et soudain un craquement à la lisière des arbres attire mon attention et je vois apparaître un... un renne.

Non mais, sérieusement ?

Je me frotte les yeux, lorsque je les rouvre, il n'y a plus rien et je lâche un soupir contrarié. Ou mon imagination me joue des tours ou cette aventure va achever de me rendre dingue. En descendant les escaliers, les différentes étapes de mon plan se mettent en place, mais, pour commencer, il faut que je tâte un peu le terrain, et que je vérifie l'état d'esprit du pépiniériste. Notre conversation – dispute ou confidences, je ne sais pas trop comment bien définir ce qui s'est passé hier soir autour de tasses de chocolat – a de toute façon remué des souvenirs douloureux. S'il a aussi peu dormi que moi, c'est tout à fait le genre de personne à être d'une humeur exécrable et j'ai besoin qu'il soit dans de bonnes dispositions. À mon bonjour retentissant répondent deux voix féminines. Deux ? La première appartient à Grace, mais je n'identifie pas à l'oreille la propriétaire de la seconde. Par chance, elle se retourne dans ma direction en me proposant un café.

— Sidney ? m'étonné-je.

— Je préfère Sid.

Face à moi, la serveuse du *Janet's café* me tend une tasse que j'accepte avant de me hisser devant l'îlot central. Elle me glisse une assiette remplie de pancakes dégoulinant de sirop d'érable.

— Goûte, m'intime Grace. Dans la liste des personnes qui réussissent mieux les pancakes que toi, ajoute ma baby-sitter.

Je pourrai m'offusquer, refuser par orgueil de goûter les crêpes, mais honnêtement elles ont l'air effectivement très appétissantes et j'en prends une bouchée avant de questionner la jeune femme aux cheveux multicolores qui presse à présent des oranges.

— C'est délicieux, reconnais-je.

— N'est-ce pas ?

Elle m'offre un verre de jus de fruits que j'accepte. Le retour dans mon appartement avec mon pain de mie et ma brique de jus d'orange va être difficile.

— Je ne m'attendais pas à te trouver ici.

Avec elle, le tutoiement vient naturellement.

— Oui, je suis serveuse, mais aussi la baby-sitter de cette chipie, quand son père travaille, et en ce moment il ne compte pas ses heures.

Une information se rappelle à mon souvenir. Petit retour en arrière. Vendredi soir, Aidan qui rentre passablement énervé car la baby-sitter venait de le planter et qu'il ne savait pas comment il allait pouvoir gérer Grace.

— Et ta grand-mère va mieux ?

— Oui, merci, c'est gentil de poser la question. Une petite chute, mais par chance, elle ne s'est rien cassé.

— Plus de peur que de mal comme on dit chez moi.

— Aidan m'a dit que c'était toi qui avais pris le relais pour Grace. J'espère que ça a été.

— Non, l'horreur. Une peste insupportable.

— Hé, proteste ma voisine, en laissant tomber sa fourchette, c'est même pas vrai.

— Non, ce n'est pas vrai, je te taquine, la rassuré-je, en lui pinçant la joue.

— C'est pas drôle, bougonne-t-elle.

— Allez, dépêche-toi, va te laver les dents, et n'oublie pas ton cartable. Et mets tes bottes. Ton écharpe rose est dans ton sac, à côté du fauteuil. Zoé, je te dépose en ville ?

— Euh, oui.

Son débit de paroles est presque aussi rapide que le mien, et je remercie mon voyage télévisuel miraculeux qui m'a donné un niveau d'anglais aussi élevé. Sid ne ralentit pas la cadence durant tout le trajet, et c'est agréable de pouvoir la comprendre sans effort. Elle est drôle, vive, enjouée, un brin râleuse et décalée. Instinctivement, je l'observe avec plus d'attention. Si avec Amy, ce n'est pas possible, Sidney pourrait être une candidate tout à fait envisageable ; en plus, elle est déjà adoptée par la famille Cooper et Grace l'adore.

— Tu as quel âge déjà ?

Elle quitte la route des yeux quelques instants pour me regarder.

— Pourquoi ? Tu me donnes quel âge ?

— Je ne sais pas... Dix-huit ?

— Presque. Vingt-deux, rectifie-t-elle.

Super, je suis soulagée, elle est majeure. Je n'aurais pas voulu pousser Aidan dans les bras d'une mineure et le voir finir ses jours en prison.

— Et tu as une raison particulière de me poser la question ?

— Non, non, pas du tout. C'est juste pour faire la conversation.

Par chance, Sid ne se tourne pas vers moi et ne voit pas mes joues rougies par le mensonge que je suis en train de lui servir. Après avoir déposé Grace – à l'heure – à l'école, nous nous rendons ensemble au *Janet's café* où Sid doit prendre son service. Comme je garde ma mission en tête, je ne me laisse pas détourner par les pâtisseries embaumant la salle. Il m'est d'autant plus facile de résister que j'ai le ventre plein, du genre prêt à exploser si j'avale une miette de plus. Janet me donne l'adresse de la pension où loge Amy, et malgré mon sens approximatif de l'orientation, je trouve sans trop de problèmes. Cette dernière est installée dans un petit salon très coquet, à moitié ensevelie sous des peluches de Noël. Toutes plus kitsch les unes que les autres.

Parfois, le trop est l'ennemi du joli et de l'esthétique.

Elle accepte sans hésiter ma proposition de venir dîner le lendemain soir. Il faut le temps que je fasse un peu de courses et accessoirement que je m'assure de la présence d'Aidan, sinon mon plan sera pour le moins foireux. En revanche, la visite à Benny se révèle moins fructueuse. Sans surprise, il n'a pas la pièce qu'il faut, ça prend plus de temps que prévu, et il a besoin de passer une nouvelle commande, mais avec les fêtes de fin d'année qui arrivent à grands pas, cela risque d'être long, très long. Enfin, quelle qu'en soit la raison réelle, je suis piétonne, ce qui ne m'arrange pas spécialement, d'autant plus qu'il n'a pas fini de réparer celle d'Amy et qu'il n'a aucun véhicule à me prêter. Je réduis donc mes achats alimentaires à ce que je vais pouvoir porter dans un de ces énormes sacs en papier marron, même pas doté d'une poignée. Ce sera blinis et saumon, foie gras et pain d'épices, et fondant au chocolat, accompagnés de champagne. Je trouverais bien des chandelles, une nappe blanche, de quoi leur dresser une table romantique, surtout si Grace me file un coup de main.

Je parie que ce sera une très bonne complice dès que je l'aurais mis dans la confidence. Il suffira qu'elle et moi nous nous réfugiions dans ma chambre. Gastro fulgurante, ou n'importe quelle excuse plausible, ce ne devrait pas être bien compliqué.

Avant de trouver un chauffeur pour me ramener chez Aidan, je marque une pause. Après avoir déposé mes achats sur le sol, je m'assois sur un banc qui semble avoir été installé là par la production, juste pour que je puisse profiter du spectacle de cette rue animée. Pourquoi le monde réel ne ressemble-t-il pas davantage à un téléfilm de Noël ? Je ne serais pas opposée à un peu plus de couleurs et de fantaisie pour lutter contre la grisaille ambiante. Ici les gens respirent la joie de vivre, prennent le temps de lécher les vitrines, ont le sourire vissé aux lèvres. Ils chantent, s'entraident pour porter les paquets enrubannés ou un encombrant sapin.

— C'est magique, non ?

Ma réponse fuse en un souffle, alors que je me tourne vers l'homme qui vient de s'installer à mes côtés. Mes yeux s'écarquillent, ma bouche s'agrandit démesurément sous le coup de l'étonnement. Ce n'est pas un homme.

— Vous êtes le père Noël ?

— Oui.

Aucun doute possible, nous sommes dans la troisième dimension. À mes côtés, se tient le gros bonhomme tout de rouge vêtu. Pour m'assurer que je ne suis pas en train de rêver, je tends ma main et palpe son ventre. Il éclate d'un rire aussi sonore que joyeux.

— Attention, je suis chatouilleux, répond-il malicieusement. Vous n'avez jamais vu le père Noël ou quoi ?

— C'est que de là où je viens, j'avoue que ce n'est pas tous les jours qu'on se retrouve assis à côté de son idole.

— Je suis flatté.

Ses yeux réduits à deux fentes bleues me dévisagent, amusés.

— Et vous venez de loin ? s'enquiert-il.

— De l'autre côté de l'Atlantique, de Paris.

— Je connais bien.

— Évidemment, vous distribuez dans la nuit du 24 décembre des montagnes de jouets à tous les enfants sages de la planète, même s'ils sont aussi râleurs que les Parisiens.

— Oui, en effet, et aussi, parce qu'avec ma femme, Dora, nous y avions passé notre lune de miel. Un délicieux souvenir...

Stupéfaite, je m'arrête, prends le temps de détailler la silhouette arrondie, les traits joviaux, et soudain il me semble avoir déjà vu ce visage depuis mon arrivée, certes moins grimé qu'en cet instant.

— Je m'appelle Walter.

Walter, c'est ça, le vieux monsieur qui commande toujours des gâteaux. Walter qui se déguise en père Noël pour impressionner les jeunes femmes crédules, nourries aux comédies romantiques. Il me tend sa main, je m'empresse de la serrer.

— Moi, c'est Zoé.

— Oh oui, la *french girl*, Janet m'a parlé de vous, Grace aussi. Vous avez fait grande impression sur la famille Cooper depuis votre arrivée.

— En bien, j'espère.

— Oui, je vous rassure. Même Aidan n'avait que des compliments en bouche à votre sujet quand il m'a livré mon sapin.

Des compliments, le terme me semble un peu fort. Je vois mal l'ours sortir de sa caverne pour faire mon éloge. Ou sinon, c'était avant ma monumentale bévue avec la décoration. Circonspecte, je hausse les épaules, pressée qu'il change de sujet.

— Et vous êtes le père Noël ?

— Dans le spectacle de la paroisse. Et comme j'avais déjà les attributs essentiels pour le rôle...

Du doigt, il me montre sa barbe blanche et son ventre.

— Tous les ans, je retrouve les habits rouges. Cependant, cette année, j'ai un problème, je crois qu'ils ont un peu rétréci au lavage, je me sens tout engoncé.

Je me retiens de lui dire qu'il a dû abuser des pâtisseries de Janet, car j'ignore comment ce faux père Noël qui ressemble au vrai à s'y méprendre pourrait réagir. Après tout Walter est peut-être très susceptible, qu'est-ce que j'en sais ?

— Vous vous plaisez à Everwood ?

— Le contraire serait impossible, affirmé-je.

Il apprécie visiblement ma réponse parce qu'il me gratifie d'une petite tape amicale sur la main. Nul besoin de mentir. Je suis sous le charme.

Et pas seulement de cette ville, ajoute ma conscience perfide.

Oui, tout à fait, des habitants, de Janet, de Suzanne, de Grace.

Et d'Aidan, complète cette fichue petite voix intérieure.

Oui, et d'Aidan, même si je sais qu'il ne se passera absolument rien avec cet homme parce que je suis amoureuse de Paul et que ma vie est ailleurs, loin d'ici, il n'empêche qu'il est... intéressant. Il vaut bien mieux que cette image de beau gosse qu'il dégage.

— Comment avez-vous atterri ici ?

Sa voix prend des accents mystérieux. Walter aurait pu choisir les verbes « arriver » ou « venir », mais c'est le verbe « atterrir » qu'il a employé comme s'il savait quelque chose que j'ignore. Un instant, je suis tentée de lui dire la vérité, de lui parler du téléfilm et de la boule à neige, mais je me mords la langue pour me contraindre au silence. C'est suffisant qu'Aidan me pense folle, nul besoin que le regard de mon interlocuteur change aussi à mon sujet.

— Un renne a traversé la route, et en voulant l'éviter, j'ai foncé dans un arbre...

Ses sourcils se froncent.

— C'est un...

— Oui, un renne, le coupé-je, vexée que personne n'accepte ce détail pourtant véridique de mon histoire, je sais que ça peut paraître étrange mais c'est la vérité.

— Je vous crois, assure-t-il. J'allais juste vous dire que c'est un miracle que vous soyez sortie indemne de cet accident.

Mes joues rosissent. Je reconnais que je m'emporte un peu vite quand on me soupçonne de mentir.

— C'est vrai.

Machinalement, je touche mon front, là où se trouve la plaie. Si on meurt rarement écrasée par une stupide boule à neige, d'un accident de la route en revanche...

— En tout cas, c'est un hasard si je suis arrivée à Everwood.

— Il n'y a pas de hasard.

Sans surprise, Walter se la joue philosophe. Normal, il faut toujours un vieux sage dans les films, et comme maître Yoda est déjà pris dans la saga *Star Wars*, il nous reste le faux père Noël aux vêtements étriqués.

— Il n'y a que des rencontres.

Son regard perçant s'ancre dans le mien, et j'ai la très nette impression qu'il lit dans mon âme. Je déglutis, soudain mal à l'aise.

— Aidan...

Quoi, Aidan ? Je sais que je l'ai rencontré après cet accident, que c'est lui qui m'a sauvée, que c'est lui qui m'a accueillie. Mais c'est le fruit du hasard simplement. Je l'encourage à poursuivre sa phrase, même Yoda parle plus vite alors qu'il est censé avoir près de huit cents ans. Cependant mon nouvel ami n'a pas l'air pressé

— Je crois que c'est son pick-up qui vient de s'arrêter devant chez Janet.

Comme attirée par un aimant, je pivote aussitôt vers la devanture du café et cherche des yeux le véhicule de mon hôte. Le corps déjà tendu en avant prêt à s'élancer vers lui. Enfin, c'est juste pour mettre en place la seconde partie de mon plan. Rien de plus. De toute façon, j'ai beau regarder partout, il n'y a aucune voiture rouge ou même ressemblant de près ou de loin à celle de mon ours. La vue de mon nouvel ami doit être quelque peu défaillante, à moins que... Je me retourne vers Walter et découvre ses lèvres esquisser un sourire amusé, une lueur malicieuse au fond de ses prunelles claires.

— Une rencontre, conclut-il d'un air entendu, avant de se lever.

Les lèvres pincées, je me garde de lui répondre autre chose que « bonne journée, Walter », alors que ce n'est pas l'envie qui me démange de lui balancer un : « Ce n'est pas du tout ce que vous croyez. » La preuve, je me casse la tête pour favoriser le rapprochement entre Amy, l'accro au boulot, et Aidan, le papa bûcheron veuf. C'est LEUR rencontre que je me dois de provoquer, je le sens. Mieux, je le sais. Forte de mes convictions, chargée de mes courses, je pousse la porte du *Janet's café* pour partager mon plan et une part de tarte.

Chapitre 17

« Tous les deux au coin du feu
Nous rêvons à l'oubli[1] »

— Mais que s'est-il passé ? Zoé ?

Je me lève du canapé, abandonne mon livre et viens à la rencontre d'Aidan.

— Je suis encore désolée, jamais je n'aurais dû prendre autant de libertés. Je ne suis pas chez moi, vous avez déjà eu la gentillesse de m'héberger et j'ai clairement dépassé les bornes. Vraiment j'aurais dû demander votre avis. Du coup, j'ai enlevé toutes les décorations et remis les cartons à leur place au grenier. Il n'y a que l'ange que j'ai laissé ici, je ne me voyais pas retourner dans votre chambre.

Mes joues virent au rouge au souvenir de ce que j'ai fait la veille, et notamment mon incursion dans sa vie privée. J'imagine ma tête si quelqu'un que je ne connais pas se permettait d'aller fouiller dans mes petites culottes. C'est sûr, je le prendrais pour un pervers.

Après avoir exposé mes idées à Janet qui s'est enthousiasmée de mon projet « mon frère mérite d'être heureux, Amy me semble parfaite », un client m'a raccompagnée et j'ai fait ce que je devais. Hier, j'ai outrepassé mes prérogatives, Aidan avait raison d'être en colère. Cependant, j'ignore ce qu'il ressent à présent lorsque ses yeux azur s'accrochent aux miens. Je me

1. « Au coin du feu », Irène Hilda, in *Mes chansons préférées*, 2003.

perds dans les méandres de ses prunelles. S'il songe toujours à me jeter dehors ou s'il estime que la hache de guerre est enterrée, il n'en laisse rien paraître. Son regard dévie vers l'ange qui trône désormais solitaire sur le manteau de la cheminée.

— Mais... Où est passée notre décoration ? Zoé ?

Je me tourne vers l'entrée du salon où Grace s'est figée, les sourcils froncés. Elle semble à la fois consternée, déçue et en colère ; son ton devient dur et accusateur.

— Qu'est-ce que tu as fait ?

Soit je fais de la peine au père soit je blesse la fille. Qu'est-ce qui est le pire ? Je ne sais pas, un poids s'abat sur mes épaules. Elle a cinq ans, elle n'est pas en mesure de comprendre qu'installer les décorations de Noël était une très mauvaise idée.

C'est à moi de lui faire comprendre que nous aurions dû demander l'avis à son père avant, que cela a réveillé inutilement son chagrin alors que nous souhaitions tout le contraire.

Mais à peine ai-je le temps de lui expliquer quoi que ce soit qu'elle s'élance dans les escaliers, le visage inondé de larmes.

— C'est le pire Noël de toute ma vie ! s'écrie-t-elle.

Mon cœur se serre. Zoé, tu as faux sur toute la ligne. Un soupir triste m'échappe.

— Je suis désolée, je pensais vraiment bien faire, murmuré-je.

En installant puis en retirant les décorations. Vous voulez rater les fêtes de fin d'année, créer une ambiance pourrie au sein de votre foyer ? Invitez Zoé, c'est la garantie d'un Noël cent pour cent raté. Au menu larmes, souvenirs douloureux, disputes.

— Ce n'est pas votre faute...

Je relève la tête. Quoi ? Ai-je bien entendu ? Non, impossible. Même si je ne suis pas du genre à m'autoflageller, je sais reconnaître mes erreurs, surtout quand elles sont aussi visibles qu'un bouton purulent au bout d'un nez. Cependant, si M. Cooper mésestime ma responsabilité, qui suis-je pour le contredire ? Je le laisse donc poursuivre sur sa lancée. Le regard toujours rivé sur l'ange, il semble loin de moi, perdu dans ses pensées.

— Je crois que vous aviez raison, Zoé. Grace a besoin de...

Appréciant le compliment à sa juste valeur, je me redresse, attends qu'il achève sa phrase, ce qu'il ne fait pas.

— Sauf quand vous vous êtes introduite dans ma chambre comme une voleuse, évidemment.

— Ce n'est pas… C'est Grace qui voulait…, bafouillé-je.

Ma gêne et ma tentative de justification l'amusent plus qu'elles ne le contrarient.

— Il est temps que la magie de Noël revienne dans cette maison, déclare-t-il avec conviction.

Il se retourne vers moi. Lorsque son regard croise le mien et qu'il prononce ces quelques mots, mon cœur fond comme neige au soleil. Aidan est un homme bon, il mérite d'être heureux, il a le droit à son happy end. Bien sûr, cela aurait dû être avec Nevea, mais que serait un bon scénario sans quelques drames ?

— Je vais aller parler à Grace, et j'aurai besoin de votre aide demain.

— Bien sûr, vous pouvez compter sur moi, affirmé-je, ravie.

Et pas seulement pour aider à installer quelques guirlandes. Aidan ne sait pas encore à quel point je peux devenir son ange gardien en chair et en os, un Cupidon des temps modernes, version rouquine farfelue. Il n'y perd pas au change, je suis bien plus douée comme marieuse grâce à mes connaissances en comédies romantiques. Il faut bien que ça serve d'avoir vu un millier de fois *Love Actually* et *Coup de foudre à Notting Hill*.

La soirée s'est merveilleusement bien passée. Grace, une fois assurée que tout serait remis en place dès le lendemain, s'est montrée plus loquace encore qu'à l'ordinaire et est redevenue la petite fille joyeuse qui nous fait mourir de rire. Dans cette bonne humeur générale, l'invitation d'Amy pour le dîner est passée comme une lettre à la poste. Aidan n'a fait absolument aucun commentaire, et a même semblé plutôt enchanté à cette idée. Bon, j'exagère peut-être en utilisant cet adjectif, mais il n'avait pas l'air mécontent et ne m'a pas fait remarquer que je prenais mes aises en invitant ma nouvelle amie chez lui.

Lorsque je suis montée souhaiter une bonne nuit à Grace, elle m'a serrée très fort dans ses bras, m'a remerciée d'être là et s'est endormie dès que sa tête s'est posée sur son oreiller.

L'esprit plus léger, j'ai rejoint Aidan dans le salon et à présent, une tasse de chocolat chaud entre les mains, nous regardons danser les flammes dans la cheminée. Le silence qui s'est installé entre nous n'a rien de pesant, il est apaisant au contraire.

— Alors, comment doit être un sapin pour Mlle Loisel ? demande-t-il soudain.

— Grand, très grand. Et trapu. Et sentir bon. Avec plein de branches. Pas comme ces ridicules arbres en plastique, en tout cas.

Il hausse un sourcil interrogateur, m'encourage à parler. C'est à mon tour de me confier, de lui raconter nos Noëls sans joie. Parce qu'il est tard, que la lumière est tamisée, que la chaleur est douce, je me laisse aller aux confidences. Les conventions prenaient le pas sur les sentiments. Pas de repas interminables, pas de grande tablée. Juste nous trois. Ça aurait pu être gai malgré tout, nous aurions pu faire des jeux, regarder un bon film ensemble. Mais ce n'était jamais prévu au programme de la famille Loisel.

— Alors le sapin, c'était bien le cadet de leurs soucis. Mon père, quand il n'oubliait pas de le faire, sortait du garage un affreux sapin en plastique poussiéreux qu'on décorait rapidement et qu'il s'empressait de remiser dès le lendemain de Noël.

— Je suis désolé pour vous, Zoé.

Sa sollicitude me touche. Les flammes projettent des lueurs dorées dans ses iris azur, et c'est ce regard empreint de douceur qu'il jette dans le mien.

— Un Noël ne devrait être que joie, retrouvailles, et bonheur. Vous méritez un vrai sapin. Un vrai, de vrai.

— Un de votre exploitation ?

— Non, nous irons le couper directement en forêt.

Face à mon air dubitatif, Aidan insiste. C'est la tradition. Enfin, je reste circonspecte, le gars fait pousser des sapins, et il trouve le moyen d'aller en chercher un ailleurs. N'y a-t-il pas plus simple ?

— Vous savez, en France, le père de famille armé d'une hache qui va chercher l'arbre familial, celui qui trônera dans le salon, ce n'est pas très répandu.

— Eh bien, demain matin, vous aurez l'occasion de devenir une vraie bûcheronne !

Moi, avec une hache, il n'a vraiment pas peur.

— Avez-vous une bonne assurance ?

— Pardon ?

— Vous voulez me confier une arme aiguisée, autant nous rendre directement à l'hôpital. Peut-être qu'il serait plus raisonnable d'aller en acheter un en plastique tout compte fait.

Ma taquinerie me vaut de recevoir un coussin, ce dernier heurte ma tasse dont une partie se renverse sur le canapé. Alors que nous nous précipitons tous deux pour éponger le liquide brûlant avant que la tache s'étende, nos fronts se heurtent violemment. Avec un petit cri, je porte ma main à mon visage où je sens une nouvelle bosse se former sous mes doigts. Nous ne sommes qu'à quelques centimètres l'un de l'autre, et nous éclatons de rire, incapables de garder notre sérieux.

— Vous êtes violente, mademoiselle Zoé !

— Je vous retourne le compliment, monsieur Cooper.

Tout en me frottant le front, je rétablis une distance de sécurité entre nos deux corps.

— Il faut vraiment shampouiner le tissu avant qu'il soit irrécupérable, précisé-je.

J'ai beau savoir que ce n'est pas mon sofa, je me sens coupable à l'idée qu'il reste maculé éternellement. Surtout d'une tache d'un marron douteux.

— Vous croyez ? me questionne-t-il.

Il s'approche à nouveau de moi, et ce qui devait arriver se produit. Une seconde fois. Nous nous bousculons, et il me retient de justesse avant que je bascule sur le canapé. Sa main au creux de mon dos, ma poitrine risque de percuter la sienne. En d'autres circonstances, ce serait le moment idéal pour que nos lèvres se rencontrent alors que son souffle se mêle au mien. Son sourire enjôleur, la lueur canaille dans ses prunelles, son visage mal rasé. Il a tout pour lui, tout pour que j'aie envie qu'il m'embrasse. Et ce n'est pas bien, pas bien du tout. Car je ne suis pas libre, qu'il y a un Paul dans l'équation. Et surtout que ce n'est pas réel. Cette pensée glisse sur mes lèvres un sourire. Si ce n'est pas réel, il n'y aurait donc aucun mal à...

... à aller se coucher. Puisque c'est ce que vient de suggérer Aidan, en me regardant droit dans les yeux.

— Oui, je suis fatiguée.

Et je n'avais pas du tout envie de goûter au baiser chocolaté du bûcheron sexy, de toute façon. Je ne suis donc pas frustrée, pas du tout. Je mens, en soutenant son regard. Mes lèvres ne sont pas pincées, mes sourcils pas froncés. Pour éviter qu'il n'aille s'imaginer que je m'attendais à autre chose, je bâille en portant ma main à ma bouche. Il est temps que je me retire dans ma chambre, loin de lui. À chaque marche, je repense à mon plan. Celui sur lequel je dois me concentrer. J'ai eu un petit moment de trouble passager, mais cela ne doit pas se reproduire.

Cette aventure irréelle m'en apprend un peu plus sur moi, sur ce que je veux, sur ce à quoi j'aspire. C'est étrange quand on y pense, il a fallu que je débarque dans le petit monde parfait d'une comédie de Noël pour me souvenir à quel point j'aime dessiner, pour découvrir à quel point j'adorerais avoir des enfants, pour me sentir aussi naturellement et simplement heureuse. N'allez pas croire que je n'aime pas ma vie, mais ici, c'est comme si je me trouvais enfin à ma place. Je sais que c'est stupide car tout ça, ce n'est que du carton-pâte et un scénario de seconde zone.

— Bonne nuit, Zoé.

Ses intonations rauques et sensuelles m'enveloppent. Cela devrait être proscrit d'avoir une voix aussi diaboliquement sexy, on est dans un téléfilm de l'après-midi, pas dans un épisode de *Cinquante nuances de Grey*. Je déglutis, avant de me tourner une dernière fois vers lui. Les lueurs orangées du feu lui confèrent une aura magnétique.

— Bonne nuit, murmuré-je, Aidan.

Le simple fait de prononcer son prénom assèche ma bouche. Il est vraiment temps que mon plan se mette en place.

Et que je retrouve Paul.

Chapitre 18

« De la constance et de la paix
Mon beau sapin
Tes verts sommets
M'offrent la douce image[1] »

Le lendemain matin, à peine sortie, j'offre mon visage à la neige qui tombe pour en savourer la fraîcheur. Je tire la langue, un flocon vient s'y poser. Quelle délicieuse sensation ! C'est avec une joie certaine que j'emboîte le pas d'Aidan dans la poudreuse. Je redeviens une gamine, émerveillée, par la beauté du paysage. Derrière le chalet, une forêt s'étend à perte de vue. Avec un peu de chance, nous croiserons un renne. Aidan se rendra compte que je ne suis pas folle – au moins sur ce point – et que les animaux du père Noël ont élu domicile dans la région. S'il n'est pas aisé d'avancer dans la neige, je me dis que cela fait partie de l'aventure et me retiens de râler, d'autant plus qu'Aidan semble ravi de me faire partager son univers.

— Cette forêt, je la surnomme « la forêt du bout du monde ». Cette maison, je l'ai voulue au milieu de nulle part, pour que nos enfants grandissent loin de la grisaille des villes. Au milieu de la nature, libres de courir, de construire des cabanes dans les arbres, et de chasser les ragondins.

1. « Mon beau sapin, roi des forêts », chant traditionnel d'origine allemande, 1550.

Je me demande bien qui aurait l'idée de chasser des ragondins, surtout si ce sont des bestioles à fourrure répugnante. Rien que le nom me file la chair de poule, comme si je sentais les pattes du rat me grimper sur la jambe. Le trip Davy Crockett ou Robinson Crusoé, ce n'est pas trop pour moi. Je suis une fille de la ville, des sirènes hurlantes, de l'éclairage public, de la pollution. J'aime pouvoir sortir à n'importe quelle heure du jour ou de la nuit, trouver un café ou une supérette ouverte, me noyer dans l'anonymat de la foule sur les Champs-Élysées, danser dans un pub bondé en écoutant de la pop russe en compagnie de ma meilleure amie. Et pourtant, depuis quelques jours, je découvre une vie aux antipodes de la mienne, dans cette ville où chacun se connaît et s'appelle par son nom, où on peut voir les étoiles éclairer le ciel, et où le voisin le plus proche se trouve à plusieurs kilomètres. Des grands espaces, de la solitude, du silence. Et je crois, non, je sais, que j'aime cette sensation sereine qui m'envahit. Je me sens bien, juste bien. De l'autre côté de l'écran, j'ai laissé mes soucis dans mon appartement parisien. Loin de moi, et de mes préoccupations actuelles.

La danse des flocons reprend de plus belle. Emmitouflée dans mon grand manteau, le nez enfoui dans mon écharpe et le bonnet écrasé jusqu'à mes oreilles, je ne crains rien. Dans cet enchevêtrement de chênes, de hêtres, de pins, je me sens revivre.

— Et votre exploitation ?

— Elle est à quelques kilomètres au nord.

D'un geste de la main, il m'indique la direction où porter mon regard, direction que nous ne sommes pas en train de suivre.

— L'exploitation de sapins Cooper, elle est dans la famille depuis trois générations, et si Grace prend la relève ce sera la quatrième. Enfin...

Le regard lointain, sa phrase reste en suspens. D'un geste du menton, je l'encourage à m'expliquer.

— Je ne sais pas combien de temps je vais pouvoir garder la ferme. Les temps sont difficiles pour les sapins. À croire que tout le monde veut comme votre père des artificiels made in China qui ne perdent pas leurs épines et qui puent les produits chimiques.

— Il doit bien y avoir une solution ?

— J'en cherche, j'ai renvoyé mes ouvriers, il n'y a plus que mon cousin et moi, maintenant. On plante même des sapins, d'habitude, on ne fait jamais ça en hiver, mais cette année... On avait une grosse commande qui a été annulée.

Ses traits se contractent et son visage qui semblait si serein quelques instants auparavant porte la marque de ses angoisses. Nerveusement, il passe une main sur son visage.

— J'ai contacté un investisseur, il doit encore réfléchir. C'est lui que je devais voir l'autre jour. Je ne sais pas trop ce que ça va donner, il me semble un peu frileux, veut des garanties supplémentaires, que j'hypothèque ma maison... Je ne sais pas trop ce que ça va donner.

— Il faut garder espoir.

J'ai conscience de la banalité de ma phrase, mais à part ce genre de formule toute faite, je vois mal ce que je pourrais lui dire. Je n'ai pas de solution miracle à lui servir sur un plateau, je n'ai pas des milliers de dollars à placer. Et au lieu d'être en train de s'occuper de ses sapins, il est là avec moi, à avancer dans la neige en quête de l'arbre idéal parce que je me la suis jouée Bonne Fée des temps modernes. J'ai honte, et j'avoue que je culpabilise un peu. Il a vraiment mieux à faire que de s'occuper de la Française.

— Et je vous fais perdre votre temps...

— Absolument pas, réplique-t-il, je suis ravi d'être là avec vous.

— Ah bon ? bafouillé-je.

Ses yeux bleus, presque translucides, plongent en moi et je sens une décharge électrique me parcourir. Si la température réelle doit être de moins dix degrés, la température ressentie avoisine les quarante degrés et mon thermomètre est sur le point d'exploser. Le vent soulève les flocons et les fait tournoyer autour de nous.

— Je suis heureux que le hasard vous ait mise sur ma route, déclare-t-il.

Oh mon Dieu, pourquoi faut-il qu'il soit aussi charmant ? Que sa voix soit aussi sensuelle ? Que des petites rides d'expression se dessinent au coin de ses yeux pétillants ?

— Il n'y a pas de hasard, il n'y a que des rencontres.

Ses lèvres s'ourlent d'un sourire amusé.

— Ah, je vois que vous avez parlé avec Walter.

Je hoche la tête. Et comme d'habitude, M. Cooper, après avoir affolé mon palpitant, rompt le charme et redevient l'ours pragmatique, et terriblement agaçant.

— Nous y sommes presque.

Je regarde autour de moi, nous nous trouvons toujours entourés d'immenses sapins, comme il y a dix minutes, et les dix minutes précédentes. Je ne sais pas ce qui lui permet d'affirmer que nous arrivons. Rien ne me semble différent, à moi. Sauf que le froid se fait plus mordant, le vent plus saisissant.

— Est-ce que le « presque » pourrait être genre maintenant ?

Il rit.

— Il va falloir se mettre au sport, mademoiselle Loisel.

— Je suis très sportive.

Son rire redouble d'intensité, c'est limite un peu vexant.

— Bon peut-être pas très sportive, mais je fais du badminton une à deux fois par semaine.

— C'est du sport ?

— Pardon ?

— Le hockey, la boxe, le karaté, le basket, lancer des troncs d'arbre, ça c'est...

— Trouvez-nous deux raquettes, l'interromps-je vivement, et un volant, et on verra si vous faites le malin, monsieur Préjugés. Je vous prends quand vous voulez...

Face à l'ambiguïté de ma dernière phrase, mes joues s'embrasent.

— Je vous prends au mot, réplique-t-il. Je suis votre homme.

Je crois que ma mâchoire vient de se décrocher. Parle-t-on toujours de badminton ? Parce que j'avoue que la sensualité de sa repartie ne m'échappe pas et me fait perdre quelque peu mes moyens. Avec Aidan, mes émotions vacillent d'un extrême à l'autre et je crois qu'il serait raisonnable que je plonge ma tête dans la neige pour me rafraîchir les idées. Paul, Paul, Paul. Tu aimes Paul, tu veux faire ta vie avec Paul, tu veux que vous repartiez sur de bonnes bases. Tu ne vas pas le tromper avec l'ours des cavernes, même s'il est craquant, d'ailleurs, il n'en a probablement pas envie. Je suis prête à parier qu'il se rend à peine compte de l'effet qu'il produit sur la gent féminine. Il joue, rien de plus, parce que c'est un homme. À ses yeux, cela n'a aucune espèce d'importance car la seule qu'il aime est Nevea. Cette dernière pensée suffit à calmer mes ardeurs. Aidan est toujours amoureux de son épouse. Et je le comprends. Elle était belle, talentueuse, lumineuse. Elle a tout abandonné pour lui, ils se sont battus pour avoir Grace, leur petit miracle. Ils ont tout affronté, même le pire. Nevea sera toujours la femme de sa vie.

— Ça va, Zoé ? s'inquiète-t-il soudain. Vous savez, je vous taquinais, le badminton est un vrai sport...

— Ça me rassure. Un instant, j'ai craint que vous ne soyez un vieux crétin réactionnaire.

— Un vrai sport de filles.

Je ne peux m'empêcher de lui frapper le bras alors qu'il éclate de rire. Pour m'empêcher de le taper à nouveau, il me saisit par les épaules.

— Regardez, Zoé, regardez vraiment. Nous y sommes.

Trop occupée par les prunelles translucides de mon hôte, je n'avais même pas remarqué que la forêt s'était un peu éclaircie. Nous franchissons une dernière rangée d'arbres et arrivons dans une clairière, comme un écrin ouvert sur les montagnes et le ciel, inondé de lumière. La beauté de l'instant est telle que je ne peux formuler aucun mot. Émerveillée, je retiens mon souffle jusqu'à ce qu'Aidan me rappelle que je dois respirer. Le décor de cinéma cède le pas au spectacle grandiose qu'offre la nature à celui qui sait la voir. Face à cette immensité, je me sens plus vivante que jamais.

— Merci, murmuré-je.

— C'est ici que je viens me ressourcer quand...

Son geste las de la main s'accompagne d'un profond soupir.

— C'est ici que je viens me ressourcer. Cependant, maintenant que vous connaissez mon coin secret, je vais devoir vous tuer, plaisante-t-il en m'adressant un clin d'œil complice.

— C'est plutôt moi qui risque de vous assassiner si vous me confiez la hache.

Comme si mes paroles le ramenaient à la raison de cette promenade matinale, il se tourne vers l'orée de la forêt et me désigne de hauts sapins touffus.

— Il ne vous reste plus qu'à faire votre choix.

Joyeusement, je m'élance dans la neige et pars déterminer quel arbre sera digne du titre de « roi de la forêt ». Mon enquête est lente et minutieuse. La moindre erreur sera impardonnable, il doit être équilibré, avoir assez de branches pour soutenir les décorations, et une pointe sur laquelle poser une étoile.

— Zoé, sans vous mettre la pression, les nuages qui envahissent le ciel n'augurent rien de bon.

— Il y a plus simple pour m'inciter à me dépêcher, répliqué-je.

— Je suis sérieux...

— Il me reste juste un truc à vérifier.

Aussitôt, j'enlace l'arbre, plonge le nez dans ses aiguilles et en respire l'odeur. Il sent la terre, la résine, une voluptueuse odeur de sève, des vacances idéales, le rêve que je suis en train de vivre. Je me tourne vers Aidan, un sourire satisfait s'épanouissant d'une oreille à l'autre sur mes lèvres gercées par le froid en lui désignant l'heureux élu.

— À vous l'honneur ! déclare-t-il en me tendant la hache.

— J'étais sérieuse quand je disais que j'étais un danger ambulant. Je risque de me blesser, ou pire de *vous* blesser.

— Mais non, je suis sûr que non.

— Vous ne pourrez pas dire que je ne vous avais pas prévenu. Vous devriez peut-être m'indiquer le numéro du Dr Scott au cas où j'aurais besoin de faire appel à ses services...

— Je vous rappelle que mon pote est pédiatre. Si vous me coupez le bras, appelez le 911, ça vaudra mieux.

— Par chance, la neige, ça conserve.

Ne pouvant plus reculer, j'accepte l'arme qu'il me tend et m'attaque comme une brute à la base du sapin.

— Oh là, ce n'est pas comme ça... Vous allez surtout vous fatiguer pour rien.

Aidan se glisse derrière moi, son torse collé contre mon dos. Ses mains se posent sur les miennes qui enserrent fermement le manche. Il me dirige avec précision.

— Rien ne sert de faire des grands mouvements, soyez précise.

Son souffle chaud s'aventure sur ma nuque, dans l'espace étroit entre mon écharpe et mon bonnet et je tressaille. Malgré l'épaisseur de ses vêtements, je sens la force de ses bras. Alors que je porte les premiers coups, il ne relâche pas son étreinte, continue de m'expliquer.

— Je vais devenir une vraie bûcheronne, assuré-je.

— J'y compte bien.

Cela semble à la fois si naturel et si déroutant d'être ainsi blottie contre lui, à couper notre futur sapin de Noël. Notre. Je devrais penser « leur ». Je ne suis que de passage dans leur vie. Le 24 décembre, je serai probablement de retour sur le canapé de mon salon, à passer la soirée avec ma colocataire et cette aventure sera un lointain souvenir. Un merveilleux et doux souvenir certes, mais comme tous les rêves qui finissent par s'évanouir quand le dormeur ouvre les yeux, il s'atténuera aussi. En attendant, un intense sentiment de sécurité m'envahit, et pas seulement parce qu'il ne me laissera pas me couper un bras. Soudain, il se détache de moi, fait un pas en arrière comme s'il venait de prendre conscience de la proximité de nos deux corps et la gêne menace de s'installer entre nous. Il se passe une main sur le visage.

— Je ferais mieux de terminer, la tempête approche... Mais vous vous êtes bien débrouillée, me rassure-t-il, en prenant garde toutefois de ne pas croiser mon regard.

Je lui tends la hache, et me mets en retrait pour mieux le regarder s'activer, l'homme dans toute sa virilité, dans sa force physique qui assène des coups forts et réguliers sur le tronc du sapin. Le bûcheron américain sexy dans toute sa splendeur.

— Reculez, il va tomber.

Comme s'il craignait que je ne m'approche au lieu de m'éloigner, il barre le passage de son bras. Il me prend vraiment pour la citadine stupide. Dans un dernier craquement sonore, l'arbre tombe dans la neige, faisant s'envoler la poudreuse autour de lui. Un instant, je me demande si un tel choc m'aurait expédiée droit à Paris, ou seulement dans le cabinet médical du Dr Scott.

— Allez, c'est parti ! Prenez la pointe.

Tout à ma joie, j'avais oublié que le retour serait alourdi du poids de l'arbre. Je m'exécute et nous repartons tant bien que mal en direction du chalet. Même s'il porte le plus lourd, mes bras fatiguent vite et au bout de quelques minutes, je commence à râler. D'abord discrètement mais le naturel revient vite au galop. Essoufflée, je gémis et je grogne, la sueur me coulant dans les yeux.

— C'est encore loin ?

— On dirait Grace quand on part en vacances, me raille Aidan.

— Ça ne répond pas à ma question.

Il me jette un regard malicieux ; au coin de ses yeux pétillants se dessinent des rides.

— Tout dépend si vous continuez à avancer à la vitesse d'un escargot neurasthénique.

— Ce n'est pas gentil de vous moquer, rétorqué-je, pas gentil du tout.

— Oserez-vous prétendre que je mens ?

— Mais quel culot ! C'est facile pour vous, vous avez les bras de Hulk !

— Merci du compliment.

— Ce n'en est pas un.

D'un seul coup, je relâche le sommet de l'arbre.

— Nom d'un petit bonhomme de neige ! Vous ne pouvez pas prévenir, bougonne-t-il.

Je passe une main sur mon front pour l'essuyer, regrette de ne pas avoir un élastique pour attacher mes cheveux en bataille et lâche un vif soupir, les mains sur les hanches. Le ciel s'assombrit, les flocons de neige s'intensifient.

— Si vous n'êtes pas content, vous pouvez vous débrouiller tout seul.

— Vous ne seriez pas en train de me faire une scène juste pour ne pas avoir à m'aider ?

— Moi ? m'offusqué-je. Bien sûr que non.

Bien sûr que oui. Je n'en peux plus, je ne ressemble à rien. Mais plutôt mourir décapitée par un frisbee que de lui avouer que je commence à comprendre le pourquoi du sapin en plastique. Et puis avec des boules et des guirlandes, qui voit la différence franchement ? Je frotte mes bras endoloris en le toisant.

— Je vais me débrouiller tout seul, déclare-t-il.

Et Aidan commence à tirer l'arbre. Ça y est, monsieur veut montrer à quel point il n'a besoin de personne, à quel point il est viril. Je suis tentée de ne plus intervenir. Un temps du moins. Pour le laisser passer, je recule, et avant d'avoir eu le temps de lâcher une nouvelle remarque bien sentie sur les hommes et leur ego démesuré, je suis aspirée dans un trou...

Chapitre 19

« Neige, neige blanche
Tombe sur mes manches
Et sur mon petit nez
Qui est tout gelé[1] »

Englouti par la neige, mon corps est transpercé de part en part par des milliers de lames invisibles, des pics à glace seraient sans doute le terme le plus approprié. La neige s'engouffre dans ma gorge, me brûle la rétine. Si je suis en train de retourner chez moi, j'aurais aimé un voyage moins douloureux. Parce que pour l'instant, j'ai surtout la terrible impression que je vais disparaître. Je suffoque. Si au moment de mourir, on voit sa vie défiler devant ses yeux, moi, ce sont des visages qui m'apparaissent. Celui flou de mes parents, celui joyeux de Malya qui m'adresse un clin d'œil. Celui de Paul sans expression. Neutre, fade, indifférent. Vite remplacé par les traits plus harmonieux d'Aidan. Son sourire en coin, ses yeux couleur de lac gelé, sa barbe mal rasée. Je sombre sur cette dernière pensée. Il y a pire. Une dernière grâce...

Deux bras me tirent, me soulèvent vers le haut, me ramènent dans un tourbillon blanc. La boule à neige qu'on retourne pour voir virevolter les étoiles et les paillettes. Mes yeux refusent de s'ouvrir, mes oreilles d'entendre. Tout est assourdi, tout est aveuglant. Comme un nouveau-né, la première respiration me déchire la trachée. Je crie, mais aucun son ne sort de mes lèvres

1. « Neige blanche », comptine traditionnelle.

bleues. L'air est si brûlant... D'abord lointaine, la voix humaine se rapproche, se précise, et heurte ma conscience.

— Zoé... Zoé ! Répondez-moi ! Zoé !

Comme si c'était moi la boule à neige, je suis secouée par deux bras musclés.

— Zoé !

Je ressens sa panique, elle est la mienne.

— J'ai... j'ai... frrrr... frr... froid.

Je suis dans les bras d'Aidan. En d'autres circonstances, cette remarque serait pour le moins sexy. La nana portée par un petit ami viril, pressée contre son cœur qui bat bien trop vite, parce qu'il a envie de la jeter sur une peau de bête et de lui faire l'amour toute la nuit. Il avance vite, bien que chaque pas semble plus difficile que le précédent. Il s'enfonce plus profondément, ses pieds peinent à s'arracher de la neige gelée. Il ne faiblit pas et trouve même la force de m'encourager.

— Tenez le coup, Zoé.

Je fais ce que je peux. Toutes mes extrémités risquent des engelures. Je ne sens plus mes pieds ni mes mains. Mais sinon ça va.

— Zoé, Zoé, dites un truc, n'importe quoi !

— Vous avez une préférence ?

Une rafale de vent nous cingle le visage, et je me dépêche de me blottir contre son torse, mes yeux envahis de larmes qui gèlent au coin de mes paupières. Ce qu'il y a de bien, c'est que l'engourdissement qui me gagne atténue la douleur.

— Un compliment, ce serait bien.

— Je déteste mentir, répliqué-je.

J'ai beau grelotter, claquer des dents ; je constate que mon cerveau n'est pas encore hors-service. C'est rassurant. Mon porteur qui a le bon ton de ne pas commenter mon poids avance, malgré le froid qui nous enveloppe. Tout est blanc autour de nous, le monde a disparu. Père Noël, pourriez-vous arrêter de secouer la boule dans tous les sens ? Ce serait fort aimable de votre part. Un peu de compassion pour le pauvre homme qui affronte cette tempête sans faiblir. Ce mec, c'est Superman. J'en ai de la chance dans mon malheur. J'aurais pu tomber sur un

Paul, là, franchement mes chances de survie auraient avoisiné le zéro.

Tout est ma faute. Aidan ne voulait pas décorer sa maison, encore moins y installer un sapin. Mon Dieu, comment est-ce possible qu'il fasse si froid, si mortellement froid ? Sommes-nous condamnés à errer éternellement en quête d'un abri, sans jamais parvenir à le trouver ? Rassure-toi, ma vieille, si c'est le cas, vous serez morts dans cinq minutes. Ou moins. Je souris. Il serait si doux d'abandonner la lutte maintenant, de m'endormir ainsi.

— Zoé, restez avec moi !

Mes paupières sont si lourdes, ma respiration se calme, s'apaise. Je pars... Il ne me manquerait plus qu'un baiser. Oui mourir sur un doux baiser, ce serait encore plus agréable, non ? Il ne pourrait pas refuser le dernier souhait du condamné à mort. Je devrais le lui demander. Si seulement j'avais le courage d'ouvrir la bouche. Je soupire profondément, douloureusement. La poitrine étreinte dans un étau, broyée.

— Mon beau sapin, roi des forêts, c'est quoi la suite ? Zoé ? C'est quoi la suite ? Il faut m'aider, je ne trouverai pas tout seul.

Je n'y arrive pas, je ne parviens pas à ouvrir mes yeux. Je passe difficilement ma langue sur mes lèvres gercées.

— Un effort, Zoé... Je croyais que vous étiez une spécialiste des fêtes de fin d'année.

Il tente de me faire rire, mais chaque parcelle de mon corps me fait affreusement souffrir.

— Mes doigts, je ne sens plus mes doigts...

Autour de mon corps, il resserre son étreinte, tente de me protéger contre les rafales glaciales.

Son souffle est rapide, il ne se plaint pas.

— Mon beau sapin, roi des forêts, grogne-t-il, la suite, Zoé ! Regardez-moi...

Avec difficulté, j'ouvre les paupières et croise les prunelles pâles d'Aidan. Il tente de dissimuler ses craintes pour me donner la force de ne pas m'abandonner à la nuit.

— Accrochez-vous, Zoé, nous y sommes presque !

— Mon beau... sapin... que j'aime... ta verdure.

— C'est bien, Zoé, c'est ça, me sourit-il tendrement.

Il relève la tête, se concentre sur un point devant lui. Sa mâchoire est contractée, ses traits se durcissent dès lors qu'il ne me regarde plus. Bientôt, le chalet apparaît derrière un rideau neigeux et Aidan exhale un soupir. Il parvient à ouvrir la porte, en me tenant contre lui et me dépose sur le canapé, sous les aboiements de Snow Flake. J'ai les joues rougies par le froid, les lèvres bleues, des aiguilles de pin accrochées dans mes cheveux emmêlés. Je claque des dents, tremble violemment.

— Retirez vos vêtements, m'ordonne-t-il.

Alors que je tente de dénouer mon écharpe, il se précipite vers la cheminée et fait repartir le feu.

Les flammes rouges dansent devant mes yeux.

— Venez, Zoé.

Il tend une main dans ma direction. Je regarde mes pieds et suis surprise qu'ils exécutent le mouvement attendu.

— Laissez-moi faire !

Avec des gestes précis et rapides, il me débarrasse de mon manteau humide et fait passer mon pull par-dessus ma tête, mon tee-shirt à manches longues suit le même chemin. Instinctivement, je croise mes bras sur ma poitrine. Avant même d'avoir pu s'apercevoir de ma gêne, Aidan s'accroupit devant moi, me retire mes bottes, mes chaussettes, et à peine ai-je le temps de protester qu'il m'enlève mon jean. Si mon cerveau n'était pas si engourdi, je me rendrais compte de l'incongruité de la situation. Je suis presque nue devant un type que je connais à peine. Il attrape un plaid sur le canapé et m'en enveloppe avec douceur. Aussitôt il commence à me frotter le corps avec vigueur, s'attarde sur mes pieds engourdis.

— Ça va aller, Zoé.

La confiance qui émane de cet homme me rassure, alors même que je suis à deux doigts de céder à la panique. Aidan attrape mes mains entre les siennes, les presse fermement avant de souffler dessus. Je continue pourtant de claquer des dents, les larmes aux yeux. Sans que je comprenne immédiatement pourquoi, il retire ses vêtements et se retrouve torse nu devant moi. Oh, nom d'un sucre d'orge grillé ! Mes yeux s'écarquillent. Stupeur, étonnement. Quelle virilité musclée ! Je ne trouve plus mes mots. Si j'ai eu l'occasion de fantasmer sur ce corps depuis mon arrivée, je ne pensais pas m'y retrouver ainsi confrontée et pouvoir à loisir contempler ce que la nature a créé de plus harmonieux. Aidan est l'incarnation du mot « perfection ». Mes joues s'empourprent violemment à mesure que des idées peu appropriées se glissent en lieu et place de mes souffrances. Que s'est-il passé ? Suis-je en train de dormir, blottie dans mon lit ? Mon esprit tortueux aurait inventé ce drame, juste pour qu'Aidan me sauve et se dévoile. C'est pas impossible. Enfin, s'il retire son pantalon, là, je sens que je vais...

Il n'en fait rien. Cependant, il se colle à moi, m'enveloppe dans ses bras, pressant son torse contre ma poitrine. L'air déserte mes poumons, mon souffle se coupe à ce contact inattendu.

— Respirez, Zoé, me murmure-t-il. Vous tremblez encore.

Oui, mais pas pour les mêmes raisons que précédemment. Tout contre lui, je peux sentir son odeur, un mélange de savon, de musc et de citron. Je fais appel à ce qui me reste de bon sens pour ne pas me nicher dans son cou. Mais il ne m'aide pas beaucoup à garder mes distances, il me tient longtemps contre lui et je me sens bien, cale mon souffle sur le sien. Il prend à nouveau mes mains entre les siennes et souffle sur chacun de mes doigts. Je crains qu'il ne se rende pas compte de la sensualité de ce simple geste et de l'effet qu'il produit sur moi.

— Ça va aller, Zoé.

Je hoche la tête, incapable de trouver les mots qui conviendraient en pareilles circonstances. Je ne sais plus si j'ai chaud ou froid, si je me sens bien ou si je souffre intensément. Sa chaleur me réchauffe, son parfum m'attise. J'ignore combien de temps nous restons blottis l'un contre l'autre à moitié nus, devant ce feu qui flamboie. Ce serait le moment idéal pour succomber à la tentation. Nos visages ne sont qu'à quelques centimètres l'un de l'autre. Son souffle chaud palpite sur mes lèvres, mon regard émeraude s'ancre dans le sien. Je crois y voir une lueur de désir remplacer l'inquiétude. Mais peut-être n'est-ce que le fruit de mon imagination ?

— Zoé...

Lorsque sa voix aux accents graves prononce mon prénom, j'ai déjà l'impression de recevoir un baiser. Son index frôle mon visage, déplace une mèche de mes cheveux et la cale derrière mon oreille.

— Zoé..., répète-t-il dans un murmure.

Mes lèvres gercées s'étirent en un sourire. Je lâche prise. Cependant au lieu de m'embrasser, il se détache de moi, avec un râle, me tourne le dos et enfile rapidement son tee-shirt. Abasourdie, je resserre le plaid autour de moi, ne comprenant pas vraiment ce qui vient de se passer. Ou plutôt ce qui ne vient pas de se passer. Comme s'il était urgent de s'occuper, il jette dans l'âtre une nouvelle bûche.

— Allez vous habiller, je vais mettre vos vêtements à sécher.

Son ton me saisit, me glace. Très bien. On en revient toujours au même point. Il n'a pas envie de moi, et comme une sotte, je me laisse envahir par mes hormones et imagine des choses qui n'existent pas. Encore. Le disque est rayé. Il n'y a rien et il n'y aura jamais rien. Le seul remède à ce mal serait de me jeter sur lui, et de l'embrasser. Une bonne fois pour toutes. Je parie que je ne ressentirais au final pas grand-chose et que je pourrais reprendre tranquillement le cours de ma vie, avec en prime une nouvelle certitude. Celle d'aimer Paul. L'amour que je lui porte se ranimerait aussitôt, me faisant oublier le bûcheron sexy. Et musclé. Et courageux. Et qui m'a portée sans faiblir. Et qui m'a sauvé la vie. J'ai failli mourir. Pour de vrai. À cette idée, un frisson me parcourt l'échine.

— Merci, Aidan.

Toujours concentré sur les flammes, je vois ses épaules se hausser, comme si ce qu'il avait fait était le plus facile du monde.

— Vous êtes moins lourde qu'un arbre mort.

— Je ne sais pas si je dois le prendre comme un compliment. Et pour le sapin, vous allez faire comment ? Voulez-vous que je...

Je n'achève pas ma proposition, sentant l'absurdité de cette suggestion. Il est hors de question que je remette un pied dehors. Par ce froid, en pleine tempête. D'ailleurs, il se tourne vers moi et me dévisage avec étonnement.

— Oubliez ! j'allais dire une bêtise.

— Dès que la tempête sera calmée, j'irai le chercher. Seul.

Et il insiste sur ce dernier mot.

— Cela est plus judicieux en effet.

Emmitouflée dans la couverture, je fais quelques pas en direction de l'escalier, avant de me raviser.

— Aidan ?

— Oui.

Il lève les yeux vers moi et pour une raison que je ne cherche même pas à comprendre, cela semble le gêner de croiser mon regard.

— Un sapin en plastique, c'est bien aussi, en fin de compte.

Chapitre 20

« Santa, tell me if you're really there
Don't make me fall in love again[1] »

Quand tu crois avoir vécu le pire, la vie se charge de te rappeler qu'il n'en est rien. Je viens de survivre à une tempête et à une chute dans la neige. Et pourtant, en cet instant, au fond de mon lit en train de tousser et d'éternuer, je me demande si ce n'est pas encore plus dramatique d'avoir la goutte au nez, les yeux fiévreux, le teint cadavérique et l'impression de cracher mes poumons comme un fumeur de Marlboro sans filtre. Pendant que j'agonise, j'entends Aidan, Grace et Amy rire dans la salle à manger. Si je ne parviens pas à comprendre ce qu'ils se racontent, le son joyeux de leur voix monte jusqu'à moi. Mon plan semble se dérouler à la perfection, je n'ai même pas eu à inventer une excuse pour les laisser seuls. Grace me monte un bol de soupe et me raconte la soirée. La petite fille semble ravie, elle me vante les qualités, l'humour et la gentillesse de sa nouvelle amie. « Si tu savais, Zoé, Amy fait un travail incroyable, vraiment utile. Quand je serai grande, je veux être journaliste comme elle. » Pressée de redescendre, elle m'envoie des baisers volants du bout de ses petits doigts : « Si tu étais avec nous, ce serait encore mieux. » La jalousie et la tendresse se battent pour la première place en mon cœur. À peine ai-je le temps de lui dire d'emmener Snow

1. « Santa, tell me », Ariana Grande, 2014. Traduction : « Père Noël, dis-moi si tu es réellement là / Ne me fais pas tomber à nouveau amoureuse. »

Flake avec elle que le chien saute d'un bond sur mon lit pour me lécher le visage. Il se moque que ma soupe brûlante se renverse sur mon pyjama. Je le chasse, et éponge avec des mouchoirs en papier les dégâts. Après l'hypothermie, la brûlure. On peut dire que ce n'est pas ma journée. La simple idée de me lever pour me changer me fatigue. Je me rallonge sur mes oreillers, le haut taché. Cependant, je ne parviens pas à me rendormir. Lorsque la curiosité vous attrape, c'est impossible de fermer l'œil. Il faut que je sache à quel point cela se passe bien, que je détermine le niveau de complicité entre Aidan et Amy, si l'alchimie a opéré entre les deux « trop beaux pour être vrais ». Le miracle de Noël aura-t-il lieu à Everwood ? Amy, la journaliste au grand cœur et Aidan, le bûcheron au cœur brisé parviendront-ils à retrouver ensemble le bonheur ? Ne changez pas de chaîne, la suite au prochain épisode. Je dois voir par moi-même, je ne peux pas me fier aux seuls propos d'une petite fille, quand bien même elle serait très futée et aurait cinq ans et demi. Prenant mon courage à deux mains, je faxe hors des couvertures ma vieille carcasse endolorie, enfile un peignoir blanc et attache mes cheveux en une vague queue-de-cheval. Mes jambes flageolent, me forçant à prendre appui sur la rampe pour ne pas me rompre le cou. Il ne manquerait plus que d'ajouter une fracture des deux jambes pour achever cette journée apocalyptique. Après avoir éternué à plusieurs reprises, je me mouche bruyamment. Pour un espionnage discret, c'est raté. Pourtant, lorsque j'arrive dans la salle, personne ne semble m'avoir entendue venir et j'assiste à une scène bouleversante de naturel. Sur les genoux d'Amy, Grace s'est assise pour poursuivre son repas. Aidan boit littéralement les paroles de la jeune femme. Ils échangent un regard complice, Aidan doit avoir lancé une plaisanterie car Amy, la tête basculant en arrière, rit à gorge déployée. Scène de bonheur de la vie familiale. Vous n'avez plus qu'à lancer le générique final, l'affaire est dans le sac. Sans avoir besoin de me forcer, je tousse si fort qu'ils se tournent tous les trois dans ma direction.

— Zoé ! s'exclame Grace, en venant à ma rencontre. Tu viens manger avec nous ? Papa allait nous servir une part de tarte à la noix de pécan et une boule de glace à la vanille.

— Non, ma puce, je vais juste me préparer une tisane. J'ai la gorge en feu...

— Comment vous sentez-vous, Zoé ? me questionne Aidan.

— J'ai connu des jours meilleurs.

Son regard descend, et ce n'est pas sur mes seins qu'il lorgne. Je constate avec effroi que c'est ma tache orangée qu'il ne quitte pas des yeux. Je resserre autour de moi mon peignoir, regrettant de ne pas m'être changée.

— Aidan m'a raconté, j'espère que ça ira.

Amy me sourit avec sollicitude. Sa sincérité me touche, elle ne joue pas la comédie. Elle s'inquiète vraiment.

— Il faudrait peut-être faire venir le docteur, suggère-t-elle à Aidan.

Et je me sens de trop. Ils parlent de moi, et c'est comme si cette conversation ne me concernait pas.

— En ce moment, il n'y a que mon ami Josh en poste à Everwood et il est pédiatre. Le Dr Peterson a pris quelques jours pour aller voir sa fille à Atlanta.

Amy et Aidan me dévisagent attentivement.

— Mais si elle est dans cet état encore demain, je lui demanderai de passer, affirme Aidan.

— Je pense que ce serait raisonnable.

Si je me sentais déjà pitoyable, ils enfoncent le clou en affichant ouvertement une si grande complicité. Je ne suis qu'un « problème » qu'ils règlent entre eux, sans se donner la peine de me concerter. Amy pose la main – sa main parfaitement manucurée – sur celle d'Aidan.

— C'est ce qu'il faut faire, insiste Amy.

— Je vais me préparer une tisane, répété-je.

J'ai failli ajouter « si ça ne vous dérange pas », mais je me suis retenue à temps. Aidan se lève d'un bond, m'oblige à m'asseoir.

— Je vous l'apporte, Zoé, déclare-t-il.

Je n'ai ni la force ni l'envie de le contredire, je veux juste regagner ma chambre au plus vite.

— Un sapin en plastique, c'est pratique, m'explique Amy dès qu'Aidan est sorti de la pièce, et cet accident aurait ainsi pu être évité.

— N'allez pas répéter cela à Aidan, il vous découperait en morceaux avec sa hache, lui lancé-je.

Amy me sourit, et ses dents sont comme des diamants qui scintillent. Son visage est parfait, le maquillage de soirée subtil, son teint harmonieux et délicat, son brushing blond maîtrisé. Alors que je l'observe, je ne peux m'empêcher de me comparer, et pas seulement à la tête que j'ai ce soir. Plutôt à celle que j'ai tous les jours. Les taches de rousseur qui constellent ma peau, la rougeur qui me monte aux joues en toutes circonstances, du maquillage quand j'ai le temps et encore, pas aussi raffiné que celui d'Amy. Mes cheveux tiennent bien plus souvent du fouillis qu'autre chose. C'est pour ça qu'elle a le premier rôle, elle est l'héroïne, celle à qui on rêve de ressembler tant au niveau de l'apparence que de la personnalité. J'aurais vraiment dû rester en haut, loin de ses regards compatissants et bienveillants qui me font me sentir encore plus mal.

— Au fait, Zoé, j'ai une bonne nouvelle pour toi, je suis passée voir Benny au garage.

Et il a pris une douche ? Changé de chemise peut-être ?

— Il a eu les pièces plus vite que prévu et a pu réparer ta voiture. Elle est comme neuve. Benny a précisé que tu pouvais la chercher quand tu voulais...

— Mer... merci, bafouillé-je.

Je déglutis, c'est peut-être la pire nouvelle de ma journée. Le destin a vraiment décidé de me faire passer un message : il est temps que je quitte le film.

— Et la tienne ? la questionné-je.

Fataliste, elle hausse les épaules.

— La pièce n'est toujours pas arrivée, il lui faut un carburateur, et celui qu'on lui a livré hier était percé... Je crois que je suis bloquée ici encore un moment.

Un instant, je crois que ses yeux vont se remplir de larmes, mais il n'en est rien. Elle se tourne vers moi, m'adresse un sourire sincère.

— Mais toi, tu vas pouvoir repartir !

Si le message n'était pas suffisamment explicite la première fois, désormais il l'est. Maintenant que le rapprochement d'Amy et d'Aidan est en cours, je n'ai plus qu'à prendre mes cliques et mes claques et à tailler la route pour leur permettre d'avoir leur happy end et de convoler en justes noces.

Je parie qu'avant la fin du film, Aidan posera le genou à terre pour lui demander sa main, avec en arrière-plan les montagnes enneigées.

— Zoé, tu es toute blanche, ça va ?

Que répondre ? Je croise son regard empli de sollicitude, et j'ai une furieuse envie de lui coller une gifle à Mme Parfaite ou mieux de l'étouffer avec une chaussette sale. Je plaque une main sur mon front, l'estime brûlant. Voilà, mes pensées agressives sont le fruit de la fièvre.

— Ça va, grogné-je.

Amy ne se formalise pas de mon ton limite désagréable. Amy est gentille, vraiment gentille et aux gens gentils comme elle, il n'arrive que de bonnes choses. Nous ne sommes pas dans un téléfilm de janvier, où on fait la part belle aux femmes hystériques, bonnes à interner, qui étranglent leur rivale pour les beaux yeux d'un homme. Après les fêtes, le thriller est de retour quand tout le monde a fait une indigestion, en a soupé de sa belle-famille et n'en peut plus des jingles entêtants. Mais là, la neige tombe à gros flocons, Noël approche et cela saute aux yeux qu'Aidan et Amy sont faits l'un pour l'autre. D'ailleurs, c'était le plan. MON plan. Je devrais me féliciter de sa réussite, au lieu d'être sur le point de m'évanouir. Il est vraiment temps que je regagne mon lit.

— Zoé, je n'ai pas trouvé la tisane. Je vous ai préparé un thé brûlant avec une cuillère de miel et du lait pour adoucir votre gorge, me lance Aidan. C'est un truc de grand-mère.

— Merci.

Nos doigts se frôlent lorsque je prends la tasse qu'il me tend. Un frisson me traverse que je mets sur le compte de mon état de fatigue avancé.

— Reposez-vous bien, murmure-t-il, et si vous avez besoin de quoi que ce soit, je suis dans la chambre à côté.

Son regard rivé au mien, je me mords la lèvre, pour ne pas dire que c'est de lui que j'ai besoin. Ce serait à la fois puéril et fort mal venu, surtout qu'Amy et Grace sont là. C'est sa faute aussi, il ne devrait pas sortir des choses pareilles, des phrases aussi ambiguës et connotées.

— Je n'ai besoin de rien, déclaré-je, en essayant de paraître convaincante, passez une bonne soirée tous les trois.

En chœur, ils me souhaitent une bonne nuit. Ils répondent déjà d'une seule et même voix, la famille recomposée parfaite. Je prends sur moi pour ne pas fondre en larmes, parce que j'ai froid, parce que j'ai mal, parce qu'en cet instant, je sens à quel point je suis seule.

Chapitre 21

« Le père Noël est au lit
Il ne faut pas qu'il se lève
Ah là là je l'avais dit
Père Noël a de la fièvre[1] »

Les jours qui ont suivi, je suis restée clouée au lit, terrassée par une grippe carabinée. Le Dr Scott, bien que j'aie affirmé à Aidan que ce n'était pas nécessaire de l'appeler, est venu me prescrire des médicaments et m'a conseillé de prendre du repos. Comme si j'avais le choix.

Et pour la première fois depuis mon arrivée, j'ai vraiment eu envie d'être chez moi. Dans mon lit, sous ma couette, auprès de ma colocataire. De porter mes vêtements, de m'enrouler dans mon plaid, de sortir mon vieux panda en peluche du placard et de le presser contre moi. Puiser du réconfort dans mon quotidien, dans ma vraie vie, dans cette réalité que je refusais pourtant.

Chaque jour, Amy, Aidan et Grace sont venus à mon chevet. Avec une attention délicate, un mot gentil, un sourire réconfortant. Janet a pris le temps de me livrer un assortiment de ses meilleurs desserts et de ses plus croustillants potins. Le rapprochement entre Aidan et Amy est de notoriété publique depuis qu'ils ont été vus ensemble à la soirée de l'école à laquelle je n'ai pu me rendre. À bout de nerfs, Charmaine aurait débarqué au

1. « Le père Noël a pris froid », chanson de Jean Debruynne, in *Mannick et Jo chantent pour les enfants*, 1989.

café pour noyer son amertume et sa déception dans un milk-shake choco-banane. Je devrais me réjouir que mon plan fonctionne aussi bien. Suzanne m'a prêté plusieurs romans pour m'occuper dès que je me sentirai plus en forme. Benny m'a fait dire que ma voiture ronronnait comme un chaton. Même Walter a pris de mes nouvelles. Et pourtant, je ne trouve plus la force de m'en réjouir. Je pense qu'il est temps que je rentre à la maison. Même si je n'ai aucune idée de la façon de m'y prendre. Peut-être faudrait-il que je prenne de l'élan et me précipite tête la première dans la télé du salon ? Cette idée me fait un peu peur, surtout si ça rate, j'aurais du mal à expliquer à Aidan ma prétendue maladresse. L'autre solution – qui me semble quelque peu extrême et tout aussi risquée –, ce serait de récupérer ma Chevrolet et de l'encastrer dans un sapin. De mon plein gré. Un accident, ça arrive, c'est la faute à pas de chance, ou à un fichu renne, mais choisir volontairement de percuter un arbre, je ne sais pas, j'ai un gros doute sur l'efficacité de cette alternative. Sauf que pour l'instant, mon cerveau embrumé n'en trouve pas d'autres. Évidemment, je pourrais rester ici, me nourrir exclusivement de gâteaux et vivre dans cette carte postale. S'il y a quelques jours cette perspective m'enthousiasmait, aujourd'hui, elle n'a plus la même saveur. Le fait qu'Aidan et Amy se fianceront ou se marieront – cela dépend du budget du film –, bien que ces deux-là ne le sachent pas encore, n'y est absolument pour rien.

Au bout d'une semaine, me sentant un peu plus vaillante, je décide de rejoindre Aidan et Grace à la cuisine. Avant que je les aie rejoints, Snow Flake me fait la fête, en me sautant dessus.

— Snow, le rappelle à l'ordre Aidan, viens ici.

Face au ton autoritaire de son maître, le chien obéit et retourne se rouler en boule auprès de l'îlot.

Par-dessus sa tasse de café, Aidan m'offre un sourire sincère.

— Cela me fait plaisir, Zoé, de vous voir. Comment vous sentez-vous ?

— Mieux, assuré-je, en me hissant sur le tabouret libre au côté de la petite fille.

— S'per, baragouine Grace, en train de mâchouiller une cuillère de céréales multicolores. Tou va pouvoir v'nir nous Noël.

— On ne parle pas la bouche pleine, on ne comprend rien à ce que tu racontes.

Sans m'avoir consultée, Aidan dépose devant moi un mug rempli de thé et je l'en remercie d'un signe de tête. Il ajoute une cuillerée de miel. C'est exactement ce qu'il me fallait pour soulager ma gorge qui demeure quelque peu douloureuse.

— Je disais, reprend Grace, que tu vas pouvoir venir avec nous au bal de Noël.

— Le bal de Noël ?

— Oui, bientôt, il y a une super fête et...

Elle porte à ses lèvres une nouvelle bouchée et entreprend de poursuivre son explication.

— C'est... soirée... Dé... géniale et ap... on... man... et spect... et... tu... vi... ?

Je ne peux m'empêcher de pouffer. Je n'ai absolument rien compris alors que, clairement, au regard qu'elle m'adresse, je sens bien qu'elle attend une réponse positive de ma part.

— Qu'est-ce que je viens de te dire ? Avale ce que tu as dans ta bouche avant de parler.

La chipie hausse les épaules, et sans tenir compte de la remarque paternelle, enfourne une nouvelle cuillère remplie à ras bord de petits arcs-en-ciel. Je me demande bien quelle saveur cela peut avoir, même si je n'ai aucune envie de les goûter pour le savoir.

— Rien ne vaudra jamais une bonne baguette de pain et du beurre demi-sel, assuré-je.

— C'est que vous n'avez pas goûté mes pancakes, réplique mon hôte.

— Non, désolée, Aidan, s'il y a bien un truc où les Français sont les meilleurs, c'est en cuisine.

La bouffe, on connaît et le pain, il n'y a rien de comparable.

— En... ça... me... dit... pas... si... tu... vi..., me coupe Grace.

Ces monosyllabes me semblent plus clairs. De façon un peu étonnante, elle me demande si je veux me joindre à elle pour une soirée ? Une fête ? Ou l'aider à ranger sa chambre peut-être ?

— Ce que ma fille essaie de te dire, difficilement, c'est qu'il y a un bal quelques jours avant Noël, tous les...

— Et c'est absolument génial ! intervient Grace, les yeux brillants.

Comme elle n'apprécie pas que son père m'explique, elle consent à laisser sa cuillère au repos et me raconte en quoi consiste cette soirée qui, si j'ai bien compris, est un mélange de fête foraine, de rave party et de Noël avant l'heure. Orgie de sucre et de lait de poule en perspective. J'ai toujours envié les Américains et leur façon de célébrer les différents événements qui jalonnent la vie : les bals de promo, les remises de diplômes, Thanksgiving et, évidemment, les fêtes de fin d'année. Un soupir s'échappe de mes lèvres.

— Je ne sais pas... Benny a réparé la voiture.

— Tu vas partir ?

La voix de Grace s'envole dans les aigus, et son regard se jette dans le mien. J'entends son inquiétude. Je ne sais pas vraiment par où commencer, je ne sais même pas ce que je veux.

— Grace, tu savais bien que Zoé n'était que de passage à Everwood...

L'entendre formuler à voix haute par Aidan rend les choses encore plus concrètes, ancre mon départ dans la réalité. Je le laisse expliquer à sa fille qu'elle doit encore profiter du temps où je suis là, que je reviendrai les voir, qu'elle doit aller se préparer pour l'école. Ses yeux se remplissent de larmes.

— C'est trop injuste, grogne Grace.

Elle lâche sa cuillère dans son bol et le lait l'éclabousse sans qu'elle s'en soucie.

— Ça suffit !

— Mais Zoé doit rester, elle doit rester ! Elle n'a même pas décoré le sapin.

Les sourcils froncés, elle toise son père, et tape du pied. Grace si douce, si fragile, se transforme en monstre capricieux et vole mon cœur un peu plus chaque jour. La quitter va être un déchirement.

Grace se tourne vers moi, m'adresse un regard suppliant qui me fait fondre, mais je reste de glace. Je dois cesser de remettre à plus tard l'inévitable. Que je retrouve ma vie à Paris ou que je m'en crée une nouvelle, je ne suis pas chez moi ici.

— Ne pars pas, Zoé.

— Maintenant, tu montes !

Grace m'attrape les mains et les serre entre les siennes. J'évite de croiser trop longtemps son regard de chien battu, de peur d'être incapable de lui refuser quoi que ce soit. Sans l'intervention virulente de son père, je suis persuadée que j'aurais craqué et aurais accédé à tous ses souhaits.

— Tu vas me manquer, Grace, murmuré-je.

Avant que nous tombions dans le mélodramatique, Aidan a la bonne idée de nous presser.

— Vous pourrez me déposer au garage ? le questionné-je.

— Bien sûr.

Si ma décision le touche, il n'en laisse rien paraître. Son ton est si normal que j'en viens même à me demander si cela ne lui plaît pas de retrouver sa tranquillité. Il aura enfin le champ libre pour concrétiser sa relation avec la jolie Amy. Serrés les uns contre les autres à l'avant du pick-up, les essuie-glaces chassant à fond la neige, la voix de Dolly Parton grésillant dans le vieil autoradio, nous ne prononçons pas un mot. Même Grace, d'ordinaire si loquace, garde le silence, me lançant de temps en temps des regards chargés de reproches que j'essaie de ne pas remarquer. Pour éviter ses œillades culpabilisantes, je me perds dans le paysage, essaie d'incruster sur ma rétine chaque image. Cependant, la neige qui tombe à gros flocons m'empêche d'y voir clair. Près de l'école, Aidan trouve une place où garer son véhicule. Comme d'habitude – et ce n'est pas uniquement ma faute –, Grace flirte dangereusement avec le retard et Mme Van Schlagg, fidèle au poste, rappelle vivement son père à l'ordre :

— C'est la dernière fois. Si cela devait malgré tout se reproduire, elle ne serait pas acceptée à l'école, déclare-t-elle, perchée en haut de l'escalier.

Sans perdre son calme, ce qui est impressionnant face à un tel tyran robotisé, Aidan grimpe deux ou trois marches pour se rapprocher d'elle.

— Vous savez bien que depuis qu'elle a perdu sa...

J'en reste bouche bée. Son talent d'acteur est indéniable. Il soupire avant de lever vers elle un regard embué.

— Je suis vraiment désolé, madame Van Schlagg.

Il accroche son regard, lui offre un sourire d'excuse, révélant ses dents plus blanches que la normale. Je n'en crois pas mes yeux, la directrice descend, se met au niveau d'Aidan, pose une main sur son épaule. Elle semble littéralement sous le charme du jeune veuf éploré, et je parie qu'elle ne serait pas contre le serrer dans ses bras pour le consoler. Voire plus si affinités.

— Ce n'est rien, je comprends et vous pouvez compter sur moi, lui affirme-t-elle.

Le séducteur a sorti le grand jeu puisque même la plus froide des femmes peut se faire avoir par un coup d'œil charmeur. Il n'a pas le temps de me rejoindre que le gang des *desesperate mums* fond sur nous. Comme dans un ballet rodé, Harmony, Lisa, Joy et Bridget entourent Charmaine. Cette dernière s'approche d'Aidan, se place entre nous. Elle prend de ses nouvelles, lui demande s'il pourra l'aider à choisir son sapin, et l'invite à dîner avec Grace le lendemain soir.

— Molly et ta fille ont déjà tout prévu. Je cuisinerai mon fameux osso buco.

Pour donner le nom de cette recette italienne, elle prend une voix qu'elle estime sensuelle et un accent italien. Le ridicule ne tue pas, dit-on. Dans certains cas, c'est bien dommage.

— J'aime beaucoup l'osso buco, interviens-je, en imitant Charmaine.

Charmaine me toise avec mépris avant de me foudroyer du regard. Comme si elle me faisait peur. Je ne risque rien, je vais partir. Mais une chose est certaine, Aidan sera mille fois plus heureux avec une Amy, franche, sincère et douce qu'avec la reine des vipères, quand bien même celle-ci a une fille de l'âge de Grace. Comme elle n'ose pas me répondre directement, elle adresse un petit hochement de tête à Harmony. Cette dernière pose sa main sur mon épaule.

— On m'a dit que tu avais été malade, comment te sens-tu ?

Si j'ignorais de quoi elle était capable, je pourrais penser que sa sollicitude est sincère et qu'elle s'inquiète de ma santé. Mais je suis du côté de Janet, et quand elle me dit qu'Harmony est la pire des pestes, je la crois.

— Je me demande si je ne serais pas encore un peu contagieuse...

Pour donner un peu plus de valeur à mes propos, je tousse ostensiblement dans sa direction jusqu'à voir apparaître sur son visage une expression dégoûtée.

— C'est vraiment adorable de prendre de mes nouvelles, reprends-je avec mon sourire le plus hypocrite.

Je ne suis pas au mieux de ma forme, mais la fièvre a baissé et mon cerveau fonctionne à nouveau correctement, ou du moins comme avant. Le gang des *desesperate* ferait mieux d'éviter de me chercher des noises, je ne suis pas d'humeur. Zoé Loisel n'a pas l'intention de se laisser écraser par les poules du village. Je sais bien qu'il faut dans chaque film américain des bimbos aussi stupides que leur décolleté est fourni, mais franchement, là, les scénaristes ont poussé le bouchon un peu loin. Stupide et méchante. C'est trop pour une seule femme, *a fortiori* si elles sont cinq. Je me détourne d'Harmony pour sauver Aidan des griffes de Charmaine.

— Charmaine, ce n'est pas l'heure de ton rendez-vous avec Magic Fingers, le type qui fait des miracles avec ses doigts sur ton anatomie ?

— Mais non, intervient Joy, c'est le vendredi qu'on y va et là, on est mardi. On n'y va jamais le mardi.

— Vous avez raison, il ne faut pas abuser des bonnes choses.

À ma repartie pleine de sous-entendus, j'ajoute un clin d'œil coquin. Aidan se retient difficilement de rire, alors que Charmaine risque d'avaler une mouche à force d'ouvrir sa bouche d'une façon aussi exagérée.

— Mesdames, c'était un plaisir de vous voir et d'échanger ces quelques mots plaisants, mais il est temps que nous prenions congé. Sauf si Aidan préfère rester en votre charmante compagnie, je peux très bien me rendre au garage toute seule.

Aidan s'empresse de me répondre.

— Non, je dois vous accompagner chez Benny sinon ce filou risque de vous arnaquer.

Mon sauveur jusqu'au bout, même s'il semble surtout déterminé à échapper au gang. Cependant Charmaine recouvre subitement l'usage de la parole, attrape Aidan par le bras et le force à la regarder. Ses cils battent à une vitesse frénétique comme si elle espérait l'appâter avec un excès de minauderies. Enfin si elle a une poussière dans l'œil, elle ferait mieux de le dire, elle aurait l'air moins stupide.

— Aidan, à demain, je vous attends tous les deux à partir de dix-huit heures...

Et elle ajoute, comme si cela était nécessaire :

— Vous ne le regretterez pas.

— Sauf si la viande de veau est avariée. Une fois, le boucher avait donné à ma grand-mère des morceaux un peu douteux, et comme cette dernière était déjà complètement gâteuse, elle ne s'était rendu compte de rien. J'ai vomi dans mon assiette, ce n'était pas joli, joli. En fait, quand j'y pense, je n'aime plus tant que ça l'osso buco. Rien que d'en parler...

Je feins un haut-le-cœur qui fait éclater de rire Aidan.

— Je ferais mieux de la ramener à la maison, déclare-t-il. Bonne journée, à bientôt.

— À demain, précise Charmaine.

Aidan a un petit mouvement de menton, qui, selon moi, n'est ni un oui ni un non. Ce n'est pas une réponse positive, franche et sincère d'un mec motivé, ayant hâte de venir goûter à la cuisine d'une dame. D'un geste de la main, je les salue. Une chose est sûre, elles ne me manqueront absolument pas. On vit très bien sans un gang de commères pour vous saper le moral et médire constamment à votre sujet.

Chapitre 22

« Oh when I'm still waiting for the snow to fall
It doesn't really feel like Christmas at all[1] »

Je suis à peine montée dans le pick-up qu'Aidan se tourne vers moi, une main sur le volant.

— C'était quoi ça ?

— Quoi ?

Mon talent de comédienne est proche de zéro, je le sens bien. Mentir, feindre l'innocence, etc., ce n'est pas trop mon truc. Mon visage déjà constellé de taches de rousseur a tendance à se couvrir de plaques rouges inesthétiques et ma langue à fourcher. Il lève un sourcil interrogateur et insiste :

— Je ne démarrerai pas tant que je n'aurai pas obtenu une explication valable. J'ai dû manquer un épisode, et j'ai horreur de ça.

— Vous n'avez pas une pépinière à faire tourner ? Des sapins à livrer ?

— Je crois que ma curiosité prend le dessus... Je ne vous pense pas du genre à juger une personne sans la connaître, alors...

Aidan me sonde de son regard, comme s'il espérait percer mes secrets. Non, en effet, cela ne compte pas parmi mes défauts. Et pourtant...

---

1. « Christmas Lights », Coldplay, in *Now Christmas*, 2011. Traduction approximative des paroles : « Quand j'attends toujours que la neige tombe / Je n'ai pas vraiment l'impression que c'est Noël. »

— Vous connaissez à peine Charmaine, insiste Aidan, elle est plutôt…

Tiens, ça me plairait de savoir comment il la trouve. Peut-être me suis-je trompée sur lui ? Et qu'il aime les femmes artificielles, prêtes à tout pour parvenir à leurs fins, quitte à écraser les autres.

— Plutôt quoi ? l'encouragé-je à terminer.

Il se creuse les méninges.

— Aimable ? tente-t-il.

Un ricanement m'échappe. Ce n'est certes pas l'adjectif que j'utiliserais pour la qualifier.

— Si vous le dites, répliqué-je. Mais…

— Mais ? s'étonne-t-il.

Une question entraîne une autre question, et nous ouvrons des portes que nous ne sommes pas prêts à franchir. Même si je pense qu'Aidan devrait savoir ce que Harmony, Charmaine et les autres ont fait subir à sa sœur quand elle était au lycée, ce n'est pas à moi de lui dire. Ce n'est pas l'envie qui m'en manque, surtout lorsqu'il estime que Charmaine est aimable, digne d'être aimée. Détestable, suffisante, pédante, égocentrique, lui conviendraient mieux à cette pimbêche. D'autres mots me viennent clairement à l'esprit, mais la censure ne les laisserait pas passer. Aidan, le regard toujours rivé sur moi, attend que je précise ma pensée pour reprendre la route. Et je ne veux pas le mettre en retard alors qu'il doit faire tourner sa ferme arboricole. Et mon malaise grimpe en flèche. J'en ai trop dit… ou pas assez. Moi, à sa place, je ne lâcherais pas l'affaire, et à son expression déterminée, je sais qu'il attend une réponse.

— Ce n'est pas la femme qu'il vous faut.

Je n'avais pas prévu de lui dire ça, c'est sorti comme une évidence. Il a le droit à sa part de bonheur, désormais, à son joli happy end, après les drames et les deuils, les renoncements et les adieux. Ce n'est pas dit que ce téléfilm de Noël se terminera en drama coréen. Hors de question ! Pas si je peux éviter qu'il ne se perde dans les mailles du filet tendu par Charmaine avec son osso buco. Il doit ouvrir les yeux avant que la journaliste reprenne la route pour sauver son job, avec peut-être l'idée de renouer avec l'arriviste toxique.

— Amy est la bonne personne, déclaré-je.

Comme il ne me répond pas, j'ose à nouveau le regarder. Honnêtement, je crois qu'il ne s'attendait pas à un tel degré de franchise. Il fronce les sourcils, accentuant les plis soucieux de son front. Même s'il semble contrarié, il sait très bien où je veux en venir, et c'est l'essentiel. J'enfouis bien profondément ce sentiment que ça aurait pu être moi, la bonne personne, si le destin et les scénaristes hollywoodiens avaient fait de moi l'héroïne du film, et non un vague second rôle. D'ailleurs, il est fort probable que toutes mes scènes seront coupées au montage. Sans ajouter un mot, il enfonce la clé dans le contact et démarre. Inconsciemment, j'aurais aimé qu'il me dise qu'il n'avait aucune vue sur Amy, au lieu de quoi, il semble en pleine réflexion et garde le silence jusqu'au garage. Ce silence pesant me rend mal à l'aise.

— Bonne journée, Zoé, me lance-t-il en me déposant devant chez Benny.

J'ai à peine le temps de le saluer qu'il redémarre, avec la désagréable impression que c'est sans doute une des dernières fois où je le vois. Sans m'apitoyer davantage sur mon sort, je gère rapidement l'étape « voiture ». Pour une raison qui m'est inconnue – et j'avoue ne pas avoir très envie de creuser la question –, Benny a enfilé une chemise propre et repassée, a balayé son bureau et boit tranquillement un jus de couleur verte. Fier comme un paon, il me tend mes clés.

— Elle est comme neuve, ma petite dame.

Avec une poignée de main, je le remercie encore, avant de m'installer derrière le volant. Ai-je déjà conduit une telle voiture de sport ? La réponse est non. Ai-je un peu peur de ne pas maîtriser une telle bête ? Évidemment. J'ai mon permis, mais la plupart du temps, à Paris, j'utilise les transports en commun. J'ai rarement conduit ces dernières années. Bon, si c'est comme le vélo, je ne devrais pas avoir tout oublié. Et rouler par temps de neige, et chercher sa route, et... Ne panique pas, Zoé, des millions de gens font ça tous les jours. Et dans un téléfilm ? Quelle est la probabilité que mon personnage percute un nouvel arbre et meure ? Un léger coup frappé contre le verre me surprend en pleines réflexions macabres, et je tourne mon visage en direction du bruit. Benny me fait signe de baisser ma vitre, je m'exécute.

— Tout va bien ? Elle ne démarre pas ? s'inquiète-t-il.

— Si, si, enfin, je crois.

Son regard me sonde.

— Vous savez, c'est normal d'avoir un peu peur après un accident.

— Ce n'est pas ça, c'est que...

— Quand on tombe de cheval, il faut remonter tout de suite ! Alors en selle !

Il se penche à travers la fenêtre ouverte, et tourne lui-même la clé dans le contact. Son odeur de musc et de citron me chatouille les narines. Benny s'est même parfumé ! Chemise, jus détox, parfum. Il y a une femme dans l'air. J'espère que ce n'est pas sur moi qu'il a des vues, sinon il risque d'être déçu. Dans le doute, je ferais peut-être mieux de ne pas trop m'attarder.

— Merci, Benny, pour votre zèle.

— C'était un plaisir, revenez quand vous voulez.

Circonspecte, je fronce les sourcils. Je n'ai aucune envie que ma voiture retombe en panne... C'est un peu comme sortir de chez le docteur en disant : « À bientôt. » On n'est jamais pressé de retomber malade, sauf peut-être quand c'est le pédiatre d'Everwood qui vous reçoit. Je le salue une dernière fois, avant de démarrer. Je roule certes à la vitesse d'un escargot neurasthénique, mais je roule, les mains crispées sur le volant. Non sans mal, je me gare à proximité du café. Si je dois partir, je veux avoir vu Janet une dernière fois, et dévoré une pile de pancakes nappée généreusement de sirop d'érable. Dès que je traverse la rue, Janet m'aperçoit derrière la baie vitrée et m'adresse un signe de la main. Son sourire encourageant me réchauffe tout en me brisant le cœur. Une certitude me frappe alors que je fais tinter la sonnette en poussant la porte. Nos au revoir seront des adieux. De retour chez moi, ce sera fini. Un océan, un monde, un écran de télé, nous sépareront à jamais. Je ne pourrai pas venir en vacances à Everwood, prendre un spécial Garry, rendre à Suzanne les livres qu'elle m'a prêtés, assister au spectacle de Grace. Et Aidan, l'ours mal léché, avec ses yeux presque translucides, son humour pourri et ses blessures... Je ne sais pas si j'aurai le courage de regarder la fin du téléfilm pour savoir s'il a sauvé sa ferme arboricole ou s'il a épousé Amy.

— Que je suis heureuse de te revoir, Zoé ! s'exclame Janet, en me tombant dans les bras.

Son câlin me bouleverse, et je suis à deux doigts de pleurer.

— Qu'est-ce que tu vas me manquer !

— J'espère bien, réplique-t-elle. Même trop. Du coup, je pense que tu devrais rester ici pour toujours.

Pour toujours. Pour toujours à Everwood. Pour toujours à boire du chocolat chaud à la cannelle et à faire des batailles de boules de neige. La cloche de service retentit annonçant l'arrivée d'un plat et Janet se détache de moi, comme à regret.

— Installe-toi où tu veux, j'arrive. C'est un peu de la folie aujourd'hui, Betty est malade et j'ai laissé un message sur le répondeur de Sid, mais elle n'a pas encore rappelé.

— Je peux t'aider peut-être ?

— Toi ?

Sa voix trahit son étonnement.

— Pourquoi pas ? Je n'ai jamais fait ça de ma vie, mais j'apprends vite, lui assuré-je.

Je mens, mais mentir pour la bonne cause et venir en aide à la première amie que je me suis faite en débarquant ici, c'est évidemment une bonne raison. En plus, c'est toujours ce qu'on dit en pareilles circonstances, je préfère éviter de lui mentionner à quel point je suis maladroite. Elle me juge digne de confiance, disparaît derrière le comptoir et me tend un tablier rouge et vert. Je le noue autour de mon cou et de ma taille, et découvre avec surprise le badge épinglé au niveau de ma poitrine. Un badge à mon prénom. Mais comment cela est-ce possible ? Sincèrement ? N'allez pas me faire croire que Janet savait déjà que j'allais débarquer et lui prêter main-forte au point de préparer un badge spécialement pour moi. C'est un peu gros, d'autant plus qu'il y a encore deux heures, je ne savais même pas que j'allais demander à Aidan de m'emmener en ville. Je m'apprête à lui poser la question, mais me ravise. Le scénario n'est plus à une incohérence près, je suppose que ce n'est pas à ce genre de détail que le téléspectateur prête attention. Je lui poserai la question plus tard quand elle ne sera pas en train de m'expliquer comment couvrir d'un glaçage généreux les fameux roulés à la cannelle.

— C'est bon, je peux te laisser ? Je m'occupe de Trudy et de ses neveux, et je reviens.

La question est pour la forme, car elle a déjà filé. Je la suis du regard alors qu'après avoir salué la fameuse Trudy, elle sort de la poche de son tablier deux sucettes à la cerise qu'elle tend aux enfants ravis. Déterminée à être une aide précieuse, je m'attelle à la tâche. Si le résultat n'est pas des plus esthétiques, la générosité est au rendez-vous. D'ailleurs, me voyant étaler le glaçage, un homme qui a tout de l'employé de bureau modèle m'interpelle.

— Vous me serviriez un de ces roulés, Zoé ?

Comment sait-il mon nom, celui-là ? La question affleure à ma conscience avant que je me souvienne que je porte une étiquette épinglée sur mon tablier.

— Comme vous êtes mon tout premier client, je vais vous servir le plus gros, lui réponds-je.

Sur une assiette blanche, je dispose une pâtisserie avant de la déposer devant lui. Je ne peux m'empêcher de le regarder, alors qu'il croque dedans, attendant son verdict.

— C'est bon ?

— Délicieux.

— Oui, je sais, et tout ça grâce à mon glaçage.

— Qu'est-ce qu'il ne faut pas entendre, plaisante Janet, en se servant du torchon qu'elle avait en main pour m'en donner un léger coup sur les fesses.

— Aïe, protesté-je, mais quelle violence envers ton employée, je vais porter plainte.

— Tu ne pourras pas si je t'étouffe avec un beignet, réplique-t-elle.

Elle me menace d'une pâtisserie. Évidemment trop riche, trop grasse, trop sucrée. Cela ne se refuse pas, je croque une belle bouchée dedans. Le rire de Janet éclate, triomphant, joyeux, merveilleux.

— On ne peut pas résister à *mes* gâteaux, ton glaçage n'y est pour rien, désolée.

Vaincue, j'abdique. Elle a raison, je le crains, elle est bien meilleure pâtissière que je ne le serai jamais. Nos regards se croisent, emplis de complicité.

— Tu vas tellement me manquer, soupire-t-elle, tristement.

— Je ne suis pas encore partie...

— Mais tu as déjà récupéré ta voiture, tu n'as aucune raison de rester...

Ma bouchée de beignet passe difficilement, et il me faut un verre d'eau pour l'avaler.

— Oui, j'arrive, lance gaiement Janet.

En un instant, elle passe du rire aux larmes. Janet plaque de nouveau sur ses lèvres un sourire professionnel avant de se diriger vers une table pour y prendre la commande. Janet ne comprend pas, j'ai des tas de raisons de rester, mais j'en ai tout autant de partir. Ma vie, mon job, mon appartement, ma coloc, mes amis, ma zumba. Malheureusement, mes parents ne me donnent pas vraiment envie de rentrer, ce serait même plutôt l'inverse. Je les ai donc retirés de l'équation. Je me demande comment cela se passe de l'autre côté de l'écran. Malya a dû signaler ma disparition, téléphoner à mes proches, à mon boulot, peut-être même a-t-elle joint mes géniteurs. Je l'imagine en train de m'attendre, assise sur le canapé du salon, pestant sur la décoration de la pièce et rongeant ses ongles multicolores. S'il est peu probable que mes parents aient fait le déplacement pour se lancer à ma recherche, je peux compter sur Malya pour alerter les médias, coller des affiches et harceler les policiers si elle ne les estime pas à la hauteur. Je compte sur elle, mais surtout, je compte pour elle, et ma colocataire doit être morte d'inquiétude à l'heure où je m'empiffre de toutes sortes de pâtisseries. À moins que le temps ne passe pas à la même vitesse ici et là-bas, et que Malya ne soit pas encore rentrée de sa soirée. Toutes ces réflexions me donnent un mal de crâne épouvantable.

— Tu n'es pas encore en forme, constate Janet, soucieuse, et je te fais travailler comme une esclave, je suis impardonnable.

Elle se fait du souci, mais ce n'est pas pour moi qu'il faut qu'elle s'inquiète. Il y a Aidan qui essaie de tout gérer tout seul, qui se fait un sang d'encre pour l'exploitation et qui refuse d'y mêler sa mère ou sa sœur, alors que je suis sûre qu'ensemble, une famille est plus forte. J'hésite à trahir sa confiance, cependant, mon départ qui s'annonce imminent précipite ma décision. J'ai été le petit coup de pouce pour sa vie sentimentale, je peux bien l'être pour sa vie professionnelle, d'autant plus qu'il s'agit d'une exploitation familiale. Il n'a pas à tout porter, seul, sur ses épaules.

— C'est pour Aidan que tu devrais t'inquiéter, je crois qu'il a besoin de ton aide, même s'il est trop fier pour te la demander.

Janet en reste bouche bée, me dévisage sans réellement comprendre, attend que je précise le fond de ma pensée.

— Que se passe-t-il avec la ferme de papa ? Je croyais que tout allait très bien. Aidan m'a même dit qu'ils avaient vendu plus de sapins que l'année dernière à la même date ?

— Je ne sais pas tout, désolée. Ce que j'ai compris, c'est qu'il risque de ne pas pouvoir conserver l'exploitation et que ce Noël pour la ferme Cooper pourrait bien être le dernier...

Les couleurs désertent son visage, sous le choc. Je regrette de ne pas y avoir mis les formes, malheureusement, il n'y a pas trente-six façons d'annoncer à une personne que son frère a des ennuis financiers et qu'il craint de devoir faire une croix sur l'héritage familial. Et même s'il y en a plusieurs, je doute de trouver la bonne.

— Il va nous falloir du café, déclare Janet.

— Excusez-moi, mesdames, ce serait possible de vous régler ? intervient un client.

— Bien sûr, assure-t-elle.

Janet se dirige vers la caisse enregistreuse ; le type glisse en bas de son tabouret et la rejoint. Elle sourit, plaisante, mais je vois bien qu'elle se force. Même s'il est trop tard pour regretter, je prie pour avoir pris la bonne décision en lui avouant la vérité. Quand je ne serai plus là, j'espère que le frère et la sœur trouveront une solution. On n'est jamais trop de cerveaux pour sauver une entreprise.

Janet ne revient pas seule vers moi, elle est accompagnée de Sid, et ses mèches désormais vert sapin.

— Regarde qui vient d'arriver, annonce Janet.

— Salut Sid, comment va ta grand-mère ?

— Mieux, merci.

De son index, elle pointe mon badge. Un instant, je crois qu'elle va me l'arracher, en criant que j'essaie de lui piquer son job.

— C'est cool, ça ! déclare-t-elle. Vraiment cool. Tu rejoins la team ?

Mais nous sommes à Everwood, et à part les vipères, je crois que tout le monde est sympa.

— Ah non, non, c'était juste un coup de main, j'ai pas fait grand-chose, j'ai étalé du glaçage et servi un roulé à la cannelle.

— C'est cool, répète-t-elle, en triturant le piercing accroché à sa lèvre inférieure.

— Je voulais te faire la surprise à Noël, mais comme tu pars bientôt, je t'offre ton cadeau tout de suite, intervient Janet.

Au moment où je m'y attends le moins, il y a toujours quelqu'un dans cette ville qui me fait monter les larmes aux yeux par sa gentillesse. Janet me connaît à peine, et elle pense déjà à un présent pour moi. C'est à ce genre de détail que je me rappelle que je ne suis pas dans le monde réel mais dans un p... de téléfilm de Noël.

Mon gros mot est dévoré par le bruit du percolateur. Elle attache à mon poignet un bracelet serti de breloques de noël.

— Merci Janet, tu ne peux pas savoir à quel point ça me touche...

— C'est trois fois rien, proteste-t-elle.

Elle balaie mon remerciement d'un geste de la main, ignorant combien cela représente pour moi, que ce n'est pas rien, contrairement à ce qu'elle avance.

— Va te reposer, jolie Zoé, Sid est là maintenant, elle va prendre le relais. Tu es aussi blanche qu'un cachet d'aspirine.

— Maintenant que tu le dis, j'aurais bien besoin d'un médicament pour endiguer mon mal de crâne.

— Attends, j'ai ce qu'il te faut, lance Sid.

Elle plonge dans son sac, en sort un sachet de feuilles séchées.

— C'est gentil, Sid, mais je ne touche pas à la drogue.

Comme si ma remarque était hilarante, Sid ricane et échange un regard amusé avec Janet. C'est un comble, les téléfilms ont bien changé, on vante les mérites du cannabis sans aucun scrupule. À quand l'apologie du tabac et de l'alcool ?

— Non, ne t'inquiète pas, ce n'est pas du tout ce que tu imagines...

Elle ouvre le sachet, me le fait sentir. Comme je ne suis pas une experte en matière d'herbe, je ne mettrais pas ma main au feu que ce n'est pas exactement ce que je crois.

— Ce ne sont que des plantes cultivées par ma grand-mère, précise Sid, et il n'y a rien d'illégal dans ce paquet. Tu vas te faire une bonne tisane, et tu te sentiras mieux, je te le garantis.

— Tu ne me mens pas ?

— Non, non, du thym, de la marjolaine, et tout un tas de plantes que mamie fait sécher et mélange. C'est radical pour soigner les migraines, rien de tel qu'un bon remède de grand-mère pour vous remettre sur pied.

Janet confirme, et me rassure.

— Je vais tester alors, affirmé-je.

Tout sera préférable à ce marteau-piqueur qui sévit douloureusement dans mon crâne. Estimant que je peux faire confiance à Janet, Sid et sa grand-mère, j'accepte le sachet et me décide à rentrer. Cette sortie m'a épuisée, et je n'aurais rien contre me glisser dans mon lit, grappiller quelques heures de sommeil avant le retour du père et de la fille. Après avoir embrassé Sid et Janet, salué Garry et les clients, je me faufile à l'extérieur du café. L'air frais me saisit, et je resserre l'écharpe autour de mon cou.

Pour garder en mémoire ce décor idyllique, je prends le temps de faire quelques pas dans la rue au son d'une entêtante musique de Noël, m'extasie devant chaque vitrine décorée, aurais bien envie de dévaliser les magasins pour ramener à Paris quelques souvenirs. À un stand, j'achète un caramel macchiato, je ne suis pas à une gourmandise près. Ma boisson entre les mains, je la hume longuement avant de m'installer sur un banc en bois blanc, au charme désuet. Aucun graffiti, aucun déchet, aucun mégot de cigarette. On se croirait remonter l'artère principale à Disneyland, quand on se dit que toutes les rues devraient lui ressembler. Je vais savourer cette boisson jusqu'à la dernière goutte avant de reprendre la route. Il sera temps de courir à nouveau quand je serai de retour chez moi. Courir pour attraper le métro, courir pour rendre des projets, courir après le temps. Ici, tout est plus simple, du moins en apparence. Les gens se promènent, main dans la main, se connaissent par leur nom, se sourient. Je suis encore là, et pourtant tout me manque déjà.

— Bonjour, mademoiselle Zoé, je peux m'asseoir avec vous ?

J'acquiesce avec joie. Il a un sixième sens ou quoi pour débarquer au moment où je suis en pleine introspection ? Le vieux sage pose sa main sur mon épaule, avant de s'asseoir. Tout en lui est réconfortant : la chaleur de sa voix, la bedaine rebondie de celui qui abuse des chocolats chauds et des bons petits plats de Janet et la barbe fournie.

— Vous avez l'air encore bien fatiguée, mon petit.

— L'accident, la grippe... J'avoue, je suis un peu par terre.

— Mais il n'y a pas que ça, insiste Walter.

Je hausse les épaules et porte mon gobelet à mes lèvres. La chantilly recouverte de caramel fond sur ma langue. J'hésite à m'ouvrir à lui, même si ses yeux m'inspirent confiance. Comme s'il lisait dans mes pensées, il se tourne vers moi, et accroche mon regard de ses prunelles bleues. Une lueur malicieuse y pétille.

— On peut tout dire au père Noël, il garde tous les secrets des enfants, petits et grands. Je suis un peu comme un psy, en moins cher.

— Tout va bien, assuré-je.

Devant mon visage, il secoue son index et me dévisage avec une intensité redoutable. J'ai l'impression qu'il me passe aux rayons X.

— Depuis votre arrivée, vous n'avez pas été épargnée, déclare-t-il.

— Tout s'est bien fini, le rassuré-je, même ma voiture est réparée grâce à Benny.

— Je ne pensais pas à votre, ou plutôt vos accidents.

Je hausse un sourcil. À quoi pense-t-il alors ? Un sourire énigmatique illumine son visage, comme s'il détenait tous les savoirs alors que je suis encore plongée dans l'ignorance. Il ne répond pas immédiatement, embrasse la rue du regard avant de le lever vers le ciel. En temps ordinaire, je m'impatienterai, exigerai un éclaircissement, mais là j'attends, savoure autant sa compagnie que mon macchiato que je bois à petites gorgées pour faire durer le plaisir. Je suis là, et pourtant la nostalgie s'installe déjà en moi. Des larmes me montent aux yeux. D'un côté de l'écran, il y aura toujours et pour toujours la famille recomposée idéale, Aidan, Amy et la petite Grace et de l'autre, le monde réel dont je fais partie et qui me manque aujourd'hui : Malya, mes amis, ma vie. Paul peut-être un peu. Un soupir m'échappe. Je ne sais plus ce que je veux. Ou plutôt j'ai trop peur de le savoir et de laisser mes pensées s'y accrocher.

— Je crois que vous êtes loin de chez vous, très loin de chez vous.

Sa main se pose sur la mienne, la serre affectueusement, sa chaleur se répand en moi. Je ne cherche même pas à me demander comment il le sait. C'est le père Noël après tout, un peu l'équivalent d'un Dieu omniscient dans la croyance populaire. Il voit tout, entend tout et sait tout.

— Il faut partir pour mieux revenir.

— Et si tout départ était définitif ? le questionné-je.

Ce mot « définitif » me fait peur. Peur de ne jamais les revoir, peur de devoir choisir entre mon monde et ce téléfilm. Rester ou partir ?

Et qu'est-ce qu'il y a ici pour toi ? me raille ma conscience. T*u vas passer ta vie à t'empiffrer de gâteaux et à être spectatrice du bonheur des Cooper ?* La première partie serait agréable, mais la seconde un peu moins.

Il faut savoir partir... Walter a raison.

— Et vous n'auriez pas une idée à tout hasard de la façon dont je dois m'y prendre ?

Il éclate de rire. Un rire de gorge, grave, éclatant.

— Oh ! Oh ! Oh !

— Vous maîtrisez le « oh » à la perfection, m'esclaffé-je.

— J'ai de l'entraînement, avoue-t-il avec un clin d'œil complice. Ne vous inquiétez pas, mon petit, il n'y a pas de problème sans solution. Faites confiance au destin.

Je me retiens de grogner, c'est vrai que je suis en train de parler avec le gourou de la sagesse. Ne pourrait-il pas faire juste une seule réponse claire et précise pour une fois ?

— Pour l'instant, je suis en train de me refroidir, déclaré-je en avalant ma dernière gorgée, celle où tout le sucre s'est accumulé. Merci pour tout Walter, je suis heureuse de vous connaître. Je crois que je ferais mieux de retourner à la maison, enfin, je veux dire, chez les Cooper.

Ma langue a fourché, le lapsus pourrait être considéré comme révélateur, mais ce n'est absolument pas le cas. Je sais très bien qu'ici ce n'est pas chez moi. Je me lève avant que mon psychanalyste ait le temps de faire une remarque et de révéler mes contradictions.

— Vous trouverez le chemin, assure Walter.

Chapitre 23

« Santa, bring me, bring me love[1] »

La tisane de Sid est miraculeuse, je crois que je me suis endormie, la tête à peine posée sur l'oreiller. Des bruits suspects me tirent de mon sommeil en sursaut, et il me faut quelques instants pour me rappeler où je me trouve. Difficilement, je repousse la couette et quitte la chaleur de mon lit, avec une pointe de regret.

— Grace ! crié-je.

L'idée de voir mon joyeux petit lutin balaie ma fatigue et dessine sur mes lèvres un sourire enthousiaste. Je vais passer une belle soirée à ses côtés, je la laisserai même vernir mes ongles de toutes les couleurs si elle le souhaite. Je compte bien profiter de chacun de ces précieux instants pour les inscrire dans mon cœur, tels des trésors précieux.

— Grace !

Mon cri ne trouve aucun écho. Étrange. Il me semble bien avoir entendu du bruit pourtant. Soudain, j'ai ma réponse. Un fracas assourdissant en provenance du grenier me surprend. Qu'est-ce qu'elle est encore en train de fabriquer ? Intriguée, je grimpe à l'échelle.

— Grace ?

---

1. « Bring Me Love », Marie Digby, in *Bring Me Love*, 2007. Traduction en français : « Père Noël, apporte-moi, apporte-moi l'amour. »

Un grognement me répond. Un ours se serait-il installé au milieu de ce bazar sans nom durant mon sommeil ? Je vois émerger, des toiles d'araignée dans les cheveux, Aidan.

— Ce n'est pas possible, on ne trouve rien dans cette maison ! râle-t-il, en époussetant sa chemise.

Je retiens un ricanement devant sa mine déconfite.

— Grace a été ensevelie sous les cartons ? le questionné-je, mi-inquiète, mi-amusée.

— Non, elle n'est pas là.

— Pas là ?

Ma voix s'envole dans les aigus.

— Ce n'était pas à moi d'aller la récupérer, j'espère ? Je me suis endormie comme une masse, je ne sais même pas quelle heure il est. Je...

— Zoé, pas de panique ! me rassure Aidan. Il est un peu plus de vingt heures, je dirais, et Grace passe la nuit chez une amie.

Au moins, je ne l'ai pas oubliée devant l'école. Avec un retard de plusieurs heures Mme Van Schlagg sortirait le martinet ou me jetterait directement au fond d'un cachot sordide. Je ne peux cependant pas cacher ma déception.

— Demain, c'est moi qui la récupère après l'école, affirmé-je.

Jusqu'au bout je veux profiter d'elle, me nicher dans son cou, m'enivrer de son odeur, mélange de savon et de parfum à la pomme et recharger mes batteries avec ses mots doux.

— Vous ne serez pas encore partie alors...

— Pas sans lui dire au revoir. Enfin, si cela ne vous dérange pas. Je sais bien que vous devez ensuite aller goûter l'osso buco de Charmaine, mais...

— Je lui ai dit que je ne pouvais pas, me coupe-t-il, vous aviez raison.

À quel sujet ? À propos de la reine des g... ? Un carton tombe sur le sol au pied d'Aidan qui sursaute de surprise. Alors qu'il le remet en place, je me demande si ce n'est pas davantage à Amy qu'il pense. Peut-être que, grâce à moi, il a pris conscience à quel point il s'était attaché à elle. Nous ne sommes que tous les deux ce soir et soudain cette pensée me rend mal à l'aise

— J'avais envie de lui faire goûter les crêpes...

— Je ne suis pas Grace, c'est vrai, mais je goûterais bien vos crêpes, mademoiselle Loisel.

Non, mais pourquoi la moindre phrase qu'il prononce de sa voix grave me fait un effet monstre ?

Comme s'il proposait de me déshabiller et de me faire l'amour pendant des heures.

— Même si je parie que ça ne vaut pas nos pancakes américains.

Je suis la bonne copine, celle avec qui il peut plaisanter. Amy est la femme parfaite, lumineuse, drôle, généreuse. Un corps de mannequin et un cœur de sainte. Elle a tout, vraiment. Moi, je suis la nana qui manque de confiance en elle et qui a bien trop d'imagination, la romantique frustrée qui croit lire au fond de ses prunelles claires de l'attirance. Celle qui se trompe sur toute la ligne. Il faut que je m'enfonce dans le crâne qu'il est temps que j'arrête de me faire des films. Je crois que je vais avoir besoin d'une pioche.

— Je relève le défi, déclaré-je, pressée de m'éloigner de lui.

On mange et je retourne me coucher. C'est décidé. Comme si Snow Flake devinait que nous parlions nourriture, il aboie et sa queue frétille. Il est à deux doigts de me sauter dessus quand je lui ordonne de rester tranquille. À croire que je me débrouille de mieux en mieux car il ne s'élance pas comme un fou.

— Ça y est, vous avez dompté la bête sauvage ! s'exclame Aidan.

— Il était temps avant que je...

Je n'achève pas ma phrase, mais au regard qu'il m'adresse, je sais qu'il a compris. J'ai beau ne pas encore avoir résolu le problème du « comment », je sais que je ne vais pas rester à Everwood. Je me suis déjà trop attachée à eux, la séparation va me briser le cœur.

En un tour de main, je réalise une pile de crêpes que j'apporte dans le salon, en même temps que deux chocolats chauds, du sucre et des pots de confiture. Je n'ai même pas trouvé un pot de pâte à tartiner chocolat-noisettes au fond de leur placard. Ces Américains sont décidément très étranges, ils ont de la guimauve fondue à tartiner et du beurre de cacahuètes, mais pas de Nutella. Ils ne savent pas ce qui est bon !

En prenant garde de ne marcher sur aucun des jouets de Grace, je parviens à déposer mon plateau sur la table basse sans le renverser. Perché sur un escabeau, Aidan installe de nouveaux sujets en bois en haut du sapin pourtant déjà bien garni.

— Il n'y en avait pas assez ? lui demandé-je.

— Ce n'est pas vous l'adepte du plus il y en a, mieux c'est ?

— Si, si, évidemment.

— Je n'avais pas encore retrouvé la boîte de décorations de ma grand-mère, je pense que ça aurait été dommage de ne pas mettre cet affreux angelot rougeaud dans mon arbre…

— En effet, plaisanté-je.

Je jette un coup d'œil dans la boîte, et constate que tous les ornements de feu mamie Cooper sont aussi kitsch les uns que les autres. Toutefois, à la façon dont Aidan les prend en main, avec un soin particulier et une certaine tendresse, je devine l'affection qu'il portait à celle qui n'est plus là aujourd'hui. Je lui tends un autre sujet à paillettes et lui désigne une branche vers le sommet, près de l'étoile dorée qui touche le plafond.

— Un sapin en plastique n'aurait pas été aussi beau, déclaré-je. Même si celui-ci a failli avoir ma peau…

Après quelques derniers ajustements, Aidan descend, replie et part ranger l'escabeau. Lorsqu'il revient, je suis toujours plantée au milieu du salon, plongée dans mes pensées mélancoliques.

— Ce serait encore mieux si…

Il ne finit pas sa phrase, s'éloigne un instant pour éteindre la lumière et allume les guirlandes clignotantes qui parent le sapin comme des habits de fête. Sous l'émotion, mon souffle se coupe. Jamais je n'ai vu un arbre plus majestueux, dans la lueur du feu de cheminée, ses branches se déploient scintillantes et généreuses. Aidan vient se placer à côté de moi pour contempler le résultat.

— Superbe, murmure-t-il de sa voix grave qui me fait frissonner.

En une fraction de seconde, j'ai le sentiment que c'est de moi qu'il parle. Son bras frôle le mien, et des frissons me parcourent la peau. Si près et si loin en même temps. Je ne peux toujours pas respirer correctement. Ses effleurements ressemblent à s'y méprendre à des caresses. Je n'esquisse pas le moindre mouvement, le regard rivé sur le sapin face à moi. Mon cœur bat la chamade. Heureusement qu'il ne me regarde pas, sinon il verrait mes joues s'embraser à ce simple contact, me trouverait ridicule. Il ne rompt pas le lien qui unit nos deux corps, et je sens ses doigts se glisser entre les miens. Je déglutis péniblement. Il les serre avec douceur et nous partageons un instant suspendu, main dans la main, retenant notre souffle. Des larmes s'invitent au coin de mes yeux et ne demandent qu'à couler de nouveau. Il tourne la tête dans ma direction, je sens son regard intense sur mon visage. Je ne dois pas le regarder, pas regarder ses prunelles indécentes, son sourire railleur. Il n'est pas pour moi.

— Vous formerez avec Amy un couple parfait, et vous serez parfaitement heureux. Vous aurez droit ensemble à votre happy end, lui avoué-je, la voix chargée de sanglots.

— Je ne veux pas d'Amy, souffle-t-il à mi-voix.

À ces mots, je me tourne vers lui, et plonge dans le lac de ses yeux. Je m'y noie, je m'y perds. Je tente de cacher mon trouble, mais je suis persuadée que mes efforts sont vains, je sens mes joues brûler. Alors que mes larmes roulent le long de mes joues, je me laisse envahir par ce fol espoir incongru que d'autres mots franchissent le seuil de ses lèvres, qu'il me dise combien il m'aime et qu'il refuse que je parte.

— Je te veux, toi, Zoé.

Chapitre 24

« Je te donne un petit baiser
Tu me donnes un petit baiser[1] »

— Je te veux toi et toi seule, répète-t-il.

Inconsciemment, je lui en suis reconnaissante, car je n'étais pas persuadée d'avoir très bien entendu la première fois. Est-il possible de rêver dans un rêve ? Son aveu balaie le vouvoiement, et son regard ancré dans le mien fait danser sur ma peau mille et un frissons comme autant de promesses. D'un doigt, Aidan replace une mèche folle de mes cheveux derrière mon oreille avant de le faire courir le long de ma joue. À quelques centimètres l'un de l'autre, son souffle se mêle au mien.

— Je te veux.

Sa voix est descendue dans les graves et en cet instant, suspendue à ses lèvres je me rends compte que je n'ai probablement jamais entendu une intonation aussi envoûtante. Son aveu sonne comme la plus belle des déclarations d'amour et soudain avant que les questions et les doutes m'assaillent, ses lèvres fondent sur les miennes. C'est violent, intense, grisant. Effrayant aussi. Le sel de mes larmes donne un goût étrange à ce premier baiser qu'Aidan intensifie sans me laisser le temps de reprendre mon souffle. Il franchit de sa langue la barrière de mes lèvres, et je m'abandonne. Mes mains se glissent naturellement dans ses

1. « On se dit joyeux Noël », comptine traditionnelle de Noël, Henri Dès, 2001.

cheveux avec cette délicieuse impression que je vais perdre pied si je ne m'accroche pas à lui. Aidan délaisse ma bouche pour suivre le contour de mon visage et trace sur mon cou un sillon brûlant. Je ne peux réfréner un gémissement de plaisir, alors qu'il m'a à peine touchée. Il se recule, la manière incandescente dont il me dévisage embrase mon imagination et éveille en moi des sensations insoupçonnées. Un sourire railleur vient égayer ses lèvres.

— Je vous fais de l'effet, mademoiselle Loisel ?

— Je croyais qu'on se tutoyait, maintenant.

— Je ne sais pas, me nargue-t-il, en traçant des dessins imaginaires à la frontière de mon décolleté, crois-tu que nous soyons assez proches ?

Je fonds. Comme un cornet de glace au soleil. Comme une fille devant le type de ses rêves. La bouche asséchée, je l'entrouvre. C'est fou comme un bûcheron sexy peut vous faire perdre tout sens de la repartie avec quelques mots. Il me tutoie, il me vouvoie ; il fait comme il désire, tant qu'il ne cesse pas de me caresser et de me dévorer de ses prunelles indécentes.

— Tu ne réponds rien, serais-tu devenue muette ?

— C'est... possible..., bégayé-je.

Incapable de répondre autrement que par monosyllabes à peine audibles, je dois lui paraître bien ridicule. Comment un homme tel que lui pourrait-il être séduit par une fille comme moi ? Il doit y avoir erreur sur le casting. Du bout de son index, Aidan me force à relever le menton que j'avais baissé sans m'en rendre compte. Son rictus amusé s'évapore, et il reprend un tour sérieux pour s'adresser à moi.

— Zoé, je ne me sens pas encore assez proche...

Il colle son torse contre ma poitrine qui se soulève au rythme haletant de ma respiration. Je suis surprise de constater que son cœur bat aussi vite que le mien. Je le dévore des yeux. Son insolente beauté, ses traits réguliers, son éternel sourire canaille. Derrière l'eau de ses prunelles, je sonde son âme, y lis ses combats intérieurs et ses failles, mais aussi sa bonté et peut-être les prémices d'un sentiment plus fort que je n'ose appeler encore « amour ».

Je plaque mes deux mains sur son torse, en parcours les muscles dessinés à travers le tissu. Il frémit à ce contact et émet un grognement.

— Un vrai ours mal léché, le taquiné-je.

— Je ne peux te laisser dire ça impunément.

Il se jette sur mes lèvres dans l'urgence de me faire taire, me contraint au silence de la plus voluptueuse des façons. Je réponds à son baiser, me presse contre lui avec la même passion. Ses mains s'aventurent dans mon dos, descendent sur mes fesses. Son désir fait écho au mien. J'abandonne toute retenue, et glisse mes mains sur la peau chaude de son ventre pour en savourer le contact. Il n'y a plus besoin de mots, alors que nos lèvres se scellent et nos langues se caressent. Il quitte ma bouche et fait passer par-dessus ma tête mon pull et mon tee-shirt. M'arrachant un petit cri de surprise, il me soulève dans ses bras musclés et me transporte sur le canapé où il me dépose avec délicatesse. Cependant, il ne s'allonge pas sur moi, il se redresse et attrape le premier bouton de sa chemise entre ses doigts.

— J'ai trop peur que tu ne la déchires, je vais la retirer moi-même. C'est ma préférée.

— Ta fameuse chemise de bûcheron.

— De bûcheron ?

— Oui, mais sexy, précisé-je.

Il m'adresse une œillade coquine qui ne m'annonce rien de bon. Avec une lenteur délicieusement exquise, il retire chaque bouton, dévoilant son torse aux abdominaux dessinés, le genre de tablette de chocolat auquel une femme, même au régime, ne peut résister. Avec la musique de Joe Cocker en fond sonore, ce serait encore mieux. Mes yeux descendent le long de son torse nu jusqu'à la ceinture. Il faut admettre que le spectacle qu'il m'offre est trop plaisant pour que je détourne la tête. Ce serait même un crime de ne pas en profiter.

— Lorsque nous nous sommes rencontrés, tu m'avais dit que j'étais ton fantasme et je t'avais même proposé de toucher pour vérifier que j'étais bien réel.

— Oh !

À l'évocation de ce souvenir embarrassant, je sens le feu de mes joues s'intensifier et je plaque mes mains dessus.

— Non, Zoé, ne te cache pas, tes rougeurs sont charmantes. Peut-être voudras-tu encore tâter la marchandise ? Vérifier sa fraîcheur et sa qualité ?

Je cache ma bouche derrière ma main pour étouffer un ricanement. Même en pareilles circonstances, Aidan fait preuve d'un sens de l'humour aussi pourri qu'irrésistible.

— Je crois bien que je devrais, en effet. Ce serait plus prudent...

Je l'attrape par la ceinture de son pantalon et l'attire à moi. Dans un éclat de rire, il s'abat sur moi, recouvrant tout mon corps du sien. Je prends conscience de la différence de taille entre nous, emprisonnée par ses bras puissants. Je peux sentir son désir. Avec quelques difficultés, nous nous débarrassons mutuellement de nos pantalons. Les yeux dans les yeux, nous reprenons notre souffle, accordons à nos lèvres un peu de répit avant un nouvel assaut. Soudain, l'inquiétude voile son regard, assombrit sa pupille. Il déglutit péniblement. Peut-être veut-il faire marche arrière ? Prenant conscience de ma quasi-nudité, je voudrais disparaître. Regrette-t-il déjà ?

— Je ne... Tu sais...

— Je comprends, tu as changé d'avis... Ce n'est pas grave... On fera comme si de rien n'était.

Je suis sur le point de le repousser afin de me réfugier, moi et ma honte, dans ma chambre.

— Ce n'est pas ça... C'est que depuis Nevea, je n'ai pas... Je ne sais pas si je suis...

Son aveu me bouleverse, ma main se tend vers son visage et le caresse tendrement. Lui qui paraît si confiant, si sûr de lui semble soudain si fragile.

— Il n'y a pas eu d'autre femme depuis et j'ai peur de ne pas...

Il frissonne légèrement, je redoute de ne pas trouver les mots pour le rassurer. Comment lui faire comprendre que peu importe ses craintes, je ne voudrais pas être ailleurs ? Je vois de la vulnérabilité brute au fond de son regard, alors lentement je pose mes lèvres sur les siennes. J'y mets tout mon désir, toute cette passion qui palpite en moi à en être douloureuse. Même si je n'ai pas voulu l'admettre, je le désire depuis cette rencontre improbable sous la neige. Comme je n'ai jamais désiré un autre homme avant lui. À l'embrasser comme une folle, comme si notre vie en dépendait, je me sens à ma place. Lui et moi, ça fait sens. Je veux qu'il sache à quel point grâce à lui je me sens vivante. Ici et maintenant. J'abandonne sa bouche un bref instant.

— Tu es mieux qu'un fantasme, Aidan, tu es réel. Tu es vrai.

Il me sourit, et son sourire enflamme chaque parcelle de mon corps. C'est indécent d'être aussi beau, d'avoir une bouche à faire se damner une sainte. Une barrière, faite de toutes ses angoisses et de ses regrets, cède en lui. Il attrape mon visage de ses mains puissantes et m'embrasse à perdre haleine. Il se donne tout entier, sans réserve, et se laisse envahir par des émotions qu'il ne cherche plus à contrôler. Dès l'instant où ses lèvres se pressent sur les miennes, je sais qu'il n'y aura plus de retour en arrière, nous basculons l'un comme l'autre dans une passion intense, qui me percute à la manière d'une voiture lancée à pleine vitesse. Ses mains sont partout sur moi, mes sous-vêtements et les siens disparaissent comme par magie, je ne sais pas si nous les retrouverons un jour. Sa bouche court sur mon corps nu avec fougue et j'oublie tout dans cette étreinte, jusqu'à mon nom qu'il me répète pourtant inlassablement.

Chapitre 25

« I'll have a blue Christmas without you
I'll be so blue just thinking about you[1] »

Allongée sur le tapis du salon, devant le feu de cheminée, je refuse encore d'ouvrir les yeux. Je me moque bien de mon sourire béat qui doit me donner l'air d'une idiote. Je me moque de mon fouillis de boucles rousses tant qu'Aidan est près de moi. D'un doigt, il trace des arabesques sur mon dos et des frissons me parcourent l'échine.

— Tes taches de rousseur..., commence-t-il.

— Je les déteste, grogné-je d'une voix encore ensommeillée.

La nuit a été délicieusement courte, et le soleil qui pointe entre les sapins recouverts de givre à l'horizon m'indique qu'il est plus tard que je ne le pense. Nous n'avons jamais réussi à rejoindre une chambre, j'avoue que cela ne me dérange pas. Faire l'amour devant la cheminée, sur une peau de bête, alors que la neige tombe dehors a quelque chose du romantisme absolu.

— Oh non, on dirait des étoiles... Si on les rejoint, on pourrait former des constellations.

Sa voix me berce, me maintient dans un état de demi-sommeil. Je me sens bien, délicieusement bien. Sa bouche remplace bientôt son index, et picore ma peau de baisers sensuels.

1. « Blue Christmas », Elvis Presley, in *Elvis Christmas Album*, 1957. Traduction approximative des paroles : « J'ai un Noël triste sans toi / Je serai si triste en pensant à toi. »

— La constellation Zoé...

De sa langue, il trace un dessin au niveau de mes omoplates.

— La constellation Nuit magique.

Je pouffe. C'est quoi ce nom ? Sur mon bras, il dépose de légers baisers.

— Et enfin, la constellation Aidan...

En bas de mon dos, il s'attarde, et j'émets un hoquet de surprise.

Mon ventre se met à gargouiller, lui arrachant un éclat de rire.

— Je connais une jeune dame que ses activités nocturnes ont affamée.

— Je ne vois pas ce qui aurait pu m'ouvrir l'appétit, répliqué-je, en me retournant sur le côté pour lui faire face.

Nous nous regardons en souriant. Et je me rends compte que si j'ai faim, c'est de lui. Encore.

Soudain, c'est l'estomac d'Aidan qui grogne et réclame d'être sustenté.

— Je m'en voudrais si tu devais mourir de faim, après avoir risqué l'hypothermie. Je reviens...

Il déplie sa haute silhouette, se lève et se dirige vers la cuisine, avant de revenir sur ses pas et de me voler un baiser. Je le suis du regard. Il se pourrait bien que je sois en train de mater son fessier joliment rebondi à son insu. Il a cependant la mauvaise idée de retrouver et d'enfiler son caleçon. Il aurait pu me demander mon avis avant de cacher certaines parties de son anatomie. En son absence, je ressens aussitôt le froid et m'enroule dans un plaid moelleux. Appuyée contre le canapé, je contemple le sapin, en pensant à tout ce qui s'est passé dans ma vie depuis mon arrivée à Everwood. Rien n'arrive par hasard, dirait Walter. Et je commence à croire qu'il a raison.

Quelques minutes plus tard, Aidan revient fièrement avec deux tasses de café noir.

— C'est un peu léger... Je m'attendais à des œufs au bacon, des toasts, des gaufres et des pancakes.

— Rien que ça, me raille-t-il.

— Pour commencer.

Il roule des yeux.

— Femme, j'ai déjà préparé notre dose de caféine pour garder les paupières ouvertes, ce n'est pas si mal.

C'est à mon tour de lever les yeux au ciel.

— Et puis je crois que tu avais fait des crêpes, ne t'es-tu pas vantée qu'elles surpasseraient mes célèbres pancakes ?

— Il est possible, en effet, que j'aie dit quelque chose dans le genre...

Aidan récupère le plateau posé par mes soins la veille sur la table basse et le place sur le sol entre nous. Il tartine généreusement de confiture de mûres la sienne et la porte à sa bouche. Un gémissement de plaisir gustatif lui échappe.

— C'est bon, n'est-ce pas ?

— Pas tant que ça, répond-il, en adoptant l'attitude du type blasé, qui ne lui convient pas du tout.

— Si tu n'aimes pas, tu n'es pas obligé de te forcer, répliqué-je, amusée, en lui arrachant la crêpe de la bouche.

— Vilaine fille...

— Viens la chercher.

J'en croque un morceau, avant qu'Aidan se jette sur moi, m'attaque les côtes de ses doigts. S'il y a bien un truc auquel je suis sensible, ce sont les chatouilles. Je suis hyper sensible, un frôlement et j'ai déjà envie de me tortiller dans tous les sens, alors quand on devient la cible d'un homme à qui on a ôté le pain de la bouche, on n'a aucune chance. Nous allons finir, couverts de fruits et de sucre, et nous ne pourrons nous en prendre qu'à nous-mêmes. Quand je le supplie d'arrêter, m'avouant vaincue, il a le mérite de stopper ses attaques sournoises. Il se contente de récupérer son bien et de l'engouffrer en trois bouchées. L'ours est gourmand, et s'en lèche les babines, tout en m'observant avec une attention soutenue.

— Tu es tellement belle, et je crois que tu n'en as même pas conscience, déclare Aidan.

À la lueur de désir qui vient de s'allumer dans sa prunelle, je sais qu'il ne me ment pas, que mes boucles rousses, mes taches de rousseur et ma peau trop claire lui plaisent. Tous ces détails physiques qui la plupart du temps étaient une source de complexes pour moi. J'aurais voulu dompter ma chevelure, avoir une couleur moins voyante, arborer un teint hâlé au retour des vacances d'été. Je ne m'étais jamais considérée comme jolie avant que je me sente désirable dans le regard d'un homme.

— Je crois maintenant que je vais t'embrasser, et te faire l'amour.

Sa voix rauque, légèrement éraillée, m'étourdit. Il joint les actes à la parole, fond sur ma bouche avant que j'aie eu le temps de me rendre compte de ce qui se passait. Ses mains s'aventurent déjà sur mes fesses lorsque son téléphone retentit. Il hésite, mais finit par abandonner ma bouche.

— C'est peut-être important...

Il a une fille, des impératifs professionnels, alors, même si je meurs d'envie de le sentir en moi, je l'encourage à répondre. Il récupère son smartphone dans la poche arrière de son jean qui avait valdingué dans un coin et décroche. Je devine que cet appel ne lui fait guère plaisir à son ton à peine aimable et à ses sourcils qui se froncent. Une mauvaise nouvelle ? Tout en gardant son téléphone coincé entre son épaule et son oreille, Aidan enfile son jean et quitte la pièce. En son absence, j'ai le temps de goûter une crêpe au beurre de cacahuète sans trouver cet essai concluant et de me rabattre sur une valeur sûre, celle au sucre. Je me demande si un jour nous irons en France ensemble, si je pourrais lui faire découvrir une vraie crêperie, me demandant s'il appréciera une galette bretonne accompagnée d'une bolée de cidre. En ayant conscience que cela n'arrivera jamais, je me surprends pourtant à rêver que je lui fais découvrir ma vie parisienne, ma colocataire, ma chambre et son lit douillet.

— Tu peux m'expliquer ?

Aidan vient presque de crier, je sursaute. Son intonation abrupte me surprend, me tire violemment de ma rêverie.

— Pardon ?

Étonnée, je lève les yeux vers lui et croise son regard. Froid, dur, fermé. Je ne comprends pas ce qui a pu se passer durant ce coup de fil. À part manger trois crêpes, je n'ai rien fait, peut-on réellement considérer ma gourmandise comme une bêtise ?

— Ne fais pas l'innocente.

Son ton est glacial, aussi tranchant qu'une lame de rasoir. Il me somme de m'expliquer sans me dire de quoi je suis accusée. Je me lève, la couverture nouée autour de mon corps nu. Il me semble impossible d'avoir une discussion face à quelqu'un qui me toise alors que je suis assise sur le sol.

— Quel est le problème ? le questionné-je presque timidement.

— Tu me demandes ce qui ne va pas alors que tu as foutu ma vie en l'air ?

Ces paroles me font l'effet d'une gifle, et je recule d'un pas, assommée par la violence du coup porté. Ce n'est pas possible, je vais me réveiller. Je tente de capter son regard, mais il me le refuse, il détourne la tête. Mes yeux dévient alors vers ses mains, ses poings sont serrés le long de son corps. Il n'est pas en colère, il est furieux. Contre moi. L'angoisse me gagne.

— Je... Quoi ? Je ne vois pas ce que tu veux dire, je ne comprends pas, bafouillé-je.

— C'est trop facile, s'emporte-t-il. Tu vas prétendre que tu n'as rien dit à M. Damport peut-être ?

— À qui ? Non, je ne connais pas... Je ne sais pas.

Je suis perdue. Ce rebondissement scénaristique est inattendu et totalement incohérent. Je sonde ma mémoire, serait-ce Walter à qui il me reprocherait de m'être confiée au sujet de mon départ, départ décidé avant que notre nuit vienne bouleverser la donne ? Enfin, je vois mal, le vieux sage se précipiter sur son téléphone pour balancer quoi que ce soit à mon sujet, et quand bien même, je ne crois pas avoir rien dit de grave. Aidan croise ses bras sur son torse, et me toise avec mépris, ses pupilles assombries par la colère. J'ai peine à croire que quelques heures auparavant, je me trouvais blottie dans ses bras. Une boule se forme dans ma gorge. Je l'ai blessé, j'ignore encore de quelle façon, mais je l'ai à nouveau blessé.

— Maintenant, tout est foutu, et c'est ta faute ! crie-t-il, en pointant un index accusateur dans ma direction.

— Je suis désolée si j'ai fait quelque chose te contrariant, mais je ne connais pas ce M. Bamport...

— Damport, me corrige-t-il.

— Je ne comprends absolument pas ce que tu me reproches.

Il soupire bruyamment, passe une main nerveuse dans ses cheveux et récupère sa chemise, sa fameuse chemise de bûcheron. Je ne le quitte pas des yeux alors qu'il la boutonne. Il cache ce corps qu'il me dévoilait hier soir sans aucune pudeur. J'assiste impuissante à un drame, dont je suis pourtant une des protagonistes. On ne m'a pas donné mon script, je ne sais pas ce que je suis censée dire pour lever le malentendu.

— Je ne sais pas pour quelle raison, et à vrai dire je m'en fiche complètement, mais à cause de toi, Damport ne veut plus investir dans l'exploitation.

— Puisque je te dis que je ne le connais pas ce Damport ! m'agacé-je.

— Tu es la seule à qui j'en ai parlé ! Il devait réinvestir de l'argent, et aurait sauvé la ferme. Et il a fallu que tu ailles tout lui raconter ! Tu es quoi, une liquidatrice ? Le genre de personne qui est envoyée pour espionner les entreprises et les faire couler ?

Sa supposition est tellement ridicule que j'exploserais de rire si je n'avais tant envie de pleurer. Qu'il me pense capable de le trahir, de lui nuire est insupportable. Il est tellement injuste... Je serre les dents pour ne pas exploser et ferme les yeux pour empêcher mes larmes de jaillir.

— Je ne suis rien de tout ça, tu le sais.

— Je crois que je ne sais plus qui tu es. Qui tu es en réalité.

Les mots me percutent, me bouleversent. Me défendre semble illusoire face à quelqu'un qui m'estime responsable de ses malheurs. Il ne m'accorde pas même le bénéfice du doute, après ce que nous venons de vivre cette nuit et plus encore ces derniers jours. Je me rends compte que je ne le connais pas. Aidan, ce personnage que j'ai idéalisé dès avant mon arrivée dans le téléfilm, n'est en réalité qu'un homme. Injuste, bas, cruel. On se dit qu'un Aidan est un père courage, qu'il a assez morflé dans la vie pour en apprendre la valeur, qu'il sent le grand air et le sapin sous la neige. Un Aidan cache sous ses airs d'ours mal léché une âme pure et sera prêt à tout pour vous sauver. Je me suis trompée, un Aidan, c'est comme un Paul un John ou un Peter. La barrière se brise, et je commence à pleurer en silence.

— Ne me dis pas que tu n'as parlé à personne de ce que je t'ai confié ? reprend-il.

Je m'apprête à répondre par la négative, mais je ne veux pas lui mentir. Je ne suis pas comme ça.

— J'en ai juste parlé à ta sœur, avoué-je.

— De mieux en mieux, me raille-t-il. De quel droit ? Je voulais les préserver, elle et Garry, ma mère aussi. Tu ne penses pas qu'ils ont tous assez souffert ? Qu'ils se sont tous assez inquiétés ? Et toi, tu débarques d'on ne sait où et tu t'autorises à tout balancer à Janet ?

Je ne cherche plus à endiguer le flot de larmes qui roulent sur mes joues.

— Je pensais bien faire, tu as besoin d'aide...

— Pas de la tienne, en tout cas.

Il me coupe le souffle. Mes jambes refusent de me soutenir davantage, et pourtant je reste debout, face à lui, face à son mépris, face à sa colère. Face à l'homme dont les mots font accélérer les battements de mon cœur. Je ne peux m'empêcher de le dévisager, espérant capter son regard et le ramener à moi. Il passe une main dans ses cheveux avant de se frotter le visage. Une lassitude triste mêlée de colère s'abat sur lui et voile ses prunelles qu'il lève finalement vers moi.

— Zoé, je voudrais que tu partes.

Chapitre 26

« Just try to get us home In time for the Christmas tree[1] »

Je voudrais que tu partes. Cinq mots, cinq tout petits mots et mon cœur vole en éclats. Il me flanque dehors, froidement, sans autre forme de procès, sans m'écouter. Sans état d'âme. Rien n'a compté, cette nuit n'était qu'une erreur. En moins de cinq minutes, je me suis habillée et ai rassemblé mes affaires avec l'énergie du désespoir, me demandant comment nous avons basculé du rêve au cauchemar. En pleurs, je descends les escaliers en traînant mes lourdes valises derrière moi. Je m'arrête dans le salon, embrasse la silhouette d'Aidan du regard une dernière fois, le suppliant silencieusement de me regarder. Aidan s'est approché du feu, contemple l'ange, l'ange de Nevea sur le manteau de la cheminée. On ne lutte pas contre un ange quand on est une fille insignifiante. En cet instant, je parie qu'il pense à elle, maudissant le jour où il a croisé mon chemin. Si c'était à refaire, il me laisserait me transformer en bonhomme de neige sans lever le petit doigt. Il reste de dos, ne se tourne pas vers moi, ne m'accorde même pas un coup d'œil alors que je sors de sa vie. J'hésite à l'interpeller, à lui hurler mon désespoir, à lui répéter que je n'y suis pour rien si son Damport ne veut pas investir

1. « I Want to Come Home for Christmas », Marvin Gaye, in *The Marvin Gaye Collection*, 1972. Traduction en français : « Essayez juste de nous ramener à la maison / À temps pour le sapin de Noël. »

dans son exploitation, que s'il m'en laisse l'occasion, je ferais tout mon possible pour lui venir en aide, qu'il doit me croire et me serrer dans ses bras. Fort. Intensément. Que j'ai l'impression de mourir. Que je ne veux pas lui dire adieu. Que je suis tombée amoureuse de lui. Enfin, je crois. Et pourtant, je n'en fais rien, mes lèvres restent closes, pressées l'une contre l'autre.

Il veut que je parte.

Sur mes talons, je claque la porte et tire mes valises jusqu'à la Chevrolet. Il ne me rattrape pas. Je n'ai pas compté pour lui, tous ses mots de la veille semblent bien mensongers en comparaison de ceux qu'il vient de prononcer. Je voudrais le haïr pour le mal qu'il me fait, mais je n'y parviens pas. Je n'ai aucune idée de ce que je vais faire ou de ce que je vais devenir, mais il faut que je mette de la distance entre lui et moi. Le cœur brisé, les yeux embués de larmes, je parviens néanmoins à démarrer la Chevrolet. Les flocons de neige tombent mollement, comme s'ils ne voulaient pas ajouter une nouvelle épreuve à mon cauchemar. Il ne m'a pas rattrapée. À quoi bon ces mots d'amour, s'il ne les pensait pas ? Un panneau m'indique la direction du centre-ville d'Everwood, et je prends ostensiblement l'autre direction, sans même lire le nom du lieu vers lequel je conduis. Derrière moi, j'ai conscience de laisser Janet, Amy, et même ce bon vieux Benny. Et Grace. Ma gorge se serre douloureusement. Je n'ai même pas dit au revoir à Grace. Ce soir, quand elle rentrera de l'école, elle apprendra que je suis partie, et elle m'en voudra. Elle ne comprendra pas que j'ai précipité mon départ au point de ne pas la saluer une dernière fois. Je me déteste du chagrin qu'elle va éprouver, alors qu'elle a déjà tant souffert, et mes pleurs redoublent d'intensité. Je pleure sur moi, sur cette petite fille qui n'avait qu'un sapin en plastique à décorer, et pour cette autre petite fille, qui a perdu sa mère et à qui j'aurais voulu dire à quel point son sourire avait illuminé mon quotidien. D'un coup de manche rageur, j'essuie mes yeux en vain car je n'ai pas encore asséché les torrents de larmes. À la radio, la voix déprimante d'Adèle chante les amours perdues avant que les premières notes d'*Hotel California* m'entraînent aux confins du désespoir. Je suis seule, et malheureuse. Et perdue dans un téléfilm à la c… Mon gros mot est étouffé par le Klaxon d'un camion. Agacée, je tape de mes deux mains sur le volant et pousse un cri. Comme si cela ne suffisait pas, les flocons se mettent à tomber plus fort. Il ne manquerait plus que je crève, et que je doive changer un pneu par moins cinq degrés, même si je n'imagine pas ce qui pourrait être pire que de savoir que je ne reverrai jamais plus Aidan. Quand la voix de Sinatra entonne pour moi les premières paroles de *My way* : *And now, the end is near, and so I face, the final curtain*[1], je me sens encore plus mal et décide de changer de station. Mais à croire que toutes se sont passées le mot, je tombe successivement sur *Ne me quitte pas* de Brel puis je reconnais la voix d'Yves Montand : « Mais la vie sépare ceux qui s'aiment tout doucement sans faire de bruit. » Sérieusement, je crois que le spectateur a compris à quel point j'approchais du bord du gouffre. Et qu'il suffisait d'un rien pour me faire basculer.

— Non, mais c'est pas possible, vous voulez que je me flingue ou quoi ? Je parie que si j'ouvre la boîte à gants, il y aura un p…

Un nouveau coup de Klaxon retentit de la part d'un chauffard hystérique, qui s'empresse de me doubler.

— Mais quel c…

Nouvelle salve de Klaxons dudit énervé du volant.

— À quoi vous jouez là-haut ? Vous voulez tester ma résistance ? Voir à quel moment je vais craquer et vérifier dans la boîte à gants s'il n'y a pas un colt avec lequel je me ferais sauter le ciboulot, hein ? Dans les films américains, les nanas ont toujours un énorme flingue caché sous les cartes routières et les tubes de rouge à lèvres.

Je ne sais pas trop à qui je m'adresse, mais bon, on a compris que c'est le moment dramatique du film. Une chose est certaine, ce n'est pas dans cet épisode qu'il y aura un happy end pour Zoé. Alors que je suis à deux doigts de me pencher pour vérifier s'il y a une arme à feu ou non à portée de main, j'aperçois derrière le rideau blanc un renne. Une bête immense, aux bois généreux, qui semble me fixer avec intensité. Pour l'éviter, je donne un

1. « Et maintenant que la fin est proche et que je fais face à l'ultime rideau. »

violent coup de volant, perds le contrôle de mon véhicule et achève ma course dans un sapin.

Encore.

***

Des flocons de neige glacés s'écrasent sur mon visage, se mêlant à mes larmes. Une voix m'appelle, m'ordonne de revenir à moi. Je flotte entre deux eaux, comme anesthésiée. Jusqu'à ce qu'une gifle cingle mon visage et me fasse brusquement atterrir.

— Enfin ! grogne une voix rocailleuse auprès de moi, une voix que je connais. Tu m'as fichu une sacrée trouille !

Je bats des paupières plusieurs fois avant d'ouvrir les yeux, dérangée en cela par une lumière aveuglante. Que s'est-il passé ? Mes pensées embrumées s'entrechoquent ; assaillie par une vague d'émotions contradictoires, je peine à calmer les battements anarchiques de mon cœur. Mes muscles endoloris m'informent que je suis toujours en vie, même si je ne sais plus où je me trouve. Mon regard rencontre des prunelles bleues, des prunelles bleues qui me sourient, des prunelles bleues qui me disent que je suis enfin chez moi.

— Tu m'as manqué, ma Zoé.

Ma colocataire m'enveloppe de sa joie de me retrouver, et je m'efforce de sourire à travers mes larmes.

— Toi aussi, et plus que tu ne penses. Tu ne me croiras jamais si...

— Je te crois, déclare aussitôt Malya, en me tendant une main secourable pour m'aider à me relever.

En effet, je suis allongée sur le sol de notre salon, au milieu de paillettes blanches et scintillantes.

— Tu me crois ?

Mon étonnement est immense, avant que je prenne conscience que ma meilleure amie va me croire par principe, mais quand je lui aurai déballé toute cette aventure aussi extraordinaire qu'improbable, elle révisera son jugement et envisagera probablement mon internement psychiatrique dans les plus brefs délais.

— Enfin, avant de dire ça, écoute ce que j'ai à te raconter, tu seras peut-être d'un avis différent ensuite. Il m'est arrivé tellement de choses que, même moi, je ne sais pas si je vais me croire, j'ignore si j'ai rêvé ou non...

Instinctivement, je passe mes doigts autour de mon cou, sens la laine douce de mon écharpe, cette écharpe que j'ai achetée avec Amy. Elle est réelle, tout comme mon souvenir. Je soupire.

— Je sais tout, affirme Malya d'un air entendu qui m'interpelle.

D'un geste habile, elle me retire mon manteau, mon écharpe et mon bonnet avant de me mener vers le canapé du salon où je me laisse tomber.

— Tout ?

— Oui, absolument tout.

Son sourire coquin me fait froid dans le dos. Quand elle dit « tout », elle ne veut pas vraiment dire « tout », c'est juste une façon de s'exprimer, n'est-ce pas ?

— Enfin, hier soir, j'ai quand même préféré couper le programme, ça devenait un peu trop... intime...

Sous le coup de la honte, mes joues s'enflamment et mes yeux s'écarquillent de stupeur.

— Oh là là, je suis mortifiée.

Malya étouffe un bâillement et je remarque qu'elle est en pyjama. J'oublie momentanément ma gêne pour l'interroger. Contrairement à moi, ma colocataire n'est pas du genre à traîner en tenue de nuit.

— Il est quelle heure ? l'interrogé-je.

— Un peu plus de trois heures, je dirais. Comme on a beaucoup de choses à se raconter avant que nous regagnions notre lit, je vais aller nous faire un café serré.

Elle s'étire, fait craquer ses doigts au-dessus de sa tête avant de s'éloigner vers la cuisine.

— Très serré, précise-t-elle. Ça va piquer tout à l'heure, mais...

Elle disparaît dans le couloir sans avoir achevé sa phrase, c'est du Malya tout craché ça.

— Mais quoi ? lui crié-je.

Elle repasse juste la tête, avec un sourire s'étirant d'une oreille à l'autre.

— Mais je suis tellement heureuse que tu sois de retour !

Ma bouche s'ouvre pour lui répondre, pourtant, je suis incapable de prononcer les deux mots « moi aussi » tant je me sens dépaysée. Bouleversée, déphasée, choquée. En total jet-lag spatiotemporel. On le serait à moins, non ?

Seule, dans le salon, j'observe ce qui m'entoure et me réapproprie mon chez-moi. Malya n'a pas touché à ma décoration de Noël : mon sapin riquiqui, la crèche, les sujets et les bougies posés sur la bibliothèque. Mes précieuses boules de neige sont toujours là. Je m'aperçois très vite que seule manque à l'appel celle qui s'est fracassée lors de mon départ, qu'elle n'est pas réapparue au milieu des autres comme par magie. Dommage, c'était de loin ma préférée, celle qui me faisait croire qu'il y avait un monde idyllique quelque part ailleurs. Aujourd'hui, je sais qu'il n'en est rien. Le décor de carte postale cache une réalité plus sombre où les hommes jettent les femmes dehors sans aucun remords. Mes yeux descendent vers la télévision sur laquelle l'écran noir est strié de blanc, comme si le programme était brouillé. Le courage me manque pour aller l'éteindre, et la télécommande n'est pas à portée de main. Je suis en train de chercher en moi la motivation nécessaire pour me lever quand Malya revient avec un plateau chargé de tasses, de la cafetière, de biscuits au chocolat et de fruits. Elle le pose devant nous avant de s'installer près de moi. Sur nos jambes, elle jette un plaid. Blotties l'une contre l'autre, je m'apaise, réchauffant mes doigts autour de la porcelaine. Une chose me turlupine qui nécessite une explication immédiate, avant même que je commence le récit de mes folles aventures.

— Tout à l'heure, tu as prétendu que tu savais absolument...

— Je ne prétends rien, c'est la vérité ! J'ai tout vu !

Et ma meilleure amie pointe l'écran.

— Quand je suis rentrée de ma soirée – qui soit dit en passant était incroyablement nullissime –, j'ai cru que tu t'étais endormie devant tes téléfilms débiles.

— Ils ne sont pas débiles, la contredis-je, par principe.

— Si tu veux… En tout cas, la télé était allumée et toi tu n'étais pas là. Enfin quand je dis pas là, je devrais dire pas dans notre salon, car je t'ai vue sur l'écran. J'ai cru que j'hallucinais, que les vapeurs d'alcool m'étaient montées à la tête au point de ne plus discerner le vrai du faux. Tu étais dans un café typiquement américain, entourée d'un tas de gens. Un large sourire barrait ton visage, tu répondais à leurs questions comme si c'était la chose la plus naturelle du monde.

Malya s'arrête un instant, avale une gorgée et croque dans un sablé. Ce qu'elle me raconte est tout simplement hallucinant, elle a pu suivre mon arrivée à Everwood, ma rencontre avec Amy et la famille Cooper, confortablement installée sur notre divan. J'imagine le choc, c'est presque encore plus incroyable que ce que j'ai vécu. Je dis bien « presque », puisque je me suis quand même retrouvée dans une comédie de Noël.

— À un moment, j'ai dû m'endormir, mais quand je me suis réveillée le lendemain matin. Je t'ai vue, couchée dans un lit, dans une magnifique chambre ressemblant à s'y méprendre à celles qu'on trouve dans les magazines déco. J'ai eu beau me pincer plusieurs fois, éteindre et rallumer la télé, rien n'y a fait, tu étais toujours de l'autre côté de l'écran. Tu sais, ma Zoé, à quel point je suis du genre rationnel ?

Je hoche la tête.

— Il y avait beau n'y avoir aucune explication valable, le fait est que tu étais bien devenue un personnage du téléfilm. Incroyable mais vrai.

— Incroyable mais vrai, répété-je. Donc tu as tout suivi ? Tu as découvert Benny, Charmaine et les autres ?

— Oui, et non, je n'ai pas passé ma journée le nez scotché sur l'écran. Il faut dire que la plupart du temps, il n'y avait pas beaucoup d'action. On te voyait surtout manger et dormir. Enfin jusqu'à la chute. Là je te jure que mon petit cœur a bien failli avoir une crise cardiaque, tu jouais trop bien la comédie.

— Mais je ne jouais pas ! protesté-je. J'ai bien cru que j'allais y laisser ma peau.

À ce souvenir encore vivace, j'ai l'impression de sentir le froid se répandre dans mes veines et des frissons me parcourent de la tête aux pieds. Inconsciemment, je me serre davantage contre ma colocataire pour me réchauffer.

— Enfin, quoi qu'il en soit, c'est là que le film est vraiment devenu plus intéressant, quand le beau gosse t'a sauvée, tu aurais dû voir comment il te dévorait des yeux.

— J'y étais, et je peux te dire qu'il ne me dévorait absolument pas des yeux.

Malya balaie mon objection, estime savoir mieux que moi ce qui se passait entre Aidan et moi. Je la laisse dire.

— Depuis le début, il y a une sorte d'alchimie, une tension sensuelle entre vous deux, ce n'était qu'une question de temps avant qu'il te saute dessus et t'arrache tes fringues...

Je lève les yeux au ciel.

— C'est d'ailleurs ce qui s'est passé, et si tu avais regardé la suite, tu aurais su qu'on s'est rhabillés et qu'il m'a fichue dehors.

— Hé, ma chérie, il y a six heures de décalage horaire entre Everwood et Paris. De temps en temps, il fallait bien que je fasse des choses normales, comme dormir, aller bosser, faire les courses, le ménage, d'autant plus que tu n'étais plus là pour assurer ta part du boulot. Que s'est-il passé ? Ça avait l'air de bien coller pourtant !

— Je ne sais pas au juste, il a reçu un coup de fil d'un certain Damport...

Malya, perplexe, sonde sa mémoire.

— Ce nom-là ne me dit rien. Un nouveau personnage ?

— Je l'ignore, une chose est sûre, c'est que je ne lui ai pas parlé et encore moins confié la situation catastrophique de l'exploitation d'Aidan.

Ma voix se charge de sanglots, mais je les réprime, sinon je sais que le flot sera intarissable.

— C'est dégueulasse, grogne-t-elle, il ne t'a même pas laissé le bénéfice du doute !

Son gros mot n'est pas censuré ; c'est à ce genre de détail que je sais que je suis de retour dans la réalité. Ma réalité.

— Et il m'a demandé de partir, conclus-je tristement.

— Mais cela ne me dit pas comment tu es rentrée ?

— J'ai vu un renne, perdu le contrôle de la Chevrolet et percuté un arbre.

— Encore ! s'exclame Malya.

— Encore, confirmé-je. Et au lieu de me réveiller grâce au baiser de mon prince charmant, j'ai reçu une bonne claque de la part de ma colocataire préférée.

— Ne me remercie pas.

— Je n'y comptais pas.

— Tu crois que si je t'assomme avec une autre boule à neige, tu vas retourner à Everwood ? me questionne-t-elle, sérieusement, en observant mes décorations posées sur l'étagère face à elle.

— J'avoue que je me pose la question, mais dans l'immédiat, je crois que je n'ai aucune envie de tester. J'ai encore mal partout, comme si j'étais passé sous un rouleau compresseur et puis...

Et puis, Aidan m'a fichue dehors. Ça rimerait à quoi d'y retourner ? Lui laisser l'occasion de me hurler dessus à nouveau, de me balancer à quel point j'ai foutu sa vie en l'air ? Non merci.

— C'est comme tu veux, mais surtout si tu as besoin, je suis là, cependant...

Malya hésite à finir sa phrase, et je devine que ce qu'elle a à m'avouer ne va pas me plaire.

— Je crois que tu as raison, et qu'il vaudrait mieux ne pas essayer. Depuis ton arrivée, l'écran est noir. Sur les autres chaînes, ce sont les programmes habituels. C'est comme si la fin du film était brouillée. Elle a disparu dès que tu es revenue ici.

— Tu veux dire que je ne vais pas savoir ce qui est arrivé à Aidan, Grace, Amy et les autres ?

Ma voix trahit ma surprise autant que mon inquiétude.

— Je le crains.

Abattue, je me prends la tête entre les mains. Tout est bel et bien fini.

Chapitre 27

« Last night I spent another lonely Christmas
Darling, darling, you should've been there
Cause all the ones I dream about[1] »

— Je crois que c'est mieux comme ça, me réconforte maladroitement Malya, en posant sa main sur mon épaule. Cela n'aurait pas été bon que tu te morfondes tous les jours en regardant Aidan mener sa vie à Everwood sans toi. Cela t'aurait brisé le cœur de le voir se mettre en couple avec une autre.

— Mon cœur est déjà en miettes. Mais c'est vrai que s'il se met avec cette pétasse de Charmaine, j'aurais encore plus de mal à l'encaisser, reconnais-je, entre deux reniflements.

— Ah ! Celle-là, c'est une sacrée ! Elle et sa cohorte de bimbos décérébrées, j'avais tellement envie de les remettre à leur place...

J'imagine bien Malya refaire le portrait à Charmaine et Disharmony. Leur chirurgien esthétique aurait eu du boulot ensuite.

— Ta vraie vie est ici, à Paris, avec moi, conclut Malya.

— D'ailleurs, comment tu as fait pour le boulot ? Et le reste ? Personne ne s'est inquiété de ma disparition ?

— Tu es obligée de me remercier. Dès le lendemain de ta disparition, j'ai prévenu ton employeur que tu avais dû partir en urgence t'occuper de ta grand-mère mourante.

1. « Another Lonely Christmas », Prince, 1984. Traduction approximative des paroles : « Hier soir, j'ai passé un autre Noël solitaire / Chéri, chéri, tu aurais dû être là / Parce que toutes les nuits je rêve de toi. »

— Ma grand-mère est déjà décédée, tu sais.

— Oui, moi je le sais, toi tu le sais. Mais pas lui, visiblement. Ne me regarde pas comme ça, j'ai fait ce que j'ai pu. Je n'allais quand même pas lui avouer que tu étais en train de faire des batailles de boules de neige et de boire du chocolat chaud à la montagne.

Je dois admettre qu'elle n'avait effectivement pas le choix ; un mensonge est parfois préférable à la vérité. Elle n'allait quand même pas leur raconter que j'étais passée dans une comédie romantique, et que j'étais coincée pour le meilleur et pour le pire de l'autre côté de l'écran. Au mieux, ils auraient cru à un canular. Au pire, ils l'auraient prise pour une folle et auraient peut-être envoyé la police s'assurer que j'étais bel et bien partie, au cas où ma colocataire dérangée m'aurait planté un tournevis dans le dos.

— Je leur ai expliqué que tu posais des congés sans solde pour une durée indéterminée. Tu as de la chance, ton patron a l'air d'être un mec cool et compréhensif, il m'a demandé de te dire de prendre soin de toi et de ne pas te faire de souci, qu'il confierait tes dossiers les plus urgents à Paul.

À l'évocation de ce nom, je tique. Mon sang ne fait qu'un tour, je l'avais presque complètement oublié celui-là. Sûrement encore un coup du décalage horaire.

— D'ailleurs, poursuit-elle, en parlant de Paul...

Elle m'observe du coin de l'œil, attendant que je réagisse, mais comme je ne bouge pas, elle poursuit :

— Il t'a appelée à de nombreuses reprises, il a laissé des messages. Il voulait prendre de tes nouvelles, de toi et de ta grand-mère aussi, t'assurer de son soutien, te parler des projets en cours. À un moment, j'ai eu pitié de lui et j'ai décroché, je lui ai expliqué que tu avais oublié ton portable dans la précipitation et que tu étais malheureusement injoignable.

Je loue ma colocataire et son sens de l'à-propos. Sans elle je serais au chômage et de temporaire la pause avec Paul serait devenue définitive.

— Tu sais, Zoé, il m'a semblé sincère et je l'ai trouvé...

Elle cherche ses mots.

— Touchant, conclut-elle. Je crois qu'il est encore amoureux de toi, et qu'il a envie que vous vous remettiez ensemble.

Comme je n'ai pas spécialement envie de penser à tout ça pour l'instant. À lui, à nous. Je préfère changer de sujet et me concentre sur l'essentiel.

— Merci, merci vraiment.

— Ce n'est rien, et je sais que tu aurais fait la même chose pour moi.

— Dans l'absolu, sans doute, mais j'avoue que je ne sais pas si j'aurais pensé à inventer un bobard pour ton boulot.

— Maintenant, tu le sais. Si jamais, cela devait m'arriver de me faire assommer par une de tes stupides décorations de Noël, préviens dans l'ordre mon boulot, les copains, la famille...

— D'ailleurs, en parlant de famille, mes parents ont téléphoné ?

— Je crois que je ferais mieux d'éteindre la télévision, cela ne sert à rien de regarder un écran noir et blanc, ça fait même mal aux yeux.

Elle s'empresse de se lever. Je ne suis pas stupide, j'ai compris. Elle botte en touche pour éviter d'avoir à me faire de la peine. Je disparais de la circulation pendant une dizaine de jours, et ils ne s'inquiètent pas. Normal. Lorsque le regard de mon amie croise le mien, je sens à quel point elle est désolée pour moi. Son empathie me touche.

— Je crois que ça fait beaucoup à digérer, déclaré-je, en me levant. Je vais aller dormir quelques heures, je retournerai au boulot demain.

Malya m'observe avec attention, puis m'adresse un sourire.

— D'accord, ma Zoé. C'est comme tu le sens...

Pour me souhaiter une bonne nuit, Malya me serre dans ses bras et m'embrasse tendrement sur les deux joues. Elle m'a terriblement manqué.

— Et toi, ça va aller ? la questionné-je.

— T'inquiète, j'ai déjà fait pire. Il me reste quoi ? Trois heures de sommeil ? On est large.

Je n'ose pas la contredire alors que nous nous dirigeons chacune vers notre chambre. Lorsque j'allume le plafonnier et que je redécouvre la pièce, j'ai l'impression de l'avoir quittée depuis des mois. Mes affaires sont telles que je les avais laissées, et pourtant tout me semble étrange, différent, inapproprié. Je me change rapidement, retire le jean, la chemise et le pull qui ne m'appartiennent pas et suis ravie de retrouver mon pyjama à l'effigie de la fée Clochette. C'est alors que je me rends compte que ma robe de Noël et que mes chaussons à tête de renne sont restés dans une des valises, à l'arrière de la Chevrolet. Je me demande si quelqu'un va découvrir mon véhicule accidenté, s'inquiéter de la disparition du conducteur, s'il sera emmené à la fourrière ou au garage de Benny, si Aidan va être prévenu, si...

Pour endiguer le flot de questions et d'hypothèses, j'attrape mon lecteur MP3 et enfonce les écouteurs dans mes oreilles avant de sélectionner le mode aléatoire. Mes larmes roulent silencieusement, et je me recroqueville sur moi-même, tentant d'apaiser les battements de mon cœur. Je suis de retour, tout ira bien désormais. Je mets quelques secondes à reconnaître la voix d'Alex Beaupain, et l'ironie du hasard me ferait presque sourire : « Je coule, je coule, je fuis ça n'arrête pas. Ce dégât des eaux qui roule sur mes joues, or je crois qu'il faudrait des heures pour arranger cela. Faut tout refaire l'intérieur de moi. Trouver près du cœur le tuyau percé, fermer des douleurs le robinet[1]... » Pour éviter de déprimer encore plus, j'éteins la musique et enfouis ma tête sous l'oreiller.

J'ai dû m'endormir car c'est une voix stridente qui me tire du sommeil. Je n'ai aucune idée de l'heure ni du jour que nous sommes, et il me faut plusieurs secondes pour me rappeler que je me trouve dans mon lit à Paris, et que c'est Malya qui m'appelle et non la petite Grace.

— Qu'est-ce que tu fous encore en pyjama ? m'accueille ma colocataire.

— Pourquoi ? Il est quelle heure ?

— Il est presque dix-huit heures trente.

— Déjà !

1. « Coule », Alex Beaupain, in *Après moi le déluge*, 2013.

Surprise, je me rends compte que j'ai dormi toute la journée, et pourtant je me sens toujours aussi épuisée. Alors que je m'approche pour déposer un bisou sur sa joue, elle me repousse vivement.

— Va te doucher, tu pues comme un rat crevé ! s'exclame la reine de la diplomatie.

Je renifle mon aisselle et constate qu'elle n'a pas tort. Un tour par la case salle de bains s'impose. Sous l'eau brûlante, je laisse mes muscles endoloris se détendre. Je regrette quelque peu les jets d'eau massants de ma salle d'eau privative, mais prends plaisir à utiliser mes propres produits de toilette et à m'envelopper dans mon peignoir, même si celui des Cooper était plus que moelleux. En tirant sur les rideaux de ma penderie, je constate que, pour la première fois depuis une dizaine de jours, je vais enfin porter mes vêtements. Une culotte Petit Bateau qui n'est peut-être pas la plus sexy, mais qui est archi confortable, un soutien-gorge tout simple, mes collants fantaisie, une jupe colorée et un tee-shirt assorti. Jamais en temps normal vous ne me verrez porter un tailleur bleu marine ni une chemise blanche. Je pense que les costumiers auraient pu faire un petit effort festif et glisser dans mes valises des tenues un peu moins passe-partout. Alors que je rassemble mes cheveux en queue-de-cheval devant le miroir, je prends le temps de m'observer. Mes yeux bouffis de fatigue et de chagrin, mes traits saillants, mes joues creusées et mes taches de rousseur, comme autant de petites étoiles. Et si les étoiles formaient des constellations qui nous permettraient de nous retrouver ?

Un soupir douloureux m'échappe, et avant de fondre en larmes, je détourne la tête. Pendant ce voyage singulier, je n'ai fait que me glisser dans la peau d'une autre, une qui conduisait une voiture hors de prix, une qui n'avait pas besoin de compter ses sous, une qui n'était pas vraiment moi. Je claque la porte de ma chambre. Ici, je suis moi. Mais une moi complètement vide.

Une bonne odeur chatouille mes narines lorsque je rejoins ma colocataire dans la cuisine. Elle s'active derrière les fourneaux, et je profite d'un instant où elle est occupée à attraper la salière dans le placard pour soulever le couvercle d'une marmite et en humer l'odeur réconfortante.

— Oh ! Un borstch ! m'extasié-je, ravie à l'idée de savourer cette soupe slave que Malya maîtrise à la perfection.

— J'ai pensé que ça te ferait plaisir.

— Et tu as eu raison.

— En plus, un peu de légumes ne te fera pas de mal, assure-t-elle, vu ton alimentation dans ce téléfilm... Chaque fois que je te voyais tu étais en train de manger une cochonnerie archi sucrée.

Je m'apprête à protester, mais c'est aussi inutile que stupide de nier une évidence.

— Même pas... faux, répliqué-je. Heureusement que dans les téléfilms, on peut manger tout ce qu'on veut sans prendre un gramme.

Sceptique, ma colocataire m'observe sous toutes les coutures et m'oblige à tourner sur moi-même. Elle finit par pousser un sifflement admiratif, en constatant qu'en effet, je n'ai pas à déplorer des kilos superflus dus à un excès de sucre et de gras.

— Veinarde, lâche Malya dans un éclat de rire. Moi qui pensais que j'allais avoir un bon argument pour t'inciter à m'accompagner courir... J'espère cependant que tu en as bien profité parce que maintenant tout ça, c'est fini...

Le dernier mot me fait tilter et pas seulement parce que je ne vais plus pouvoir me goinfrer mais parce que je m'efforce de chasser de mon esprit la certitude que je ne le verrai jamais plus, que c'était un adieu. Sombre, définitif, violent. Je prends appui sur le plan de travail, peinant à reprendre mon souffle. C'est fini.

— Zoé, ça va ? s'inquiète Malya.

— C'est fini, murmuré-je dans un souffle. Je ne peux plus respirer.

Je ferme les yeux, ou plutôt j'écrase mes paupières l'une contre l'autre, pour ne plus voir le monde qui m'entoure, pour revenir quelques heures en arrière. Pour reprendre de zéro. Normalement, dans les téléfilms, il y a toujours moyen de redémarrer le programme depuis le début, non ?

— Calme-toi, Zoé, tout va bien, je suis là. Inspire, expire. Calmement.

De ses deux mains Malya appuie sur mes épaules, tente de me ramener en douceur à l'instant présent, mais l'angoisse qui m'assaille me fait perdre tous mes moyens.

— Regarde-moi ! ordonne-t-elle d'une voix à la fois douce et ferme.

Avec difficulté, j'ouvre les yeux et les plante dans les siens. Son regard bleu me transporte vers un autre, plus clair qu'un ciel d'été, qu'un lac gelé. Un bleu intense, vivant, unique. Perdu. Perdu à tout jamais.

— Je ne peux plus respirer.

— Je sais.

— Je l'ai perdu, je l'aimais, je crois.

— Je sais, répète-t-elle.

Et les larmes me submergent à nouveau alors que je m'écroule dans ses bras. Elle me caresse les cheveux, me tapote le dos, me murmure des paroles affectueuses. Elle me tient contre elle jusqu'à ce que le flot finisse par s'épuiser et que je puisse me détacher d'elle sans m'écrouler.

— Viens, on va manger un truc, ça fera du bien.

Elle nous sert deux généreuses assiettes de potage, y glisse deux cuillères encore plus généreuses de crème et nous les porte dans le salon. Alors que je m'installe sur notre canapé, les jambes repliées sous moi, elle retourne à la cuisine, et en revient avec une bouteille de vin et deux verres à pied.

— C'est thérapeutique, m'explique-t-elle, en débouchant le bordeaux d'un geste sûr.

Comme elle s'assoit, elle déplace de sous ses fesses la télécommande et la dépose sur la table basse, juste devant moi. Mon regard descend vers elle. Et si jamais… et si jamais je pouvais le voir… Et si jamais il souffrait autant que moi… Ou un peu plus, parce que tout ça, c'est quand même sa faute… Et s'il pouvait traverser la télé, sortir du téléfilm et me prendre dans ses bras… Intérieurement, je prie pour qu'un miracle de Noël se produise quand je presse le bouton de la télécommande.

Après tout, les vœux du cœur se réalisent s'il reste une personne pour les formuler ?

Chapitre 28

« Reviens-moi mon amour,
j'ai tant besoin de tes bras
Sans toi Noël sera gris[1] »

Ou pas. Ce soir-là, il n'y a pas eu de miracle, ni les jours suivants. J'ai fini par retourner travailler, la mort dans l'âme. Parce qu'il faut bien que la vie reprenne son cours, parce qu'il faut bien payer ses factures et remplir son frigo, parce qu'il est temps de grandir et d'arrêter de croire aux contes de fées. Et pour la première fois depuis des années, j'ai eu envie de ranger toutes les décorations et de déposer sur le trottoir mon sapin encore vert. Cependant, comme le courage me manque, je n'ai touché à rien. Je fais juste semblant de ne plus les voir. Je croyais que ce serait plus dur de jouer la comédie, mais en réalité ce n'est pas bien compliqué, il suffit de plaquer sur son visage une expression entre l'indifférence et la sérénité tranquille, et les gens vous fichent la paix. Quand on me demande si ça va, je réponds toujours par la positive, même si intérieurement j'ai envie de hurler. J'attends d'être seule, au fond de mon lit, la nuit venue pour m'abandonner au chagrin. Malya n'est pas dupe, elle me connaît par cœur, mais comme elle n'a pas encore trouvé la solution pour m'aider à surmonter ma tristesse, elle fait comme si je n'étais pas en train de dépérir à vue d'œil. Psychologiquement,

1. « Pour la première fois Noël sera gris », Cœur de Pirate, in *Chansons tristes pour Noël*, 2016.

je me prépare à vivre le pire Noël de ma vie. Et encore, je n'ai pas croisé Paul.

Assise à mon bureau, je travaille sur mes projets, l'esprit ailleurs. Loin, très loin, trop loin, pour être réellement efficace. Rien ne fonctionne comme je veux, ce n'est ni fait ni à faire. Mon logo est moche, mon design nullissime, et mes phrases d'accroche dignes d'un bambin de trois ans. Alors que j'ai envie de balancer le clavier d'ordinateur, une main se pose sur mon épaule, une main virile, une main que je reconnais. Un frisson me parcourt l'échine, et je fais volte-face. Paul me sourit doucement. Après m'avoir observée quelques instants, ses sourcils se froncent d'inquiétude.

— Zoé, tu vas bien ?

Sa sollicitude devrait me toucher, mais pour une raison que je ne saurais expliquer, elle m'agace.

Comme si elle sonnait faux, comme s'il jouait un rôle.

— Tout à fait, répliqué-je.

— Tu n'as pas l'air en forme, insiste-t-il.

— Mais si, je t'assure.

Il hésite à poursuivre sur cette voie qui s'annonce chaotique, et finalement décide de rebrousser chemin. Nerveusement, il passe une main dans ses cheveux courts, avant de plonger à nouveau son regard dans le mien.

— Malya t'a dit qu'on s'était parlé ?

Je hoche la tête.

— Je sais que notre pause a été compliquée pour toi à gérer, mais je t'avoue que ce temps de recul aussi difficile soit-il m'a permis d'y voir plus clair et j'ai bien réfléchi...

S'il y a trente secondes, je ne savais pas très bien où il voulait en venir, ce n'est plus le cas. Je ne me sens pas prête à entendre sa décision. Quelle qu'elle soit.

— Ce n'est ni le lieu ni le moment...

— Tu as raison, je suis maladroit, s'excuse-t-il avec un sourire contrit.

Il hésite à me laisser ; visiblement, il a envie de parler.

— Au fait, tu as fini le projet pour la semaine culturelle autour du nouvel An chinois ?

— Non, pas tout à fait...

D'un signe de tête, il m'encourage à lui expliquer mes idées et prend un siège pour s'asseoir près de moi.

— J'ai envie de mélanger des dessins et des photos, j'ai fait quelques croquis, mais je ne suis pas décidée quant à la technique à utiliser, j'ai peur qu'à l'aquarelle, le rendu au niveau des couleurs ne soit trop clair...

Il attrape mes dessins, les étudie attentivement avant de donner son avis. Je vois les efforts qu'il fait pour se montrer aimable et pas trop critique, je n'ai pas oublié à quel point le côté dessin relevait, selon lui, de l'amateurisme.

— Ton idée est vraiment originale, les dessins apportent une touche de légèreté agréable dans le contexte actuel. Si je peux me permettre, utilise une autre technique pour un rendu plus percutant, en mettant en valeur tout un nuancier de rouges.

Son conseil me semblant pertinent, je lui promets d'y réfléchir.

— On se voit à la réunion, tout à l'heure ?

J'acquiesce.

— Et peut-être qu'ensuite, nous pourrions aller déjeuner tous les deux ? Je peux réserver une table chez le libanais que tu affectionnes, celui où ils servent un caviar d'aubergine à se damner.

Parfois, on devrait refuser, et pourtant notre corps, sans qu'on en sache la raison, accepte d'un mouvement de tête. Paul se montre charmant, prévenant, à l'écoute. Il mérite que je range mes idées moroses le temps d'un repas. Occupée à modifier mes différentes affiches, je ne vois pas l'heure tourner et lorsque Fabienne vient me chercher pour la réunion, j'ai juste le temps d'enregistrer mes projets et d'attraper mon ordinateur portable.

Comme je fais partie des derniers arrivés, je n'ai pas la possibilité de m'asseoir où je veux et me retrouve au bout de la grande table ovale. Les visages sont concentrés, tendus, tournés vers le patron qui installe son ordinateur personnel. Je jette un coup d'œil autour de moi, rien ne pourrait faire penser que Noël est dans moins d'une semaine. Aucun pull moche à l'effigie du gros bonhomme rouge, aucune décoration, pas même un sapin en plastique ridicule dans un coin de la pièce. Au cas où quelqu'un serait tenté de l'oublier, nous sommes là pour travailler. Et faire du chiffre. Et satisfaire les clients. Et garder en tête que notre emploi en dépend. Mon ventre se contracte, un sentiment de gêne s'insinue en moi, alors que notre chef amorce la réunion, en projetant des données chiffrées et autres diagrammes sur l'écran derrière lui. Peu importe ce qu'il raconte, mon regard est attiré par la vue à travers les baies vitrées. Le ciel est gris, il va pleuvoir sans doute, mais ça m'étonnerait qu'il neige. À Paris, il fait froid, mais les flocons tombent rarement. On a le droit aux inconvénients de l'hiver, sans en avoir les avantages. Pourtant ici encore plus qu'ailleurs, quand un manteau blanc recouvre les monuments, le décor devient féerique. Ce serait chouette qu'il neige à Noël, je me blottirais avec Malya sous un plaid bien chaud. On referait le monde, on boirait des chocolats chauds qu'on saupoudrerait de cannelle, la petite touche en plus d'Aidan. Pour éviter qu'il ne s'invite dans mes pensées au beau milieu d'une réunion de travail, je détourne la tête. C'est le regard de Paul que je croise, il m'adresse un clin d'œil et un sourire. Mes lèvres s'étirent discrètement. C'est le mieux que je puisse faire pour l'instant, il faudra qu'il s'en contente. Ce signe affectueux devrait réveiller en moi des sensations, mais rien. Cela ne me fait réellement ni chaud ni froid. Alors que j'en arrive à la conclusion que je ne suis plus du tout amoureuse de Paul et que j'ai tiré un trait sur notre histoire, je suis interpellée par le patron. Au regard insistant qu'il pose sur moi, je devine que ce n'est pas la première fois qu'il prononce mon prénom.

— Oui ?

— Je voulais savoir où vous en étiez sur le projet culturel… D'ailleurs, j'espère que votre grand-mère va mieux ?

Je m'empresse de répondre par l'affirmative, en m'efforçant de ne pas rencontrer le regard interloqué de Paul. Il sait que ma grand-mère n'est plus de ce monde. Si j'avais un peu misé sur le fait qu'il ne s'en rappellerait plus, c'était un peu trop compter sur la chance.

— C'est un projet urgent, insiste M. de Lavigne, et il ne faudrait pas que vous...

— Ne vous inquiétez pas, Jean-Robert.

De quel droit Paul se permet-il de répondre à ma place ? Et surtout depuis quand appelle-t-il le patron par son prénom ? Qu'ai-je manqué encore ? Je fronce les sourcils, cherche à capter le regard de Paul.

— Zoé et moi allons bosser ensemble, déclare-t-il avec conviction. D'ailleurs, nous avons commencé à regarder la manière d'améliorer la qualité graphique de l'ensemble et offrir une lecture originale du projet pouvant appeler d'autres partenaires à nous considérer comme une valeur montante.

C'est quoi ce charabia ? Sidérée, ma bouche s'ouvre et se referme plusieurs fois.

— Zoé, veux-tu bien projeter les affiches pour que tout le monde puisse donner son avis sur notre travail ?

En état de choc, je suis incapable de faire fonctionner mon cerveau correctement. Comme je ne réagis pas, Paul se lève, contourne la table, et se penche sur mon ordinateur pour lancer la projection.

— Ça va aller, Zoé, me souffle-t-il, je suis là.

Il presse sa main sur mon épaule, et je n'ai qu'une envie, c'est lui écraser la mienne sur la figure. Sans se douter de ce à quoi il vient d'échapper, Paul retourne à sa place alors qu'à l'écran, s'affichent simultanément mes trois affiches. M. de Lavigne – je ne peux me résoudre à penser à lui en tant que Jean-Robert – retire ses lunettes et observe mes propositions, avant de se tourner vers moi.

— Je ne comprends pas.

Sa phrase tombe comme un couperet. Comme par hasard, Paul choisit de regarder les petites mouches voler, il est moins pressé de me couper la parole d'un seul coup.

— Je trouve que mêler sur un même visuel une image réelle et les dessins engendre une certaine poésie, expliqué-je.

— J'ai pourtant dit à Zoé que les dessins n'étaient pas une bonne idée, c'est pour cette raison que j'ai préparé des affiches sans ses éléments graphiques.

D'un geste de la main, de Lavigne le fait poursuivre et me fait taire. Pendant que Paul énumère ses idées, projette ses propres travaux. J'observe mes collègues autour de moi, tous le nez plongé dans leur ordinateur et puis je me tourne vers Paul. Paul, qui veut tellement le poste qu'il est prêt à m'écraser, Paul, qui se moque bien de mon travail sauf s'il peut se l'approprier, Paul, qui est incapable d'aimer quelqu'un d'autre que lui. Et de Lavigne qui pense rentabilité, rapidité, au détriment de la qualité. Et je me vois dans vingt ans, coincée, étouffée, entre ces deux hommes, brimant ma créativité, à faire toujours les mêmes montages sur les mêmes logiciels. Ma poitrine se compresse douloureusement. Après avoir écouté attentivement Paul, de Lavigne se tourne vers moi.

— Mademoiselle Loisel, pourriez-vous préciser votre pensée ?

Je lève la tête vers lui.

— Si j'ai voulu mélanger la photo et les traits dessinés, c'est pour...

Je m'arrête, laisse ma phrase en suspens.

— Ma grand-mère est morte.

— Made...

— Oh non, ne vous inquiétez pas pour moi, ça fait longtemps. Enfin, je ne peux pas dire que cela ne me fasse rien, mais j'ai eu le temps de m'habituer à l'idée qu'elle n'était plus là...

Avant qu'il me traite d'effroyable menteuse, je préfère poursuivre sur ma lancée. Les deux mains posées sur la table, je me lève.

— Prenez le travail de Paul, il sera tout à fait passe-partout et à la mode. C'est un costume bleu marine standard, sans la moindre touche d'originalité.

Estomaqué, ce dernier m'accorde enfin toute son attention, tout comme mes collègues, et même mon patron.

— Soit dit en passant, même si Paul essayait de s'approprier mes essais graphiques, c'étaient mes essais. Puisqu'ils ne sont pas à votre goût, il m'en accordera toute la maternité. Et pendant que j'y suis...

— Mademoiselle, me coupe M. de Lavigne.

— Je n'ai pas encore fini.

Pour donner plus de portée à mes mots, je tape de mes poings la table, les sourcils froncés.

— Donnez-lui le poste, reprends-je, Paul a des dents longues, si longues qu'elles rayent le plancher. Il volera les idées des autres, les écrasera, les poussera à bout, les humiliera. Vous n'aurez aucun mal à avoir plus de contrats, et qui dit plus de contrats dit plus d'argent. Et comme c'est tout ce qui vous intéresse, vous êtes faits pour vous entendre. Un Peter et un John font toujours la paire.

Dans un geste théâtral, je referme mon ordinateur portable et repousse ma chaise.

— Je démissionne, déclaré-je.

Et sans un regard, je quitte la salle de réunion.

Chapitre 29

« Don't cry snowman, not in front of me
Who will catch your tears
if you can't catch me darling[1] ? »

Ma détermination a fichu le camp dès que j'ai franchi le seuil de mon appartement et que je me suis demandé ce que je venais de faire. C'est facile de jouer la redresseuse de torts, de régler ses comptes, poussée par l'adrénaline et la colère, mais après, la descente est violente. Je me suis effondrée sur mon sofa, en ayant le sentiment que j'avais fait la pire erreur de ma vie. Sur un coup de tête, j'avais quitté et mon boulot et mon copain. Ce n'était sans doute pas la meilleure idée que j'avais eue. Lorsque Malya est rentrée, je lui ai à peine laissé le temps de retirer son manteau et ses chaussures avant de fondre en larmes dans ses bras.

— Mais je ne t'ai même pas encore parlé de ma surprise, grogne-t-elle, en me tendant un mouchoir.

— Quelle surprise ?

Une fois que je me suis mouchée, elle me force à retourner dans le salon, et à m'asseoir, sans m'avoir donné la moindre piste concernant cette fameuse surprise. Son état d'excitation extrême offre cependant un contraste saisissant avec mon accablement le plus total. Que n'a-t-elle pas compris dans mon pétage de

1. « Snowman », Sia, in *Everyday is Christmas*, 2017. Traduction approximative : « Ne pleure pas bonhomme de neige, pas devant moi / Qui attrapera tes larmes si tu ne peux me rattraper chéri ? »

plombs, qui certes m'a fait un bien fou sur le coup, mais qui est loin d'être raisonnable ? Jeter Paul, ça, c'était nécessaire, même vital. En toute sincérité, j'aurais dû le faire avant. Ce mec-là est pire que tout et il m'a fallu du temps pour ouvrir les yeux. En revanche, pour mon job je ne suis pas encore totalement convaincue du bien-fondé de ma décision impulsive. Les factures, le loyer, la nourriture, etc. Normalement une personne sensée lâche un boulot pour un autre, pas parce qu'elle ne veut plus voir la sale tronche de son ex et que son patron n'a pas adhéré à ses dessins. À côté de moi, Malya trépigne d'impatience, et un sourire s'étire d'une oreille à l'autre. Quelle que soit la nouvelle qu'elle a à m'annoncer, elle est sans doute aussi bonne que les miennes sont mauvaises.

— Tu as gagné au loto ? tenté-je. Un coup de foudre ?

À chacune de mes propositions, elle secoue négativement la tête.

— Tu as pris de la drogue ?

Elle nie, même si cela aurait expliqué sa réaction qui confine à l'hystérie.

— Ne me dis pas que tu as rencontré Matthew McConaughey ?

Depuis que nous avons vu et revu *Interstellar*, nous vouons un culte à cet acteur aussi charismatique que séduisant. Si elle l'a rencontré, je vais faire une sacrée crise de jalousie, et probablement me rouler par terre en signe de dépit. Cependant, elle secoue à nouveau la tête.

— Tu es complètement à côté de la plaque, se moque-t-elle gentiment. Cela te concerne...

Sa voix s'adoucit et elle s'empare de mes deux mains. Son geste m'étonne et mon cœur s'emballe aussitôt. Si je ne m'attendais plus à ce que la nouvelle soit bonne, je commencerais même à craindre le pire.

— J'ai pris un billet d'avion pour toi.

— Un quoi ?

— Un billet d'avion pour les États-Unis.

— Mais pourquoi tu as fait ça ? Je n'ai pas l'intention d'entreprendre un voyage aux States alors que je viens de plaquer mon boulot ! Je dois m'inscrire à Pôle Emploi, prendre rendez-vous avec mon banquier ; ce n'est pas le moment pour des vacances.

Elle balaie mes objections d'un geste de la main, me sourit avec tendresse, les yeux embués par l'émotion.

— Zoé, j'ai retrouvé ton Aidan, me souffle-t-elle.

Il me faut un temps pour assimiler ses propos, et que je recouvre l'usage de la parole. Je la dévisage, cherchant à percevoir à l'éclat malicieux de sa prunelle claire qu'elle me fait marcher, mais en vain. Elle ne plaisante pas, et je vois même une larme glisser sur sa joue.

— Tu l'as vu dans un autre téléfilm, c'est ça ?

Ma voix est blanche, je peine à articuler ces quelques mots. Aidan n'est qu'un personnage de fiction, interprété par un acteur dont je ne connais même pas le nom. Il n'est pas réel. Ce que nous avons vécu n'est qu'un scénario hollywoodien. Rien de plus. Rien de ce qui a pu y avoir entre nous n'est vrai.

— Non, ton Aidan Cooper existe, et je l'ai retrouvé.

Sous le choc, la tête me tourne et je suis saisie par un vertige. Je comprends mieux pourquoi Malya a tant tenu à ce que je sois assise avant de lâcher sa bombe. Elle craignait – à juste titre – que je ne fasse un malaise ou que je ne m'évanouisse. Elle avait raison, je suis à deux doigts de m'effondrer et de rendre mon goûter. Même si j'ai une confiance absolue en elle, je ne peux m'empêcher de penser qu'elle se trompe et que ma déception sera immense quand je me rendrai compte que ce n'est pas *mon* Aidan. Aidan Cooper, il doit y en avoir, quoi, des centaines, des milliers peut-être. En furetant sur la Toile, elle aura trouvé un homme lui ressemblant vaguement et aura bâti un nouveau scénario pour m'en faire tomber amoureuse. M'envoyer aux États-Unis draguer un parfait inconnu. Cela part d'une très bonne intention, mais il faut que je l'arrête dans cette folie.

— Malya, je sais que tu pensais bien faire et c'est adorable de ta part, mais Aidan est juste un personnage, pas un homme.

Enfin, je me comprends.

— Je savais que tu ne me croirais pas, soupire-t-elle.

Ma colocataire se lève, sort de la poche arrière de son pantalon cigarette une feuille et me la tend.

Tandis que je la déplie, elle commence son explication.

— Hier, j'ai eu l'idée de faire une simple recherche avec les mots clés suivants : Aidan Cooper, Everwood, exploitation arboricole, USA et je suis tombé sur son site Web.

Sur la page imprimée, je reconnais Aidan, posant devant une forêt de sapins, à côté de son cousin, je présume. Il est radieux, même s'il semble un peu gêné par le fait d'être pris en photo et surtout, il a l'air réel.

— On peut même réserver un arbre, et se le faire livrer partout dans le Vermont. J'ai aussi trouvé l'adresse pour s'y rendre. Du coup, j'ai approfondi mes recherches, lu quelques bonnes critiques sur Tripadvisor au sujet du café de Janet, vu des photos de la dernière fête de l'école de Grace, et même trouvé les tarifs pour un massage de Magic Fingers. Tout y est, Zoé, tout.

Pour achever de me convaincre, Malya court chercher son PC portable et j'avale d'un trait mon verre de vin. Elle fait défiler devant mes yeux les pages Internet, et apparaître Janet, Garry et les autres. Pincez-moi, je crois que je rêve.

— Du coup, je t'ai acheté un billet d'avion et tu pars dans deux jours, conclut-elle, fière d'elle.

Me secouant de ma léthargie post-traumatique, je parviens enfin à articuler un mot.

— Quoi ?

— Ne me dis pas merci.

— Je... Non... Mais quoi ? C'est impossible, il n'est pas réel...

— Et pourtant si...

Malya hausse les épaules ; pas plus que moi, elle ne comprend comment des personnages d'un téléfilm sont en réalité des êtres humains comme elle et moi, mais elle l'accepte. À mon tour d'en faire autant. Après tout ce qui m'est arrivé, je ne devrais même plus être surprise de ce que la vie me réserve. Ma colocataire me laisse le temps d'assimiler cette vérité avant de reprendre :

— Je croyais que ce serait compliqué de te convaincre de partir, mais là, ça tombe sacrément bien parce que...

— Mais je ne vais nulle part, la coupé-je. Nulle part !

Je détache les syllabes pour que ma meilleure amie percute bien.

— Zoé, c'est ce qu'il te faut, un nouveau départ… En plus, tu as quitté Paul et ton boulot. Qu'est-ce qui te retient ici ?

— Mais plein de choses ! protesté-je, en me levant d'un bond. C'est insensé, toute cette histoire est insensée ! Je ne vais pas tout abandonner du jour au lendemain et m'envoler vers les États-Unis, à l'autre bout de la planète, parce que tu m'as payé un billet ! Je ferai quoi là-bas ?

— Là-bas, tu retrouves Aidan et tu lui dis que tu ne peux plus vivre sans lui.

— Évidemment, que je suis bête ! Il n'attend que ça ! la raillé-je, en me tapant le front de la paume de ma main.

— Je suis sûre qu'il t'aime. Il s'est emporté, mais il ne pensait pas ce qu'il disait.

— Qu'est-ce que tu en sais ? Tu étais là ?

— Non, c'est vrai, reconnaît Malya, cette partie du téléfilm, je l'ai manquée car je dormais, mais j'ai vu un grand nombre d'épisodes, assez pour me forger ma propre opinion. Votre rencontre n'est pas le fruit du hasard.

— On croirait entendre Walter.

— Eh bien ton Walter a raison, c'est le destin qui vous a réunis. Crois-tu vraiment que c'est par hasard que Aidan t'a retrouvée et sauvée ?

— Les grands mots, tout de suite, j'aurais trouvé une autre âme charitable pour me conduire en ville, c'est tout. Ce n'est pas un coup de la providence, ou que sais-je ! Il n'y a aucun happy end pour Zoé et Aidan prévu au programme…

— Je déteste quand tu fais ta pleurnicharde, me réprimande Malya.

Elle se lève à son tour, pose ses deux mains sur mes épaules.

— Je n'ai pas vidé une bonne partie de mon livret A pour que tu continues de te morfondre et te lamenter sur ton sort, comme tu le fais depuis ton retour.

Je tente de protester, mais son regard perçant m'en dissuade.

— Maintenant tu te tais et tu m'écoutes. Je sais que tu as peur, que tu es morte de trouille… Mais la Zoé qui se tient face à moi vient de dire merde à un boulot qui ne lui convenait pas et à un type qui ne lui a jamais convenu... Et c'est cette Zoé-là qui refuserait de monter dans un avion ?

Malya n'a pas tort, même si je l'aurais formulé de façon moins virulente.

— Et s'il ne m'aime pas ? soufflé-je. Contre une Charmaine, je peux me battre, lui montrer à quel point elle n'en vaut pas la peine. Mais face à un fantôme, on fait quoi ? On rivalise comment avec la femme parfaite, la mère de sa fille, qui n'est plus de ce monde ?

— En étant toi-même, ma Zoé, en étant simplement toi-même.

De son index, elle cueille la larme sur ma joue, l'autre main pressant mon épaule avec tendresse. Son sourire empli de douceur se veut rassurant. Comme si c'était simple d'être soi-même quand on se pense insignifiante et qu'on doute de sa valeur ?

— Et il y a autre chose, autre chose que j'hésitais à te dire. J'ai compris qui était Damport, c'est le type qui était au café. Il t'a entendu parler avec Janet, a fait le lien entre ce que tu racontais et l'exploitation des Cooper. C'est pour ça qu'il n'a pas souhaité investir...

— Tu veux dire que c'est vraiment *ma* faute si Aidan va perdre sa ferme ?

— Non, non, je ne peux pas te laisser dire ça ! Aidan avait déjà de gros ennuis financiers avant que tu arrives et rien ne dit que Damport aurait validé le projet de toute façon. Tu as voulu aider, c'est tout.

— Et vois à quoi cela a servi, j'ai empiré les choses au lieu de les améliorer...

— Super, ironise-t-elle en roulant des yeux, le retour de Mimi Geignarde.

Si vous n'avez pas lu ou vu *Harry Potter*, c'est un personnage qui, comme son surnom l'indique, passe son temps à gémir, à se plaindre, au point d'en devenir agaçante. Sa comparaison n'est pas flatteuse, mais a le mérite de me faire aussitôt réagir. Non, je ne veux pas me transformer en Mimi Geignarde, devenir un fantôme dans ma propre vie. Hors de question.

— Tu peux arranger les choses ! Je le sais. J'ai confiance en toi.

— Mais comment ?

— Je viens de te le dire, je te fais confiance. Tu trouveras bien une idée.

Je me libère de son étreinte, me dirige machinalement vers ma collection de boules à neige. J'en retourne une, fais s'envoler les paillettes blanches et dorées autour d'un renne rigolo au nez rouge scintillant. Un instant, alors que je repose la décoration, j'ai l'impression qu'il m'adresse un clin d'œil complice. Cependant quand je l'observe à nouveau, je constate qu'il est parfaitement statique. Mon imagination me joue des tours. Malya a raison, même si cela me fait mal de le reconnaître. Je n'ai pas cinquante solutions, soit je reste à me morfondre sur mon divan soit je prends cet avion et je tente d'aider Aidan. Il est fort probable que cela se passe très mal, mais il y a cette infime chance qu'un miracle de Noël se produise et que tout finisse par s'arranger. Avant de changer d'avis – ce qui ne serait pas impossible –, je me tourne vers ma colocataire et lui fais part de ma décision.

— Je pars, déclaré-je.

— Bien sûr que tu pars ! triomphe-t-elle.

— En plus, tu as déjà acheté le billet, ce serait dommage que tu aies gâché tes économies pour rien…

Chapitre 30

« Ô traîneau dans le ciel
N'oublie pas l'essentiel[1]... »

« Mesdames, messieurs, c'est le commandant qui vous parle. Bonjour, bienvenue à bord du vol 780 à destination de New York. Notre temps de vol sera aujourd'hui de sept heures quarante-sept. Beau temps sur le trajet avec quelques turbulences en approche. À l'arrivée, de la neige est prévue avec une température de moins deux degrés. Au nom d'Air France, je vous souhaite un très bon voyage. »

Alors que l'avion s'engage sur la piste de décollage, je retiens mon souffle. Parce que je ne peux plus faire marche arrière, parce que ma valise est rangée au fond de la soute, valise qui a été bien compliqué à fermer. Parce qu'au terme de ce voyage complètement fou, il y a un bûcheron sexy, qui ne m'attend pas. Le commandant de bord refait son annonce en anglais, et soudain je me rends compte que mon niveau s'est nettement amoindri depuis mon retour à la réalité. C'était bien agréable de n'avoir aucun effort à faire pour comprendre et se faire comprendre. Peut-être qu'un nouveau choc sur la tête m'aurait rendue définitivement bilingue, mais j'ai refusé que Malya n'utilise une planche de bois ou tout autre objet pour m'assommer. Si besoin, je préfère encore utiliser ce bon vieux dictionnaire français/

1. « Ô traîneau dans le ciel », Maryse Letarte, in *Des pas dans la neige*, 2010.

anglais. Malya… La laisser à l'aéroport m'a déchiré le cœur. Si la première fois, c'est par accident que je me suis retrouvée à Everwood, là, c'est différent et elle ne m'a pris qu'un billet aller. Nous nous sommes longuement étreintes, essayant l'une comme l'autre de ne pas trop pleurer. En vain, nos larmes ont jailli et se sont mélangées. Elle m'a fait promettre que si j'épousais Aidan, elle serait ma demoiselle d'honneur.

— Tu ne crois pas que tu mets la charrue avant les bœufs ? plaisanté-je.

— Plutôt le traîneau avant les rennes, réplique-t-elle, les yeux mouillés.

J'ai pouffé de rire derrière ma main, en levant les yeux au ciel, même si secrètement j'avoue que cette idée ne serait pas pour me déplaire. Cependant, avant de songer à quoi que ce soit de plus intime, il y a un certain nombre de choses que je vais devoir régler dès mon arrivée aux États-Unis, à commencer par rejoindre Everwood. Pour calmer mes nerfs qui menacent de lâcher sous l'ampleur de la mission, je sors rapidement mon carnet de croquis et commence à dessiner. Si je crayonne d'abord l'hôtesse de l'air qui me ravitaille en sucreries et en soda, c'est le visage de Malya qui se matérialise soudain. Je regrette de ne pas avoir pris mes crayons de couleur pour rendre hommage à ses magnifiques yeux bleus. Sans elle, je ne serais pas assise dans cet avion, elle est en quelque sorte ma marraine la bonne fée, l'alliée du père Noël dans mon histoire. À ses côtés, je dessine Grace avec son incroyable sourire, avant de tracer ses différentes expressions. Grace boudeuse, Grace rieuse, Grace joueuse. Elle serait le sujet idéal d'une série de livres enfants. Après *Les Malheurs de Sophie*, les facéties et les bêtises de Grace seraient une source inépuisable pour un romancier. À ses côtés, j'ajoute un sapin de Noël qui atteint le haut de ma feuille blanche, en souvenir de celui qui touche le plafond et au pied duquel nous avons fait l'amour. Lorsque je repense à nos étreintes, le rouge me monte aux joues et je m'évertue à chasser ces souvenirs. Sa peau nue, ses muscles qui se contractent sous mes caresses, sa virilité sauvage, ses râles. Je m'évente de la main et souffle à plusieurs reprises. Mon voisin de siège me regarde, étonné, et me demande si je vais bien. Je le rassure, prétexte un petit coup de chaud dû au stress aérien, avale une gorgée de mon Coca glacé et sors mon ordinateur portable pour échapper à ses questions. En pensant à Aidan, des idées me viennent et pas seulement des idées indécentes. Par réflexe professionnel, j'établis un tableau d'ambiance, nourri de mon expérience à Everwood. Plus les minutes défilent, plus je suis persuadée que l'entreprise d'Aidan a besoin d'un coup de frais. Rajeunir son site Web, dépoussiérer son logo, insuffler son âme dans son identité visuelle. Pourquoi ne pas accompagner chaque sapin d'une carte indiquant son nom ? Pourquoi ne pas créer des box de Noël associant décorations, bougies et sapin ? Je suis tellement inspirée que je ne vois pas les heures passer et quand le steward annonce qu'il faut ranger ses affaires et attacher sa ceinture en vue de l'atterrissage, j'en suis presque surprise.

— Je n'ai pas pu m'empêcher de jeter un œil sur votre travail, me lance mon voisin.

— Ah, et alors ?

— C'est vraiment superbe, me rassure-t-il. Je pense que vous avez l'âme de Noël en vous.

Surprise par ses propos, je détaille un peu plus l'homme près de moi, me retenant de lui demander s'il ne connaîtrait pas Walter par hasard.

— Merci, mais j'espère surtout que ça plaira au chef de l'exploitation.

— Franchement, il faudrait qu'il soit bien difficile, m'assure-t-il convaincu.

Avec un ours mal léché, on ne peut jamais savoir.

Dès la sortie de l'avion, une rafale de neige nous accueille sur le tarmac et les quelques mètres pour rejoindre le hall me préparent à ce qui m'attend sur la route. Depuis Paris, et avec l'aide de Malya, j'ai réservé un véhicule. Alors soyons clairs, je n'ai pas eu envie de claquer mes économies dans la location d'une Chevrolet, et j'ai opté raisonnablement pour la voiture la moins chère. Comme si cela était fait exprès, c'est au volant d'un pick-up Toyota Tacoma de couleur rouge que je me retrouve, à l'arrière duquel Aidan n'aurait aucun mal à livrer ses sapins. Sur la route, la musique à fond, je tente de chasser cette petite voix dans ma tête qui me dit que je suis en train de faire une belle bêtise, et je beugle sur du Taylor Swift et du Britney Spears pour ne pas me laisser aller. Les doutes, les pensées négatives, je les noie dans de grands cafés latte et les oublie en testant une tarte aux noix de Pécan dans un *diner* aux néons colorés et au juke-box rutilant. Si le dessert ne vaut évidemment pas ceux de Janet, il me donne un regain d'énergie pour affronter le reste du trajet. Avant même de voir le panneau de la ville, j'emprunte la route déserte qui serpente au milieu d'arbres majestueux et soudain apparaît de nouveau devant moi un renne, une bête magnifique qui me fixe de ses grands yeux marron. Mes réflexes, après six heures de conduite se sont par chance nettement améliorés et je ne percute ni l'immense animal ni un sapin. Comme je ne suis plus à cinq minutes près, je me gare sur le bas-côté, sors du véhicule et l'observe, émerveillée.

— Salut toi, lui lancé-je. Ça ne te dérange pas trop de me faire des frayeurs ? En plus, tu prends des risques inconsidérés avec moi, je ne suis pas la meilleure conductrice du monde et tu aurais pu finir écrasé sous les roues de mon pick-up.

L'animal au pelage gris irisé tourne la tête dans ma direction, et s'approche doucement de moi. Ses sabots claquent sur l'asphalte, malgré la fine couche blanche qui la recouvre. Je ne bouge pas, je ne suis même pas sûre de respirer. Le renne vient frotter son museau dans la paume de ma main. Cette scène est surréaliste, et évidemment, il n'y a personne pour la filmer. Qui me croira ? Franchement, même moi je ne suis pas sûre de me croire quand je me remémorerai cette fabuleuse rencontre.

— Bon, je sais que je t'ai accusé d'être responsable de mon accident, je veux dire de mes deux accidents, et je m'en excuse car je crois que tu m'as aidée, et que je devrais plutôt te dire merci.

Je ne sais pas si c'est le nom qu'on donne au cri de l'animal, mais il grogne, comme s'il me répondait un truc du genre : « De rien, Zoé. »

— Tu es un sacré allié du père Noël, déclaré-je, en lui flattant l'encolure.

Je lève la tête, offrant mon visage aux flocons qui dansent jusqu'à moi, je ne pensais pas un jour en savourer le contact glacé. Mais bien des choses ont changé. J'ai changé.

— Merci père Noël, merci pour tout ! Je crois que tu n'es pas obligé de remplir mes souliers cette année, j'ai été déjà bien gâtée.

Je plante une dernière fois mes yeux dans ceux du cervidé, le remercie chaleureusement et du fond du cœur de m'avoir permis de rencontrer Aidan et de m'avoir menée jusqu'à lui. Un sourire flotte sur mes lèvres glacées.

— Maintenant, je crois que je suis prête.

Malgré tout ce qui me reste encore à affronter, je me sens plus sereine. Le renne grogne une dernière fois, et s'éloigne lentement au cœur de la forêt. Je le suis du regard alors qu'il s'avance entre les arbres. Encore émue, je marche à reculons vers mon véhicule.

— Mademoiselle ? Mademoiselle, vous allez bien ? m'interpelle un conducteur qui s'arrête à ma hauteur.

Bien sûr, c'est seulement maintenant qu'un type arrive, au moment où le cervidé a quasiment disparu de mon champ de vision.

— Vous avez vu le renne qui...

Je tourne rapidement la tête vers la forêt, tentant d'apercevoir l'animal. Évidemment, il s'est volatilisé. Comme par magie.

— Oui, tout va bien, reprends-je avec un sourire. Je suis bientôt arrivée...

Il me salue d'un geste de la main, et je remonte dans mon pick-up. Lorsque le panneau Everwood apparaît, mon cœur s'arrête de battre, avant de repartir à un rythme frénétique. La rue principale, ses vitrines illuminées, ses décorations scintillantes. En posant un pied hors de la voiture, je prends conscience que je suis réellement là. La fatigue de la route et du voyage se fait sentir, et pourtant elle disparaît quand je fais tinter la cloche du *Janet's café*. Elle se retourne, et son visage s'illumine lorsqu'elle me reconnaît. Abandonnant son plateau sur la table qu'elle était en train de servir, elle se précipite vers moi et me serre dans ses bras.

— Zoé, j'ai cru ne jamais te revoir !

Gagnée par l'émotion, je sens mes yeux s'embuer.

— Moi aussi.

— Et tu n'es même pas venue me dire au revoir, me reproche-t-elle.

— Je devais et puis les choses se sont un peu... C'est une longue histoire.

Tous les regards sont braqués sur nous, ceux des clients comme ceux des deux serveuses. Ces dernières me saluent au passage. Ce n'est donc pas le moment idéal pour me lancer dans de longues explications ni aborder des sujets intimes. Si je lui disais que j'ai couché avec Aidan, qu'après il m'a fichue dehors, que j'ai eu un accident et que j'ai voyagé à travers mon écran pour me retrouver dans mon salon, je me demande au bout de combien de secondes on viendrait me chercher pour me conduire dans un hôpital psychiatrique.

— L'essentiel, c'est que tu sois là ! Comme je suis heureuse de te voir. J'ai tellement de choses à te raconter, mais avec la fête de ce soir, les préparatifs à finir et le café, je crois qu'on va devoir remettre cette conversation à plus tard.

— De toute façon, j'ai des choses à faire, je dois trouver M. Damport.

— Qui ça ? me questionne-t-elle.

— L'investisseur d'Aidan, je dois le convaincre de...

— Je ne sais pas si c'est une très bonne idée, me coupe Janet, gênée, tu sais, depuis ton départ Aidan est... différent.

Elle baisse la voix, s'approche de mon oreille, pour échapper à toutes celles indiscrètes tendues dans notre direction.

— Cela fait longtemps que je ne l'ai pas vu aussi en colère..., me souffle-t-elle.

— Super ! ironisé-je tristement.

— Oh non, pas contre toi. Contre lui-même, je pense. Bon peut-être un peu contre toi aussi.

Janet pose une main affectueuse sur mon bras, plante ses yeux noisette dans les miens.

— Mais quoi qu'il se soit passé entre vous, j'espère vraiment que cela va s'arranger.

Je ne réponds rien. Qui y a-t-il à dire en réalité ? Pour l'instant, je veux juste l'aider à sauver son entreprise, que Grace puisse, si elle le souhaite, être la quatrième génération de Cooper à la tête de l'exploitation. Le reste, on verra ensuite.

— En tout cas, je ne connais pas ton Damport, lance Janet.

— Damport ? intervient Sid, en nous rejoignant.

Je remarque aussitôt que les mèches vertes ont été remplacées par un orange vif en mon absence.

— Stanislas Damport ? précise-t-elle.

Quand je disais qu'on nous espionnait, je ne mentais pas. Heureusement que je n'ai rien avoué de compromettant.

— Je ne connais pas son prénom. Ce que je sais, c'est que c'est un investisseur financier.

— Alors, c'est bien de Stanislas Damport que tu parles. Je garde ses enfants à l'occasion quand lui et sa femme sortent dîner ou au théâtre, m'explique Sid.

— Génial ! Tu pourrais me conduire chez lui ? C'est important.

— Bien sûr, enfin si Janet est d'accord, se reprend-elle. Je n'ai pas encore fini mon service...

— Oui, vas-y file, si c'est si urgent que ça...

Janet m'interroge du regard et je hoche vigoureusement la tête. Plus vite cette histoire sera réglée, mieux ce sera, en espérant qu'il n'est pas déjà trop tard.

— De toute façon, on va bientôt fermer et porter les pâtisseries à la grange pour la soirée...

— Très bien, je prends mes affaires, et j'arrive, lance Sid, en s'éloignant.

— Tu viens à la soirée, n'est-ce pas ? me questionne Janet.

La soirée, la fameuse soirée, celle où Grace voulait à tout prix que j'assiste, la soirée de Noël avant Noël, le genre de fête incroyable qu'on trouve dans tous les téléfilms qui se respectent. Même si je meurs d'envie d'y aller, je doute que ma présence soit bien perçue par Aidan. Je préfère avoir l'occasion de lui parler en tête à tête avant de le revoir en public.

— Je ne pense pas que ce soit une bonne idée, avoué-je. En plus, je n'ai pas du tout prévu...

— Non, interdiction de refuser, me coupe Janet.

— Mais je n'ai rien à me mettre, protesté-je.

— Rejoins-moi à la maison, et je te prêterai ce qu'il te faut.

De la poche de son tablier, elle sort un bloc-notes, griffonne quelques mots avant d'arracher la feuille et de me la tendre. Elle ne me laisse pas le temps de protester. Sans que j'aie commandé quoi que ce soit, Betty me glisse entre les mains un gobelet cartonné rempli de café, en affirmant que c'est un cadeau de la maison.

— Tu aurais pu lui apporter un de tes roulés à la cannelle, la réprimande Janet.

— Si tu veux, j'y...

— Non, c'est bon, un café, c'est parfait, assuré-je.

Avec un sourire, les deux femmes s'éloignent alors que Sid, chaudement vêtue, me rejoint. Tout est si simple, si facile. J'ai beau avoir conscience que je ne suis plus dans un téléfilm, parfois il semble aisé de l'oublier.

Chapitre 31

« Sur le bureau du père Noël, les courriers sont entassés Il a de la lecture pour toute l'année[1] »

Installée dans le bureau du fameux M. Damport, je regrette de ne pas avoir pris le temps de faire un brin de toilette avant de me présenter devant lui. Le lieu est à son image. Froid, professionnel, morne. Perchée sur un bord de chaise en plastique inconfortable, je viens d'ouvrir mon ordinateur portable alors que sa secrétaire dépose pompeusement un immense verre d'eau devant moi.

— Mademoiselle Loisel, permettez-moi d'être honnête, je ne comprends pas vraiment les raisons de votre visite. C'est M. Cooper qui vous envoie ? Vous travaillez avec lui ?

Mentir ou ne pas mentir ? Jouer cartes sur table ? J'observe mon interlocuteur, comme si c'était un client potentiel. L'honnêteté me semble préférable.

— Ma démarche toute personnelle fait écho aux propos que vous avez surpris dans le café et qui a motivé votre refus d'aider financièrement M. Cooper. Il m'a semblé juste de lui apporter mon aide.

D'un geste de la main, il m'invite à poursuivre, en m'accordant son attention. Pour appuyer mes explications, j'ouvre d'abord le site Web d'Aidan.

1. « Le Bureau du père Noël », comptine de l'autrice.

— L'exploitation arboricole a une âme. Regardez ces quelques photos, des parents aux anges, des gamins qui sourient... Et cette ambiance, cette vie, c'est la passion qu'Aidan Cooper y insuffle. À Noël, les gens veulent la tradition, ils ne veulent pas de l'artificiel du plastique, ils veulent du vrai, se reconnecter à la nature, à l'enfant qui sommeille en eux. Ce site est affreux, on est d'accord, mais l'essentiel y est.

À présent, je lui montre mes tableaux d'inspiration et mes recherches graphiques. M. Damport replace ses lunettes sur son nez, se penche légèrement, m'écoute attentivement. Je sais remarquer ce genre de détail, et si j'osais, je dirais qu'il est en train de mordre à l'hameçon.

— Cette magie, les gens ont besoin de la voir, de la toucher, de la sentir. Il faut que, lorsqu'ils viennent acheter leur sapin, ils replongent directement en enfance. Plusieurs pistes sont à l'étude. Chaque sapin pourrait, par exemple, avoir sa carte de naissance : son nom, son âge, ses principales caractéristiques. Ainsi, les gens ne ramèneraient plus chez eux un arbre, mais Paddington, six ans, il pique mais donne envie de manger des chamallows grillés au feu de cheminée ou Stella, deux ans, elle est encore toute petite mais adore quand les enfants et leurs parents lui chantent des berceuses. Ce ne serait plus un sapin, mais un membre de la famille, le temps d'un hiver.

— Et pour les autres, ceux qui ne sont pas des accros aux fêtes de fin d'année ?

— J'allais justement y venir. J'ai pensé aussi à eux, et voici la première box tout en un...

J'ouvre sur mon écran une nouvelle page.

— Ce ne sont que des recherches préliminaires, évidemment. Cette box pourrait contenir des bougies parfumées, des douceurs sucrées, des décorations faites à la main et choisies selon les goûts de chaque client. Nous prendrions en considération ses couleurs de prédilection ou son style. Le contenu de cette box est à réfléchir, mais évidemment, elle serait livrée avec son sapin Cooper.

Même si c'est léger, presque imperceptible, je suis sûre que M. Damport vient de hocher la tête. Il est temps que j'assène le coup de grâce, que je sorte le poisson de l'eau. Forte de mes années auprès de Paul, de Lavigne et de ma discussion très instructive lors du trajet avec Sid.

— Stanislas… Vous permettez que je vous appelle ainsi ?

Il hoche la tête, alors que je baisse d'un ton, me penche vers lui, comme si j'allais lui confier un secret.

— Vous avez deux enfants, si je ne me trompe pas, et je suis sûre que vous voulez voir briller la magie dans leurs yeux. Ils grandissent trop vite, vraiment trop vite. L'enfance est cette fleur précieuse qu'il faut cueillir avant qu'elle se fane. Emmenez-les à l'exploitation Cooper, faites-leur choisir un sapin incroyablement grand, prenez le temps de le décorer avec eux, partagez ces moments avec vos fils, des moments vrais, intenses, magiques. Faites briller leurs yeux.

Après un instant de réflexion où il visualise mes différentes présentations, il replace ses lunettes une dernière fois sur son nez et me tend sa main. Je m'empresse de m'en emparer, dissimulant un profond sentiment de soulagement.

— C'est du bon travail, mademoiselle Loisel. Je vais proposer un nouvel arrangement financier à M. Cooper. Je dois reconnaître que vous avez des idées intéressantes, et je pense faire appel à vos services pour dépoussiérer mon propre site Web après les fêtes de fin d'année. Vous avez une carte de visite ?

— Euh, non, pas encore, réponds-je étonnée. Je viens juste d'arriver à Everwood.

— Eh bien, dans ce cas-là, recontactez-moi en janvier et nous en reparlerons, mais en attendant je vais appeler M. Cooper.

Comme il se lève, j'en fais autant, après avoir rangé mon ordinateur dans sa sacoche. Il me raccompagne à la porte de son agence et me souhaite de bonnes fêtes de fin d'année. Dans la rue, je fais quelques pas avant de prendre conscience de ce qui vient de se passer et de laisser éclater ma joie de la plus bruyante des façons. Je hurle et saute sur place.

— J'ai réussi ! J'ai sauvé l'exploitation d'Aidan Cooper ! Moi, Zoé Loisel, j'ai réussi !

— Des félicitations s'imposent alors, lance une voix dans mon dos. Je me retourne vivement, un sourire toujours accroché à mes lèvres.

— Walter, que je suis heureuse de vous revoir !

— Moi aussi, mon petit.

Il porte à nouveau son costume de père Noël, et je n'en suis même plus surprise, tant désormais cela me semble naturel et normal.

— Rassurez-moi, en janvier, vous ne vous baladerez plus dans cette tenue dans les rues d'Everwood ?

— Il va vous falloir rester pour le savoir, réplique-t-il avec un clin d'œil complice.

— Je ne sais pas encore ce que je vais faire, cela dépend de...

Je n'achève pas ma phrase. De son regard clair qui semble sonder votre âme, Walter me dévisage.

— Le seul voyage qu'on regrette est celui qu'on n'ose pas.

Et c'est sur cette nouvelle parole énigmatique que le père Noël prend congé. Il s'éloigne de sa démarche un peu traînante, salue chaque personne qu'il croise par son nom et s'engouffre dans une boutique. J'ai déjà entrepris un très long voyage pour arriver jusqu'ici, je ne compte pas renoncer si près du but. Mon erreur a été réparée, son entreprise est sauvée. Je n'ai pas ajouté à la vie d'Aidan un nouveau drame. Je dois lui parler, et si après il veut que je parte, je m'en irai. Comme je monte dans mon pick-up de location, je sens qu'on m'observe et je regarde autour de moi. Sur le trottoir opposé, Charmaine et Harmony, accompagnées de leurs enfants, écarquillent les yeux. En arborant un sourire tout ce qu'il y a de plus hypocrite, je leur fais un petit signe de la main, qu'elles se sentent obligées de me rendre.

— Eh oui, marmonné-je amusée entre mes dents serrées, je suis de retour.

J'en connais deux qui vont avoir besoin de passer sous les doigts experts de Magic Fingers pour se détendre. Elles se retournent plusieurs fois, je les aperçois dans mon rétroviseur alors que j'entre l'adresse de Janet dans mon GPS. Elle habite à cinq minutes de là, j'aurais presque pu y aller à pied, mais je n'ai aucune envie de tirer ma lourde valise jusque chez elle. Maintenant que j'ai rempli avec succès ma mission, je me rends compte que je n'ai même pas réservé une chambre pour la nuit. Je suis partie la fleur au fusil avec comme objectif de sauver la ferme des Cooper et maintenant que cela est fait, je me dis qu'il y a toute une partie plus pragmatique à laquelle je dois penser, comme trouver où dormir par exemple. Nous sommes en plein mois de décembre, la belle étoile n'est pas recommandée. Avant de passer mes coups de fil pour réserver un hébergement, je rejoins Janet chez elle pour lui raconter mon entrevue avec M. Damport. C'est à grand renfort de chocolats chauds et de guimauves que nous célébrons la bonne nouvelle.

— Je ne vais pas m'attarder, je dois encore trouver une chambre pour la nuit.

— Sérieusement ? me questionne-t-elle, en éclatant de rire. Je serais une bien mauvaise amie si je ne t'accueillais pas sous mon toit.

J'avoue que j'espérais un peu qu'elle dirait ça.

— Et pour l'instant, nous avons encore une chambre d'amis, ajoute-t-elle.

Cette allusion à cette pièce disponible pour m'accueillir, seulement « pour l'instant »... Je pousse un petit cri, essayant de ne pas me réjouir trop vite de ce que je crois avoir compris.

— Janet, est-ce que c'est ce que je pense ?

— Ça dépend. À quoi tu penses ? réplique-t-elle malicieusement.

Elle sourit sous cape, mais je me méfie de mes intuitions. Et si je me trompais ? Je n'ai aucunement envie de voir s'éteindre son sourire comme la flamme d'une bougie.

— Tu ne serais pas...

Elle ne me laisse pas finir ma phrase qu'elle me saute dans les bras pour m'annoncer la bonne nouvelle.

— Je suis enceinte ! C'est encore trop tôt pour le dire, mais toi, c'est différent... Je sais que tu garderas ta langue.

— Promis. Je suis tellement heureuse pour toi, lui assuré-je.

— Je préfère garder le secret au moins jusqu'à la première échographie, on ne sait jamais.

— Tout ira bien, lui assuré-je. C'est ton cadeau de Noël ! déclaré-je, en pointant du doigt son ventre.

Elle éclate de rire et ça me fait plaisir de la retrouver si heureuse, si épanouie. J'ai beau ne pas la connaître depuis longtemps, je sais qu'elle sera une maman formidable.

— Tu auras le tien, toi aussi !

Ses iris noisette pétillent de malice. Si cela pouvait être un Aidan entouré d'un ruban rouge, je n'aurais rien contre. J'ai bien le droit de croire au père Noël.

Chapitre 32

« When I think about what Christmas means
The celebrations and the scenes
Things that I hold dear and true
I mostly think of you[1] »

À la nuit tombée, le chemin qui mène à la soirée de Noël est illuminé par des centaines de bougies et de lampions disposés entre deux rangées de sapins. J'en prends plein les yeux et je ne suis même pas encore à l'intérieur. Saisie par le charme du décor, je ne peux que pousser un soupir émerveillé. On se croirait littéralement dans un conte de fées. La neige qui tombe doucement, le tapis rouge disposé sur le sol, les arbres majestueux, les flammes qui dansent au vent. Je m'avance lentement, remplis mes yeux de cette beauté. Je frissonne, et pas seulement parce que le vent glacé s'invite sous ma robe, mais aussi parce que je sais que de l'autre côté de la porte se trouve Aidan. Je lève les yeux vers le ciel et formule à mi-voix ma petite prière, en espérant que le bonhomme rouge l'entende.

— Père Noël, en fin de compte, je crois que j'aurai encore besoin d'un petit coup de main. Promis, après je ne t'embête plus et te laisse terminer tes préparatifs pour le 24 décembre.

1. « You Are My Christmas », Dolly Parton, in *A Holly Dolly Christmas*, 2020. Traduction approximative des paroles : « Lorsque je pense à ce que Noël signifie / Les célébrations et les festivités / Toutes ces choses vraies et chères à mon cœur / C'est surtout à toi que je pense. »

En arrivant tardivement, j'espère faire une entrée discrète, mais c'est sans compter sur Grace qui m'aperçoit à peine le seuil de la grange franchi. Appeler ce lieu « une grange », c'est comme dire du château de Versailles que c'est un manoir. À peine ai-je le temps de m'extasier sur la magnificence des lieux – juste pour vous dire que c'est un mélange de tous les téléfilms et de tous les Walt Disney que vous avez vus, mais en mieux – qu'une petite furie atterrit dans mes bras et me tambourine la poitrine de ses poings.

— Zoé, tu étais partie sans même me dire au revoir...

— Je suis désolée, vraiment désolée. Si tu savais comme je l'ai regretté, je n'ai pas cessé de penser à toi quand j'étais à Paris.

— Tu étais à Paris ? s'étonne-t-elle.

— Oui, chez moi.

Sur son visage différentes émotions se dessinent. Je sais qu'elle voudrait être fâchée, mais une lueur de curiosité allume sa prunelle et elle hésite à me poser un millier de questions.

— Promets-moi de ne plus jamais partir comme ça.

Je me baisse à sa hauteur, ancre mes prunelles dans les siennes.

— Je te le jure, Grace. Tu me pardonnes ?

Sans hésiter, elle se jette dans mes bras, me serre à m'étouffer, et mon cœur fond de soulagement.

— Je croyais que ça serait plus dur de te convaincre. Du coup, je t'avais rapporté un cadeau. Mais bon, puisque ce n'est plus nécessaire...

— Je suis encore très fâchée, s'exclame-t-elle en fronçant exagérément les sourcils.

Amusée, je sors de mon sac à main une boule à neige. Elle s'en empare, et ses yeux se mettent à briller comme si je venais de lui faire le plus beau des présents, alors que c'est, malheureusement, un modèle des plus ordinaires que j'ai pu trouver au dernier moment dans une de ces boutiques à touristes qui pullulent du côté du Louvre. Faute de temps, je n'ai pas pu partir en quête d'un exemplaire rare et précieux. Le socle est en plastique, Paris est inscrit à l'aide d'autocollants noirs.

— C'est de l'or ? me questionne-t-elle en désignant la petite tour Eiffel métallique en son centre.

Au risque de la décevoir, je me dois d'être sincère.

— Non, ma puce, c'est juste du métal doré, je suis désolée.

— Doré, c'est la couleur de l'or, c'est pareil. Merci, merci, merci.

Elle secoue sa boule dans tous les sens et fait tomber sur la Dame de fer une avalanche de flocons blancs. La joie irradie de son visage émerveillé. Je crois que je ne me lasserai jamais de la contempler.

— J'ai tellement de chance...

J'ignore si elle ne parle que de ce cadeau ou de ma présence à cette fête, mais je choisis de croire que c'est un peu des deux. Sans lâcher sa boule à neige, elle enlace mon cou de ses bras. Ses caresses, ses baisers, ses effusions, cela vaut bien tout l'or du monde.

— Et je t'ai aussi rapporté des chocolats, mais ils sont dans ma valise, faut le temps que je la fouille...

— Oh !

Sa réaction me fait penser que le chocolat est une valeur sûre pour s'attacher l'affection des enfants, mais en réalité, ce qui la rend euphorique est le fait que je sois venue avec une valise. Cette petite est décidément bien trop maligne pour son âge, et même comparée à bien des adultes.

— Tu vas revenir à la maison ?

Typiquement le genre de question que j'aurais aimé éviter.

— Je suis chez ta tante Janet pour l'instant...

— Pour l'instant, ça veut dire que tu pourrais revenir demain ?

— Euh...

Gênée, je commence à bafouiller. Comment lui expliquer que les choses sont compliquées ? Que son père et moi ne savons pas très bien où nous en sommes ? J'ai beau savoir que Grace m'est attachée, j'ignore quelle sera sa réaction si elle découvre le rapprochement entre son père et moi.

— Je te laisse le temps de réfléchir, me propose-t-elle de sa voix bien trop adulte. En attendant, je vais la montrer à Molly, je parie qu'elle n'en a jamais vu des comme ça !

Grace regarde autour d'elle, s'assure que personne ne nous espionne, mais baisse malgré tout d'un ton.

— Molly n'arrête pas de se vanter...

À croire que les chiens ne font pas des chats.

— C'est ma copine, mais ça ne me dérangera pas qu'elle soit un peu jalouse de moi, pour une fois, précise Grace, avant de tourner les talons.

Alors que je l'observe s'éloigner en trottinant, c'est Marilyn, l'assistante médicale du Dr Scott, qui intercepte mon regard et se précipite vers moi. Elle arbore toujours son sourire étincelant, même si elle a troqué sa blouse d'infirmière contre une élégante robe de soirée en soie grise.

— Mademoiselle Loisel, quelle joie de vous voir ici ! Mais vous avez encore votre manteau sur le dos, donnez-le-moi que je le porte au vestiaire.

Je dénoue mon écharpe, me débarrasse de mes gants et retire la capuche en prenant garde de ne pas détruire le chignon que Janet a mis plus d'une demi-heure à façonner à l'aide d'un tutoriel, et lui tends cérémonieusement mon manteau. Enfin quand je dis *mon* manteau, je devrais dire celui que Marilyn m'a si généreusement offert avant que je me transforme en bonhomme de neige et que j'ai aussitôt adopté.

— J'espère que vous n'allez pas le récupérer, la taquiné-je.

— Sauf si vous l'oubliez après le bal, réplique-t-elle.

— Aucune chance. Je l'adore, et je risque de tomber à nouveau malade si je repars de la fête les bras nus.

— Ce qui serait d'autant plus regrettable que le Dr Scott a pris quelques jours de congé pour les fêtes, plaisante Marilyn, en tapotant mon bras.

Je crois que j'ai assez vu le pédiatre depuis mon arrivée à Everwood pour me passer d'une nouvelle visite.

— Profitez de votre soirée, mademoiselle Loisel. Au plaisir...

Je l'ai à peine remerciée qu'Amy me saute dans les bras. Elle ressemble à une princesse de la pointure des chaussures jusqu'au *headband* qui retient ses cheveux tombant en boucles souples sur ses épaules. Une vraie robe de bal, rose pâle, longue, adorable avec ses guipures en forme de fleur.

— Oh ! Zoé, tu es là ! s'enthousiasme sincèrement Amy. Je croyais que tu étais partie.

— Je pensais que tu le serais aussi, répliqué-je. Tu ne devais pas couvrir un festival de sculptures sur glace en Alaska ? Que fais-tu encore coincée à Everwood ?

— Oh ça !

Ses joues rougissent et elle baisse les yeux. Deux signes qui chez une femme ne trompent pas : elle est amoureuse. Mon imagination s'emballe aussitôt et je cherche du regard celui qui pourrait faire battre son cœur. Si c'est Aidan – et je présume que ce sera le cas –, il ne me restera plus qu'à empaqueter ma dignité et mon moral et à reprendre l'avion en sens inverse. Lorsqu'elle relève la tête vers moi, je croise son regard empli de douceur et de bonté, et je ne pourrais lui en vouloir quand bien même je le voudrais. C'est ça avec les gens trop gentils, on devient des monstres si on leur souhaite du malheur.

— Je n'ai plus envie de repartir, m'avoue-t-elle. Depuis que je l'ai rencontré, ma vision de la vie a changé. Avant, je ne pensais qu'à ma carrière, cherchais plus que tout autre chose à plaire à Peter et obtenir un meilleur poste, mais à Everwood, j'ai appris où se situait l'essentiel...

La ressemblance entre nos deux situations me saute aux yeux. Je croyais savoir ce que je voulais : Paul en tête de liste, un avancement si possible. Mais aujourd'hui, ce que je souhaite est fort différent. Et inaccessible.

— J'ai trouvé mon âme sœur, m'achève Amy sans en avoir conscience.

Je croyais devoir me battre contre un fantôme. En réalité, c'est contre une grande blonde adorablement sexy que je considère déjà comme une amie. En mon for intérieur, je peste. Si ça avait été Charmaine, la sorcière d'Everwood, c'est sans scrupule que je lui aurais refait le portrait. Tout plutôt qu'Aidan et Grace tombent sous sa coupe. Mais Amy ? Je n'ai absolument rien contre elle.

— De prime abord, il peut paraître un peu rustre, une espèce d'ours mal... Zoé, tu te sens bien, tu es blanche d'un seul coup ?

me questionne-t-elle, en posant sa main sur mon bras en un geste apaisant.

Pour la rassurer, je tente d'afficher un sourire que je suis loin d'avoir envie d'arborer, mais il ne la convainc pas. Au contraire, l'inquiétude voile soudain son regard.

— Je devrais peut-être essayer de trouver le Dr Scott...

— Non, protesté-je. Je l'ai assez embêté depuis mon arrivée à Everwood, et hormis le fait que ce soit un pédiatre, il est en vacances, il a le droit de profiter de sa soirée sans être obligé de venir s'occuper de la petite Française qui souffre de décalage horaire et qui aurait bien besoin de prendre du repos.

— Je vais demander à mon chéri de te ramener un verre de jus de fruits, ça te fera du bien.

— Non !

Je crie sans doute un peu trop vigoureusement car Amy sursaute et me dévisage avec étonnement. Voir Aidan à ses côtés semble au-delà de ce que je peux endurer pour l'instant. Je ne suis pas prête à affronter la réalité et pourtant, je ne vais pas avoir d'autre choix que de prendre sur moi, car Amy l'a déjà appelé d'un geste de la main. Je n'ose me retourner, de peur de croiser son regard profond, d'y plonger, de m'y noyer et de souffrir. Je sais que je vais avoir mal, mal à en crever quand je prendrai conscience que c'est réellement fini. Mon cœur se serre douloureusement et mes yeux s'embuent. Rien n'a compté pour lui. Aucun de nos baisers, aucune de nos étreintes. Je n'ai été qu'une parenthèse dans sa vie. Il a vite oublié la *frenchy* dans les bras de son âme sœur. Dans les téléfilms comme dans la vie, la fille sexy et adorable finit avec le mec canon et attachant. Pas avec la petite nana qui met les pieds dans le plat et le bazar dans son existence.

— Chéri, Zoé ne se sent pas bien, tu irais lui chercher un jus de canneberge ?

— Bien sûr, répond un homme.

Un homme qui n'est pas Aidan. Je me retourne vivement et c'est Benny que je découvre, Benny avec une chemise blanche repassée, un costume anthracite, Benny avec des cheveux coiffés et une barbe rasée. Benny, le garagiste ventripotent et aux mains baladeuses. Benny, quoi. Comme ma mâchoire risque de se décrocher, je ferme la bouche, ce qui m'évitera en prime de dire une ânerie. Il s'approche d'Amy, enlace sa taille et pose un baiser léger sur les lèvres de sa douce. Un soupir de soulagement m'échappe. Je sais que ce n'est pas gagné, qu'il y a toujours cette fouine de Charmaine, mais aussi et surtout le fantôme de Nevea. Bref, c'est pas gagné, mais une adversaire en moins, c'est déjà ça de pris.

— Je te rapporte quelque chose, mon amour ? lui susurre-t-il.

— Avec plaisir. Tu es un ange.

Ils échangent un nouveau baiser et un regard empli d'amour, avant que Benny aille s'acquitter de sa mission. Je ne suis pas étonnée, je suis sous le choc. Combien d'épisodes ai-je manqués ?

— Toi et Benny ? parviens-je à articuler difficilement.

Un large sourire égaie ses lèvres alors qu'elle opine.

— Je sais, ça peut surprendre...

En faisant appel à mon self-control, je parviens à ne pas faire de commentaire désobligeant. Je répète, c'est Benny quand même. Il y a de quoi être surprise.

— Je suis allée plusieurs fois au garage pour savoir où en étaient les réparations sur ma voiture, et chaque fois, il y en avait de nouvelles. Nous avons commencé à parler, à échanger sur tout et rien, et une chose en entraînant une autre, nous nous sommes retrouvés au *Janet's café* à déjeuner puis il m'a emmenée à Pembrooke. Et bref...

— Vous êtes ensemble, conclus-je pour elle.

— Je ne m'attendais pas à trouver l'amour à Everwood, cette ville n'aurait dû être qu'une étape non prévue sur mon chemin et voilà que je projette de m'y installer d'ici quelques mois.

— Mais pour ton article sur les sculptures sur glace ?

— Là, par contre, je crois que c'est fichu, soupire-t-elle. À moins d'un miracle, je ne vois pas ce que je vais pouvoir proposer à Peter...

À moins d'un miracle... C'est ça qu'il nous faut, qu'il leur faut à tous ! Un miracle de Noël ! Mais ça y est, je sais. Que je suis bête de n'y avoir pensé avant ! Si mon plan fonctionne, il y aura plus d'une personne sauvée cette année.

— Amy, j'ai une idée pour ton prochain article, mais il va falloir que tu me fasses confiance. J'ai déjà le sujet, idéal pour les fêtes. Le sauvetage d'une exploitation de sapins... De l'amour, des valeurs familiales, des traditions. Quelques larmes, et beaucoup de sourires. Et pour finir un happy end comme on les aime. Tu en penses quoi ?

— Qu'on en reparle demain, mais que c'est une excellente idée.

Benny, tout sourire, nous rejoint. Il glisse entre mes mains un verre de jus de fruits avant d'en tendre un à sa dulcinée qui lui octroie un baiser. C'est difficile à dire mais ils sont chou tous les deux. Il l'enlace, elle s'appuie sur lui. Il a déjà commencé à changer pour elle, et visiblement, Amy est prête à quitter New York et à mettre sa carrière entre parenthèses au besoin. C'est ça l'amour, choisir l'autre envers et contre tout.

— Vous êtes mignons tous les deux, déclaré-je. Je vous trouve...

Une personne me bouscule et je trébuche, renversant mon verre sur Benny. Alors qu'Amy se précipite pour nettoyer la tache rougeâtre sur la chemise, je me retourne vivement.

— Oh, Zoé, je suis désolée, je ne t'avais pas vue, pourtant dans ta robe sapin de Noël, on ne peut pas te manquer, me raille Charmaine.

Maquillée comme une voiture volée, dans une robe rouge grenat fendue jusqu'en haut de la cuisse que la décence m'interdit de décrire, la brune n'a pas froid aux yeux. Je pourrais m'abaisser à son niveau et verbaliser à haute voix ce que je pense d'elle, de sa robe, de ses sourires hypocrites et de ses perfidies. Non, je vaux mieux que ça. Peu importe ce qu'elle pense de moi, je me rends compte en cet instant précis que je m'en moque.

— J'adore ma robe, elle est juste parfaite.

Janet en a sorti des tas de son placard, à croire qu'il était sans fond, mais lorsque mes yeux se sont posés sur celle-ci, j'ai su que c'était elle. Mon hôtesse voulait à tout prix que je choisisse un modèle long, cependant, j'ai tenu bon. Une robe de forme patineuse descendant jusqu'aux genoux, avec un décolleté profond et un dos nu, brodée de perles et de paillettes. Et de couleur verte, comme mes yeux, comme les arbres d'Aidan, comme l'espoir qui me pousse à le chercher du regard dans cette salle bondée. Alors, l'avis d'une femme aigrie, envieuse et négative ne peut pas m'atteindre.

— Oui, elle est très belle, ironise-t-elle.

— Bonnes fêtes de fin d'année, Charmaine, j'espère que nous...

Que nous ne nous reverrons pas. Mais j'en ai déjà trop demandé au père Noël, je ne voudrais pas abuser en lui demandant un nouveau service.

— Que nous...

Que nous deviendrons amies ? Que tu ne seras plus une peste arrogante ? Que nous...

— Que nous passerons une bonne soirée, parviens-je finalement à sortir.

Au moins ce n'est pas un mensonge, et cela n'implique nullement que nous la passions ensemble. La grange est vaste, assez pour éviter qu'elle me percute une seconde fois *par accident*. Puisqu'elle ne semble pas décidée à s'excuser auprès de Benny, je me décide à le faire.

— Je suis désolée, Benny, sincèrement...

— Ne t'en fais pas, répond-il par un sourire franc et sincère. Cette chemise en a vu d'autres.

— Oui, mais ta soirée, les photos, tout est...

— Je tiens la femme de mes rêves entre mes bras, me coupe-t-il, crois-moi, ce n'est pas une petite tache qui pourra gâcher la fête. Rassure-toi, Zoé, et profite !

Mon Dieu, qu'est-ce qu'elle a fait à cet homme ? La métamorphose est stupéfiante.

— Et si on allait danser ? propose Amy à Benny.

— Vos désirs sont des ordres, madame.

Main dans la main, ils s'éloignent jusqu'à la piste de danse et je me décide à m'approcher du buffet derrière lequel officient encore Garry et Janet. Si j'espère soudoyer une pâtisserie à cette dernière, c'est surtout des informations que je voudrais obtenir.

Toutefois, à peine ai-je atteint la table de victuailles que Walter m'interpelle. Ou plutôt le père Noël. De la pointe des bottes jusqu'au pompon du bonnet.

— Bonsoir, jeune dame, je parie que vous n'avez pas encore accroché votre souhait à l'arbre...

— Bonsoir Wal...

— Chut ! m'interrompt-il, un index collé à ses lèvres. Ce soir, Walter n'est pas là, mademoiselle Loisel.

— Pardon, je suis désolée.

Avec un sourire lumineux, il me tend un carton blanc en forme de flocon et un marqueur noir.

— C'est une tradition à Everwood, chacun inscrit son vœu le plus cher, avant de l'accrocher à l'arbre et le soir du 25 décembre, nous nous donnons tous rendez-vous pour voir s'il s'est réalisé.

— Et la magie opère ?

— S'ils viennent du fond du cœur. Toujours.

Un soupir m'échappe. Bien que je sois sincère, j'espère que cela sera suffisant. J'écris cinq lettres, dépose un baiser, et m'empresse de nouer mon souhait à une branche du sapin.

— Zoé ?

Cette voix. Sa voix rauque, sexy, profonde. Sa voix de bûcheron envoûtante.

— On dirait bien qu'un vœu est sur le point de se réaliser, murmure Walter amusé.

Chapitre 33

« I just want you for my own
More than you could ever know
Make my wish come true
All I want for Christmas is you[1] »

Je ne me retourne pas, pas encore. Si je ne croise pas son regard, je peux encore imaginer que tout est possible, qu'il n'a qu'une envie, c'est de me prendre dans ses bras et de me faire oublier mon chagrin. Lorsque je le verrai, je saurai si je l'ai retrouvé... ou définitivement perdu. Inspirant profondément, je tente de calmer les battements erratiques de mon cœur qui menace d'exploser dans ma poitrine.

— Zoé ? répète-t-il.

Face à moi, Walter se prépare à ouvrir la bouche, cependant, le connaissant, il risque de mettre les pieds dans le plat en voulant m'apporter son aide. En toute objectivité, il vaut mieux que je me débrouille toute seule. Je pivote lentement et mon souffle se bloque à nouveau. Aidan se tient devant moi. Il est beau, incroyablement beau, encore plus que dans mes souvenirs. En costume, les cheveux domptés mais une barbe de trois jours noircissant ses joues, il n'a rien à envier aux grands

1. « All I Want for Christmas Is You », Mariah Carey, in *Merry Christmas*, 1994. Traduction approximative des paroles : « Je te veux juste pour moi toute seule / Plus que tu ne pourrais le penser / Fais que mon vœu se réalise / Je ne désire que toi pour Noël. »

acteurs hollywoodiens. Je peine à me rendre compte qu'il n'est pas seulement le fruit de mon imagination, après tout il y a quelques jours, je pensais qu'il n'existait que dans un téléfilm de Noël. Même si la tentation est forte de me jeter dans ses bras, je n'y cède pas, aidée en cela par mes jambes qui flageolent et qui refusent de bouger. Je fuis son regard parce que si je le croise, je vais immanquablement descendre sur ses lèvres charnues, et alors rien ne pourra m'empêcher de songer à nos baisers. Et si je pense à nos baisers, je me souviendrai de nos corps... Le rouge embrase mes joues. Inconsciemment, je me mords la lèvre, pour éviter de penser et de parler, mais c'est insuffisant, les mots sortent d'eux-mêmes et je relève la tête. Grossière erreur, ses prunelles s'ancrent aussitôt dans les miennes et je ne contrôle plus rien.

— Tu n'as pas sorti ta chemise de bûcheron ?

— Ma chemise de quoi ? réplique-t-il d'un ton plus amusé que vexé. Elle était au sale ; du coup, j'ai opté pour la blanche...

Il baisse les yeux, observe sa tenue. Je sens bien qu'il n'est pas à son aise dans ses vêtements du dimanche, lui l'amoureux de la simplicité et des grands espaces. Cela me fait sourire jusqu'à ce qu'Aidan relève la tête vers moi.

— Vous êtes revenue, lâche-t-il dans un souffle.

Le vouvoiement s'est à nouveau immiscé entre nous. Comme une barrière invisible. Comme un retour en arrière. Mon cœur se serre. Il veut prendre ses distances avec moi, tirer un trait sur ce qui s'est passé. Faire comme si de rien n'était...

— J'avais quelques affaires urgentes à régler avant de...

Je n'achève pas cette phrase, la fin n'est pas encore décidée et dépend en grande partie de lui. Rester ou partir pour toujours. Une version étant plus agréable que l'autre. Une version plus probable que l'autre.

— À Paris ?

— Oui, mais pas seulement...

Mal à l'aise, je me dandine d'un pied sur l'autre. Il y aurait tant à dire mais tant d'oreilles indiscrètes traînent dans les parages. Ce n'est sans doute ni le moment ni le lieu d'entrer dans les détails. Autour de nous la soirée bat son plein, les gens dansent, rient, Walter distribue aux enfants des sucres d'orge et autres friandises en poussant des « oh, oh, oh » tonitruants. Sur une estrade, un groupe reprend les plus grands titres de Noël et invite les couples sur la piste de danse. Au fond de la salle, j'aperçois Janet et Garry installant des plats garnis de douceurs sur le buffet.

— Je suis... je... Merci, baragouine Aidan.

Nerveusement, il passe une main dans ses cheveux, les ébouriffe.

— Je sais que tu as parlé à M. Damport, et que c'est toi qui as permis de débloquer la situation, avoue-t-il.

— C'est normal, répliqué-je timidement, c'est moi qui t'avais mis dans de sales draps.

Il lève un sourcil interrogateur.

— Des draps ?

— Ah oui, un proverbe français... C'est à cause de moi, si tu avais failli tout perdre, reconnais-je.

Le verbaliser à haute voix rend les choses encore plus terribles, tout comme ma culpabilité. Nous ne sommes pas dans une comédie, mais dans la vie réelle. Le happy end n'est en rien garanti. Lui et Grace ont failli perdre cette exploitation à laquelle ils tiennent tant, parce qu'une fois de plus je n'ai pas su tenir ma langue. Aidan avait géré la situation, trouvé une solution et j'ai failli tout foutre en l'air. Il faut vraiment que j'arrête de m'occuper des affaires des autres.

— Je n'aurais jamais dû me mêler de tes histoires, même si je pensais vraiment t'aider.

La main d'Aidan se pose sur mon bras nu, et je ne peux m'empêcher de frissonner à ce simple contact.

— Zoé, rien n'est ta faute. Je suis désolé de m'en être pris à toi. C'était injuste... Tu n'y es pour rien si mon exploitation connaît des difficultés financières.

— Mais je n'aurais pas dû en parler à Janet...

Aidan a beau me dire que je ne suis responsable de rien, je ne peux m'empêcher de m'accabler.

Sa générosité l'honore, c'est vraiment un homme bien.

— Au contraire, j'aurais dû le faire moi-même depuis longtemps. Prévenir ma sœur, ma mère aussi... J'ai voulu les préserver, et ce n'était pas la bonne solution... Pour convaincre Damport, j'avais menti, tu sais.

Je sens le poids sur ses épaules ; pourquoi refuse-t-il à ce point les mains qu'on lui tend ? Il se sent coupable, mais je sais que ce n'est pas seulement à propos de la ferme qu'il s'en veut. Même s'il n'y est pour rien dans le cancer qui a tué Nevea, il s'en veut malgré tout de ne pas avoir pu la sauver.

— J'ai eu tort de penser que je pourrais tout gérer seul, surtout quand on a la chance comme moi d'avoir une famille.

Un sourire triste affleure à ses lèvres. Ses doigts toujours resserrés sur mon bras, il s'approche plus près, comme s'il souhaitait que ce qu'il a à me dire ne soit entendu que de moi seule. Son trouble se lit dans ses prunelles, mes jambes menacent de m'abandonner. Il se penche vers moi, son souffle frôle ma joue avant de danser sur mon cou jusqu'à mon oreille. Je ferme les paupières. Si seulement il pouvait m'embrasser et balayer mes doutes et mes angoisses. Il caresse ma peau avec tendresse du bout de ses doigts, et je retiens ma respiration.

— Zoé, je crois que...

Je n'entends pas la fin de sa phrase, car la voix aussi stridente qu'agaçante de Charmaine résonne à nos oreilles. Encore. Elle ne pouvait pas s'étouffer avec un petit-four celle-là plutôt que de choisir le pire moment pour nous interrompre. Brusquement, Aidan s'écarte de moi, relâche son étreinte et ses bras retombent mollement le long de son corps. Que voulait-il m'avouer ?

— Aidan, tu m'as promis une danse, lance Charmaine en s'accrochant à Aidan, toutes dents dehors.

Il bredouille, son regard alternant entre elle et moi à toute vitesse.

— Je suis désolé, bafouille-t-il, gêné.

Sa voix me gifle, fait exploser mon cœur. Les couleurs désertent mes joues et je manque de m'écrouler. Par chance, mes jambes tiennent le coup. Je crois qu'il va me falloir un lait de poule bien corsé pour supporter de voir Charmaine et Aidan danser ensemble. Ostensiblement, il se tourne vers elle. Je pourrais le retenir, faire une scène, mentionner notre nuit torride, ou me jeter à la gorge de cette traînée. Mais comme je n'ai pas envie de gâcher la fête et que je suis une fille civilisée, un peu lâche aussi, je me contente de les observer, la bouche pincée, et le cœur battant la chamade. Tu parles, faux père Noël de rien du tout, mon souhait n'est pas près de se réaliser. J'aurais sans doute dû être un peu plus précise en formulant mon désir ; écrire « Amour » sur un flocon en carton n'était sans doute pas suffisant. C'est de l'amour d'Aidan que je rêve, pas d'un autre. Sans m'en rendre compte, je suis tombée amoureuse de l'ours mal léché. De son humour, de ses yeux plus clairs qu'un lac gelé, de ses failles, de son côté papa poule, de ses coups de gueule. De ses imperfections.

— Je suis désolé, Charmaine, mais j'ai promis à Zoé de lui accorder cette danse...

Et alors, Aidan se tourne vers moi, son regard cherchant le mien et tend sa main dans ma direction. Sans la moindre hésitation, je m'empresse de m'en emparer. On ne sait jamais, que Charmaine soit plus rapide, et n'accepte pas d'être ainsi éconduite. Ou qu'Aidan change d'avis.

— Désolée, Charmaine, ajouté-je.

Alors qu'en réalité, s'il y a bien une chose que je ne suis pas en cet instant, c'est désolée. Surprise, choquée, ravie, touchée. Sans l'ombre d'un doute. Mais pas par Charmaine qui écarquille les yeux de façon si grotesque qu'elle en est risible. Sans se soucier davantage d'elle, Aidan m'entraîne à sa suite et nous fraie un passage jusqu'à la piste improvisée. Mon corps est parcouru de délicieux frissons. Au-dessus de nos têtes, les guirlandes lumineuses forment un ciel étoilé ; la voix douce et mélodieuse de la chanteuse nous enveloppe. Aidan enlace ma taille avec une infinie douceur, croisant ses mains aux creux de mes reins. Instinctivement, je noue les miennes autour de son cou. Et j'oublie le monde qui nous entoure. La musique, je ne l'entends pas, mais nos corps pressés l'un contre l'autre se mettent à bouger. Lentement, sans se soucier du rythme.

— Regarde-moi, Zoé.

Ma poitrine collée contre son torse, je dois me tordre le cou pour me jeter dans ses prunelles intenses. Profondes, insondables, désespérément muettes. La peur enserre douloureusement ma gorge. Une peur totalement irrationnelle. Je lis le combat intérieur que son cœur et sa raison semblent se mener. Il me vouvoie pour me tutoyer quelques instants plus tard. Il s'éloigne puis s'approche. Je suis perdue. Ses traits se froncent imperceptiblement. Ce qu'il a à dire est si difficile qu'il reprend son souffle avant de parler.

— J'aimerai toujours Nevea.

Chapitre 34

« This year, to save me from tears
I'll give it to someone special[1] »

Dans ma poitrine, mon cœur bat si fort que c'en est douloureux. Chaque battement résonne à mes oreilles. Comme si son contact me brûlait, je me détache de lui et m'enfuis, me moquant de ces couples que je bouscule au passage. Il faut que je parte. Loin, vite. Les yeux embués, je manque de me rompre le cou plus d'une fois, perchée sur mes talons hauts. Mais très honnêtement, c'est le cadet de mes soucis. Mon cœur est brisé, le reste de mon corps peut bien l'être aussi. Je vois mal comment je pourrais souffrir davantage. Il aime Nevea, il l'aime encore et l'aimera toujours. C'était la femme de sa vie. Tout est perdu.

Lorsque je franchis la porte de la grange, le froid me saisit violemment et je regrette instantanément de ne pas avoir pensé à prendre mon manteau. Mourir congelée me semble une option préférable au risque de faire demi-tour et de croiser Aidan. Pour reprendre mon souffle, j'appuie mes deux mains sur mes genoux, avant de les frotter l'une contre l'autre pour les réchauffer.

— Hein, père Noël, je fais quoi maintenant ? J'ai tout quitté pour lui. Mon boulot, mon copain, mon pays. Je suis folle, c'est ça ?

1. « Last Christmas », Wham!, in *Music from the Edge of Heaven*, 1986. « Cette année, pour m'épargner les larmes / Je donnerai mon cœur à quelqu'un de spécial. »

Frigorifiée, je me dandine d'un pied sur l'autre, sentant déjà mes extrémités se glacer. Le souvenir douloureux de ma chute dans la neige. Douloureux mais aussi étrangement l'un des plus agréables puisque Aidan m'a sauvée.

— Dis-moi ce que je dois faire, nom d'un petit bonhomme de pain d'épices, envoie-moi un signe !

Les flocons virevoltent doucement en une danse délicate. Soudain, un bruit de branches brisées me surprend et je tourne brusquement la tête. À peine ai-je le temps d'apercevoir deux billes sombres et des bois majestueux que je sens autour de mon cou une laine douce m'envelopper.

— Je m'en voudrais que tu tombes malade par ma faute, une fois suffit, murmure Aidan, en enroulant mon écharpe.

Ma voix reste bloquée au fond de ma gorge alors qu'il m'habille de mon manteau avec douceur. Face à cette soudaine gentillesse, je ravale difficilement mes sanglots. C'est encore plus dur de savoir qu'il n'aura jamais de sentiments pour moi alors qu'il se montre si prévenant, si inquiet envers moi.

— C'est trop tard..., marmonné-je.

— Tu veux que je te soigne ? me taquine-t-il.

Comment peut-il songer à rire en pareilles circonstances ? Pense-t-il vraiment que tout cela n'est qu'un jeu amusant ? Que je ne souffre pas le martyre de le savoir toujours épris de son épouse décédée ? En lâchant un soupir agacé, je m'apprête à rentrer à pied chez Janet et Garry. Je n'ai ni la force ni l'envie d'en écouter davantage. Je me détourne de lui, refusant de croiser son regard.

— Je suis fatiguée. Retourne t'amuser. Bonne soirée, Aidan, lâché-je, la tête basse.

Et adieu. Adieu Aidan, je vais reprendre l'avion, retrouver ma petite vie, et apprendre à continuer sans toi. Refermons la parenthèse. À peine ai-je fait un pas que sa main s'empare de mon bras et insiste pour que je me retourne vers lui. Il m'oblige à relever le menton, et de son pouce caresse ma mâchoire alors que ses iris clairs se rivent aux miens. La douceur de son doigt sur mon visage déclenche une vague de frissons qu'on ne peut imputer au froid.

— Zoé, crois-tu en la magie de Noël ?

Son pouce s'aventure à présent sur mes lèvres, comme s'il mourait d'envie de les dévorer.

— Oui, réponds-je dans un souffle.

Il réduit la distance séparant nos deux corps, son souffle chaud caresse ma bouche jusqu'à ce qu'il retienne sa respiration. Ses lèvres effleurent mes lèvres sans vraiment s'y poser, et je crains que mes jambes ne me soutiennent très longtemps s'il continue de la sorte.

— Je crois que je suis tombé amoureux de toi, Zoé, la petite Française.

Se peut-il que je ne sois pas en train de rêver ?

— C'est ce que je m'apprêtais à t'avouer si tu ne t'étais pas sauvée comme si tu avais le feu aux fesses…

Sa comparaison m'arrache un ricanement, mes lèvres s'ourlent d'un sourire timide.

— Je n'avais pas prévu qu'une telle tornade de joie de vivre vienne chambouler mon quotidien, je pensais que rien ni personne ne pourrait me ramener dans le monde des vivants, poursuit-il. Ça me tue de t'avouer que j'ai peur de ce que je ressens pour toi et ce qui…

— Il ne m'arrivera rien, répliqué-je.

Mon regard soudé au sien lui transmet ma confiance et ma force. Mon cœur bat désormais pour lui.

— Je t'aime, Zoé, avoue-t-il.

La seconde d'après, je m'agrippe à sa nuque alors que sa main libre empoigne fermement ma taille. Nos bouches s'écrasent l'une sur l'autre avec une urgence indescriptible. Comme s'il fallait que nous tombions ensemble. Comme s'il fallait que nous scellions en cet instant une promesse. Comme s'il fallait balayer les doutes, les questions sans réponse et les angoisses. Autour de nous, les flocons tourbillonnent joyeusement alors que nous nous embrassons à perdre haleine. Nos langues se trouvent et se cajolent. Je m'abandonne sans réserve à ce baiser qui a un goût d'infini. Pour reprendre son souffle, Aidan colle son front contre le mien, l'arête de son nez effleure la mienne. Soudain une lueur de surprise passe dans ses yeux clairs et il se détache de moi.

— Tu as vu ?

— Quoi ? lui demandé-je, en suivant son regard.

À travers la poudreuse blanche, je ne discerne rien au-delà des sapins illuminés qui mènent à la grange. J'ai beau tendre le cou dans la direction indiquée, je ne discerne rien. Si c'est cette harpie de Charmaine qui nous épie, j'espère qu'elle s'est bien rincé l'œil et que la jalousie lui coupera le sifflet pendant longtemps.

— Non, je ne vois rien.

— Un renne, j'ai vu un renne ! s'exclame Aidan. Je te jure, il était là, à quelques pas de moi.

— C'est bon, père Noël, lancé-je, les yeux levés vers les cieux, j'ai bien reçu votre message. Le signe était on ne peut plus clair.

— À qui tu parles ?

— Rien, rien, un truc entre le vieux bonhomme en rouge là-haut et moi, lui réponds-je avec un sourire.

— Tu me préviens si je dois m'inquiéter ?

Je pose ma main sur son bras en un geste apaisant.

— Ne t'inquiète pas, je te crois, je l'ai vu et pas qu'une fois.

— Cela ne me rassure pas le moins du monde, soupire-t-il, moqueur.

Je lui tape le bras, lui arrachant un cri de protestation.

— Et violente, en plus, ajoute-t-il.

Avec effronterie, il m'attrape par la taille, me ramène à lui. De mon visage, il dégage une mèche de cheveu qui s'est échappé de mon chignon.

— Et flamboyante, et pleine de vie, et folle aussi, et drôle, et attachante.

Ses lèvres sont à nouveau sur les miennes en un baiser des plus doux et des plus intenses. Les miracles de Noël existent, je le sais désormais.

C'est main dans la main que nous retournons dans la salle des fêtes au moment où tous entonnent des chants de Noël précédant l'illumination du sapin à minuit. Nous retrouvons Grace qui nous cherchait elle aussi, elle se glisse naturellement entre nous deux et attrape une main à chacun. Elle nous sourit tour à tour, et ses prunelles de gamine trop maligne semblent luire de compréhension, comme si elle savait déjà ce que nous ne lui avons pas encore dit. Sa belle voix s'élève gracieuse, délicate et sincère.

— *Oh holy night. The stars are brightly shining...*

J'avoue que je joins ma voix à celle de tous les habitants d'Everwood présents et pousse la chansonnette, mais comme je suis loin d'avoir le timbre de Lady Gaga, je calme mes ardeurs vocales. De temps en temps, je jette un coup d'œil par-dessus la tête de Grace et croise celui tout aussi ému d'Aidan. L'émotion atteint son comble quand nous abandonnons les chants traditionnels pour attaquer celle de Wham!. Les mots prennent un sens tellement différent quand les yeux de votre nouvel amoureux sont plantés dans les vôtres et vous font comprendre que c'est à vous qu'il choisit de donner son cœur pour Noël, cette année.

— *This year, to save me from tears, I'll give it to someone special.*

Aidan ne chante que pour moi, comme si dans cette salle bondée, il n'y avait que moi qui l'entendais, que moi qui comptais. Lorsque le groupe entame le dernier morceau avant le compte à rebours, mon cœur bondit dans ma poitrine. S'il y a bien un titre que je connais, c'est celui-ci, j'en connais chacune des paroles après avoir vu un bon millier de fois *Love Actually*. Je ne me raisonne plus, j'extériorise mes sentiments aussi fort que je peux et c'est à mon tour d'avouer mes sentiments à Aidan, de lui dire que c'est lui, le seul cadeau de Noël que je voulais au pied du sapin au matin du 25 décembre. J'ai juste pris un peu d'avance ce soir, ça doit être encore ce stupide décalage horaire.

— *Make my wish come true... All I want for Christmas is you.*

Alors que je chante aussi bien que n'importe quelle diva américaine, j'aperçois Garry et Janet tendrement enlacées. Plus loin c'est Amy, appuyée sur l'épaule de Benny qui lève son pouce dans ma direction. Lorsque je croise le regard de Charmaine, j'y lis un tel désappointement que je ne peux m'empêcher d'en éprouver un agréable sentiment de joie. Sid, Marilyn, Joshua et les autres sont tous là, tous ces gens que je connaîtrai bientôt encore davantage. Mes doigts se resserrent autour de ceux de Grace et j'adresse un clin d'œil complice à Aidan. Maintenant, j'ai trouvé ma maison.

Épilogue

« Have yourself a merry little Christmas
Let your heart be light
From now on
Our troubles will be out of sight[1] »

Un an plus tard...

Sur l'écran, une grande femme élancée, blonde, vêtue d'une abominable tenue de demoiselle d'honneur parme fait irruption dans la grange, accompagnée d'une adorable petite fille métisse dans sa robe ivoire la faisant ressembler à une princesse. Les deux avancent penchées, au milieu de l'allée centrale entre deux rangées de bougies, comme si cela allait rendre leur arrivée plus discrète, jusqu'aux sièges qui leur sont réservés au premier rang.

— Dépêche-toi, Grace, quand on a six ans, on est capable de...

— Six ans et demi, réplique la petite maligne, sans se départir de son sourire auquel il manque des dents.

Elles se glissent sur leur chaise, à côté de Janet qui porte la même robe parme, un froufrou de mousseline avec un gros nœud agrémenté d'une énorme perle. Entre ses bras, un bébé joufflu gazouille gaiement.

1. « Have Yourself a Merry Little Christmas », Judy Garland, in *Meet in Saint Louis*, 1944. Traduction approximative des paroles : « Passez un bon Noël ! / Ayez le cœur léger / Car désormais / Nos ennuis seront hors de portée / vue. »

— C'est à cette heure-là que vous arrivez ? râle la maman.

— Il y avait une urgence, répond la jeune femme.

— Ne me regarde pas comme ça, tata, c'est Malya qui a voulu changer de coiffure au dernier moment.

La peste trahit sans aucun scrupule celle qui lui a pourtant verni les ongles à la dernière minute, l'ingratitude des enfants me surprendra toujours. Malya ouvre la bouche pour protester quand Suzanne se tourne vers elles, et les assassine d'un regard noir qui donne envie, même aux plus courageux, de se planquer sous une chaise.

— Chut ! les réprimande-t-elle, en plaquant son index sur ses lèvres et en fronçant exagérément les sourcils.

Malya et Grace opinent et se tournent alors vers le couple qui se tient, les mains jointes, sous une arche de feuillage et de roses blanches. Derrière eux des sapins épurés constituent le décor idéal pour ce conte de Noël.

J'adore ce passage, la mariée qui n'est autre que ma meilleure amie se tourne vers moi, Malya, et fait un léger signe de tête. C'est ainsi que je comprends que je ne suis pas à l'endroit où je devrais me trouver. Je pousse un petit cri, me lève d'un bond, manque de tomber et viens me placer aux côtés de Zoé, avec un sourire contrit, alors qu'Amy, affreusement sexy dans sa robe parme, ce qui est totalement injuste, me tend le bouquet avant de rejoindre Benny. Une fois de plus, j'assiste à l'échange de vœux d'Aidan et de Zoé, et une fois de plus l'émotion me submerge. Ma meilleure amie est juste divine dans sa robe de mariée fluide, une robe simple et bohème, tellement à son image. Le haut largement échancré et près du corps est recouvert d'une élégante dentelle florale, une large ceinture marque et affine sa taille. Personnellement, je craque pour les bretelles galons au niveau des épaules. Je suis ravie que son choix se soit porté sur ce modèle plutôt que sur la version meringue plébiscitée par sa belle-mère. Le maître de cérémonie qui n'est autre que Walter, non déguisé en père Noël pour l'occasion, mais revêtu d'un élégant costume noir, me demande d'un ton amusé s'il peut poursuivre, je m'empresse d'acquiescer. Au clin d'œil que m'adresse Zoé, je sais qu'elle ne m'en veut pas. De toute façon, je crois qu'aujourd'hui, rien ne peut affecter sa joie, pas même l'absence de ses parents qu'elle a pourtant conviés ni la présence de Charmaine qu'elle aurait préféré éviter. Ma meilleure amie rayonne, a enfin trouvé le bonheur qu'elle méritait entre les bras de son bûcheron sexy. C'est d'ailleurs lui qui prononce le premier ses vœux, encouragé par Walter.

— Zoé, accepte cette alliance en gage de mon amour.

Avec douceur, il attrape la main de mon amie et place à son annulaire une fine bague en or blanc.

— Je t'aime maintenant et pour toujours, jusque dans l'au-delà.

Des « oh » attendris s'élèvent parmi l'assemblée.

— Je remercie le destin et le père Noël de t'avoir mis sur ma route.

Des « ah » amusés et des rires se font entendre, un petit malin que je ne parviens pas à identifier se permet même un tonitruant : « Oh, oh, oh ! » Heureusement, au lieu de s'en offusquer, les mariés échangent un regard empli de tendresse et de complicité. Intérieurement, je bénis aussi le gros bonhomme rouge d'avoir contribué au bonheur de ma meilleure amie, s'il pouvait également répondre à mes souhaits, je lui en serais reconnaissante.

— Aidan, accepte cette alliance en gage de mon amour.

Même si sa main tremble un peu, Zoé parvient à enfiler l'anneau au doigt de son mari.

— Si je remercie tout comme toi le destin et le père Noël pour cette belle rencontre, je remercie aussi mon ami le renne, sans qui je ne me tiendrais sans doute pas ici devant toi.

Non, mais ils sont sérieux tous les deux ? Ils ne vont pas également nous parler des bonshommes de neige, des petits lutins et de la Reine des neiges pendant qu'ils y sont ?

— Je place mon cœur entre tes mains, et t'offre mon amour éternel, murmure Zoé, dans un souffle.

— Oh, j'ai failli oublier ! s'exclame Walter, interrompant ce moment plein de tendresse. Je sais que j'aurais dû poser la question avant, mais cela m'est sorti de la tête, excusez-moi. Est-ce que quelqu'un s'oppose à cette union ? Qu'il parle maintenant ou se taise à jamais !

Sa voix tonne dans la grange. Tous les regards convergent vers Charmaine qui se dandine sur son siège, mal à l'aise. Il faudra qu'on me dise qui est l'idiot qui a songé à l'inviter. Psychologiquement, je me prépare à intervenir. Si elle tente quoi que ce soit, je me jette sur elle telle une furie et je la bâillonne. Hors de question qu'elle gâche le mariage de ma meilleure amie, pas si je peux l'en empêcher ! Je suis prête à intervenir, le corps déjà tendu dans sa direction. Dans tous les films, il y a quelqu'un qui s'oppose et avoue au marié ou à la mariée ses sentiments passionnés qu'il ne saurait étouffer plus longtemps. Comme dans cette histoire, on ne sait plus très bien si nous sommes dans la réalité ou dans la fiction, je préfère prendre mes précautions.

Dès que Zoé a remis un pied à Everwood, le programme télé s'est rallumé et j'ai pu suivre – même si les épisodes sont bien vite devenus ennuyeux et les passages croustillants censurés, remplacés par la vision d'un rideau flottant au vent – les aventures de Zoé. Son installation avec Aidan et Grace, la création de son agence d'infographie, son écriture d'un album illustré mettant en scène les prouesses et les facéties d'une petite fille bien trop maligne nommée Grace, ses prises de bec avec Charmaine et Harmony, ses excuses souvent répétées auprès de la directrice pas commode, la demande en mariage d'Aidan au pied de la montagne… J'ai tout vu sur ma télévision.

Charmaine n'a pas ouvert la bouche, ou plutôt elle n'a pas réussi. Elle a essayé, et j'ai failli m'élancer pour l'étouffer avec le bouquet de la mariée que je tenais entre mes mains serrées, mais Walter a judicieusement choisi d'enchaîner avec le très attendu : « Par les pouvoirs qui me sont conférés par l'État du Vermont, je vous déclare mari et femme. Vous pouvez embrasser la mariée ! » Aidan a renversé Zoé et lui a offert le plus langoureux des baisers. Tout le monde s'est levé et a applaudi, sauf Charmaine, évidemment. Le happy end de ma meilleure amie était sauf.

D'un geste rapide, j'essuie la larme qui coule sur ma joue. Cela doit bien faire douze fois que je me repasse cet épisode en replay, pourtant *Un mariage au pied du sapin de Noël* m'émeut toujours autant et pas seulement parce que je joue dedans. Certes, il faut bien le reconnaître, je volerais presque la vedette à ma meilleure amie, mais c'est surtout de savoir Zoé aussi épanouie qui me bouleverse. Voir les gens qu'on aime heureux ne peut laisser indifférent. Je passe la suite en vitesse accélérée, le départ de la grange en convoi jusqu'au lieu de la réception, un manoir aux poutres apparentes avec une immense cheminée. Nous avons bu du vin et du cidre chaud, avons accueilli les mariés avec des bougies scintillantes, avons ri, avons mangé comme trois. J'ai constaté qu'il y avait plus de mecs canon au centimètre carré que d'aiguilles sur un sapin. D'ailleurs, en parlant de sapins, il y en avait partout : des pommes de pin sur chaque table et mange-debout, des branches de sapin et de houx piquetées de fleurs en guise de chemin de table, dans le chignon souple de Zoé, accompagnés de roses, d'hellébores et de gypsophiles blanches. Je dépasse le moment un peu gênant où je craque sur Joshua Scott, le pédiatre le plus canon qu'il m'ait été donné de rencontrer, plus sexy que Doug Ross et Dr Mamour réunis, et où il m'éconduit avec toute l'élégance d'un gentleman. En vitesse accélérée, je vois Aidan et Zoé couper la première part d'un immense *wedding cake* de cinq étages. Au moment où mon amie a voulu donner une bouchée du gâteau à son mari, le morceau est tombé et a maculé la chemise d'Aidan sous son regard consterné. Certaines choses changent, d'autres non. Ma Zoé adorée est toujours aussi maladroite. Heureusement, Aidan a éclaté de rire, affirmant que c'était parce qu'elle avait envie de le voir torse nu, avant même leur lune de miel, ou qu'il enfile sa fameuse chemise de bûcheron dans laquelle elle le trouve si sexy. Toujours en vitesse accélérée, je regarde la première danse du couple, bientôt rejoint par Grace. Avant que tout le monde s'éclate sur la piste de danse. Je remets en vitesse normale ; le moment que j'attends est enfin arrivé. Une scène d'anthologie. Mes talents d'actrice et mes qualités de sportive ne sont plus à démontrer. Ma Zoé se met en position, son bouquet hivernal, roses blanches, branches de sapin et pommes de pin, de l'autre côté les célibataires et les femmes non encore mariées se placent en ligne. Je suis coincée entre Charmaine et une nana gaulée comme un joueur du XV de France. La tension est à son comble. Zoé se prépare, jette un regard par-dessus son épaule, croise le mien, avant de se retourner. Et lance. Lance comme Zoé sait le faire. N'importe comment. Heureusement, je m'y attendais, contrairement à mes voisines. Je bondis, telle une lionne ; je bouscule une ou deux jeunes femmes au passage. Les fleurs heurtent le sol. Je dérape, me rattrape *in extremis* et une petite blonde s'en empare. Bon, j'avoue que ce qui suit est un peu limite, mais la fin justifie les moyens. J'ai fait un croche-pied à la nana avant qu'elle brandisse triomphalement le bouquet. Par chance, sur la vidéo, on ne peut pas affirmer avec certitude si je le fais volontairement ou non. Alors qu'en réalité, si… et j'ai un peu honte quand même, mais j'avais vraiment très envie de gagner. En plus, elle ne s'est même pas fait mal, ou sinon juste un peu. J'ai eu le bouquet, mariée dans l'année. Plus qu'à trouver l'heureux élu.

Je jette un coup d'œil aux fleurs désormais séchées qui trônent dans le salon, salon qui semble bien vide depuis que toutes les décorations et babioles de ma colocataire ont été rangées dans des cartons. Un soupir m'échappe. Zoé me manque, me manque terriblement. Au point que je me suis mise à regarder des comédies débiles à la télé. À l'écran, Zoé et Aidan s'embrassent à nouveau avant de se précipiter vers la porte d'entrée, main dans la main…

Je pointe ma télécommande dans leur direction. Mais la télé ne s'éteint pas, les piles doivent commencer à faiblir. Néanmoins, je parviens à changer de chaîne et je tombe sur un autre téléfilm américain ; devant un coucher de soleil rougeoyant, un pseudo-cow-boy vêtu de jambières en cuir et d'un Stetson, un brin de paille coincé entre les dents, chevauche… Oh là là, le kitsch n'a aucune limite. Il ne manque plus que le fétu de paille balayé par le vent au son d'une musique lancinante d'Ennio Morricone.

Il est vraiment temps que je quitte ce canapé. Comme la télécommande a décidé de n'en faire qu'à sa tête ce soir, je me lève tant bien que mal, enroulée dans mon plaid, et me résous à l'éteindre manuellement. Cependant, lorsque je tends la main, je me prends les pieds dans la couverture et bascule, enveloppée par les hennissements d'un cheval et un air d'harmonica…

Remerciements

Aujourd'hui, je vais vous révéler un secret : je suis une accro à Noël et je l'assume. J'aime les boules de neige, les sapins qui touchent le plafond, les rubans rouges, et surtout les comédies de Noël que la télévision nous délivre dès le mois d'octobre. Il n'y a pas de plus grand plaisir pour moi que de m'allonger sous mon plaid avec une tasse de chocolat chaud et de plonger dans une histoire où le happy end est garanti.

Zoé a cette chance incroyable de traverser le petit écran et de partir à la rencontre de tous ces personnages hauts en couleur qui me font rêver depuis mon canapé. J'ai adoré croiser la route de Aidan, de Grace et de tous les autres pendant plusieurs mois. J'ai baigné dans les chansons de Mariah Carey et de Wham ! pendant toute la période d'écriture, et j'ai ainsi pu prolonger comme par magie la plus belle saison de l'année. Si j'ai commencé ce roman l'hiver dernier, c'est cependant avec le retour des beaux jours et de la saison des barbecues que j'ai posé le point final à cette histoire qui, je l'espère, vous donnera le sourire.

Il est temps que je passe aux remerciements. Promis, je vais essayer de n'oublier personne, mais vous me connaissez, j'ai une mémoire de poisson rouge. Accusez l'abus de chocolat chaud et de sucre d'orge ! La honte sera sur moi quand je me rendrai compte avec stupeur que ma mémoire capricieuse a encore fait des siennes, acceptez par avance mes excuses.

À mes indispensables, j'offre le premier air qui restera dans votre tête, « Last Christmas » de Wham !. C'est à vous que je donne mon cœur, puisque vous m'aidez à le faire battre. Ma punkette, accro à mes petits sablés à la vanille, ma mav qui voue un culte à *Love Actually*, ma poulette qui n'est jamais aussi heureuse que quand les yeux de ses fils brillent de joie, ma Didine, accro à nos soirées hivernales plaid et soupe (on est des mémés et on l'assume), ma Charlène, mon ancienne colocataire, on en a fait des soirées devant tes montagnes enneigées, ma Ludi aussi folle de Noël que je le suis, et mon Ophélie qui aime les traditions de Noël.

Vive le vent, vive le vent d'hiver ! Qui s'en va sifflant, soufflant dans les grands sapins verts ! Et vive ces amies qui me suivent et me soutiennent contre vents et marées et ce, à chaque saison. Amélie, Laurence, Hélène, Angélique, Christine, Julie, Charlotte, Aurélia, Sarah, Cécile, Gaëlle, Stéphanie, Isabelle, Rachel, Audrey, Catherine, Pauline, Annabelle, Elise, Sandra, Jeanne-Rachel, Sandrine, Lila, Amandine, Karine, Elise, Nathalie... Vous avez la chanson dans la tête et un sourire aux lèvres ?

Ma chanson préférée, je la dédie à mes proches, c'est la chanson de Judy Garland « Have Yourself a Merry Little Christmas », car je nous souhaite de passer ensemble le plus doux des Noël et que les ennuis s'éloignent de nous... Mon cœur est à vous. Mon chéri, mes enfants, mes parents, mes oncles, mes tantes, mes cousins, mes cousines, mes petits neveux adorés, ma belle-famille que j'adore.

Une chanson particulière, au pied du sapin de Noël, pour deux relecteurs-correcteurs en or. Je vous dois beaucoup. D'abord Karine qui a traqué toutes mes fautes ; c'est la première qui a découvert et adoré l'histoire de Zoé. Puis mon papa qui a lu ce roman, comme tous les autres, et s'est dépêché de le corriger. Je berce votre prochain Noël avec « Petit Papa Noël » car vous êtes tous les deux pour moi et cette histoire aussi importants que le gros bonhomme ventru.

Enfin, un grand merci à Florence, mon éditrice chez J'ai lu, qui doit en avoir assez des chansons de Noël. En effet, elles ont ponctué chacun de mes chapitres, entre les traductions et le nom des auteurs à rechercher. Mais si elle a encore envie, malgré tout, d'un petit air... Sachez qu'elle mérite une chanson qui va droit au cœur, et des paroles d'encouragement, je lui envoie donc « Let it snow, let it snow ! » pour avoir lu, relu, traqué les incohérences de ce manuscrit. Merci d'avoir cru en Zoé, d'avoir ri à ses facéties et de croire en moi. Je remercie, comme il se doit, toute l'équipe de J'ai lu qui a travaillé dans l'ombre et fait de ce manuscrit le joli roman que vous tenez entre les mains

Il me fallait bien une dernière chanson, comme un rappel à la fin d'un concert. Tout ce dont j'ai besoin pour Noël, ce sont vous, mes lecteurs, alors je terminerai avec LA chanson incontournable de Noël pour vous remercier, car en me lisant vous m'offrez le plus beau des cadeaux. Pour vous, « All I Want for Christmas Is You » de Mariah Carey. Ça y est, vous l'avez dans la tête ou vous voulez que je vous la chante ?

À vous qui avez partagé la folle aventure de Zoé, j'espère que vous aurez envie de regarder une comédie de Noël à la télé le plus vite possible et de l'accompagner d'un chocolat chaud surmonté de chantilly. Peut-être qu'avec un peu de chance, vous vous retrouverez de l'autre côté de l'écran à votre tour. Si c'est le cas, n'hésitez pas à me contacter sur les réseaux sociaux, je suis toujours ravie d'avoir vos retours, vos ressentis de lecture, ou vos recettes préférées de douceurs sucrées.

En attendant, je vous souhaite à tous un joyeux Noël, plein d'amour et de magie.

OH ! OH ! OH ! Joyeux Noël !

13939

Composition
NORD COMPO

Achevé d'imprimer à Barcelone
par CPI BLACK PRINT
le 4 septembre 2023

Dépôt légal : octobre 2023
EAN 9782290395431
OTP L21EPLN003586-613365

ÉDITIONS J'AI LU
82, rue Saint-Lazare, 75009 Paris

Diffusion France et étranger : Flammarion